제9행성

2

Daniel Lee

제9행성 ❷

초판 1쇄 발행 2020년 7월 15일
지은이·Daniel Lee
발행인·안유석
편집장·박경화
책임편집·채지혜
표지 일러스트·이민하
지도 일러스트·황영아
디자인·오성민
펴낸곳·처음북스   출판등록·2011년 1월 12일 제2011-000009호

주소·서울특별시 강남구 강남대로 364 미왕빌딩 14층
전화·070-7018-8812   팩스·02-6280-3032
이메일·cheombooks@cheom.net
홈페이지·www.cheombooks.net
페이스북·www.facebook.com/cheombooks
ISBN·979-11-7022-205-7 04800
      979-11-7022-203-3 (세트)

제9행성

2

CONTENTS

"진실이 가진 진정한 이점은, 그것이 진정으로 참이라면 한 번, 두 번, 혹은 여러 번 사람들에게 외면당하더라도 오랜 시간이 흘렀을 때 그것이 참임을 다시 밝혀내는 사람이 반드시 있다는 것이다."

- 존 스튜어트 밀(John Stuart Mill)

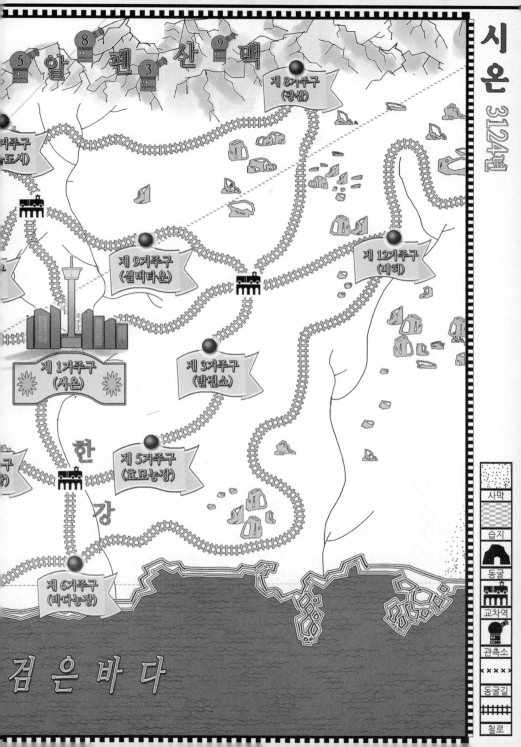

제1장

강철 광산

제4거주구 사람들은 자신들의 거주구를 강철 도시라 불렀다. 그러나 시온의 다른 거주구민들은 제4거주구를 광산 도시라 했고, 혹은 쓰레기 도시라고 비하하기도 했다. 실제로 제4거주구는 거대한 금속 구조물의 잔해 위에 세워졌다.

처음에는 일하던 광부들이 구조물 안에 임시로 자신들의 거처를 만들어 사용했었다. 그러다가 광부들의 수가 늘어나고 가족들도 함께 살기 시작하면서 전기를 설치하고, 길을 내고, 필요한 부분에는 탑을 쌓아 보강하여, 수백 년이 흐른 지금은 도시와 광산이 하나로 합쳐진 독특한 거주구가 되었다.

이 거대한 금속 구조물은 원래 시온의 첫 정착민이 타고 온 우주선이었다. 가로 1킬로미터, 세로 500미터, 높이 200미터에 달하는 이 우주선은 중앙 부분이 뻥 뚫린 채 광부들에 의해 야금야금 절단되고 분해되면서도 그 위용이 대단하였다. 별과 별 사이를 넘나들며 신의 권위를 넘보았다는 에덴 기술의 결정체가, 지금은 도시이자 재활용의 산지로써 시온의 중요한 자원이 되어 주고 있었다.

물론 시온에도 철광석은 있었다. 하지만 그것으로는 조악하고 단순한 형태의 쇠만 만들 수 있을 뿐이었다. 가볍고 튼튼하며 여러 가지 용도로 사용되는 합금과 강화 금속은 모두 이 우주선의 재료를 사용해 제작하거나 변형되었다.

우주선 내에 거미줄처럼 얽혀 있는 전선도 마찬가지였다. 다양한 두께와 종류의 전선은 그 총 길이가 엄청나, 시온에서 필요한 모든 수요를 채우고도 여전히 많이 남아 있었다. 시온에서는 만들 수 없는 플라스틱 같은 물질도 일부 변형하여 사용할 수 있었다. 시온 사람들은 신께서 에덴을 멸망시키면서도 인간에게 선물을 남기셨다며 고마워했다.

폴은 창밖으로 평원 위에 괴물처럼 위용을 드러낸 제4거주구를 보며 모건 중대장을 기다렸다. 폴과 보안대 원정군은 제4거주구의 트램 역사 주변 건물들을 임시 숙소로 사용하였다. 원래 이곳은 제4거주구의 원도심 예정지였으나, 거주구민들이 대부분 우주선 광산에서 살기 시작하고부터는 그냥 철도 물류의 보관 센터로 사용되고 있었다. 노웨어에서 귀환한 폴과 보안대가 재정비를 하기에는 더할 나위 없이 적격이었다.

불과 한 달 전에 폴은 제4거주구 의회의 격려와 구민의 환호 속에서 탱크 세 대를 포함한 장갑 열차와 250명에 달하는 병력을 이끌고 이곳을 출발했었다. 특히 탱크와 장갑 열차, 전기총은 모두 제4거주구의 장인들이 심혈을 기울여 제작한 것들이었다. 그래서 그들의 자부심도 남달랐었고, 폴은 개인적으로 그들을 만나 치하하였었다. 그때는 폴이 원정대에 참여하는 것을 아직 드러내지 않았을 때였다.

그러나 일주일 전, 폴이 삼 분의 일로 줄어든 인원과 함께 다시 돌아왔을 때는 상황이 정반대였다. 어디에서 들었는지 제4거주구민들은 노웨어에서의 전투 결과를 이미 알고 있었다. 노웨어에 남겨 두었던 파워셀 폭탄도 결국 작동하지 않은 모양이었다. 폴은 그 부분이 가장 안타까웠다. 노웨어를 파괴할 수만 있었어도, 그들이 치른 희생이 헛되지 않았다고 강변할 수 있을 터였다.

더 결정적인 타격은 제1거주구에서 왔다. 거주구민들이 혁명을 일으켰다는 소식이었다. 제4거주구 의회를 대표하는 야곱 사제는 그밖에는 자신도 모르겠다는 말만 반복하였다.

"무슨 일인지 도통 알 수가 없어요. 어제부로 시온의 최고 회의가 해산되었고, 과도기 집행부가 구성되었다고만 합니다. 시온에 신의 가호가 있기를. 지금까지 이런 경우는 한 번도 없지 않았습니까? 최고 제사장님?"

야곱 사제의 말투에서 왠지 모를 비아냥이 느껴졌다. 폴은 야곱 사제가 말하지 않는 것이 있음을 직감했다. 야곱 사제는 대장장이 출신의 건장한 중년으로, 어떻게 사제가 되었는지 알 수 없는 신비한 인물이었다. 지금 폴 앞에서는 온화한 듯 웃고 있지만, 나중에 어떻게 처신할지는 두고 볼 일이었다. 폴이 모든 문제를 정리하고 나면 신세를 갚아 주어야 할 또 한 사람이 추가되었다. 그때도 지금처럼 야곱 사제가 웃을 수 있는지 볼 것이다.

　그래도 폴이 중무장한 1개 중대 병력의 보안대를 갖고 있었기 때문에, 제4거주구 사람들은 드러내 놓고 거부 반응을 보이지는 못하였다. 허나 트램 역사에 머무는 시간이 길어질수록 긴장감은 점점 높아져 갔다.

　실제로 탱크와 무기 정비를 위해 제4거주구 철도창으로 간 보안대원들과 거주구 정비사들 사이에서 충돌이 일어나기도 하였다. 한 젊은 정비사가 농담 반 진담 반으로 던진 말에 흥분한 보안대원들이 그를 집단 폭행함으로써 일이 시작되었는데, 나중에는 보안대원들과 정비사들이 서로 무기를 집어 드는 험악한 상황까지 가게 되었다. 다행히 뒤에 도착한 모건 중대장의 명령으로 더 큰 불상사는 생기지 않았지만, 나중에 야곱 사제가 직접 찾아와 불평을 하였다.

　"그 젊은이가 입을 함부로 놀린 것은 잘못이지요. 하지만 그렇다고 해서 턱뼈가 부러지고 평생 불구로 살아야 한다면 너무 가혹합니다. 우리는 정의를 원합니다. 우리 거주구민들은 현재 분노에 차 있습니다. 그들은 '눈에는 눈, 이에는 이'라고 요구하고 있습니다. 물론 우리는 신을 믿는 사람들이니 실제로 그렇게 하자는 뜻은 아닙니다. 다만 폭행자들 중 1명 정도라도 공개 태형으로 벌을 준다면, 그 젊은이의 가족과 거주구민들도 잠잠해질 것입니다. 태형을 내리는 사람도, 횟수도 제사장님께서 다 정하십시오. 별로 어려운 일은 아니지 않습니까?"

야곱 사제의 은근한 요청에 폴이 물었다.

"그 젊은이가 뭐라고 말했는지 아십니까?"

야곱 사제의 얼굴이 굳어졌다.

"글쎄요. 뭐, 젊은이가 한 말이니…."

"보안대를 모욕하고 신을 조롱한 그 젊은이가 살아 있는 것을 다행으로 여기십시오. 그가 내 권위 안에 있었으면 재판을 통해 더 큰 고통을 받게 하였을 것입니다."

야곱 사제의 제안은 거절되었고, 그는 씁쓸한 표정을 지으며 빈손으로 돌아갔다. 보안대의 자존심은 지킨 폴은, 더 이상의 불상사가 없도록 최대한 거주구민들에게 조심히 대하라고 지시하였다. 그러나 거주구에서 제공해 주는 음식에 대한 불평까지는 어쩔 수가 없었다. 효모 수프와 빵의 질은 너무 형편없어서, 식사 때마다 대원들은 수프에서 이상한 맛이 난다고 투덜거렸다. 폴도 식사를 할 때마다 기분이 좋지 않았으나, 당면한 숙제가 있었기에 이런 일로 신경 쓸 틈은 없었다.

일단 전력을 보강해야 했다. 탱크와 열차 수리는 물론이고 전기총들이 추가로 보강되었으며, 엄청난 위력의 새 무기까지 조달받았다. 또한 제4거주구를 지키는 보안대 중 반 개 중대를 강제로 흡수하였다. 야곱 사제는 이 조치에 강하게 반대했지만, 폴은 밀어붙였다.

폴의 궁극적인 목표는 노웨어였으나, 그 전에 제1거주구에서 발생한 반란을 진압해야 했다. 제1거주구의 반란 진압을 빌미로 시온 거주구들의 군사적 역량을 총동원하면 노웨어 정복이 오히려 쉬워질 수도 있을 것이다.

폴은 이번 위기가 오히려 기회로 작용할 수도 있음을 감지했다.

"그렇지만 만일 외인들이 반격에 나서서 제4거주구로 침입해 오면 어떻게 하나요? 제4거주구민들이 스스로 지키기 힘들 텐데요."

제4거주구의 보안대 중대를 흡수하라는 폴의 명령에 모건 중대장이 물었다.

"그런 걱정은 하지 말게. 외인들은 자기들 앞가림하기도 힘들 거야. 감히 거주구에 직접 쳐들어올 용기가 없을 걸세."

폴은 그렇게 대답했지만, 실상은 정반대의 의도도 가지고 있었다. 제4거주구를 무방비 상태로 만들어 놓아 외인들의 침략을 유도할 수 있다면 그것도 좋은 기회라고 생각했다. 아무래도 그들의 본거지인 노웨어보다는 이곳 제4거주구가 훨씬 상대하기 편할 것이었다. 다만 제4거주구가 미끼의 역할을 잘 해낼지는 두고 볼 일이었다.

"앞으로 얼마나 남았나?"

모건 중대장이 보고하러 왔을 때 폴은 여전히 창가에 있었다. 예레미 사제가 사라진 이후, 모건 중대장은 그를 대신하는 폴의 심복이 되었다.

"3일이면 됩니다. 특별히 주문하셨던 레일건도 이틀 뒤면 배달이될 것입니다."

"아니, 자네가 직접 가서 가져오게. 거주구민들의 손에 위험한 무기를 맡기고 싶지는 않아."

레일건은 전기총의 업그레이드 버전이었다. 쇠구슬 대신 쇠창을 무기로 사용하는데, 그걸 사용하기 위해선 엄청난 전력과 긴 포신이 필요했다. 대신 파괴력이 대단하여 웬만한 구조물은 그냥 뚫어 버리거나 파괴할 수 있었다. 노웨어로 원정을 떠나기 전에 제작을 의뢰했다가 필요하지 않을 것 같아서 미완성인 채로 내버려 두었던 물건이었다. 이 무시무시한 무기를 외인이 아닌 거주구민에게 사용할 것이라고는 상상조차 못했지만 말이다.

"이틀 시간을 주지. 모든 것을 준비하고 있게. 반군의 규모가 어떨지는 확실하지 않지만, 다른 거주구민들이 합류하는 것은 어떻게든 막아야 해. 그러기 위해서는 기선 제압이 필요하지. 최대한 빨리 이동하여 반군과 온 시온에 우리의 위력을 알려야 한다고. 알았나? 그러니 레일건을 가져오는 대로 바로 출발하는 거야."

"목적지는 어디죠?"

모건 중대장이 물었다. 제1거주구로 가는 길은 몇 군데가 있긴 했지만, 폴은 그의 무지한 질문에 깜짝 놀랐다.

"어디긴 어디야? 우리는 제2거주구로 가네. 거기가 전장이 될 거야."

제1거주구에서 탈출한 최고 회의 사제들은 그날 밤에 도착했다. 폴은 혀를 찰 수밖에 없었다. 거주구 담당 피터 사제, 발전 담당 필립 사제, 운송 담당 존 사제, 가정 담당 마리 사제, 자원 담당 데이빗 사제, 그리고, 산업 담당 유진 사제가 전부였다. 예레미를 제외한 나머지는 반군 쪽으로 붙었다는 뜻이었다. 특히 모니카 부제사장의 부재는 타격이 컸다. 마리 사제는 모니카 사제가 중재와 협상을 위해 남았다고 전했지만, 폴이 느낀 배신감은 변함없었다. 그에게 중재와 타협은 전혀 고려 대상이 아니었기 때문이었다.

사제들의 입을 통해 폴은 사건의 전말을 비교적 소상히 알게 되었다. 결국은 수잔 사제가 시발이었다. 그녀를 미리 더 안전한 곳으로 조치하지 않았던 점이 후회되었다. 그러나 이제 후회 따위는 아무 소용없었다. 수잔 사제도, 그녀와 함께 그곳에 남은 다른 최고 회의 사제들도, 이번 기회에 제거하면 끝이었다. 시온의 최고 회의도 새로운 길을 모색할 때가 되었다.

폴을 지지하여 이곳으로 온 사제들도 마찬가지였다. 시끄럽게 떠들며 자신들의 앞날을 걱정하는 그들 또한 쓸모없는 존재들이었다. 여차하면 마리 사제 정도만 남겨두면 될 것 같았다.

"그런데 시온에 폴 최고 제사장님에 대한 이상한 소문이 돌고 있습니다."

조용히 있던 유진 사제가 입을 열었다. 다른 사제들도 흥분을 가라앉히고 귀를 기울였다.

"무슨 소문인가요?"

폴은 양손을 깍지 끼며 턱 밑을 받혔다.

"제13거주구에 폭탄 테러를 지시한 사람이 바로 폴 제사장님이라는 소문입니다."

유진 사제는 눈도 깜박거리지 않고 말했다. 그가 이토록 대범한 사람이었는지는 미처 몰랐다. 어쨌든 자신의 정면에서 저런 말을 하다니 배짱 하나는 인정해야 했다. 다른 사제들은 모두 폴의 대답을 기다렸다.

"그 소문을 믿나요? 유진 사제?"

"소문을 믿었다면 제가 여기에 있겠습니까? 그러나 제사장님의 입으로 직접 듣고 싶습니다."

유진 사제가 대답했다. 아주 멍청이는 아닌 듯했다.

"좋습니다. 이번 한 번만 대답해 주지요. 제13거주구의 폭탄 테러는 분명히 외인들이 저질렀습니다. 이를 응징하기 위해 나는 예레미 사제가 이끄는 250여 명의 보안대와 함께 외인들의 본거지로 들어갔고요. 책임자를 발색해 처벌하라는 우리의 정당한 요구를 거절하고 외인들은 함정을 파고 우리를 급습했습니다. 예레미 사제와 100여 명의 보안대원의 숭고한 희생이 없었더라면 나와 나머지 대원들도 이 자리에 있지 못했을 것입니다. 하지만 우리도 외인들에게 피와 눈물이 무엇인지 가르쳐 주었습니다. 그 땅에 그들의 피를 뿌렸고, 시온에 대항하면 어떤 최후를 맞이할지 보여주었습니다. 그들이 아직도 우리의 권위에 저항하면 다시 가서 마지막 1명까지 뿌리 뽑도록 하겠습니다. 그것이 신의 뜻이니까요."

폴이 말을 끝내자 좌중에는 미묘한 침묵이 감돌았다. 사실의 진위 여부를 떠나 그들이 동조하느냐 아니냐는 중요한 문제였다. 유진 사제가 두 손을 들더니 박수를 치기 시작했다. 그리고 다른 사람들도 곧 따라서 박수를 쳤다. 그들의 안도하는 모습이 역력했다.

회의를 마치고, 폴은 잠시 바람을 쐬겠다고 하고는 밖으로 나왔다. 밤은 청명하였다. 제4거주구의 그로테스크한 모습은 어둠에 가려 보이지 않았고, 우주선 형체를 따라 흩뿌려진 조명 빛들이 밤하늘에 빛나는 별들과 어울려 또 다른 별자리와 성운을 만들었다.

노웨어에서 보았던 우주선이 생각났다. 크기는 훨씬 작았지만 하늘을 날아다니는 것은 마찬가지였다. 사람들이란 소문을 좋아하고, 자극적인 이야기일수록 더 잘 믿기에, 절대로 그들이 제13거주구 폭발에 대한 소문을 믿도록 내버려 두어선 안 되었다. 그것은 폴뿐만 아니라 시온의 종말을 가져올 것이었다.

외인들이 폴의 의도대로 제4거주구를 침략해 분탕질을 해준다면 오히려 여론은 폴에게 유리해질 것이다. 문제는 불확실성이 너무 크다는 점이었다. 무언가 확실한 방법을 찾아야 했다. 어쩌면 우주선을 이용해 뭔가 돌파구를 마련할 수도 있겠다는 생각이 들었다.

그때 마리 사제가 그를 찾아 밖으로 나왔다.

"그런데 로사는 찾았나요?"

그녀가 물었다.

"아니, 보지 못했어요. 포로로 잡은 외인을 심문해보니 노웨어에서 지냈던 것은 분명한데, 전투 중에 신경 쓸 겨를이 없었소."

"그렇군요, 그녀가 살아 있다면 그 소문이 가짜이고 모든 것이 외인들 짓이라는 것을 사람들에게 쉽게 알릴 수 있을 텐데요. 어쨌든 로사는 제사장님의 혈육이니까요."

폴은 거기까지는 미처 생각하지 못했었다. 그러나 로사가 폴의 뜻대로 행동해 줄지는 모르는 일이었다. 그녀가 자신이 진짜 누구인지 알게 된다면 달라질까?

"일단은 그저 그녀가 살아 있기를 신께 바랄 뿐이오."

그것은 진심이었다.

제2장
광야의 밤

　대머리 외인의 이름은 토니였다. 그를 처음 본 지가 그래도 꽤 되었는데, 이제야 이름을 알게 되었다니 조금 미안했다. 로사에게 있어 그는 그저 제임스의 부하나 동료일 뿐이었다. 사실 그가 과묵한 탓도 컸다. 처음 제임스를 만나 노웨어에 들어갈 때에도 그랬고, 이번에 이멜다의 마수로부터 가까스로 탈출하고 나서도 그는 거의 말을 하지 않았다. 로사도 댄이 있었기에 그다지 그에게 말을 걸 필요를 느끼지는 못했다. 일단 거기에서 벗어나는 것이 중요하였다.

　동굴을 벗어나 드디어 사방이 탁 트인 평원에 나왔을 때, 로사는 비로소 안심이 되었다. 그리고 그제서야 궁금한 점을 대머리 외인에게 물어보았다.

　"그런데 말이에요. 내가 없어진 것을 알고는 이멜다가 난리를 쳤을 텐데 왜 아무 일도 없이 잠잠했을까요?"

로사는 그날 밤 축제의 중요 이벤트로 군중 앞에 세워져 심판을 받을 예정이었다. 그때는 너무 두려웠고, 경황이 없었기 때문에 마치 꿈꾸고 난 듯한 기억만이 남아 있었다.

그 당시, 밖에서 축제의 열기가 고조되는 만큼 감옥 셀에 갇힌 로사의 두려움은 커지고 있었다. 외인들이 와서 그녀를 광장으로 데리고 가려 했을 때는 거의 기절할 지경이었다. 그때 릴리가 왔다. 아니, 이동 중일 때였었나? 어쨌든 옷을 갈아입어야 한다며 그녀는 로사를 어두운 구석으로 데리고 갔다. 그때의 일은 생생히 기억이 났다. 그 구석 아래에는 작은 구멍이 있어서 다른 동굴 줄기로 나갈 수 있었고, 잠시 뒤에 댄과 대머리 외인을 만날 수 있었다. 그때 얼마나 마음이 놓이고 안심이 되었는지는 이루 말할 수가 없을 정도였다. 릴리가 뒤따라 함께 나오지 않았다는 것은 나중에야 깨달았다.

"릴리는요? 그녀는 괜찮을까요?"

이멜다는 자신이 공언한 것을 그렇게 쉽게 포기할 여자가 아니었다. 그러나 어찌 된 일인지 축제는 그대로 진행되는 것 같았고, 자신들을 쫓아오는 외인도 없었다.

"릴리는 괜찮을 거야. 우리는 미리 다른 여자를 준비해 놓았었어. 릴리는 그녀를 널 대신해 데리고 갔지. 그것으로 충분하지 않나?"

대머리 외인은 말을 마친 뒤 입을 닫았다. 로사도 더는 할 말이 없었다.

'그래서 어렵지 않게 탈출할 수 있었던 거였구나.'

로사는 자기 대신 끌려간 여자가 어떻게 되었는지는 걱정하지 않기로 마음먹었다. 그 여자가 로사가 아님이 밝혀지면 바로 풀려났을 것이다. 그렇게 믿고 싶었다.

햇볕이 내리쬐는 황량한 평야를 이틀 정도 더 걸은 후에 그들은 목적지에 도착하였다. 대머리 외인은 그곳을 바늘이라 불렀는데, 그 이유는 멀리서도 한눈에 알 수 있었다.

대지에 거대한 바늘처럼 뾰족한 것이 비스듬히 박혀 있었다. 가까이 가서 보니 그것은 고대의 우주선이었다. 고속으로 추락하였는지 앞부분은 부드러운 땅속에 깊숙이 박혀 있었고, 몸체의 중간 이후 부분은 절단되어 땅에 떨어져 있었다. 우주선이 충분히 길었기에, 우주선 앞부분의 골조만 남은 부분이 마치 땅에 가시가 박힌 것처럼 보였던 것이다. 댄이 신기해하며 구석구석을 돌아다니자 대머리 외인이 말했다.

"여기서 한나절만 가면 제4거주구가 나오는데, 이런 걸 가지고 신기해하기는. 거기에 비하면 이것은 아이들 장난감이야. 그곳은 도시 전체가 하나의 우주선이거든."

학교에서 시온의 각 거주구의 특징을 배웠었기 때문에 로사도 제4거주구가 우주선 잔해에 세워졌다는 것은 알고 있었다. 그러나 도시만 한 크기의 우주선이라니, 도무지 실감이 나질 않았다. 오히려 여기 있는 우주선이 현실적으로 다가왔다. 메이의 것보다도 몇 배는 더 커 보였다.

이 우주선은 하늘을 날다가 대체 어떤 이유에서 이곳에 추락하게 된 걸까. 타고 있던 사람들이 어찌 되었을지 상상하자 등골이 송연해졌다.

"땅에 떨어진 부분은 별로 남아 있는 게 없네요."

댄이 지적하였다.

"쉽게 가져갈 수 있는 부분은 이미 옛날에 사람들이 챙겨갔겠지. 그 후에는 별로 신경 쓰는 사람도, 찾아오는 이도 없었어. 제4거주구 민들은 자기들 도시에 있는 것만으로도 충분하거든."

대머리 외인은 댄과 로사에게 따라오라고 손짓하며 말했다. 땅에 박혀 있는 우주선 동체의 그늘진 부분에 사람이 들어갈 수 있는 틈이 있었다. 그 틈으로 들어가자 시원한 공기가 그들을 맞이하였다. 약간의 습기도 느껴졌다.

그 안은 우주선의 내부 공간이었다. 원래는 무엇이 채워져 있었는지 모르겠지만, 지금은 금속 잔해들이 한쪽으로 잘 정리되어 두세 사람이 앉거나 기댈 수 있는 빈 공간이 만들어져 있었다. 머리 위로는 복잡한 구조물 사이로 뚫려 있는 공간에 하늘이 언뜻언뜻 보였다.

"여기가 우리의 쉼터야. 제임스는 어릴 때 여기에 오는 것을 좋아했어. '토니 아저씨, 우리 언제 거기에 또 가요?' 하고 날 볼 때마다 졸라댔었지. 제임스가 크고 나서는 거주구에 볼일을 보러 가거나 화차에 슬쩍 올라탈 때 이곳을 이용했었다."

대머리 외인의 이름은 이때 알게 되었다. 그가 묻지도 않았는데 먼저 말을 꺼낸 것은 처음이었다. 그에게는 이곳이 소중한 장소였던 모양이었다. 그는 아래쪽 부분을 가리키며 말했다.

"저기에 물을 모으는 장치가 있어. 오늘처럼 뜨거운 바람이 부는 다음 날 새벽에는 꽤 많은 물이 모이지."

댄은 비스듬한 동체를 조심스럽게 내려가 장치 안을 들여다보았다.

"아직도 물이 남아 있네요. 로사야, 컵 좀 줘 봐."

댄의 말에 로사는 자신의 허리춤에 묶어 놓았던 컵을 댄에게 주었다. 토니와 댄은 배낭을 매고 있었으나, 로사에게는 그 컵이 유일한 소지품이었다. 댄은 컵에 물을 담아 먼저 조심스럽게 맛보고는 로사에게 건넸다. 로사도 한 모금 마셔 보았다. 청량한 맛이 나고 시원하였다.

"좋네요."

그녀는 토니에게 컵을 전달하였다. 토니는 그 컵을 받아 들고는 한 번에 모두 마셨다.

"오늘은 여기서 쉬고 내일은 각자 자기 갈 길을 간다. 내 할 일은 다 했어."

그는 선언하듯 말했다. 조금이나마 자신의 감상을 내비친 것에 겸연쩍어 하는 것 같았다. 그러나 간단한 저녁을 먹으며 제임스에 대해 좀 더 얘기해달라고 로사가 부탁했을 때, 토니는 그녀의 소망을 들어주었다.

로사에게 있어 제임스는 알쏭달쏭한 인물이었다. 어떨 때는 다정스럽고 부드러웠으나, 어떨 때는 야성적이었고 능글맞았다. 유나가 그와 함께 있다는 것이 한편으로는 걱정이 되기도 하였지만, 어쨌건 그것은 전적으로 선택의 문제라고 생각했다. 로사는 한결같지 않고 다중적인 모습을 보이는 제임스 같은 사람을 좋아하지 않지만, 사람마다 취향은 각기 다르니깐 말이다.

그녀는 댄을 흘끔 보았다. 제임스라는 이름만 나오면 그는 얼굴이 굳어졌다. 댄이 유나를 걱정해서인지 아니면 제임스를 질투해서인지 알 수가 없었다.

"자유민들 중에서도 제임스를 질투하는 사람이 없지는 않아."

토니가 이야기를 시작하였다.

"그러나 그는 자유분방하고 매력이 넘치는 데다가, 카리스마가 있어서 수많은 여자들과 염문을 뿌리면서도 별문제가 없었어."

"내가 보기에는 그냥 이기적인 것 같은데요. 자기가 하고 싶은 대로만 하는 어린애처럼요."

댄이 가시 돋친 말을 날렸다. 그러자 토니가 미소를 지으며 대답했다.

"그 말도 맞아. 그의 부모는 나름 착한 사람들이었지만 자기 앞가림도 하기 힘들어했어. 그래서 제임스는 철이 들 무렵부터 오히려 그들을 돌봐야 했어. 어린애가 부모 역할을 한 셈이지. 그래서 아빠 엄마가 차례로 죽고 난 후, 겉으로는 성인이 되었지만 마음속 한구석에는 어린 시절을 제대로 누리지 못한 어린애가 그대로 있었던 거야. 제임스가 이기적이고 막무가내인 건 그 상처 때문이겠지. 하지만 근본은 착해. 절대로 다른 사람에게 일부러 상처 주지는 않아."

토니가 유나를 염두에 두고 이런 말을 한 것일까? 로사는 제임스가 아주 비뚤어지지 않은 건 토니 덕분이라는 생각이 들었다.

"당신이 그의 어린 시절에 아빠 역할을 해 주었군요."

그것은 질문이라기보다는 확인이었다.

"나에게도 원래 제임스만 한 아들이 있었지. 아주 어릴 때 병으로 죽고 말았지만. 제임스를 보면 내 아들 생각이 나서 잘해 주었던 것 같아."

"지난번에 보니 제임스는 당신에게 부하처럼 명령을 내리던데요? 그게 아버지 같은 이에게 대하는 태도인가요?"

댄이 다시 한번 퉁명스럽게 질문하였다.

"글쎄, 그건 그가 그런 위치에 있으니까. 나는 상관하지 않네. 우리 자유민은 스스로 일을 성취하는 사람들을 존중하고 그들의 말을 따르는 전통이 있어. 그렇지 않았으면 자유라는 미명하에 노웨어는 이미 예전에 혼란의 도가니가 되었을 거야."

로사는 댄이 치기 어린 감정을 그만 내려놓길 바랐다. 그래서 화제를 바꾸었다.

"이멜다는 어떻게 생각해요? 전쟁을 원하는 것 같던데. 노웨어가 그녀를 따를까요?"

사실 이런 질문은 무의미할 수 있었다. 노웨어는 어떤 식으로든 이미 결정을 내렸을 것이고, 그는 멀리 동떨어진 이곳의 1명일 뿐이었다. 그렇지만 토니는 신중하게 대답했다.

"나의 할머니가 해 준 얘기가 있어. 할머니는 그 할머니에게 들었고, 그 할머니는 또 그 할머니까지 마침내 최초의 자유민으로 거슬러 올라가지. 나뿐만 아니라 노웨어에서 태어난 아이들이라면 한 번쯤 들은 이야기일 거야."

그는 로사와 댄을 번갈아 보며 말했다.

"시온에는 신탁이 있어 신의 목소리를 들을 수 있지. 그로부터 신의 명령과 뜻을 받는다고 말이야. 하지만 우리 자유민들은 우리의 기도를 들어주는 여신이 있다고 생각해. 그 여신은 우리가 신의 뜻을 더 명확히 이해하게 도와주거나 그 명령을 잘못 해석했을 때 바로잡아 주는 역할을 해. 또한 엄격한 신과는 달리 무한한 자비가 있어서 죄 있는 사람들조차도 도와주고. 최초의 자유민에게 노웨어로 가는 미로를 안내해 준 것도 이 여신이었다고 우리들은 믿고 있어. 이 여신은 너무 젊지도 늙지도 않고, 예쁘지도 못생기지도 않으며, 보통 여자의 모습으로 계속 살고 있으면서 지금도 시온 어딘가에서 사람을 돕고 있다는 것이 이야기의 핵심이야. 할머니가 말씀하시기를, 어떤 것을 간절히 바랄 때 신께 기도해야 하는 것은 맞지만, 그 기도를 실제로 듣고 신께 전달해 주는 분은 그 여신이라고 했어."

여기까지 말하던 토니는 잠시 숨을 고른 후 다시 말했다.

"노웨어가 어떻게 되겠냐고? 이멜다는 탐욕의 화신이야. 여신의 반대라고 할 수 있겠지. 자유민은 자유롭게 살아야 해. 거주구를 탐내는 순간 욕심과 규칙의 노예가 되는 거야. 너희들의 탈출을 돕는 것은 제임스의 부탁이기도 했지만, 이멜다의 야심에 대한 저항이기도 해. 뭐, 이 정도로 이멜다에게 결정적인 타격을 주지는 않겠지. 하지만 나는 여신께서 어떻게든 우리를 도와주시리라 믿어. 언젠가 이멜다를 끌어내릴 때가 올 거야. 그렇게 된다면 노웨어는 다시 예전의 자유롭고 평온한 생활로 돌아갈 수 있고, 너희 거주구민들도 우리한테 신경 쓰지 않아도 돼. 그것이 서로에게 최선 아니겠니?"

로사는 감동했다. 멋진 이야기라고 느껴졌다. 시온에도 여신이 있었다면 더 좋았을 텐데 하는 아쉬움이 들었다.

"제임스는 이멜다의 심복이잖아요. 그런 그도 아저씨의 의견에 동조할까요?"

댄의 물음에 토니는 알쏭달쏭한 표정을 지었다.

"제임스는 의외로 충성심이 강해. 한번 언약을 주면 잘 바꾸지를 않지. 유나가 그를 제대로 된 방향으로 인도할 수 있다면 좋겠다."

로사도 토니의 말에 동감하였다.

제임스와 유나는 잘 어울리는 한 쌍처럼 보이지만, 위태로운 면도 있었다. 서로에게 부족한 점을 보완해 줄 수만 있다면 정말 좋을 것이다. 댄은 유나 얘기가 나오자 다시 얼굴이 굳어졌지만, 그도 언젠가는 마음속에서 유나를 떠나보내야 할 터였다. 로사는 살짝 댄에게 안쓰러운 마음이 들었다.

상황이 달랐다면, 바늘이라 불리는 우주선 잔해에서의 밤은 참 낭만적이었을 것이다. 그러나 로사는 어지러운 마음으로 인해 좀처럼 잠들 수가 없었다. 자리에 눕기 전에 앞으로의 계획에 대해 댄과 충분히 얘기했지만, 미지의 수가 너무 많았고, 잘할 수 있을지도 두려웠다. 그녀는 토니의 이야기를 되새겨 보았다. 특히 여신 이야기는 로사의 마음에 꼭 와닿았다.

그녀는 한 번도 여신에 대한 이야기를 들어본 적이 없었다. 계시록은 온몸이 희게 빛나는 구세주가 나타나 시온을 구할 것이라는 예언으로 끝을 맺었다. 혹시 그 구세주가 여신일까 생각해 보았지만, 왠지 그렇지는 않을 것 같았다. 여신이 좀 더 인간적이고 사랑이 넘치는 분일 것 같단 생각이 들었다. 물론 계시록의 신도 용서와 사랑을 주시지만, 그것보다는 항상 율법과 심판을 더 강조하였기 때문이었다.

로사는 만약 그녀가 여신과 실제로 마주치게 된다면 알아볼 수 있게 해달라고 간절히 기도했다.

밤이 되자 급격히 기온이 떨어졌다. 다행히 댄과 로사는 우주선 안의 양쪽 벽에 각각 몸을 기대어 찬 공기를 피할 수 있었다. 토니는 밖이 편하다며 그냥 땅 위에 침낭을 깔고 누웠는데, 바로 잠이 든 것 같았다. 댄은 로사와 마찬가지로 잠이 쉽게 오지 않는 모양이었다. 그가 뒤척이는 걸 보던 로사가 말을 걸었다.

"우리도 우주에 갈 수 있을까?"

로사에게 우주란 별과 행성이 있는 막연한 곳이었다. 아니, 신과 신화의 영역으로 치부했음이 더 정확할 것이다. 댄이 망원경이란 것을 만들어 밤하늘을 보여줄 때도 쓸데없는 일이라고 무시했었다. 그러나 지금은 달랐다. 지금은 우주가 현실이고, 미래였다.

"물론이지. 난 어릴 때부터 알고 있었다고. 나의 기도를 여신께서 들어주신 거야."

농담으로 한 말에 로사가 아무런 반응이 없자, 댄은 다시 진지하게 말했다.

"메이가 알려 준 것이 있어. 메이 고향 행성의 첫 정착민들은 만일의 사태에 대비해서 우주 왕복선을 준비해 놓았대. 만약 우리 시온에도 그런 것이 있다면 쓸 수 있을지도 몰라. 그러면 우리에게도 우주로 갈 수 있는 또 다른 기회가 열리게 될 거야."

메이를 도와 자신도 우주로의 여정에 동참하고 싶다는 마음을 댄에게 직접 말한 적은 없었지만, 그는 어느새 알고 있는 듯했다. 자신을 받아 주고 격려해 주는 것 같아 고마웠다.

"그런데 너는 시온을 떠나는 것이 두렵지는 않니? 원래 최고 회의 사제가 되고 싶다고 하지 않았어?"

로사가 물었다.

로사는 정말 미련이 없었다. 엄마 아빠로 알던 분들은 죽었고, 진짜 아빠란 사람은 생각만 해도 몸서리가 쳐졌다. 그녀에게 양자택일을 하라고 하면 정말 눈도 깜빡 안 하고 우주를 택할 것이다.

"두렵지는 않아. 벤 사제님이나 다른 사람이 그립기는 하겠지. 그런 것은 괜찮아. 다만, 만약 시온을 영영 다시 보지 못한다면 굉장히 아쉬울 거야. 시온이 번영하고 시온 사람들이 행복하게 사는 모습을 보고 싶었거든."

댄은 조용히 대답했다.

로사는 살짝 부끄러워졌다. 자신은 자기 자신에 대한 생각만 했지만, 댄은 시온 전체를 걱정하고 있었다. 그가 최고 회의 사제가 되고 싶어 했던 것도 이런 이유였을 것이다.

댄의 말에 로사는 머릿속으로 시온의 미래를 그려 보려 했다. 하지만 자꾸 이곳 우주선의 잔해들만 떠올랐다. 그러다가 어느새 잠이 들었다.

꿈속에서 로사는 우주선을 타고 있었다. 그녀는 너무 행복했다. 그런데 그 기쁨도 잠시, 우주선은 우주가 아닌 시온으로 가고 있었다. 시온은 아무도 살지 않는 황폐한 땅이 되어 있었다. 누군가 여기가 바로 신의 저주를 받은 행성 이드라고 속삭였다.

그녀는 시온에 가고 싶지 않았다. 이런 곳이라면 이드도 가고 싶지 않았다. 어디로 가야 할지 막막하기만 한, 우주의 미아가 된 느낌이었다.

해가 뜰 무렵이 되자 각자 떠날 채비를 하였다. 로사는 제4거주구를 거쳐 제1거주구로 가기로 하였다. 그녀의 궁극적인 목적은 폴 제사장을 만나는 것이었다. 죽기보다 싫었지만 메이의 지시대로 신탁의 방에 들어가기 위해서는 어쩔 수 없다고 댄과 로사는 결론지었다.

댄은 로사가 폴 제사장의 딸이라는 사실을 잘 이용하라며 충고 아닌 충고를 해 주었다. 그는 북동쪽으로 향해 고향인 제7거주구로 돌아가기로 하였다. 로사와 함께 가는 것은 불필요하고 위험한 일로, 굳이 폴 제사장에게 또 다른 의심의 여지를 줄 필요는 없었다.

댄은 벤 사제님을 만나 메이가 얘기한 우주 왕복선의 존재와 앞으로 닥칠지 모르는 외인의 도발에 대해 의논하기로 하였다. 각 거주구의 중지를 모으면 폴 제사장과 외인 사이에 평화를 만들어낼 수 있을지도 모르는 일이었다.

그들은 아침 식사를 마치고 헤어졌다. 댄이 토니와 악수한 후에 로사는 댄에게로 다가가 그를 으스러지듯이 안았다.

"꼭 다시 봐. 건강해."

로사는 그가 무어라 대답하기도 전에 돌아서 버렸다. 눈에 눈물이

고인 것을 보여 주기 싫어서였다.

토니는 로사의 만류에도 적당한 때가 되면 돌아가겠다고 하면서 그녀를 따라왔다. 로사와 토니는 같이 남동쪽으로 걸었다. 한나절 동안 뜨거운 햇살 아래 걷는 일은 고역이었고, 두 사람은 한마디도 하지 않았다. 그러다 마침내 지평선 위로 제4거주구의 형체가 모습을 드러내자, 그제서야 토니가 입을 열었다.

"난 여기까지야. 죽 가다 보면 선로가 나올 거고, 그 길로 가면 조금 더 쉬울 거야. 신의 가호가 함께하길 빌게."

"여러 가지로 정말 고마웠어요."

로사의 마음은 진심이었다. 아침부터 여기까지 같이 와준 것만 해도 큰 힘이 되었다. 그녀는 토니의 볼에 살짝 입맞춤을 하였다. 토니는 돌아서서 온 길로 되돌아갔고, 로사는 가던 길을 계속 가기 시작했다.

철로를 따라 걸으니 토니의 말대로 한결 쉬웠다. 제4거주구 쪽으로 가까이 가자, 역사에 장갑 열차가 세워져 있는 것이 보였다. 로사는 마음속으로 감사의 기도를 올렸다. 그들이 아직 출발하지 않은 것이다. 폴 제사장을 여기서 만나면 많은 수고를 덜 수 있을 터였다.

그녀가 터벅터벅 장갑 열차에 가까이 가자, 열차의 맨 뒤 망루에서 보초를 보던 보안대원이 놀란 듯이 쳐다보았다.

"너는 누구야? 어디서 왔지?"

로사는 힘겹게 대답했다.

"나는 로사예요. 가서 폴 최고 제사장께 전하세요. 조카가 찾아왔다고."

제3장

약속의 증표

지금까지 제임스는 자신의 약속에 충실했다. 유나는 그에게만 온 신경을 쓰고 있는 자신이 원망스러웠지만 어쩔 수가 없었다. 제임스가 옆에 있을 때는 괜찮았다. 그는 다정했으며 재미있었고 유나를 행복하게 만들어 주었다.

처음으로 그의 방에서 자던 날, 그녀가 그에게 요구한 것은 단 한 가지였다.

"나와 사귀는 동안에는 절대로 다른 여자를 품지 않겠다고 약속해 줘요. 영원히 내 곁에 있어 달라는 말은 하지 않아요. 내가 당신을 떠날 수도 있고, 당신이 날 버릴 수도 있겠지만, 절대로 나 몰래 다른 여자를 만나면 안 돼요. 알았죠?"

그는 그러겠다고 약속했다. 그리고 그 약속을 지켰다. 적어도 유나는 그렇게 믿었다. 제임스가 유나의 보호자가 되어 같이 살게 되었다는 소식을 노웨어에서 모르는 사람은 없었고, 유나는 곧 제임스의 옛 애인들로부터 따가운 눈총을 받아야 했다.

　유나는 그녀들의 질시를 기쁘게 받아들였다. 그것이 그의 충실함의 증거라고 여겼다. 그러나 그가 다른 데에 가 있으면 유나는 불안했다. 그가 일 때문에 하루나 이틀, 또는 며칠씩 노웨어를 비우면 온갖 상상으로 괴로워했다. 그러다가 그가 돌아오면 언제 그랬냐는 듯이 다시 기분이 밝아지고 좋아졌다.

　유나는 스스로도 자신에게 문제가 있다고 생각했다. 그래서 한번은 제임스에게 자신의 감정을 나누었는데, 그는 몹시 기분이 상한 것 같았다.

　"날 아직도 못 믿겠어? 난 약속을 했고 그것을 지킬 거야. 이 문제로 더 이상 왈가왈부하지 않으면 좋겠어."

　유나는 움츠러들 수밖에 없었다. 그의 말대로 그를 정말로 믿으면 될 일이었는지도 몰랐다. 그러나 그것은 말처럼 쉬운 일이 아니었다. 유나는 제임스에게 다음번에는 그가 가는 곳에 자기도 데려가 달라고 하였다. 그러자 그는 난색을 표했다. 자신이 하는 일들이 어렵고 위험해서 유나가 같이 가기는 곤란하다고 하였다.

　결국 유나는 제임스가 없을 때마다 분노의 화살을 이멜다에게 돌렸다. 제임스의 일이란 결국 다 이멜다가 시키는 일들이었기 때문이었다.

***

댄과 로사를 탈출시켰던 뜨거웠던 축제의 다음 날, 유나와 제임스가 아직 간밤의 나른함에 취해 있을 때 이멜다가 예고도 없이 불쑥 제임스의 셀에 쳐들어왔다. 유나는 이불로 온몸을 가린 채 눈만 살짝 내밀었는데, 이멜다는 제임스의 침대에 있는 여자가 누구인지에 대해선 궁금해하지도 않는 것 같았다.

"댄을 어디로 빼돌린 거야? 토니가 로사를 바꿔치기한 것도 알고 있었지? 대체 이게 무슨 짓이야!"

이멜다는 전날의 화장도 채 지우지 않은 상태였다. 검고 울긋불긋한 그녀의 화난 얼굴이 더 기괴하게 보였다. 제임스는 침대에서 천천히 일어나 옷을 걸쳤다. 그는 알몸이었지만 이멜다는 신경 쓰지 않았다.

"글쎄요, 전 지금 무슨 말을 하는지 하나도 모르겠네요. 토니요?"

제임스는 천연덕스럽게 거짓말을 하였다.

"그래, 토니. 댄을 지키던 놈들도, 릴리도, 모두 토니가 그랬다고 했어. 토니가 너의 말만 듣는다는 것은 온 노웨어가 다 알고 있어. 네가 시킨 거지?"

옷을 다 입은 제임스는 대답했다.

"아뇨, 토니는 내 말에 따르기도 하지만 어엿한 남자입니다. 그가 로사에 대해 이야기하는 것을 여러 번 듣긴 했었습니다. 그녀를 처음 만났을 때부터 한눈에 반했다고 하더군요. 사랑에 눈이 멀면 바보가 된다고 하던데, 토니가 그럴 줄은 정말 몰랐습니다. 나로서는 도저히 이해도 안 되고요. 자기 딸뻘인 여자인걸요. 그를 잡으면 내

손으로 직접 물어보겠습니다.”

이불로 눈 밑을 가리고 있지 않았다면 유나는 당혹스러울 뻔했다. 제임스의 황당한 말에 웃음이 절로 나왔다. 이멜다가 유나 쪽을 쳐다보았다. 유나는 당황하여 이불로 얼굴 전체를 가렸다.

“흥, 그따위 소리를 내가 믿으라고? 어쨌든 이번만은 넘어가지. 네가 해야 할 일이 많으니까 말이야. 이제부터 여자와 시시덕거릴 시간은 별로 없을 거야.”

이멜다는 들어올 때처럼 쿵쿵거리며 셀 밖을 나갔다. 그리고 자신의 말을 지켰다.

***

제임스는 각 거주구의 공급책으로부터 비밀리에 파워셀을 조달받고 각종 무기의 원재료를 확보하는 일을 도맡아 왔는데, 이번 일은 지금까지의 어떤 일보다도 막대한 자원과 준비가 필요했기에 제임스가 쌓아 놓은 네트워킹을 최대한 활용해야 한다고 했다. 유나는 그가 각 거주구마다 연결 고리를 만들어놨다는 사실이 신기하였다.

그는 제6거주구에 가서 접착제로 쓰이는 액체를 가져와야 하는데, 나흘 정도가 걸린다고 말했다. 유나는 최대한 슬픈 표정을 짓지 않으려고 노력하며 물었다.

“그들은 당신이 무슨 일을 하려고 하는지 알고서도 당신과 거래하나요?”

“거주구민들은 우리를 쓰레기장의 쓰레기라고 부르곤 해. 하지만 그 쓰레기 더미에 자신들이 원하는 것이 있다는 것도 알고 있지. 시온은 각 거주구마다 특산품을 지정해 생산하는데, 최고 회의에서 파워셀을 배급하며 모든 것을 통제하고 있지. 겉으로는 잘 지속되는 것 같지만 실제로는 엉망이야. 어떤 곳은 특정 물건이 넘치고 어떤 곳은 모자라기도 하고 말이지. 그래서 그들은 우리를 찾을 수밖에 없어. 뭐랄까, 노웨어는 시온의 지하 경제를 움직이는 중심이야."

그 부분은 이해가 되었다.

"그러나 전쟁은 다른 일이잖아요. 외인들이 자신들을 상대로 전쟁을 벌이려고 하는 데도 도와줄 거주구민이 있을까요?"

"유나는 사람을 너무 순진하게 생각해. 당연히 그런 사람들은 언제 어디에나 있어. 전체보다는 자신만을 생각하고, 위기가 닥쳤을 때 한몫 잡으려는 사람들이지."

유나는 자신이 아는 사람들 중에도 그런 사람이 있을까 싶어 생각해 봤지만 딱히 떠오르지 않았다.

"제7거주구에도 연결책이 있어요?"

유나는 혹시 제임스가 자기 고향에도 온 적이 있었는지 궁금했다. 그녀의 질문에 제임스는 고개를 저었다.

"제7거주구는 유일하게 나의 관심을 끌지 못했던 곳이었어. 학문의 도시, 교육의 도시라, 사람 빼고는 괜찮은 게 없거든. 그리고 앞으로도 그럴 거야. 왜냐하면 제7거주구에서 가장 소중한 것을 이미 내가 차지했으니까."

그는 유나의 이마에 가볍게 키스했다. 유나의 기분은 한결 나아졌다. 앞으로 나흘도 충분히 잘 버틸 수 있을 거란 생각이 들었다.

제임스가 나가고 유나는 고향과 가족에 대해 생각해 보았다. 부모님과 언니, 형부를 다시 볼 수 있을지 의심스러웠다. 언니가 아기를 낳으면 최고의 이모가 되어 줄 거라고 약속했었는데. 만에 하나 제임스와 헤어지게 된다고 하더라도 거주구로 다시 돌아갈 수는 없을 것 같았다. 외인과 살다 온 여자를 받아 주는 데는 어디에도 없을 테니 말이다. 유나는 기분이 다시 침울해졌지만, 일단은 현재만 생각하기로 마음먹고 이내 떨쳐버렸다. 제임스와 함께인 현재는 너무나 행복한, 지금까지의 삶 중에서 최고의 순간이다. 그렇다면 충분하지 않을까? 유나는 다가오지 않은 미래를 너무 암울하게 볼 필요는 없단 생각이 들었다.

유나는 기분 전환 겸 메이를 보러 밖으로 나왔다. 메이도 나름대로 바빠서 한동안 보지 못했었다.

노웨어 광장은 활기가 넘쳤다. 제13거주구 사람들까지 합세한 후라 어디를 가도 사람이 넘쳤고, 광장 곳곳에는 전쟁 준비를 위한 각종 물자와 물건들이 쌓여 있었다. 동쪽 출구에 있는 장갑 열차에도 많은 사람들이 매달려서 무언가 일을 하고 있었다. 머지않아 전쟁이 일어날 것임을 실감할 수 있었다.

메이는 마침 자기 셀에 있었다. 이멜다의 옆방이었는데, 혹시라도 메이가 댄처럼 도망칠까 봐 염려하는 것 같았다.

"유나 왔어?"

메이는 언제나처럼 유나를 반가이 맞아 주었다. 댄의 탈출을 도운 이후에는 더욱 그랬다. 유나는 노웨어에 제임스 말고도 자기를 반기는 사람이 있다는 사실이 좋았다. 간만에 봐서 그런지, 오늘따라 메이도 굉장히 활기차 보였다.

"일이 순조롭게 잘 풀리나 봐요?"

유나가 인사하며 말했다. 메이는 이멜다와의 거래에서 자신의 요구 사항을 관철시켰고, 그 작업을 진행하고 있었다. 무슨 에너지원인가를 캐낸다고 했었다.

"응, 인부들의 솜씨가 좋아. 제13거주구 광산에서 일한 사람들이어서 그런지, 알아서 척척 하더라고. 마침 지금 현장에 가려 하는데 같이 갈래?"

"물론이죠."

유나는 반가워하며 메이를 따라나섰다.

서쪽 통로를 통해 노웨어를 나가는 화차에서 둘은 노웨어에서의 생활에 대해 이야기를 나누었다. 유나는 메이가 댄에 대해 물어볼까 봐 걱정했지만, 다행히도 메이는 그러지 않았다. 그런 면에서 유나는 메이가 고마웠다. 댄에게 애정을 품고 있지는 않다고 했지만, 메이가 그를 매우 아낌은 분명했다. 그녀는 그를 노웨어서 탈출시켜야 자신이 자유롭게 일을 할 수 있다고 말했었다.

유나는 이런저런 수다를 떨다가 아침에 있었던 일을 털어놓았다.

"아침밥을 받아서 가고 있는데, 또 어떤 여자가 식판을 툭 치고 가는 거예요. 지금까지는 참았지만 오늘은 도저히 참을 수가 없었어요. 식판에 있던 죽을 그 여자 머리 위로 쏟아버렸어요. 그리고 한 번만 더 날 건들면 머리를 몽땅 뽑아버리겠다고 했어요. 그랬더니 소리 지르며 도망가더라고요."

메이는 유나의 말에 배꼽을 잡고 웃었다. 유나는 원래 분에 차 있었지만, 메이가 웃자 덩달아 웃음이 나와 웃음보를 터뜨렸다.

"하하, 유나는 정말 용기가 대단하네요. 그 여자가 머리에 죽을 뒤집어쓴 채 도망치는 상상을 하니 너무 웃겨요."

"그렇죠? 지금까지는 왠지 내가 그녀들한테서 제임스를 뺏은 것 같아서 조심스러웠는데, 이제는 아니에요. 이제는 내가 그를 지켜야 하고, 그 여자들이 도전하거나 수를 쓰면 바로 응징해 줄 거예요."

유나의 결연한 말에 메이는 고개를 끄덕였다.

"그는 오늘도 일 때문에 떠났어요. 4~5일 걸린다나? 내가 옆에 있을 때는 다른 여자들을 막을 수 있지만, 지금처럼 그렇지 못할 때는 내가 할 수 있는 게 아무것도 없어요. 뭐, 어쩌면 우리 사이도 언젠간 끝장이 날 수 있겠죠. 나도 바람을 억지로 붙들어 매지는 않을 거예요."

유나는 쾌활하게 말했다. 남녀 사이에 만나고 헤어지는 일은 자연스러운 것이고, 자신이 거기에 초연함을 보여주고 싶었다.

메이가 말하던 작업장은 얕은 늪지의 지하에 있었다. 지하로 내려가기 위해 바닥에 설치된 커다란 양발 사다리를 딛고 조심조심 내려가니 놀라운 광경이 펼쳐졌다. 오는 도중에 메이가 자세히 설명해 주긴 했었지만, 막상 눈으로 보니 감회가 새로웠다.

'여기가 고대 생물체의 내부 구조물이라니!'

메이가 말한 거대한 구체 주변에서는 인부들이 한창 작업을 하고 있었다. 바깥 늪지의 모래를 퍼 옮겨 구체 밑에 쌓는 일이었다. 모래는 구의 밑에 거의 닿을 정도로 쌓여 있었다. 유나는 현장 책임자와 작업 경과와 일정에 대해 이야기 중인 메이를 뒤로하고, 막연한 호기심에 혼자 더 깊숙이 안쪽으로 발걸음을 옮겼다.

안으로 들어갈수록 주변은 점점 더 어두워졌다. 바닥과 천장을 연결하는 기둥 때문에 마치 미로를 걷는 느낌이 들었다. 유나는 무서웠으나 그래도 발걸음을 돌리지 않았다. 메이에게 이곳을 처음으로 발견해서 알려 준 사람이 댄이었단 얘기를 듣고 나니, 왠지 더 가 보고 싶은 마음이 들었다.

어디선가 물소리가 들렸다. 바닥이 울퉁불퉁하고 경사졌기 때문에 유나는 발끝을 보며 살금살금 걸었다.

그렇게 계속 걷다가 바닥에 떨어진 물건 하나를 본 유나는 흠칫 놀라 걸음을 멈추었다. 심장이 멎을 것만 같았다. 바닥에는 손수건이 하나 떨어져 있었다. 그녀는 떨리는 마음으로 그 손수건을 집어 들었다. 구겨지고 해진 그 손수건은 바로 유나 자신의 것이었다. 유나는 갑자기 감정이 북받쳐 올라 그 자리에 주저앉아 서러운 마음에 흐느껴 울기 시작했다.

얼마나 시간이 지났을까. 메이가 옆에 와 있었다. 그녀는 유나를 안아 주며 다독여 주었다. 유나는 그녀의 품에서 겨우 안정을 찾았다.

"무슨 일이 있었어?"

메이의 물음에 유나는 손수건을 보여주었다.

"그때 산에서 댄이 당신과 떠날 때, 댄에게 줬던 거예요. 그가 나를 사랑한다면 이 손수건을 계속 지니고 있게 해 달라고 마음속으로 빌어 왔었지요. 이제 분명히 깨달았어요. 그가 정말로 떠나갔다는 것을요. 그는 당신이나 로사나 아니면 저 우주 먼 곳으로라도 가겠죠. 어쨌건 내게는 오지 않아요. 내가 제임스와 함께 있는 것을 알고 있으니까요. 난 댄을 사랑했는데, 그가 떠났기 때문에 바람둥이 제임스를 받아들였어요. 그리고 언젠가 제임스마저 떠나버리면 난 홀로 쓸쓸히 살다 죽고 말 거예요."

유나는 다시 눈물이 터져 나와 꺼이꺼이 울었다. 메이는 유나의 머리를 쓰다듬어 주며 말했다.

"아니, 유나는 거꾸로 말하고 있어. 댄이 떠났기 때문에 유나가 제임스를 받아들인 것이 아니야. 유나는 제임스를 사랑하고 있어. 모르겠어? 댄에 대한 감정은 그저 옛 추억일 뿐이야. 지금 유나가 사랑하고 있는 건 제임스이고, 그래서 그를 잃을까 두려워하고 있잖아. 원래 사랑이란 그런 거야. 자기 자신이 잠식당하는 것도 모르고 불꽃에 날아드는 나방과 같지. 그럼에도 그 따뜻함과 황홀한 유혹을 거부할 수가 없는 존재가 우리 인간이야. 나도 겪어봐서 알아. 하지만 뭐 어때? 내가 보기에는 제임스도 유나를 사랑하고 있는걸. 그걸로 충분하지 않아? 그가 유나의 우려대로 떠나버릴지는 알 수 없어. 하지만 나중에 생길지 말지 모를 불안으로 현재를 불행하게 사는 것처럼 바보 같은 일도 없지. 지금에 충실해서 행복하게 살아. 그러면 나중에 어떠한 미래가 펼쳐지더라도 후회는 하지 않을 거야."

제4장

개혁과 변화

시온의 미래를 결정하기 위한 시온 거주민 회의가 열린 시온탑 3층 회의장은 난리 법석이었다. 모인 이들은 세 분파로 나뉘어 각자의 주장을 고집하며 서로를 비난하였다. 수잔 사제를 비롯한 야광봉 시위 주도자들이 다수였고, 제4거주구와 제13거주구를 제외한 거주구 대표단과 폴 제사장에 합류하지 않은 최고 회의의 잔류파가 뒤를 이었다.

벤은 스스로를 어느 분파로도 여기지 않았기 때문에 자신은 네 번째 분파라고 해야 하나 잠시 고민했다가, 이내 쓸데없는 생각을 했음을 깨닫고 고개를 가로저었다.

제4거주구에서 전해진 소식에 의하면 폴 최고 제사장이 보안대 2개 중대와 중무장한 탱크를 앞세우고 제2거주구를 향해 출발했다고 하였다. 제2거주구는 시온 최대의 효모 식량 생산지로, 그곳을 폴 제사장이 차지하고 식량 공급을 중단한다면 당장 나머지 거주구들은 먹을 것이 부족할 터였다. 이 사태를 어떻게 해결할 것인가가 이번 회의의 큰 주제였다.

거주구 대표단에서는 제3거주구의 프랑코 사제가 의견을 주도했다.

"흠, 우리는 다 같은 시온의 백성이자 신의 자녀들입니다. 불필요한 대립과 정쟁은 필요하지 않습니다. 흠, 폴 최고 제사장이 지금까지 강압적이었고, 각 거주구의 의견을 무시한 것은 사실입니다. 그러나 그렇다고 해서 서로 싸울 이유는 없습니다. 우리의 요구 조건만 들어준다면 예전처럼 다시 평화롭게 살 수 있을 것입니다."

"그 요구 조건이 정확히 어떤 것인가요?"

수잔 사제가 물었다. 그녀는 감금당한 여파로 좀 야위었으나 여전히 강건한 느낌이었다.

"흠, 각 거주구의 자치를 좀 더 보장해달라는 것이지요. 예를 들면, 파워셀이나 식량 분배라든지. 우리 제3거주구는 제1거주구와 나머지를 위해 항상 막대한 전기를 생산해왔지만 돌아오는 것은 별로 없습니다. 지난달에도 향료 미네랄의 증분을 요청했었으나 오히려 파워셀 할당량이 줄었습니다. 우리가 맨땅에서 전기를 생산합니까? 다른 거주구들도 마찬가지일 것입니다."

프랑코 사제가 핏대를 올렸다. 작은 키에 다부진 몸을 가진 그는 사제 신분에 어울리지 않는 멋진 콧수염을 기르고 있었다. 제2거주구 대표를 비롯한 거주구 대표단의 다른 사제들도 맞장구를 쳤다. 그들의 주 관심사는 자기들 거주구에 대한 자원 배분의 증가였다.

안타깝게도 스스로의 주장에 모순이 있음을 아직도 깨닫지 못하는 것 같았다.

"바보 같은 소리 마십시오. 폴 제사장이 그런 요구를 들어줄 것 같습니까? 그가 제2거주구를 차지하고 나면 식량이라는 강력한 무기까지 갖게 됩니다. 그렇게 해서 다시 권좌에 오르면 예전보다 더 억압된 통치를 할 것이 분명합니다. 우리는 그가 제2거주구에 도착하기 전에 거기에 가서 폴 제사장을 무너뜨려야 합니다. 제4거주구에서 전해 온 정보에 따르면 폴 제사장가 이끄는 보안대원은 기껏해야 200명이라고 합니다. 우리는 2,000명이 넘는 인원을 동원할 수 있습니다. 승산은 우리에게 있어요."

수잔 사제 옆에 있던 론이 일어나 열변을 토했다. 론은 지난번 구출 작전의 성공 이후 야광봉 시위대의 최고 실세가 되어 있었다. 그를 지지하는 시위대가 회의장 테이블을 두드리며 동조했다. 그러자 모니카 부제사장이 조용히 손을 들어 장내를 진정시켰다. 그녀를 포함한 최고 회의 잔류파는 제일 소수였지만 명목상으로는 이번 회의를 주재하는 입장이었다. 여사제용 두건을 깊숙이 쓴 모니카 부제사장은 여느 때처럼 무표정하게 말했다.

"거주구에 대한 자원 증분은 요구 사항이 될 수 없습니다. 현재의 생산을 가중하는 일은 후손 세대의 자원을 빼앗는 결과를 초래합니다. 또한 어떤 방식으로든 적대적 행위를 통한 평화는 이루어질 수 없습니다. 역사를 비추어 보면, 그런 방법으로 일시적인 평화를 만든다고 해도 인간의 감정이 남긴 원한이 훨씬 더 큰 비극을 만든 예가 많이 있었습니다. 우리는 제2거주구에 가서 평화적 방법으로 폴 최고 제사장과 협의해야 합니다."

그녀의 말이 끝나자마자 회의실은 사람들의 목소리로 들끓었다.

"그는 사악한 사람이야. 우리 아버지에게 무슨 짓을 했는지 알아?"

"예전으로 돌아갈 수는 없어요."

"제2거주구를 지켜야 합니다. 우리는 전쟁을 원합니다!"

벤은 한숨을 쉬며 회의장을 나왔다. 본인도 한마디 할 기회가 주어지지 않을까 싶어 기다렸지만, 그런 기회는 주어지지 않았다. 그리고 막상 무슨 말을 해야 할지도 이제는 헷갈렸다. 세 분파 모두 나름의 합리성과 약점이 있었다. 그러나 평화적으로 모든 시온 사람들이 만족할 만한 해답을 찾는 일은 쉽지 않아 보였다. 어쩌면 폴 제사장도 계속해서 그것을 찾다가 막다른 골목에 봉착하였는지도 몰랐다. 벤은 최고 회의 사제가 되고 싶었던 자신의 꿈이 좌절된 덕분에 자신이 편하게 살아올 수 있었단 사실을 깨달았다.

시온 중앙 타워 입구에는 야광봉 시위대와 시위대에 합류하기로 선언한 보안대원들이 경비를 서고 있었다. 그들은 모두 혁명을 상징하는 형광 리본을 가슴에 달고 있었다.

"벤 사제님, 어디 가세요, 지금 거주민 회의 중 아닌가요?"

얼굴이 익숙한 시위대원이 물었다. 예전에 가르쳤었던 제자였다.

"응, 내가 없어도 회의는 잘될 것 같아. 나는 다른 볼일이 있어서 잠깐 다녀오겠네."

벤은 천천히 길을 나섰다. 한낮의 광장에는 그다지 사람이 많지 않았다. 곳곳에 보이는 시위대의 형광 리본만이 세상이 바뀌었다는 것을 알려 주고 있었다.

벤으로서는 매우 편리한 변화였다. 어젯밤에는 당당히 지하 기록소에도 들어갈 수 있었다. 모니카 부제사장은 기록소에서 몇 시간만 혼자 연구하고 싶다는 벤의 요청을 순순히 들어주었다. 어차피 최고 제사장이 아닌 이상 신탁의 방에는 들어갈 수 없다고 생각했을 것이었다. 비밀번호를 알고 있는 벤은 그런 그녀를 보고 내심 웃었었다.

그런데 웬일인지 신탁의 방은 열리질 않았다. 분명히 예전에 열었던 비밀번호였으나 문은 꿈쩍도 하지 않았다. 혹시나 해서 비슷한 숫자로 여러 조합을 시도해 보았으나 마찬가지였다. 벤은 낙담하였다. 지난 방문 이후 시온에 어떤 변화가 있었는지 알고 싶었기 때문이었다. 신탁의 방문이 열리지 않는 것에 대해선 아인텐이 관여했을 것이라는 생각이 들었다.

'이번에는 나의 방문을 원치 않는 것일까?'

벤은 무엇이 아인텐에게 변화를 주었는지, 그리고 어떻게 정보들을 얻게 되는지 궁금해졌다. 그래서 그는 시온의 종합 통신 센터로 갔다. 통신 센터는 제1거주구 중앙역에서 조금 떨어진 옆 건물에 위치하였다. 3층짜리 건물인 이곳에서는 각 거주구에서 오는 통신선을 중계하였고, 필요시에는 다른 거주구로 전파하기도 하였다.

통신 센터 또한 주요 기반 시설이므로 시위대가 접수하였다. 센터의 출입문은 형광 리본을 단 보안대원이 지키고 있었다. 벤이 모니카 부제사장에게 받은 특별 허가증을 꺼내어 주었더니, 그것을 자세히 들여다보던 보안대원이 옆으로 비켜났다. 벤은 괜히 어깨를 으쓱

하며 안으로 들어갔다.

1층은 센터장 사무실을 비롯한 사무 공간이었다. 통신 센터장은 안경을 쓰고 뾰족한 인상의 나이 든 여자였다. 그녀는 벤의 허가증을 대충 보고는 투덜거렸다.

"내가 여기서 일한 지 벌써 30년이 넘었어요. 젊고 파릇파릇할 때 와서 평생을 교환기를 만지며 살았지. 이제는 신호음만 들어도 어느 거주구에서 오는 통신인지 알 수 있어요. 그리고 냄새만 맡아도 어느 교환기가 낡아서 수리를 맡겨야 하는지도 알 수 있고. 그런데 요즘 젊은 애들은 그런 걸 몰라. 그저 자기 편한 거, 자기 하고 싶은 일만 하려 하지. 올해 새로 들어온 직원 중 절반이 이미 자기 스스로 나갔다우. 뭐, 비전이 없다나 뭐라나. 흥, 신의 가호 아래 주어진 일을 하고, 쉴 수 있는 집과 먹을 수 있는 밥이 있으면 되는 거지. 뭐가 더 필요하다는 말이죠? 이번에 야광봉인지 뭔지 하는 것들도 마찬가지예요. 무슨 인권이며, 개혁이며, 변화라고 난리인데, 지금까지 최고 회의에서 알아서 잘해 왔어. 자기들이라고 더 나을 줄 아나? 세상은 그렇게 쉬운 게 아니에요. 난 무섭지 않아. 지들이 날 어떡할 거야. 기껏해야 나를 여기서 쫓아내겠지. 흥, 차라리 그래 주면 좋겠네요. 여기서 너무 오래 지냈어."

벤은 그녀의 하소연에 웃지 않을 수 없었다. 그는 일단 맞장구를 치고는 조심스레 자신의 목적을 알렸다.

"통신 교환기를 보고 싶습니다. 시온의 모든 통신은 여기를 거친다고 하던데, 만약 제2거주구에서 송신된 신호가 제3거주구나 제4거주구를 향할 때에도 그런가요?"

각 거주구에 있는 통신소에는 송수신기가 한 채널밖에 없기 때문에 모든 통신의 중계는 여기서 이루어져야 했다. 사실 제2거주구에서 제4거주구로의 통신은 군이 이곳 제1거주구를 거치지 않아도 될 것 같지만, 그런 식으로는 되지 않는 모양이었다. 통신 얘기가 나오자 그녀의 목소리는 부드러워졌다.

"그래요. 시온의 모든 통신은 일단 여기에 모였다가 다시 나가요. 처음부터 그랬어요. 통신소의 숫자가 적을 때는 이런 방식이 비효율적으로 보이지만, 통신소가 많아질수록 오히려 유리해지죠. 통신소마다 다른 통신소를 연결하는 모든 채널을 만들려면 그 수가 급격히 늘어나게 되니까요. 현재의 방식으로 하면 통신소들은 하나의 채널만 있으면 돼요. 문제는 여러 통신들이 중첩될 때 어떻게 처리하느냐는 거겠지요."

그들은 2층으로 올라가 중계기가 있는 방으로 들어갔다. 그 방에는 벽을 따라 십여 개의 금속 패널이 설치되어 있었고, 딸깍딸깍 소리와 함께 조그만 불빛들이 반짝거리고 있었다. 각 금속 패널에는 숫자가 쓰여 있었는데, 아마도 거주구를 나타내는 것 같았다.

"질문 하나 할게요. 제2거주구에서 제4거주구로 송신하고 있어요. 그런데 제3거주구에서도 제4거주구로 송신하기를 원해요. 어떻게 해야 할까요?"

벤은 그녀의 갑작스러운 질문에 당황하였다.

"그냥 보내면 안 되나요?"

그녀는 혀를 찼다.

"당신은 바보군요. 제4거주구 채널은 이미 제2거주구에 연결되어 있기 때문에 제3거주구에서는 보낼 수가 없어요. 기존의 통신이 모두 끝나야 비로소 제4거주구 채널을 제3거주구와 연결할 수 있는 거죠. 옛날에는 이런 일들을 모두 사람이 직접 했어요. 여기 구멍들이 보이죠? 각 채널을 연결하는 잭을 꽂는 포트예요."

그녀의 말대로 금속 패널에는 숫자가 적혀 있는 여러 개의 조그만 구멍들이 있었다.

"지금은 그렇게 안 하나요?"

벤은 물어보면서도 스스로 어리석게 느껴졌다. 사실 자동 통신 중계기는 시온 사람들이라면 누구나 들어서 알고 있었다. 물론 그들이 그 원리를 이해하고 있는지는 별개의 문제였다.

"당연히 안 하죠. 50여 년 전에 에뜨리라는 기술자가 신호가 오면 채널의 사용 여부를 확인한 후에 자동으로 연결하거나 대기 상태에 두는 자동 기계 스위치를 발명했으니까요. 그가 여기 있다면 내가 백만 번이라도 키스를 해 줄 거예요. 그 스위치들이 이 금속 패널 안에서 작동하고 있어서 지금 우리가 편하게 일할 수 있게 된 거거든요."

그녀는 자랑스럽게 얘기했다. 마치 그 스위치를 본인이 직접 발명한 듯싶었다.

"그렇게 자동으로 연결된다면 여기 통신 센터에서 중간에 그 내용을 알 수는 없겠군요."

벤의 말에 센터장은 미간을 찌푸렸다.

"우리가 그 내용을 일일이 알 필요는 없죠. 하지만 생각해 보니 좀 특이한 것이 있기는 하네요."

그녀는 벽에 나 있는 문을 열고 작은 부속실로 들어갔다. 그곳에는 위로 들어 올려지는 뚜껑이 있었는데, 그것을 들어 올리자 안에는 수많은 통신선들이 연결되어 있는 것이 보였다. 특히 가운데 부분의 원기둥 쪽에 선들이 집중되어 있었다.

"이 원기둥은 초기 정착민들이 만든 거예요. 아마 그 이전에 만든 건지도 몰라요. 하여튼 후세의 우리에게는 불문율 같은 존재지요. 모든 송수신 선은 일단 여기를 거쳐요. 정확히 무슨 일을 하는지는 모르지만 반드시 그렇게 해야 합니다."

벤은 원기둥을 살펴보았다. 거기에는 신탁의 방에서 보았던 것과 동일한 글자와 기호가 새겨져 있었다. 그가 원하던 대답이었다. 아인텐은 시온의 모든 통신을 도청하고 있는 것이었다. 아인텐의 존재가 새삼 두렵게 다가왔다. 그는 센터장 할머니에게 온갖 감사의 말을 하고는 그곳을 나왔다.

벤이 다시 시온탑 회의실로 돌아왔을 때 회의는 파장 상태였다. 수잔 사제와 론 그리고 몇몇 시위대원들과 모니카 부제사장만이 남아 있었다. 그들은 회의실에 들어오는 벤을 본체만체하고는 자기들만의 이야기를 계속했다. 벤은 말없이 듣고만 있는 모니카 부제사장의 옆자리에 앉았다.

"모니카 부제사장님, 혹시 신탁의 방에 들어가 보셨습니까?"

벤은 지나가는 말투로 물어보았다.

"아뇨, 한 번도 없습니다. 폴 최고 제사장께서 다음번에 같이 신탁을 듣자고 하셨지만, 그 후 여러 가지 일들이 생겨 버렸지요."

"그렇군요, 신탁의 방에 무엇이 있는지는 알고 계시나요?"

그녀는 벤을 똑바로 보았다.

"신탁은 신의 말씀을 말하지요, 그렇지 않은가요? 우리가 해야 할 일은 그 말씀을 올바르게 이해하고 실천하는 것입니다."

"하지만 만약 그 전지전능하신 신도 우리에게서 정보를 얻어야만 한다면 어떻습니까? 우리의 정보라는 것이 잘못되었을 수도 있는데 말이지요."

모니카 부제사장은 눈을 깜빡였다.

"신께서는 인간의 탄원을 들어야 합니다. 그것이 최고 제사장의 역할이기도 하지요. 하지만 벤 사제님의 말대로 모든 정보가 정확할 수는 없습니다. 그래서 신께서 세상의 균형을 잡기 위해 노력할 때, 그 균형을 흐트러뜨리기 위한 노력도 필요합니다. 사람들은 흐트러진 균형 가운데에서 묘하게 새로운 길을 찾기도 하거든요."

벤은 뒤통수를 얻어맞은 느낌이 들었다. 모니카 부제사장의 말이 무엇을 의미하는지 생각하고 있는데, 회의실 문이 열리며 보안대원 1명이 들어왔다. 그는 곧장 론에게로 가서 작은 소리로 얘기했다. 론은 자리에서 일어나 벤에게로 왔다.

"벤 사제님, 잠깐 같이 가실까요? 확인할 것이 있어서요."

"그래? 그러지."

보안대원이 앞장을 서고 론과 벤이 뒤를 따랐다.

"그래서 회의에서는 어떤 결정이 있었나?"

벤의 물음에 론이 화를 냈다.

"모두들 겁쟁이들이에요. 우유부단하고요. 그들은 앞에 음식을 갖다 놓아도 먹을 수 있을까, 어떻게 먹을까 망설일 거예요."

그는 힘주어 말을 이었다.

"우리는 내일 아침에 제2거주구로 출발합니다. 전투가 가능한 야광봉 대원과 충성을 서약한 제1거주구 보안대원을 모두 데리고 갈 거예요. 거주구 대표단들은 자기네 보안대원들을 차출하는 것을 거절했어요. 거주구에 생길지 모르는 만일의 사태에 대비해야 한다나? 결국은 추이를 보았다가 유리한 쪽에 붙으려는 계획이 눈에 뻔합니다. 우리가 폴 제사장을 무찌르고 돌아올 때 어떤 변명을 늘어놓을지 기대가 되네요."

론은 확신에 차 있었지만 벤은 염려가 되었다.

"그런가? 모니카 부제사장하고 다른 최고 회의 사제들은? 그들은 어떤 입장인가?"

"뭐, 똑같습니다. 같이 가서 협의를 중재하겠다나요? 그럴 필요 없다고 했습니다. 아무 도움도 안 될 테니까요. 우리는 싸우러 갑니다."

벤은 론의 호연지기가 걱정되었다. 설령 중재가 아무 도움이 안 되더라도 최고 회의 사제들과 함께 있는 것은 중요하였다. 폴 제사장뿐만 아니라 우리 쪽에도 최고 회의의 정통성이 있음을 시온 사람들에게 보여줄 필요가 있기 때문이었다. 폴 제사장이 그릇된 판단과 행동으로 탄핵당한다면 그 뒤를 이을 사람은 모니카 부제사장이고, 거주민들을 설득시키는 데 훨씬 더 유리할 것이었다.

그러나 론은 이런 사정을 아는지 모르는지, 마치 계시록의 풋내기 영웅처럼 오직 힘에 의해서만 모든 일을 결정하려 하고 있었다. 벤은 수잔 사제와 언젠가 이야기를 나누어야겠다고 다짐했다.

그들이 도착한 곳은 아이러니하게도 교화소였다. 지난번에 교화소에 갇힌 사람들을 자유롭게 하기 위해 그렇게 고생했었는데, 이제는 입장이 바뀌어 또 다른 누군가들을 가둬 놓고 있다니 한탄스러웠다.

"제4거주구에서 제7거주구로 가는 트램에 몰래 숨어 있는 것을 발견하여 이리로 끌고 왔습니다. 보안대의 밀정 같은데 도통 입을 열지 않습니다. 여간내기가 아닙니다."

보안대원이 말했다. 그는 어깨에 형광 리본을 달고 있었고, 그것으로 자신은 보안대원이 아니라고 주장하는 듯하였다.

"제4거주구 쪽에서 왔다면 틀림없이 폴 제사장의 첩자일 거야. 그놈의 입을 열어 가능한 모든 정보를 캐내야 해."

론이 혼잣말로 중얼거렸다.

"그런데 날 왜 불렀지?"

벤의 질문에 보안대원 제복을 입은 남자가 말했다.

"그가 제7거주구로 벤 사제님을 만나러 가는 길이라는 말만 반복했습니다. 벤 사제님이 여기 있는 것도 모르더군요. 필시 거짓말이겠지만, 혹시 몰라 정식 취조를 하기 전에 확인을 부탁하려 합니다."

벤은 정식 취조란 말이 거슬렸다. 그들도 고문을 자행하려는 것일까 하는 의구심이 들었다. 인간은 어찌 이렇게 똑같은 잘못을 반복하고 권력에 의해 쉽게 타락하는지 안타까웠다.

지하실에 들어가 보니 한 남자가 의자에 묶인 채 앉아 있었다. 그가 얼굴을 숙이고 있었기 때문에 잘 보이지는 않았지만, 벤은 그가 누구인지 금방 알 수 있었다.

"아니, 댄! 네가 여기는 대체 웬일이니? 괜찮은 거니?"

벤은 댄의 앞에 가서 무릎을 꿇고 댄의 얼굴을 들어 올렸다. 많이 맞았는지 댄의 얼굴은 퉁퉁 부어 있었다. 그래도 그의 기는 꺾이지 않은 모양이었다. 그는 터진 입술로 미소 지으며 말했다.

"벤 사제님, 이렇게 만나게 되는군요. 이 사람들에게 붙잡혔을 때부터, 신께서 나에게 무엇을 주시려고 또 이러시나 계속 생각하고 있었어요. 아직까지 그 답을 찾지 못하고 있었는데, 이제 알겠어요. 신은 정말 대단해요. 이들이 나를 사제님께 데리고 오리라고는 상상도 못 했거든요."

제5장
인공 지능과의 대결

댄은 정말 오랫동안 잤다. 이렇게 푹 자 본 것이 얼마 만인지 기억이 나지 않을 정도였다. 얼굴을 비롯해 온몸이 욱신욱신 쑤셨지만, 그래서 더 잠이 달콤했다. 잠을 깬 댄이 눈을 비비며 침대에서 일어난 것은 한낮이 되어서였다.

댄이 거실에 나가보니 벤 사제는 테이블에 앉아 차를 마시고 있었다. 간밤에 그는 거실의 소파에서 잠을 잔 듯했다.

"푹 잤니?"

댄이 다가가자 벤 사제는 댄을 위해 차를 따라 주었다. 쌉쌀한 향기의 차는 따뜻해서 좋았다.

"따라가지 않으셨군요."

댄의 말에 벤 사제는 고개를 끄덕였다.

"고민하고 있었는데, 너를 보니 안 가는 것이 맞다고 결론 내렸어. 네 말마따나 우리가 여기서 만나게 된 것도 분명 이유가 있어서일 테니깐."

간밤에 벤 사제는 댄에게 이곳의 상황을 알려 주었다. 폴 최고 제사장과 그의 보안대를 막기 위해 저항군이 제2거주구로 출발한다고 하였다. 벤 사제는 같이 가야 하나 고민했지만 그렇게 하지 않기로 결심한 듯하였다. 댄으로서는 잘된 일이었다. 벤 사제와 나눌 얘기가 많았다.

두 사람은 간단히 아침 겸 점심을 먹으며 간밤에 나누었던 대화를 이어나가기 시작했다. 벤 사제는 신탁의 방에 있는 기계에 대해 메이가 자신과 같은 생각을 하였다는 것에 기뻐했다.

"결국 모든 것은 대재앙으로 불리는 전쟁으로 귀결되는 것 같아. 우리는 1000년 전 첫 번째 정착민의 후손이라고 생각해왔지만, 500년 전 대재앙의 침략자들과 정착민 중에 누가 전쟁에서 승리했는지는 모르는 일이거든. 확실한 건 그 전쟁에서의 승자가 지금의 시온 사회를 건설한 거지. 그들은 첫 번째 정착민의 전철을 밟고 싶지 않았고, 그래서 선택한 것이 바로 고립과 통제였어. 시온을 이 태양계의 다른 행성들과 고립시키고 계시록의 이름으로 통제함으로써 영원히 지속 가능한 세상을 만들고 싶었던 거야. 계시록에 나와 있는 하늘의 수호천사가 실은 킬러 위성이고, 신탁이 사실은 인공 지능의 통치를 위한 방편이라는 것을 감쪽같이 감추고 말이야."

댄은 여러 가지 생각이 떠올랐다.

"예전에 제가 썼던 보고서가 기억나실지 모르겠지만, 1000년 전에 행성들이 정렬된 적이 있었어요. 500년 전에도 그랬어요. 그리고 7년 뒤면 미온에 의한 일식이 생기면서 또 한 번 그런 일이 생길 거예요. 그럼 그 때 세 번째 인류가 또 오게 될까요?"

"글쎄. 에덴 또는 이드가 이미 멸망했다면, 찾아올 누군가가 또 있을지는 잘 모르겠네. 어찌 됐건 계시록을 쓴 사람들에게 그것은 피할 수 없는 미래였나 봐. 그렇지 않았으면 그토록 공을 들여 방어 시스템을 만들지는 않았을 테니."

벤 사제가 계시록에 대해 그런 식으로 말하는 것이 놀라웠다.

"사제님, 계시록이 정말 전쟁에서 이긴 사람들의 위선과 거짓으로 쓰인 것이라면 우리가 믿는 신도 없다는 뜻인가요?"

댄에게 계시록이란 어디까지가 진실이고 어디까지가 비유인지 알기 힘든 늘 고민스러운 존재였다. 그런데 지금 벤 사제의 말이 진짜라면, 우리는 모두 지금껏 옛날 사람들의 속임수에 장단을 맞추고 있었던 것이 아니었나 싶어 자괴감이 들었다.

"오, 그런 것은 아니야. 댄, 오해하지 마. 우리가 알던 신탁이 인공지능 기계라고 해서 우주를 창조하신 신 자체가 가짜라는 뜻이 아니야. 계시록에서 말씀하시는 신은 분명 존재하네. 다만 그 말씀과 뜻을 알기 위해서는 신탁의 방이 아닌 다른 곳을 찾아야 한다는 것일 뿐이지. 그것은 우리가 꾸는 꿈을 통해서도 나올 수 있고, 다른 사람의 입을 통해서도 나올 수 있어. 결국 신이란 그분을 믿는 모든 사람의 마음속에 계시니까 말이야."

식사를 마치고, 댄은 벤 사제와 함께 게스트 하우스를 나섰다. 목적지는 시온탑이었다. 드디어 오랫동안 고대했던 고대 자료 기록소에 들어가게 되는 것이었다. 댄은 흥분되면서도 한편으로는 예전에 꾸었던 꿈이 기억나 마음이 뒤숭숭하였다. 벤 사제님 말대로 꿈을 통해 신의 뜻을 알 수 있는 거라면, 자신의 꿈속에서 보았던 시체와 뭔지 모를 것으로 가득했던 시온탑의 지하는 무슨 의미일지 궁금해졌다.

"이유는 모르겠지만 며칠 전에 갔을 때 신탁의 방에 들어갈 수 없었어. 오늘 다시 시도해 보긴 하겠지만, 만일 들어갈 수 없더라도 네가 원하던 고대 천문 자료는 찾아볼 수 있을 테니 손해 볼 일은 없을 거야."

작은 골목길을 나와 자유의 광장을 가로지르며 벤 사제가 말했다. 벤 사제의 발목은 다 나았다고 했지만 자세히 보니 살짝 저는 것 같았다. 아침에 대규모 부대가 떠나고 난 후여서인지 광장은 을씨년스러웠고 돌아다니는 사람도 많지 않았다.

믿음의 계단을 오르기엔 너무 힘들 것 같았기에, 그들은 빙 돌아서 시온탑 입구 쪽으로 갔다. 그곳도 보안대원들이 지키고 있었다. 그들의 가슴에 형광 리본이 달려 있기는 했지만, 그들과 가까이 있을 때마다 노웨어에서의 기억이 떠올라 댄은 긴장하지 않을 수 없었다. 그러나 벤 사제의 통행증을 확인한 그들은 아무 말 없이 댄과 벤 사제를 안으로 들여보내 주었다.

자료 기록소는 댄이 상상했던 것보다 좀 더 평범하였다. 이미 진짜 컴퓨터와 우주선, 그리고 외인들의 생활까지 직접 접했던 후라,

어떤 것을 본다 해도 웬만해서는 감흥을 느끼지 못했을 터였다.

댄은 벤 사제의 도움으로 천문 기록 자료가 보관된 방으로 들어갔다. 방 가운데에 있는 테이블 위에는 태양계의 모형이 놓여 있었다. 가운데의 태양을 중심으로 불모지 도온, 쌍둥이 행성 레온과 미온, 그리고 은빛 시온이 있었다. 도온이 제일 작았고, 레온과 미온은 시온보다 살짝 컸다. 이들 고체 행성 바깥에 태양계에서 가장 큰 라온, 그다음으로 큰 솔온, 마지막으로 가장 멀리에 도온만 한 크기의 파온이 놓여 있었다. 라온 주위에는 여러 개의 위성들도 있었고, 솔온에는 원반 모양의 링도 보였다.

모든 행성 모형은 테이블에 지지대로 연결되어 있었는데, 바퀴가 달려 있어 테이블에 설치된 궤도를 따라 움직일 수 있게 되어 있었다. 댄은 레온을 한번 밀어 보았다. 그러자 태양 반대쪽에 있던 미온도 같이 움직였다. 쌍둥이 행성은 크기와 궤도가 거의 같았는데, 태양을 중심으로 반대편에 위치하고 있는 특징이 있었다. 이들은 쌍둥이지만 한 번도 만난 적도 없고 만나서도 안 되는 행성들이었다.

"이걸 봐."

벤 사제가 테이블 밑의 스위치를 켜자, 행성들 모형들 위로 영상이 나타났다.

"신기해요, 이게 홀로그램이군요."

댄은 어린애처럼 들떠 있었다. 홀로그램으로 나타난 행성들은 태양 주위를 천천히 돌았다. 아마 각각의 공전 속도에 맞게 프로그램되어 있었을 것이다.

댄은 홀로그램을 살펴보았다. 자신의 행성 관측 기록과 계산이 맞는지 확인하고 싶었지만, 어디에도 시간 정보가 나타나진 않았다. 홀로그램이 그 증거까지 보여준다면 제일 좋았겠지만, 결국은 원천 자료를 분석하는 수밖에 없었다.

원천 자료는 벽에 설치된 선반에 보관되어 있었다. 고대인들이 사용하는 작은 원판 디스크였는데, 앞면에 자료의 연도가 쓰여 있었다. 19개의 디스크에 약 1000년 전부터 500년 전까지의 기록이 담겨 있었다. 대재앙, 아니 하늘에서의 전쟁 이후 더 이상 천문 관측을 하지 않았다는 사실이 새삼스럽게 다가왔다.

댄은 그중 하나를 골라 옆에 있는 슬롯에 넣었다. 슬롯 위로 모니터가 있었고, 그 옆에는 방향키가 있어 자료를 검색할 수 있었다. 모니터에 데이터가 표시되자, 옆에서 같이 모니터를 지켜보던 벤 사제가 혀를 차며 말했다.

"이 숫자들이 무엇을 나타내는지 알 수 있나?"

"여기, 이 줄이 시간이고요, 여기서부터는 시간에 따른 각 행성의 위도, 경도가 나와 있네요. 좌표계를 어떤 것으로 했는지 모르지만 제가 관측한 동일 시간의 행성 자료를 비교하면 확인할 수 있을 것 같아요."

댄의 대답에 벤 사제는 고개를 가로저으며 말했다.

"아, 난 숫자만 보면 머리에서 쥐가 나."

그리고 그는 방 밖으로 나갔다. 댄은 한동안 더 이것저것 데이터를 들여다보았다. 이 자료를 모두 학교에 가져가 분석하고 싶었지만, 그럴 수 있을지는 미지수였다. 아니면 그가 기록해 놓은 노트를 이리로 가져와 여기서 분석하는 방법도 있을 것이었다. 어쨌든 시간이 좀 걸릴 작업임은 틀림없었다. 나중에 모든 것이 다 정리되면 그때 여유롭게 할 일이었다. 마음 한구석에 과연 그런 날이 올까 싶은 의구심이 들려 하자, 그는 복잡해진 마음을 돌리려 벤 사제를 찾아 나갔다.

벤 사제는 기록소 제일 안쪽의 문 앞에 서서 열심히 무언가를 하고 있었다. 댄이 가까이 가서 보자 그의 얼굴은 낙담한 표정이 역력했다.

"역시 안 열리네. 맨 처음에 왔을 때는 한 번에 열 수 있었는데."

"여기가 신탁의 방인가요?"

"그래. 전에 왔을 때는 계시록의 '문을 두드려라. 너희에게 열릴 것이다'라는 구절이 생각나서 그 책의 장과 절을 암호로 넣었더니 열렸었는데 말이지."

"49권 7장 7절 말씀이요?"

댄의 말에 벤 사제는 자랑스레 웃음을 지었다.

"역시 나의 수제자군. 기억하고 있었구나."

댄은 조금 쑥스러워졌다.

"예, 제가 제일 좋아하는 구절이거든요. 물론 '진리가 너희를 자유롭게 하리라'라는 구절도 좋아하지만요. 그런데 49권 7장 7절 말고도 또 비슷한 구절이 있어요. '구하여라, 찾을 것이다'란 말씀이요. 근데 그게 어디에 있었죠?"

그러자 벤 사제가 눈이 동그래지며 외쳤다.

"맞아, 그렇지! 왜 내가 여태 그 생각을 하지 못했을까?"

벤 사제는 문의 번호판에 있는 숫자를 눌렀다. 경쾌한 소리와 함께 문이 찰칵 열렸다.

"댄, 너는 시온에서 가장 똑똑한 학생이다!"

벤 사제는 기쁨에 넘쳐 한손으로 댄의 어깨를 잡아 흔들며 문 안으로 들어갔다.

댄은 스스로를 아인텐이라 부르는 기계를 유심히 관찰하였다. 직육면체의 검은색 표면은 아무런 장치도 없이 매끈했으며, 사람이 다가가면 어느 위치에 상관없이 모니터와 키보드가 표시되었다. 방에 있는 유일한 가구로 의자가 하나 있었으나, 벤 사제는 거기에 앉지 않고 돌아다니며 아인텐과 대화하였다.

미리 언질을 받은 후여서, 댄은 신탁의 방이 아주 낯설게 느껴지지는 않았다. 실론호의 부속실과 비슷하다는 생각마저 들었다. 다만 방 한가운데에 위압적으로 놓인 검은색의 아인텐이 왠지 무섭게 보였다. 사람처럼 지능을 가졌다는 기계에 대한 선입견은 쉽게 바꿀 수 있는 것이 아니었지만, 아인텐의 목소리는 차분하고 청아한 여성이었다. 벤 사제와의 대화를 들으면 들을수록, 기계라기보다는 그냥 사람과 이야기하고 있다고 착각할 정도였다.

벤 사제가 시온의 여러 가지 통계에 대해 물어보자, 아인텐은 소상히 대답해 주었다. 그는 또한 시온의 통신망에 대해 질문도 하였는데, 그러나 거기에 대해서 아인텐은 뚜렷한 답을 하지 않았다. 질문이 명확하지 않고, 자신이 가지고 있는 정보의 원천에 대해서는 최고 제사장 이외에는 밝힐 수 없다는 말만 반복하였다.

"그럼 명확히 물어보지. 제1거주구에 있는 통신 센터와 연결되어 그곳으로부터 정보를 받고 있나?"

"대답할 수 없습니다."

아인텐의 답변에 벤 사제는 댄을 보며 웃으며 말했다.

"그 말인즉슨 그렇다는 뜻이야. 내가 얘기했지? 인공지능이란 것이 때로는 어처구니없이 단순하거든. 거짓을 말할 수 없기 때문에 질문만 잘 하면 네가 원하는 어떤 대답도 들을 수 있어."

아인텐을 앞에 두고 이렇게 노골적으로 말해도 되나 싶었지만, 어차피 인공지능의 감정까지 걱정할 일은 아니었다.

댄은 자신의 용건을 꺼냈다. 킬러 위성의 존재와 그것에 대한 조종에 관한 것이었다. 교묘한 유도 질문을 통해 아인텐이 킬러 위성의 존재를 알고 있다는 사실은 금방 밝혀낼 수 있었으나, 그것을 어떻게 조종할 수 있는지에 대해서는 도무지 접근이 쉽지 않았다.

댄은 초조해졌다. 메이를 위해서, 아니 자신을 위해서도 킬러 위성을 작동 불능 상태로 만들어야 했다. 그 해답이 바로 이 아인텐에게 있는데, 도무지 협조할 기미가 보이지 않았다.

"너의 존재 이유가 뭐지?"

댄은 불현듯 생각이 나 물어보았다.

"나는 시온의 인류를 보호하고 존속시키기 위해 존재합니다."

아인텐이 낭랑한 목소리로 대답했다.

"무엇으로부터 보호하지?"

"첫째, 환경의 위협으로부터 보호합니다. 그러기 위해서 시온 자연환경의 변화를 상시 관측하고 있습니다. 둘째, 외부 세력의 침입으로부터 보호합니다. 이에 따라 시온의 우주 방어 시스템을 가동, 운용하고 있습니다. 마지막으로 시온 거주민 자체로부터 보호합니다. 인간의 무질서와 예측 불가능한 행동이 수용 가능한 범위를 벗어나게 될 경우 상황에 맞게 대응합니다."

댄과 벤 사제는 서로를 쳐다보았다. 아인텐은 생각한 것보다 훨씬 더 광범위하고 복잡한 일을 하고 있었다. 이것을 처음 만든 사람들이 어떤 의도로 이런 임무를 부여했는지 의아했다. 벤 사제가 물었다.

"현재 시온 거주민이 수용 가능한 범위를 벗어나 있는가?"

"그렇습니다. 시온의 인구 증가와 그에 따른 자원의 소모는 예측된 범위를 초과하고 있습니다. 이를 시정하지 않으면 당초 설정된 존속 기간 전에 중대한 파국을 맞을 위기에 처해 있습니다."

"당초 설정된 존속 기간이란 언제까지를 말하는 것이지?"

"앞으로 7년 11개월 25일 뒤입니다."

이번에는 댄이 물었다.

"그 뒤에는? 어떻게 되지?"

"나는 오직 설정된 존속 기간까지만 계산합니다. 그 이후는 계산 범위 밖입니다."

댄은 무서운 생각이 들었다.

"12년 전 제12거주구가 사라진 것도 네가 한 짓인가?"

아인텐은 잠시의 망설임도 없었다.

"시온 거주민의 생명에 관련된 일에 나는 직접적인 판단을 할 수 없습니다."

"그렇다면, 간접적인 방법은 있다는 거야?"

벤 사제의 가시 돋친 말에도 아인텐은 차분하였다.

"최종 제언을 통해 제사장에게 건의할 수 있습니다. 결국 시온의 통치는 최고 회의를 통해 이루어집니다."

댄은 갑자기 분노가 치밀었다. 이따위 기계가 뭔데 시온 사람들의 운명을 결정하는지 납득이 되지 않았다. 아까부터 고민하고 있었던 일을 결행할 때가 되었다고 결심했다. 그는 의자를 집어 들었다. 벤 사제가 깜짝 놀랐다.

"댄?"

"벤 사제님! 아무래도 이 기계는 존재해서는 안 될 것 같아요. 이것을 부숴야만 킬러 위성도 멈추고 시온 사람들도 자유롭게 살 수 있을 거예요."

댄은 벤 사제의 대답을 기다리지 않고 아인텐을 향해 의자를 세게 내리쳤다. 의자의 다리 하나가 부러지면서 강한 충격이 댄의 팔에도 전해졌다. 그러나 아인텐은 흠집 하나 없이 멀쩡하였다.

"그런 무식한 방법 말고, 분명히 어딘가에 전원 연결 장치가 있을 거야. 이 기계를 멈추려면 그것을 찾아 끊어야 한다고."

벤 사제가 충고했다.

"경고합니다. 당장 이 방을 나가십시오. 경고합니다."

아인텐이 경고하였다. 다만 그 목소리에는 여전히 아무 감정이 없었다. 댄과 벤 사제는 그 소리를 무시한 채 아인텐의 주변과 방 안을 살살이 살펴보았다. 직육면체에는 아무런 패널과 이음새가 없었고, 그것은 바닥에 올려져 있는 것이 아니라 바닥 아래로 계속 이어져 있었다.

"아무래도 여기서는 찾을 수 없겠는걸. 지하로 내려가 아래쪽에서 차단해야 할 것 같아."

벤 사제가 말했고, 댄도 같은 생각이었다. 바깥에는 지하로 내려가는 길이 있을지도 모른단 생각에, 댄은 출입문으로 가서 손잡이를 돌렸다. 그러나 손잡이는 꼼짝도 하지 않았다.

"벤 사제님! 문이 안 열리는데요?"

벤 사제가 와서 다시 시도해 보았으나 마찬가지였다. 문은 열리지 않았다.

"아인텐, 왜 문이 열리지 않지?"

벤 사제가 질문했지만, 아인텐은 계속 똑같은 경고의 말만 되풀이할 뿐 아무런 반응이 없었다. 두 사람은 불안해지기 시작했다.

"아인텐이 우리를 죽이려는 걸까요?"

댄이 녹초가 되어 주저앉으며 말했다.

그들은 벌써 6시간째 이곳에 갇혀 있었다. 문은 절대로 열리지 않았고, 방 안을 아무리 살펴도 딱히 빠져나갈 방법은 보이지 않았다. 댄이 문을 부수려고 남아 있는 의자의 잔해로 열심히 노력해 보았으나 아무 소용이 없었다. 무엇보다도 아인텐의 끊임없는 경고 방송은 사람을 미치게 했다. 어떠한 회유와 협박과 애원을 해도 아인텐은 오직 같은 말만 반복하였다. 어쩌면 대화 기능이 상실되었는지도 모른단 생각이 들었다.

"글쎄, 아까 자신은 거주민의 생명에 직접적인 위해를 가할 수 없다고는 했지만, 지금 보니 거짓일 수도 있겠군."

벤 사제는 일찌감치 벽에 기대앉아 있었다. 그는 매우 피곤해 보였다.

"그런데 가슴이 답답하지 않아? 난 숨쉬기가 좀 힘드네."

댄도 마찬가지였다. 처음에 그는 자신이 문을 부수기 위해 힘을 써서 그런 거라고 생각했다. 하지만 왠지 그렇지 않을 수도 있다는 생각이 들었다. 그는 문 가까이에 가서 문틈으로 공기가 유입되는지 확인해 보았다. 확신할 수는 없었지만, 바람의 흐름 같은 것이 느껴지지 않았다.

"이 방이 밀폐되어 있다면 곧 산소가 부족해질 거예요."

댄의 말에 벤 사제는 희미한 웃음을 지었다.

"옛말에 신에게서 버림받은 사람은 차라리 숨이 막혀 버려 죽기를 바라는 것이 낫다고 했는데, 다름 아닌 우리를 두고 하는 말이었구나. 하하."

벤 사제는 아직 농담할 여유가 있는 모양이었다. 그러나 댄은 마음이 더 초조해졌다. 기계에서 나오는 경고 방송은 날카로운 그의 신경을 계속해서 긁었다. 그는 마음을 진정시키려고 노력했다. 무언가 방법이 있을 것이다. 설마 이렇게 끝나려고 이 모든 일이 벌어진 것은 아닐 터였다. 댄은 정신을 집중해서 간절히 기도했다.

그때였다. 출입문이 갑자기 찰칵하며 열렸다. 그리고 문밖에서 시원한 공기가 들어오는 것이 느껴졌다. 신께서 자신의 기도를 들어주셨다고 생각한 댄은 감개무량하였다. 벌떡 일어나려 했지만 정신이 혼미할 지경이 돼 버린 그는 가까스로 중심을 잡았다. 댄은 일어나지 못하고 있는 벤 사제를 부축하여 일으킨 다음, 함께 밖으로 나왔다. 그러자 모니카 부제사장이 그들을 맞이하였다.

"모니카 부제사장님, 우리를 구하러 와 주셨군요."

벤 사제가 감격하며 감사의 말을 전했다.

"일단 빨리 나가시죠. 아인텐이 정상 상태로 돌아오기 전에."

모니카 부제사장의 재촉에 그들은 기록소를 서둘러 빠져나갔다. 시온탑 밖으로 나오니 한밤중이었다. 댄은 심호흡을 하며 폐에 양껏 산소를 공급해주었다. 기분이 너무 상쾌하였다. 그들은 시온 광장 가장자리의 벤치에 앉아 잠시 쉬었다.

"우리가 신탁의 방에 갇혀 있다는 것을 어떻게 알았죠?"

댄이 물었다. 설마 신께서 댄의 기도를 듣고 그녀에게 전달해 주지는 않았을 것이었다.

"아인텐이 비상 모드로 전환되어 있다는 사실을 조금 전에 알게 되었어요. 비상 모드는 아인텐이 공격을 받아 위험에 처해 있거나, 아니면 거꾸로 누군가를 위험에 빠뜨리려 한다는 것을 의미하거든요. 그래서 벤 사제님이 위험에 빠져 있을 것이라고 예상했습니다."

댄은 어리둥절했다. 일단 모니카 부제사장이 아인텐의 이름을 알고 있다는 것이 놀라웠고, 지금 정상이 아닌 상태임을 알고 있다는 점도 신기했다. 벤 사제는 그다지 놀란 표정은 아니었다.

"아인텐이 원래는 거주민의 생명을 위험에 처하게 할 수 없지만, 비상 모드일 때는 가능하군요."

"그렇습니다."

"그리고 당신은 아인텐과 교감을 하고 있군요."

"아인텐과 가까운 곳에 있을 때, 난 가끔씩 무선 기능을 활성화합니다. 물론 그것은 약간의 위험을 수반하죠."

두 사람은 댄이 이해하지 못하는 말을 주고받았다.

"아인텐이 당신에게서 무엇은 원하는데요?"

"아인텐은 내가 자신에게 돌아오기를 바라고 있지요. 처음부터 그랬어요. 아인텐은 우리가 분리된 이유를 아직 이해하지 못하거든요."

모니카 부제사장이 옅은 미소를 지었다. 아니, 미소를 지었다는 느낌을 주었다.

제6장
국면 전환

폴은 자신감에 넘쳐 있었다. 사실 지난 두 달간은 제대로 되는 일이 하나도 없었다. 그러나 이제는 달랐다. 모든 일이 그의 뜻대로 진행될 것이고, 오늘이 새로운 시작의 첫날이 될 것이다.

아침이 되자, 폴과 보안대는 1호 탱크를 선두로 하여 제2거주구로부터 약 8킬로미터 지점까지 전진하였다. 지평선 위에 제2거주구 건물과 중앙 타워가 보였다. 폴은 일부러 천천히 다가가라고 지시해 놓았다. 저들에게 대비할 충분한 시간을 주기 위해서였다. 그러나 너무 시간을 끌어 의심을 사도 안 되었다. 적절한 호흡 조절이 필요했다.

정오가 되면서 폴은 반군의 규모를 정확히 알 수 있었다. 그들은 선로를 중심으로 가로로 진을 치기 시작했다. 선로 위에는 각종 가구며 건자재들을 쌓아 바리케이드를 만들었고, 양옆으로 각각 12개 중대 규모의 반군들이 도열하였다. 중대별로 다른 색깔의 깃발이 바람에 휘날렸고, 그들의 발 앞에 세워 놓은 커다란 금속 방패들은 햇볕을 받아 눈부시게 빛났다. 폴은 홀로 냉소를 터뜨렸다. 애송이들이 옛날 풍월을 듣기는 한 모양이라고 생각했다.

반군이 선로 위에 쌓아 놓은 바리케이드는 보기에도 뚫고 지나가기 쉽지 않을 것 같았다. 이 장애물을 제거하는 동안 양쪽 날개에서 학익진을 펼쳐 공격해 온다면, 아무리 탱크라도 방어가 녹록하지 않을 것이다. 탱크에 있는 전기총들로 적에게 피해를 입힐 수는 있겠지만, 그들이 인해 전술을 펼친다면 또다시 탱크를 탈취당할 수도 있는 노릇이었다.

노웨어에서의 악몽이 다시 살아났다. 폴은 고개를 가로저었다. 그때는 외인들을 너무 과소평가했었다. 효모 발효장으로 특공대를 침투시킬 줄은 상상도 하지 못하였다. 물론 우주선도 전혀 예상하지 못했던 것은 마찬가지였다. 그러나 두 번 다시 같은 실수를 반복하지는 않을 자신이 있었다. 외인들에게는 따로 응징의 시간이 주어질 것이다. 그때까지는 일단 눈앞의 걸림돌을 먼저 제거해야 했다.

"모건 중대장, 2시간 뒤에 1개 분대와 장갑 화차를 보내어 적의 전력을 탐색해 보도록 하게. 자네가 직접 이끌도록."

폴은 전망 창에서 내려와 모건 중대장에게 명령을 내렸다. 장갑 화차에는 전동 엔진이 없어서 사람의 힘으로 움직여야 했지만, 발전기는 실을 수 있어서 전기총으로 무장되어 있었다. 적의 웬만한 접근은 충분히 막을 만한 화력을 갖추고 있었다.

"제가 직접 지휘하란 말씀입니까?"

모건 중대장에게 긴장한 기색이 엿보였다.

"그래. 적이 접근할 경우, 가지고 간 화력을 모두 쏟아붓고 바로 퇴각하면 되네. 적의 전력을 확인해 보는 것이 이번 탐색의 목적이야."

"알겠습니다."

대답을 마친 모건 중대장이 나갔다.

모건 중대장이 나가고 최고 회의 사제들이 들어왔다. 그들은 언제나처럼 호들갑을 떨었다.

"저들의 숫자가 대단하네요. 우리보다 오십 배는 많은 것 같아요. 이래서는 절대 승산이 없습니다. 화평을 제안할 것을 제안합니다."

존 사제가 중앙의 테이블 의자에 앉자마자 소리쳤다. 햇볕이 따가웠는지, 그의 벗겨진 이마에는 땀이 송글송글 맺혀 있었다.

"과장이 심하군요, 존 사제님. 제가 보기에 저들은 약 2,000명쯤 되어 보입니다. 그렇다면 우리보다 약 열 배 정도 많은 것이지요."

피터 사제가 지적했다.

"열 배든 오십 배든 적의 숫자가 월등히 많은 것 아닙니까? 이길 수 없는 싸움은 아예 도전하지 않는 편이 좋다는 것이 나의 지론입니다."

"바보 같은 소리 마십시오. 싸움은 숫자로만 하는 것이 아니지요. 우리에게는 강력한 무기인 이 탱크가 있지 않습니까?"

제4거주구 출신인 데이빗 사제가 말했다. 그는 탱크의 설계 제작에 있어 중요한 역할을 했기 때문에 탱크에 대해 특별한 애착을 지니고 있었다.

"그러나 철로가 막혀 있으면 꼼짝 못 합니다. 적들이 저렇게 가로로 길게 포진한 이유는 분명합니다. 탱크가 바리케이드에 묶여 있는 동안 포위하여 공격할 것입니다."

유진 사제가 의견을 개진했다. 그나마 유진 사제가 여기 있는 사람들 중에서는 가장 상황 파악을 잘하였다.

폴은 잠자코 그들의 말을 경청했다. 폴이 최고 제사장이 되어 배운 한 가지는 회의 석상에서 일단 참석자들의 의견을 들으라는 것이었다. 그들의 말이 아무리 쓸데없고 변죽을 울린다 하더라도, 그들은 회의에서 발언한 사실만으로 자신들이 매우 중요한 역할을 했다고 만족감을 느끼게 될 것이기 때문이었다. 그래서 결국은 폴의 뜻대로 모든 결정이 이루어져도 마치 그것이 처음부터 자기들의 의견인 양 찬성하였다.

유진 사제의 말에 다른 최고 회의 사제들은 모두 불안한 기색을 보였다. 병력도 부족하고, 핵심 전력인 탱크마저 큰 역할을 하지 못할 상황이라면 도저히 이길 수 없을 것이라고 생각하는 듯하였다.

폴은 굳이 이들의 불안을 안도시킬 필요를 느끼지 못했다. 그들은 계륵 같은 존재였다. 마음 같아서는 제4거주구에 두고 오고 싶었지만, 혹시라도 그들에게 무슨 일이 생겨서도 안 되기에 데리고 온 것이었다. 전투에서의 승리 후 제1거주구에 개선할 때 그들이 필요하기 때문이었다. 아무리 쓸모없는 인간들이라 하더라도 그들은 시온 최고 회의의 사제들이었고, 시온 최고 회의라는 명분과 당위는 폴 혼자서는 얻을 수 없었다.

그러나 거기에는 부수적인 대가가 따랐다. 그들은 장갑 열차 안에서의 열악한 환경에 불만을 토로했고, 전쟁과 전투에 대해서는 아무것도 모르면서 모든 의사 결정에 참여하기를 원했다. 폴은 도대체 자기가 무슨 잘못을 했길래 신이 이런 벌을 주시나 회의가 들 정도였다.

"그래서 모건 중대장에게 정탐의 임무를 맡겼습니다. 아직은 모든 것이 불확실하니 탐색 임무 뒤에 모건 중대장과 함께 다시 작전 회의를 열겠습니다."

폴의 선언에 최고 회의 사제들은 서로를 쳐다보더니 하나둘 일어나며 자리를 떴다. 자기들끼리 모여 걱정과 불안과 불만을 토로할 것이 눈에 선했다.

폴이 자리에 앉아 잠시 생각을 정리하고 있는데 로사가 침대칸의 문을 열고 나왔다. 로사가 온 이후로, 폴은 자신이 쓰던 침대칸을 로사에게 내 주고 자신은 회의실의 소파에서 잠을 잤다.

"사제님들은 앞으로의 일이 걱정되나 봐요."

로사가 폴의 맞은편에 앉으며 말했다.

"다 듣고 있었던 게냐?"

"방음이 안 되어 있잖아요."

로사의 말투에는 뭔지 모를 가시가 박혀 있었다. 폴은 그것이 로사가 이제야 자신의 진짜 부모에 대해 알게 된 여파라고 생각했다. 아니면 그 때문에 외인들에게 당한 고초 때문일 수도 있었다.

"불평하고, 걱정하고, 쓸데없는 제안을 하지. 그것이 그들의 일이야. 신경 쓰지 말아라."

"걱정되시지 않나 봐요."

로사가 잠시 뜸을 들이고 말했다. 폴은 로사에게 사람들이 있을 때는 외삼촌이라고 부르고 없을 때는 아버지라고 불러도 좋다고 했다. 그러나 그녀는 두 호칭 다 사용하지 않았다.

***

로사가 홀로 찾아와 자신이 폴의 딸임을 알고 있다고 했을 때 폴은 놀라지 않았다. 아니, 정확히는 로사가 노웨어를 탈출하여 여기까지 따라온 것이 놀라웠기에 그 밖의 것은 별로 귀에 들어오지 않았다. 로사의 말로는 자신을 연모하는 외인 남자가 있어 그를 이용하였다고 했는데, 진실인지 의심스러웠고, 어떻게 이용했는지 궁금하기도 했다. 그러나 상관할 필요는 없었다. 어쨌든 로사를 되찾았으니 그걸로 충분하였다. 그녀가 어떤 목적을 가지고 찾아왔든지 간에 폴의 수중에 있으면 염려할 일이 없었다.

폴은 로사에게 그동안 엄마로 알고 있었던 유노 부인은 로사의 엄마도, 폴의 여동생도 아니며, 그렇기 때문에 그녀가 죽은 유노 부부와는 실질적으로는 아무런 관계가 없다고 알려 주었다. 사실 로사의 슬픔을 덜어주기 위해서라기보다 자기 스스로에 대한 변명에 가깝기도 했다.

그 부분에 대해 로사는 특별한 언급을 하지 않았다. 어떻게 폴이 자신의 진짜 아버지임을 알게 되었는지에 대해서도 얘기하지 않았다. 다만 외인들도 그 사실을 알았고, 자신을 죽이려고 했다는 것만 말하였다. 폴은 로사가 그런 끔찍한 경험을 겪은 것이 안타까웠다.

"정말 무서웠겠구나. 그러나 이제 두려워하지 마라. 내가 너를 지켜주마. 너도 이제 진실을 알았으니 오히려 잘 되었다. 시온을 재건하고, 노웨어를 지도에서 없애버리고 나서 우리 행복하게 잘살도록 하자."

폴은 그녀에게 약속했고, 로사는 그 약속을 받아들였다.

***

"명심해라. 준비 없이 어떤 일도 시작해서는 안 돼. 아까 존 사제는 승산이 없으면 도전하지 말라고 했는데, 난 승산이 있을 때까지 준비하라고 말하고 싶다. 이 아빠가 필요한 준비는 다 해놓았으니, 지켜보면 무슨 뜻인지 알 거야."

폴은 가급적이면 대화 중에 호칭을 쓰려고 노력했다. 언젠가 로사가 그를 아빠라 부를 날도 올 것이라고 믿었다. 로사는 얼른 화제를 돌렸다.

"그러면 우리는 제1거주구로 돌아가게 되는 건가요? 음, 예전에 학교 친구와 같이하기로 한 졸업 프로젝트가 있어요. 댄이라고 하는데, 꽤 똑똑해요. 그 프로젝트를 위해 같이 자료 기록소에 들어갔으면 하는데, 허락해 주실 거죠?"

폴은 갑작스러운 로사의 요청에 당황했다. 이런 시기에 졸업 프로젝트라니. 아직 로사가 철이 없다는 생각이 들었다.

"물론이지. 마리 사제와 함께 들어갈 수 있도록 해 주겠다. 그런데 댄이라면, 벤 사제와 같이 다니는 친구 아니니?"

예전에 보고받은 기억이 났다.

로사는 눈을 깜빡였다.

"예, 맞아요. 그랬던 것 같아요."

"그렇다면 그 친구와의 프로젝트는 중단하는 게 좋겠다. 잘 들어라. 앞으로 시온은 큰 변화를 맞이할 것이고, 거주구민들도 마찬가지야. 이 변화에 저항하는 세력이 있는데, 그들은 시온의 적이고 뿌리 뽑아야 할 암과 같다. 벤 사제는 그들의 일원이고. 제1거주구로 복귀하면, 나는 어쩔 수 없이 그들을 제거해야 한다. 그렇다면 벤 사제와 댄이라는 친구는 더 이상 거주구에 발을 디딜 수 없을 거야."

폴은 로사에게 어느 정도 미리 설명해야 할 필요를 느꼈다. 그녀도 철이 들 때가 되었다. 로사는 창백한 표정이 되었다.

"제거라뇨? 그들, 시온의 적들을 죽일 건가요?"

너무 직접적인 표현에 폴은 인상을 찌푸렸다. 로사는 아직 젊은데다 여자라서 금방 감정적으로 변하는 것 같았다.

"글쎄, 궁극적으로는 그것이 바람직하겠지. 하지만 일반 거주민들을 너무 겁줄 필요도 없으니까, 일단은 어디에 감금하든지 추방하든지 해야 할 것 같다."

사실 폴도 구체적으로 고민해 보지는 않았다. 야광봉 시위대와 그 가족 및 추종 세력을 모두 따지면 상당한 수가 될 수도 있었다. 그들을 모두 제거하려면 특단의 대책이 필요할지도 몰랐다.

"어쨌든 너는 이에 대해 신경 쓸 일 없다. 프로젝트는 다른 친구를 찾든지 혼자 할 수 있겠지?"

폴의 말에 로사는 고개를 끄덕였다.

모건 중대장의 탐색전은 별다른 효용이 없었다. 그는 너무 조심한 나머지 바리케이드가 사정거리에 들어서자마자 장갑 화차의 전기총을 쏘아대었다. 그러나 반군의 금속 방패가 상당히 튼튼해서 그들에게 별 타격은 주지 못했다. 모건 중대장은 탄약이 모두 소진된 후에 적이 반격의 기미를 보이자 바로 후퇴하였다. 한 가지 소득이라면 반군이 만든 바리케이드도 화차 위에 올려져 있어서 이동 가능하다는 사실을 안 정도였다.

반군은 바리케이드를 조금씩 뒤로 후퇴하면서 양쪽 날개를 좁혀 오는 방식으로 탐색대를 포위하려 했지만, 모건 중대장이 빨리 뒤로 내빼는 바람에 특별한 반격을 가하지는 못하였다. 폴은 그들의 무기 수준을 알고 싶었으나 그러지 못한 점이 아쉬웠다. 그러나 적어도 전기총 같은 첨단 무기가 없는 것은 확실해 보였다. 반군은 후퇴하는 장갑 화차를 조금 추격하다가 다시 원래의 자리로 되돌아갔다. 그들도 지나치게 쫓다가 역시 함정에 빠질 것을 두려워하는 듯했다.

모건 중대장이 복귀한 후 작전 회의가 재개되었다.

"그들은 기존의 방패에 추가로 금속판을 덧댄 것 같습니다. 총알이 첫 번째 판을 뚫더라도 다음 것에는 속수무책입니다. 방패를 앞세워 다가온다면 아무리 전기총이 있어도 막기 힘들어 보입니다."

모건 중대장의 보고에 존 사제가 요란을 떨었다.

"우리가 전기총을 앞세울 것을 이미 알고 있던 것입니다. 제4거주구 사람들이 우리를 배신했어요."

"전기총에 대해서는 이미 작년부터 온 시온이 알고 있었습니다. 괜한 트집 잡지 마세요."

데이빗 사제가 변호했다. 둘은 원래 사이가 좋지 않았다. 주제가 또 옆길로 새기 전에 폴이 모건 중대장에게 질문했다.

"그 방패는 가벼워 보이던가?"

"그렇지 않습니다. 뭐 들 수야 있겠지만 그 상태로 오래 버티기는 어려워 보였습니다. 그래서 포위망을 좁히는 데 시간이 오래 걸린 것 같습니다."

"그것으로 충분하네. 그럼 오늘 밤 작전을 개시한다."

폴은 자신의 작전을 그 자리에서 설명하였다. 처음에는 반신반의 하던 사제들도 폴의 설명에 확신을 얻은 듯 기뻐했다. 그들은 마치 이미 승리를 얻은 듯이 폴을 치켜세우며 의기양양한 표정을 지었다.

폴은 그들을 내버려 두었다. 보안대원들에게도 사기 진작이 필요하고, 이들을 통해서도 어느 정도 이루어질 것으로 생각되었다. 전투에서는 기 싸움도 매우 중요함을 외인들과의 교전을 통해 이미 경험한 바였다.

그날 밤, 폴은 로사와 함께 수송 열차의 지붕 위에 올라가 전투를 지켜보았다. 외인들과의 전투 때는 공명심으로 인해 스스로 선두에 섰으나, 그것이 바보 같은 짓임을 곧 깨달았다. 전투 중 실종된 예레미 사제의 예만 봐도 그랬다. 최종 지휘관은 맨 뒤에서 전황을 조율해야 한다. 그래서 이번에는 실제 전투 지휘는 부하들에게 일임하였다. 어쩌면 승리에 대한 자신감이 있었기에 그렇게 했는지도 몰랐다.

선봉에 선 1호 탱크와 장갑 화차, 그리고 주로 제4거주구 출신의 1개 보안 중대가 본진을 맡았다. 중대원들은 방패와 곤봉을 들고 헬멧을 쓴 채 탱크와 장갑 화차의 주위를 둘러싸 전진하며 혹시라도 적군이 총알을 뚫고 접근하는 것을 막는 임무를 맡았다.

폴과 로사, 최고 회의 사제들과 몇몇 민간인들만 후방에 남아 있을 뿐 최소한의 경호대도 없었다. 폴은 이번 작전에 모든 것을 걸었다. 승리 외에 다른 대안은 없었다. 승리를 가져다줄 비밀 무기는 모건 중대장이 이끌고 있었다.

필요는 발명을 낳는다고 했던가. 제4거주구에서 제작했던 탱크를 새로 보완한 4호 탱크는 기존의 탱크들과 크게 다른 점이 있었다. 처음부터 선로와 일반 대지 위를 달릴 수 있도록 만들어져서 바퀴에 체인을 끼고 빼는 작업을 할 필요가 없었다. 좌우 바퀴들을 독립적으로 운용할 수 있게 하였기 때문에 땅 위에서 자유자재로 방향을 전환할 수도 있었다. 게다가 마력과 토크를 상당히 높여 놓아서, 이제는 경사진 곳이나 굴곡진 곳도 어느정도 오르내릴 수 있었다.

폴은 이 4호 탱크에 실전 경험을 한 정예 1개 중대를 붙여 크게 우회하도록 하였다. 작전의 핵심은 1호 탱크를 비롯한 선봉이 적군과 교전하는 중에 4호 탱크가 뒤에서 적을 급습하는 것이었다. 모건 중대장에게는 최대한 눈에 띄지 않게 접근했다가 마지막 순간에 돌진하라고 명령하였다. 적의 숫자가 많기 때문에 방패로 진을 짜 대비할 시간을 주면 아무런 효과가 없기 때문이었다. 작전을 한밤중에 개시하는 이유도 마찬가지였다.

그것은 한밤중의 불꽃놀이이자 쇼였다. 밤하늘에 낮게 드리운 구름 밑으로 탱크와 화차의 둔탁한 소리가 어둠을 갈랐고, 긴장이 최고조에 다다를 무렵, 드디어 요란한 전기총 소리가 평야를 메웠다.

적의 주 무기는 투창이었다. 그들도 본 전투를 위해 낮에는 투창을 아꼈음이 분명했다. 반군은 계속해서 투창을 던지며 다가왔다. 탱크와 화차에서 불을 뿜는 전기 총알이 적의 금속 방패에 부딪힐 때 작열하는 섬광에 의해 적군이 조금씩 포위망을 좁혀 오는 것을 알 수 있었다.

갑자기 적군의 바리케이드가 불타올랐다. 폴은 쓴웃음을 지었다. 저 정도의 불꽃을 만들려면 상당한 양의 효모 천이 필요할 터였다. 시온에서는 무엇이든 재활용했기 때문에 쓰고 남은 천을 불태우는 일 따위란 거의 없었고, 불꽃을 보는 경우는 더더욱 그랬다. 반군이 꽤 공을 들여 준비는 한 듯하였으나, 폴로서는 자원의 낭비가 아까웠다.

불타는 바리케이드는 앞으로 움직이기 시작했다. 탱크를 무력화시키려는 목적일 것이었다. 그러나 바리케이드가 다가와도 1호 탱크는 계속해서 전진했다. 폴은 이런 상황도 대비해서 지시를 내려놓았다. 바리케이드의 불꽃으로 인해 좀 더 선명히 전황을 볼 수 있었다.

아무리 방패를 촘촘히 들고 있더라도 결국 틈이 생기기 마련이다. 전기총의 난사에 이따금씩 처절한 비명소리와 함께 적군이 쓰러지는 게 보였다. 그리고 아군 쪽에서도 적의 투창에 쓰러지는 사상자가 나오기 시작했다. 쓰러지는 적의 숫자가 더 많은 것 같았지만 그들은 원래 수가 많았기 때문에 별로 표가 나지는 않았다.

바리케이드가 어느 정도 가까이 왔을 때, 마침내 1호 탱크에서 레일건이 발사되었다. 레일건의 위력은 정말 대단하였다. '쉿' 하는 소리와 함께 바리케이드가 말 그대로 폭발하였다. 다급해진 적군이 속도를 내어 가까이 다가왔다. 포위망이 점점 더 좁혀져 어느 순간 적군이 방패를 버리고 일제 돌격을 감행할 수도 있을 만한 거리에 도달했을 때였다.

폴의 마음에 실낱같은 불안이 싹트려고 할 때 모건 중대장의 특공대가 공격을 개시했다. 적의 오른편 뒤에서 4호 탱크가 불을 뿜으며 돌진했고, 그 뒤를 중대원들이 달렸다. 적은 갑작스러운 기습에 일제 돌격 타이밍을 놓쳤고, 허를 찔린 채 우왕좌왕하였다. 바로 이어서, 1호 탱크가 부서진 바리케이드를 밀치고 지나가자 폴의 본진도 포위에서 벗어날 수 있었다.

그 뒤는 일사천리였다. 양옆에서 공격당한 적은 방패를 내던지며 도망갔고, 많은 수가 그 와중에 사살되거나 붙잡혔다. 완벽한 승리였다. 다른 객차 지붕 위에서 지켜보던 최고 회의 제사들은 환호성을 지르며 서로 부둥켜안았다. 폴도 작은 소리로 신께 감사드리며 옆에 있는 로사의 어깨를 안았다.

마침내 폴의 새로운 시대가 도래하였다. 폴은 그것을 딸과 함께할 수 있음에 기뻤다.

제7장
신혼 선물

 유나는 기쁨에 들떠 나지막이 콧노래를 흥얼댔다. 거울 속에 비친 그녀의 모습은 스스로 생각해도 예뻤다. 눈가의 짙은 그림자와 빨간 입술 덕에 얼굴이 더 깨끗하고 하얗게 느껴졌다. 요즘 외인 여자들 사이에서 유행하는 볼 터치도 넣을까 하였으나, 그것은 그만두었다. 그들과 똑같아 보이기는 싫었다. 대신 긴 머리의 반쪽을 빨간 리본으로 묶어 넘겼고, 목에는 제임스가 준 초록색 사파이어 목걸이를 걸었다. 직접 재단하고 손질한 미니 드레스가 지나치게 과감한 듯했지만, 상관하지 않았다. 여기는 노웨어고, 자유로운 영혼의 집합소니까.

 "예쁜이, 아직 준비 안 됐어?"

 제임스가 들어오며 물었다. 그는 다가와서 뒤에서 유나의 허리를 안았다.

"예쁘네. 이렇게 단장하느라고 늦는구나?"

그가 유나의 목에 입을 맞추었다.

"아이, 머리가 흐트러지잖아요."

유나가 거울 속의 그를 보며 눈을 흘겼다. 제임스는 손을 풀었다.

"지금 출발해야 해. 사람들이 기다리고 있다고. 짐은 다 챙겼어?"

"맞다, 아직 짐을 안 챙겼네. 잠깐만 기다려요."

유나는 서둘러 배낭에 짐을 쌌다. 짐이라고 해 봐야 간단한 옷가지와 화장품들이었지만, 무엇을 가져가고 무엇을 두고 가야 할지 계속 망설였다. 그 모습을 한참 지켜보던 제임스는 유나가 펼쳐 놓은 것들을 몽땅 배낭 안에 넣어버렸다.

"일단 가져가고, 나중에 생각해. 출발하자."

"하지만 쓰지도 않을 것을 가지고 다니면 힘만 더 들잖아요."

유나의 불평을 들었는지 못 들었는지 제임스는 성큼성큼 나갔고, 유나는 입을 삐죽거리며 그를 뒤따랐다.

제임스의 말대로 남쪽 출구의 화차 옆에서 사람들이 기다리고 있었다. 3명의 남자 외인은 제임스처럼 거주민 옷차림을 하고 있었고, 당혹스럽게도 이멜다도 보였다. 제임스와 유나가 다가가자 남자들이 유나를 보고 휘파람을 불었다. 이멜다는 유나를 아래위로 훑어보고는 한마디를 던졌다.

"신혼여행이라도 가나 보지?"

그녀는 대답을 기다리지 않고 바로 제임스에게 말했다.

"정신 똑바로 차려. 실패하면 어떻게 될지 알지?"

이멜다는 다시 유나를 쳐다보았다.

"저 예쁜 얼굴을 다시는 못 볼 거야."

제임스는 건조하게 대답했다.

"내가 할 일은 내가 알아서 할 테니, 신경 끄십시오. 지금까지 이렇게 잘해 오지 않았나요?"

이멜다는 그의 말을 무시했다.

"여자애를 데리고 가게 하는 것이 잘하는 건지 아직도 모르겠어. 넌 가끔 너무 충동적이란 말이야."

"이 일을 하는 것도 그 충동 덕분이겠죠. 유나는 나름의 역할이 있어 같이 가는 겁니다. 올라가."

제임스가 외인들에게 명령했다. 그가 더 이상의 대화를 원치 않음을 분명히 하자 이멜다도 물러났다. 이멜다를 제외한 사람들이 화차에 올랐고, 간단히 인사를 나눈 후에 화차는 곧 출발하였다.

제임스가 변론해 주었지만, 유나는 이멜다 때문에 기분이 몹시 나빠졌다. 자신이 앞에 있는데, 사람 취급도 안 하는 것 같아 더욱 자존심이 상했다. 그리고 제임스를 마치 수족처럼 대하는 것이 싫었다.

"왜 이멜다에게 쩔쩔매요? 노웨어에서는 다 자유민으로서 명령받지 않고 자유롭게 산다면서요?"

유나가 화난 목소리로 물었다.

"글쎄, 그렇기 때문에 노웨어에서는 더 치열하게 살아. 거주구에서는 아프다든지 해서 일을 하지 못하면 사회가 부양해 주지만, 우리는 그런 법이 없거든. 적자생존의 피라미드이고, 그 꼭대기에 올라가려면 명령에 순종하는 법도 배워야 해.”

“그건 거주구와 마찬가지네요. 거주구민들도 피라미드의 꼭대기에 올라가 남들로부터 대접받기를 원해요.”

“맞아, 그런 면에서 인간이 사는 사회는 결국 다 비슷하다고 할 수 있겠지.”

유나는 갑자기 댄 생각이 나서 더욱 분개했다.

“그런데 왜 그래야 하는 거죠? 꼭대기에 오르지 않아도 행복하게 잘살 수 있잖아요? 당신도 권력이나 명예를 원하나요?”

“워워, 진정해. 내가 권력이나 명예를 원한다면 싫어?”

제임스가 장난스럽게 물었다.

“당신이 이멜다나 폴 제사장 같은 사람이 될까 봐 두려워요.”

제임스가 댄처럼 떠나가 버릴까 봐 두려운 마음도 있었지만, 유나는 왠지 그 말까진 하고 싶지 않았다.

“하하, 그럴 수도 있나? 이렇게 얘기하지. 난 명령받는 것을 아주 싫어해. 진정한 자유민으로 살기를 원하지. 그런데 살아오면서 깨달은 한 가지는 명령받지 않기 위해서는 명령을 내리는 위치에 있어야 한다는 거야. 그러기 위해서는 나보다 높은 사람의 명령에 따라야 할 때도 있는 거야. 이해가 되나? 이제 명령 따윈 잊어버리고 가서 할 일만 생각하자고.”

제임스의 논리는 이해가 되지 않았다. 명령을 받고 싶지 않기 때문에 결국 명령을 따라야 한다니. 쳇바퀴 도는 말장난 같았다. 그러나 유나는 그의 말을 따랐다. 더 이상 이런 일로 머리를 어지럽힐 이유가 없었다. 그들은 제6거주구로 갈 예정이었고, 이멜다의 말대로 마치 신혼여행을 떠나는 느낌이었다. 이 좋은 시간을 망칠 수는 없었다.

　노웨어의 미로를 벗어나 광야에 나오자 유나와 제임스는 일행과 갈라졌다. 그들은 각자 다른 경로를 통하여 최종 목적지로 가기로 하였다. 유나는 최종 목적지가 어딘지 몰랐지만 상관하지 않았다. 제임스와 함께 있으면 족했다.

　그들은 광야에서의 첫날밤을 바늘이라고 부르는 옛 우주선의 잔해에서 보냈다. 해 질 녘의 그곳은 숨 막히도록 아름다웠다. 멀리 서쪽에서 산과 절벽의 봉우리들이 길게 그림자를 드리웠고, 동쪽으로는 땅과 하늘이 하나가 되어 어두워졌다. 하늘에는 라온이 짙은 갈색의 모습을 드러냈고 곧이어 별들이 나타나기 시작했다. 바늘은 둘만을 위한 완벽한 풍경과 공간을 제공하였다.

　간단히 저녁을 먹고, 오랫동안 사랑을 나눈 후에 유나는 제임스의 품에 안겨 쉬었다. 유나가 조르자 제임스는 이곳에서의 추억과 어린 시절에 대해 유나에게 이야기해 주었다. 이미 아는 얘기도 있었지만, 유나는 제임스의 모든 말에 감탄하며 재미있어했다. 그의 어린 시절은 참 파란만장했다.

　"당신에게 토니가 있어서 참 다행이었네요."

　유나의 지적에 제임스는 동의했다.

　"그는 나의 아버지 같은 존재지. 나에게 많은 것을 가르쳐 주었어."

　"지금은 어디 있을까요?"

　토니는 댄과 로사를 도망치게 한 후로 노웨어로 돌아오지 않았다.

　"어딘가에 있겠지. 별로 걱정은 안 해. 그는 내가 필요할 때 나타날 거야. 언제나 그랬거든. 아, 너무 오래 이야기했더니 입이 아프다. 이제 자야겠다."

제임스는 곧 잠이 들었다. 하지만 유나는 쉽게 잠이 오지 않았다. 자신에게도 토니 같은 사람이 있었는지 생각해 보았다. 유나의 부모님은 선량한 사람들이었지만 그다지 살갑게 지내지는 않았다. 언니도 마찬가지였다. 유나는 주로 댄을 의지했었다. 그는 마음이 통하는 친구였고, 언제나 유나 편을 들어주었다. 최근에 벤 사제와 친해지기는 했으나, 그것은 댄 때문이었지 벤 사제가 유나의 멘토는 아니었다.

차라리 메이가 더 깊은 마음을 나눌 수 있었다. 출발하기 전에 유나는 메이에게 이번 여행에 대해 알려 주었다. 유나가 자신의 계획을 털어놓자 메이는 자기 일처럼 기뻐했다.

"나도 설레네. 가서 행복하고 소중한 시간 만들어. 내가 빌어줄게."

메이의 작업은 한창 진행 중이었고, 그녀는 거기에 정신없었기에 자세한 얘기는 나중에 각자 모든 일이 끝나면 다시 나누기로 하고 헤어졌다. 하지만 사실 유나는 그 상황이 잘 그려지지는 않았다. 모든 일이 어떤 식으로 끝날지 도무지 알 수 없었다. 그저 모두에게 행복한 결말이 되었으면 좋겠다고 간절히 기도했다.

날이 밝기 전에 그들은 출발했다. 유나는 가지고 온 원래의 자신의 옷으로 갈아입었다. 얼굴의 화장도 모두 지웠다. 거주구에서 입던 자루옷이 이렇게 불편한 줄 몰랐다고 투덜댔으나 당분간은 어쩔 수 없었다.

그들은 그날 완전히 어두워지고 나서야 제4거주구에 도착하였다.

지난번에 보안대와 함께 장갑 열차를 타고 멀리 지나가면서 보기는 했지만, 직접 거대한 우주선의 잔해를 가까이에서 보니 그 위용에 경탄을 금할 수 없었다. 거주구 우주선 안으로 들어가는 입구는 여러 개가 있었는데, 특별히 검문이나 보초는 없었다.

우주선 안은 완전히 다른 세상이었다. 천장에 커다란 구멍이 난 거대한 외벽과 내부 구조물이 있어 기괴한 형태로 만들어진 도시 같았다. 외벽을 따라 설치된 수많은 전등으로 인해 도시는 무척 밝았고, 많은 사람들이 좁은 골목 같은 통로를 지나다니고 있었다.

유나는 제임스의 뒤를 따라가며 골목골목을 구경했다. 이 골목에서 인부들이 선체의 일부와 전선 절단 작업을 하고 있다면, 바로 다음 골목에서는 가판대에서 음식과 음료를 팔고 있었다.

여러 골목을 지나간 뒤, 제임스는 한 찻집으로 들어갔다. 그곳은 다양한 종류의 미네랄 음료를 팔고 있었고, 여러 사람들이 테이블에 앉아 음료를 마시고 있었다. 제임스가 주인을 만나러 안쪽 주방으로 들어가 있는 동안, 유나는 비어 있는 테이블 하나에 앉았다. 그녀가 멍하니 주위를 보고 있으니 중년의 한 남자가 다가와 유나 앞에 앉았다.

"아가씨, 혼자야? 말동무가 필요한가?"

"아니 필요 없어요. 남편하고 같이 왔어요."

유나는 자기도 모르게 대꾸했다.

"남편? 근데 왜 두건을 쓰고 있지 않지? 남편도 네가 이러고 다니는 것을 알고 있나?"

그가 시비를 걸었다. 유나는 순간 당황했다. 거주구에서 결혼한 여자는 밖에 나갈 때 두건을 써야 했다. 노웨어에서 지내다 보니 그 사실을 순간 잊었던 것이었다. 그녀가 당황한 기색을 보이자 그 남자는 더욱 기가 살았다.

"이봐, 사실 남편 몰래 남자를 만나러 나온 것 아냐? 내가 상대해 주지."

그가 유나의 손을 덥석 잡았다. 유나가 놀라 손을 빼내려 하는데, 그가 흠칫 놀라며 손을 놓아주었다. 제임스가 옆에 와 있었다. 그는 한 손으로 남자의 뒷머리를 잡고, 다른 손은 옷으로 가린 상태에서 남자의 옆구리를 눌렀다.

"이봐, 남의 부인에게 신경 끄고 가서 네 할 일이나 해."

그러고는 그를 밀어 놓아주었다. 그 중년 남자는 뭐라고 욕지거리를 하며 거리로 도망쳤다.

"괜찮아?"

"응, 괜찮아요. 그런데 칼 들고 있어요?"

제임스는 옷으로 가린 손을 꺼냈다. 빈손이었다.

"아니 없어. 그런데 저 인간은 손톱만으로도 무서워 덜덜 떠는군."

둘은 함께 웃었다. 유나는 제임스가 자신을 부인이라고 부른 것에 마음이 들떴다. 그런데 알고 보니 실제로 그런 상황이었다. 제임스는 희귀한 미네랄과 교환하는 대가로 가짜 통행증을 식당 주인에게 받았다고 하였다. 통행증을 보니 그들은 제임스와 제인 파킴 부부였다.

"왜 당신 이름은 그대로 제임스인데 내 이름은 제인이죠?"

"그냥 흔한 이름을 쓴 거야. 왜 기분 나빠?"

"아뇨, 당신의 부인이니까 상관없어요."

유나의 마음은 오늘따라 한없이 너그러웠다.

유나와 제임스는 바로 제4거주구의 트램 역으로 갔다. 거기서 밤에 출발하는 제6거주구행 마지막 트램을 타기 위해서였다. 트램 역에서는 보안대원들이 통행증 검사를 깐깐하게 하였다. 하지만 제임스가 식당 주인에게서 부인용 두건을 미리 받아 놓았기 때문에 다행히도 두 사람은 어렵지 않게 검문을 통과할 수 있었다.

"우리는 이번 건국절에 결혼했는데, 이제 신혼여행 가는 거예요."

유나는 통행증을 검사하던 보안대원에게 굳이 하지 않아도 되는 말을 했다. 트램에 자리를 잡고 앉자 제임스가 놀렸다.

"그 친구는 전혀 관심도 없었어. 정말 신혼여행 가는 기분이구나."

"그래요, 그럼 안 되나요? 이것도 다 임무를 위해서라고요. 내가 믿어야 남들도 믿을 테니까요."

제임스는 피식 웃었지만 그래도 한 손으로 유나를 품에 안았다.

제6거주구까지는 꼬박 하루 하고도 반나절이 걸렸다. 중간에 강을 한 번 건넌 것 외에는 끝없는 황야만 계속되는 단조로운 여정이었다. 둘은 중간중간 식당 칸에서 식사를 하고, 나머지는 좌석에 기대어 자거나 황야를 바라보며 시간을 보냈다.

계속 남동쪽으로 달리던 트램이 제6거주구에 가까이 왔을 때에는 덥고 습한 공기를 느낄 수 있었다. 제6거주구는 바다와 근접해 있다고 제임스가 알려 주었다. 한 번도 바다를 본 적이 없었던 유나는 바다에 대해 막연한 공포심을 느꼈다. 사람이 마실 수 없는 검은 물이었기에 더 그런 것 같았다.

"바다를 본 적이 있나요?"

유나가 제임스에게 물었다.

"물론 봤지. 들어가 본 경험도 있는걸."

"정말이요? 거기에 들어가면 다 죽는다고 하던데요."

"물론 오래 있으면 그렇게 되겠지. 마셔서도 안 되고. 하지만 잠깐 들어갔다가 나와서 깨끗한 물로 씻으면 별 탈 없어."

"그렇군요. 나는 바다란 생명이 전혀 근접할 수 없는 죽음의 물이라 생각했어요."

제임스는 그 말에 빙그레 웃었다.

"사실은 조금 달라. 바다에는 원래 이 행성 고유의 생명체가 살고 있어."

"그래요? 그런 얘긴 금시초문인데요. 뭐가 살고 있죠?"

"사람들은 자기한테 필요 없는 것은 금세 잊고 말지. 초기 정착민들이 시온을 탐사했을 때 그들은 바로 이 생명체의 존재를 알았어. 그렇지만 사람에게 유해하고, 쓸모도 없었기에 바로 흥미를 잃었지. 어차피 바다와 접촉할 일도 없었고. 심지어 현재까지도 말이야."

"뭐가 살고 있는데요?"

"박테리아라고 일종의 균이야. 어떤 면에서 효모와 비슷하다고 볼 수 있어."

유나는 계시록에 나오는 뭔가 거창한 생명체를 상상하였는데, 균이라고 하니 실망스러웠다. 사람들이 금방 잊어버린 이유를 알 것 같았다.

"그런데 당신은 어떻게 이런 이야기들을 다 알고 있어요?"

유나는 그의 박학다식에 놀라며 물었다.

"여러 곳을 다니고, 여러 사람을 만나면 자연스레 알게 되지. 보물이 있으면 그 보물을 캐는 사람이 있게 마련이고, 그 사람은 보물에 관련된 많은 이야기를 알고 있거든."

"바다에도 보물이 있어요?"

"세상은 보물로 가득해. 단지 우리가 그것을 알지 못할 뿐이야."

제임스는 알쏭달쏭한 말을 하였다.

트램이 제6거주구에 도착하자, 두 사람은 가벼운 마음으로 열차에서 내렸다. 시국이 어수선한 때라 트램 역에 사람들은 거의 없었다. 동서로 뻗은 트램 역 바깥 남쪽에는 창고로 쓰이는 건물이 세 채 있었고, 북쪽에 거주구 도시가 보였다. 공기는 덥고 습하고 무거웠으며 미묘한 냄새를 풍기고 있었다.

유나의 미간이 찌푸려지는 것을 보았는지 제임스가 알려 주었다.

"이게 바다 냄새야. 그다지 향기롭지는 않지만 곧 익숙해질 거야."

그들은 도시 쪽으로 가지 않고 트램 선로를 따라 동쪽으로 더 걸어갔다. 거기에는 조그만 연못이 있었고 연못 옆에 널찍한 1층짜리 건물이 서 있었다. 제임스가 건물 현관의 초인종을 누르자, 잠시 뒤에 문이 열리더니 나이 든 할아버지가 나왔다.

"제임스 왔구나. 그러지 않아도 언제 오나 기다리고 있었다."

건물 안은 독특했다. 천장이 모두 유리로 되어 있어 하늘이 보였다. 바닥의 중앙에는 효모 양식장이 있었는데, 여러 칸으로 나뉘어 있어 그 안의 효모 색깔이 각각 달랐다. 양식장 바깥으로 나 있는 복도를 따라 방문들도 보였다. 할아버지는 현관 바로 오른쪽의 방으로 그들을 안내했다.

"그래, 이번에는 무엇을 가져왔나?"

오래되어 보였지만 편안한 느낌의 유리 소파에 앉으며 할아버지가 물었다. 제임스가 메고 있던 큰 배낭을 내려놓고 그 안에서 5개의 주머니를 꺼냈다.

"제13거주구의 늪에서 캐낸 미네랄입니다. 각각 다른 향을 가지고 있으니 실험에 도움이 될 겁니다. 그리고 이쪽은 유나입니다."

할아버지의 맞은편 소파에 앉아 있던 유나가 가볍게 목례를 하자, 할아버지는 손을 뻗어 악수를 청했다.

"반갑네, 난 에드워드야. 에드라고 부르지. 제임스가 여기에 누굴 데리고 온 것은 처음인데."

"안녕하세요. 효모를 연구하시나 봐요?"

유나는 얼굴을 붉히며 그와 악수하였다.

"뭐, 그렇다고 할 수 있지."

에드는 껄껄 웃었다.

"에드는 한때 제1거주구에서 잘나가던 효모 연구자였지만, 지금은 미친 과학자로 취급받고 있어. 여기서 일할 수 있는 것도 내가 진귀한 미네랄을 가져다주기 때문이야. 그렇지 않나요?"

"내가 미치지 않았단 건 자네가 더 잘 알잖아."

"글쎄요. 하지만 세상에는 미친 사람도 필요하죠."

제임스는 유나를 향해 말했다.

"내가 몇 달 전에 여기 왔을 때, 그것을 증명해 주셨지. 유나에게도 보여주고 싶어서 다시 온 거야."

"뭘요? 이분이 미쳤다는 걸요?"

유나가 영문을 몰라 묻자, 에드가 대신 대답했다.

"미치도록 간절히 원했다고나 할까? 어느 날 꿈에서 난 그것을 보았고, 내가 해야 할 숙명이라는 것을 깨달았지. 나 때는 말이야….."

제임스가 서둘러 그의 말을 끊었다.

"서론은 이쯤 하시고. 자, 그럼 보러 갈까요?"

제임스의 재촉에 그들은 방을 나가 건물의 건너편에 있는 창고로 향했다. 창고 안에는 유리 플라스크 안에 각종 효모균이 보관되어 있었는데, 한쪽 구석에 '위험! 독성 물질'이라고 쓰인 문이 있었다.

에드는 주머니에서 열쇠를 꺼내 문을 열었고, 유나에게 먼저 들어가라고 손짓하였다.

안에 들어간 유나는 자신의 눈을 믿을 수 없었다. 별로 크지 않은 온실이었는데, 바닥은 흙으로 덮여 있었고 벽으로 연결된 관에서는 물이 흘러나오고 있었다. 물은 흙 사이에 가느다란 수로를 따라 흐르다가 작은 연못을 이루고 있었다.

더 놀라운 것은 흙에 초록색의 식물이 빼곡히 자라고 있다는 사실이었다. 줄기와 잎, 꽃도 있었다. 계시록에 있는 삽화와 거의 똑같이 생긴 것 같았다. 천장의 유리 너머 햇볕이 따뜻하게 내리쬐었고, 생전 처음 맡아보는 향기가 유나를 어지럽게 했다.

제임스가 노란 꽃잎이 태양처럼 펼쳐져 있는 꽃 하나를 유나의 눈앞에 내밀었다.

"자, 이번 신혼여행을 위한 내 선물이야. 파킴 부인."

제8장

긴장의 연속

로사에게는 하루하루가 긴장의 연속이었다. 폴 제사장 앞에서 가면을 쓰고 있어야 하는 생활이 너무 힘들었고, 그가 진짜 자신의 친부가 맞는지 의심이 되기도 했다. 가끔 그가 로사의 손을 잡거나 어깨에 손을 올릴 때면 까닭 없이 몸서리가 쳐졌는데, 진짜 아빠라면 그럴 리가 없지 않을까 싶은 생각이 들었다.

어쨌든 그녀는 최대한 자신의 감정을 표현하지 않으려고 노력했다. 진짜 아빠든 아니든 그가 그렇게 믿고 있는 것이 중요했다. 자신의 품에서 죽은 엄마 생각만 하면 눈물이 났기 때문에, 로사는 되도록 그 앞에서 자신을 길러준 부모님에 대한 언급을 피했다. 하지만 친엄마에 대해서는 물어보지 않을 수 없었다. 그렇지 않으면 그가 이상하게 생각할지도 모를 것이기 때문이었다. 친엄마는 어떤 사람이었느냐는 질문에 폴 제사장은 한참 뜸을 들였다가 이렇게 말했다.

"네 친엄마를 생각하니 마음이 아프구나. 그녀도 너처럼 아름다웠단다. 너는 엄마를 꼭 빼어 닮았지. 그녀는 몸이 약해 너를 낳고는 끝내 회복하지 못했단다. 그때 난 네 엄마의 죽음에 큰 상처를 받았었지. 내가 너를 다른 사람의 손에서 키운 것도 그 때문이었단다."

폴 제사장은 정작 로사의 질문에는 대답하지 않았다. 로사는 친엄마의 죽음에 대한 모든 책임이 마치 그녀에게 있다는 것처럼 말하는 그의 말투에 기분이 나빠졌다.

"엄마의 이름은 무엇이었어요?"

그녀가 재차 묻자 그는 차갑게 응수했다.

"그녀의 이름은 엠마이다. 더 이상 그녀에 대한 이야기는 안 하면 좋겠구나. 나중에 내 마음이 좀 더 여유로워지면 그때 얘기해 주마."

그 이후로 로사는 폴 제사장과 길게 말을 나눌 기회가 별로 없었다. 제4거주구를 출발한 그들은 제2거주구에서 반군과의 전투를 준비하였고, 폴 제사장의 모든 관심은 거기에 있었다. 제1거주구에 가는 대로 신탁의 방에 들어갈 방법만 고민하고 있었던 로사로서는 예기치 못한 상황이었다. 폴 제사장에게 자료 기록소에 들어가 보고 싶다는 언질을 한두 번 하기는 했지만, 거기까지였다. 신탁의 방에 들어가는 것이 진짜 목적이라는 것에 대해서는 어떻게 말을 꺼내야 할지 알 수 없었다.

임박한 전투 때문에 더욱 여건이 어렵기도 했다. 전투를 맞이하는 그녀의 마음은 복잡했다. 원래 계획대로 폴 제사장을 따라 제1거주구에 가고 싶은 바람도 있었지만, 다른 한편으로는 반군이 승리하여 그가 추락하는 모습을 보고 싶기도 했다. 그러나 만약 그렇게 된다면 자신은 어떻게 될지 알 수 없긴 했다. 결국 모든 것을 신의 손에 맡기는 수밖에 없다고 생각하였다.

신은 폴 제사장의 손을 들어주었다. 반군이 처참하게 패배하는 장면은 그녀의 뇌리에 강한 인상을 남겼다. 폴 제사장의 말대로, 시온이 이제 정말 새로운 시대를 맞이하게 될 거란 생각이 들었다. 다만 그 새로운 시대가 모든 사람이 원하는 방향으로 흘러갈지에 대해서는 의구심이 들었다.

전투가 끝나고 사흘 뒤, 로사는 제2거주구의 중앙 타워 안에 있는 작은 도서실 창가에 기대어 서 있었다. 타워의 북쪽으로 바둑판 모양의 효모 농장이 끝없이 펼쳐져 있었는데, 시스템이 자동화되어 있는 점이 특이했다.

농장의 양쪽을 따라 원료 공장과 가공 공장이 줄지어 있었다. 가로로 연결된 수많은 파이프들은 원료 공장으로부터 원료를 공급받고, 숙성된 효모를 가공 공장으로 전달했다. 세로 방향으로는 각 교차점에 분무기가 있었는데, 농장의 북쪽 끝에서 퍼 올린 지하수를 정해진 시간에 뿌려 댔다.

로사는 시간 가는 줄 모르고 아스라이 아름답게 피어나는 물안개를 지켜봤다. 불과 2~3일 전까지만 해도 수많은 사람들이 이곳에서 목숨을 잃었다는 사실이 좀처럼 믿어지지 않았다.

'죽은 이들 가운데 혹시 내가 아는 사람도 있지 않았을까?'

그들을 위해 애도하고 싶었지만, 마음은 자꾸 다른 여러 생각을 좇아 흐르고 있었다.

작년부터 야광봉 시위대는 모든 거주구에서 자생적으로 생겨났다. 거주구에 배당되는 자원의 감소, 자유로운 여행의 제한, 직업 선택의 제한 등 사회에 대한 거주구민들의 불만은 시온 최고 회의를 불신임하고 저항하는 형태로 나타났다. 시위에 동참하는 사람들은 주로 젊은이들로, 로사가 다니는 학교에서도 여러 친구들이 시위에 참석하였다고 자랑했고, 로사에게도 권하였다.

당시까지만 해도 로사는 사회 문제에 별로 관심이 없었다. 어른들이 알아서 잘하리라 기대했고, 폴 최고 제사장이 외삼촌인데 조카인 자기가 시위에 참여하는 것은 도리에 맞지 않는다고 생각했었다. 만약 그 친구들이 지금의 로사를 보게 되면 무슨 말을 할까? 로사는 마음이 착잡해졌다.

이틀 전 밤의 일이 다시 떠올랐다. 잊어버리고 싶지만, 앞으로 영원히 그녀의 가슴에 남아 있으리라는 것을 로사는 알고 있었다.

그날, 전투를 마친 폴 제사장은 포로로 잡힌 70여 명의 시위대 반군에 대해 직접 재판을 주재하였고, 일사천리로 선고를 내렸다. 그는 부상이 심한 사람과 비전투원으로 가담한 일부를 제외한 48명에게 내란죄로 유죄를 내렸고, 교수형을 언도하였다. 로사를 포함해 제2거주구 광장에 모인 모든 사람들이 경악하였다. 아무도 이토록 무자비한 형을 예상하지는 못했었다.

혹시나 하는 로사의 기대는 다음 날 형이 실제로 집행되면서 무너졌다. 광장 옆의 긴 건물 벽 창문을 따라, 두 손이 뒤로 묶인 채 목이 매달려 죽은 시체들이 진열되었다.

　로사는 그때 아무 말도 하지 못한 자신을 자책하였다. 재판 중에라도, 아니면 선고가 내려진 후에라도, 폴 제사장에게 강력히 반대 의견을 제시했어야 했다. 적어도 형을 미루어 달라고 부탁이라도 해봤어야 했다. 어쩌면 그가 딸의 말이니 들어줄 가능성도 있을 테니까. 하지만 로사는 두려웠고, 용기가 나지 않았다. 전투에서 승리한 뒤의 폴 제사장은 무척 흥분해 있었고, 아무도 그를 막을 수 없어 보였다.

　"여기 있었구나. 한참을 찾았다."

　폴 제사장이 들어왔다. 아무도 만나고 싶지 않았던 로사는 아침부터 도서실에 와 있었다. 계시록 외에는 변변히 읽을거리가 없는 이 작은 도서실에는 로사가 바랐던 대로 아무도 오지 않았고, 그녀는 그것에 만족하고 있었었다.

　"책을 보고 있었니?"

　조명 책상 위에 펼쳐져 있는 책을 보며 그가 물었다.

　"예, 계시록이에요. 보면 볼수록 새로운 의미를 깨닫게 되는 것 같아요."

　딱히 거짓말은 아니었다. 심란한 마음을 달래기 위해 로사는 계시록을 훑어보았었다. 수백 장의 얇은 유리판에 기록된 계시록은 그냥 읽을 수도 있지만, 조명 책상 위에 놓고 읽을 때가 더 좋았다. 아래에서 투과되는 빛으로 인해 글자는 더 선명했고, 천연색의 삽화는 더욱 생동감이 넘쳤다. 무엇보다도 들고 있지 않아도 되니 팔이 편했다.

"그렇구나. 신의 말씀을 항상 가까이하는 것은 매우 중요하지. 잘하고 있다."

폴 제사장이 칭찬했다. 그는 오늘 최고 회의 제사장으로서의 품위와 아버지로서의 인자한 모습을 보여주고 있었다. 그저께 밤의 악마와 같은 모습은 그 어디에서도 찾아볼 수 없었다. 로사는 새삼 그의 위선에 치가 떨렸다.

"그제, 그 사람들에게 자비를 베풀었다면 좋았을 거예요. 그랬다면 사람들이 아버지의 덕을 칭송했을지도 모르잖아요."

로사는 자기도 모르게 말했다.

"그럴 수도 있었겠지. 하지만 내가 바라는 것은 칭송이 아니라 두려움이고, 거역이 아니라 복종이다. 이번 반란 사건을 통해 난 많은 것을 깨달았단다. 아직 우리 시온의 뿌리가 튼튼하지 않다는 것을 말이야."

폴 제사장은 로사 옆의 창밖을 내다보며 말했다.

"평화로운 풍경이야. 이 효모 자동화 공장은 우리 선조들의 유산이다. 지금까지 우리는 이 유산을 잘 지켜왔어. 앞으로도 그렇게 해야 하고."

그는 로사의 손을 잡았다.

"우리는 내일 제1거주구로 복귀한다. 난 이번 기회를 통해 새롭게 반석을 놓을 생각이야. 앞으로 1000년 동안 흔들리지 않을 반석을 말이야. 하지만 너는 걱정할 필요 없다. 그냥 네가 하고 싶은 공부만 하면 돼. 자료실에 가 보고 싶다고 했지? 내가 마리 사제에게 얘기해

놓았다. 제1거주구에 도착하면 알아서 준비해 줄 거야. 내가 너에게 주는 작은 선물이란다.”

“예, 고맙습니다.”

로사는 대답 후 슬며시 잡힌 손을 뺐다. 그녀의 불길한 예감은 그대로 실현될 예정 같았다. 폴 제사장이 제1거주구에 가서 어떤 일을 벌일지 점점 두려워졌다.

다음 날, 폴 제사장의 보안대는 제2거주구를 뒤로 하고 출발하였다. 거의 강제로 징집된 2개 중대가 증원되어 그의 군대는 500명에 육박했다. 제2거주구에서의 폴의 승전 소식과 함께, 반군에 가담한 자는 물론이고 숨겨 주거나 도와준 사람도 처벌받게 될 것이라는 성명이 각 거주구로 송신되었다. 이것으로 야광봉 세력은 그 뿌리를 잃을 것이라고 폴 제사장은 확신하였다.

제1거주구로의 입성은 예상 밖으로 무미건조했다. 저항도 없었지만, 환대도 없었다. 마치 유령 도시에 들어온 듯한 느낌이었다. 제1거주구 중앙역에 탱크를 포함한 열차들이 길게 줄이어 도착했을 때도, 역사 안은 아무런 환영 인파 없이 조용하였다. 다만 3명의 최고 회의 사제들만이 그들을 기다리고 있었다.

폴 제사장이 주요 인사들과 함께 먼저 내려 승차장에 서 있는 그들과 대면하였다. 로사는 공적인 자리에서 되도록이면 폴 제사장과 떨어져 있으려 했기 때문에, 객차 안에 있으면서 그가 여성 사제 1명과 잠시 이야기 나누는 모습을 지켜볼 수 있었다.

여성 사제의 차분한 모습과는 대조적으로, 곁에 있는 2명의 남자 사제들은 상당히 긴장해 있는 듯한 눈치였다. 그들은 폴 제사장에게 웃음을 지으며 말을 건넸으나, 되돌아 온 건 차가운 냉대였다. 폴 제사장은 그들을 무시한 채 여자 사제와 함께 걸어 나갔다. 그리고 그 뒤를 폴 제사장과 함께 있었던 4명의 사제들이 따라갔다. 그들도 그 불쌍한 2명의 사제를 본체만체하였다.

역사 안은 곧 객차에서 내린 보안대원들로 꽉 찼다. 완전 무장을 한 그들은 일사불란하게 대오를 짜 행군을 시작했다. 로사가 객차에서 내린 것은 마지막 보안대 행렬이 빠져나간 후였다. 마리 사제가 그녀와 함께 갔다. 그녀가 로사의 감시자인지 보호자인지는 알 수 없었지만 상관없었다. 마리 사제는 특별한 이슈가 없는 한 상냥한 이모 같았다.

"아까 폴 제사장님과 이야기를 나누던 여자 사제는 누구세요?"

행진하는 보안대의 뒤를 따라가며 로사가 물었다.

"모니카 부제사장이란다. 폴 최고 제사장님이 가장 신임하는 사람이지."

마리 사제가 대답했다. 로사가 보기에도 그런 것 같았다. 시위대가 점거한 시기에 제1거주구에 잔류하였음에도 불구하고 폴 제사장이 친밀히 대하는 이유가 분명 있을 것이었다. 로사는 언제 한번 그녀를 찾아가야겠다고 생각했다.

보안대의 행렬은 로사와 마리 사제 말고도 제2거주구에서 함께 온 민간인들도 무질서하게 뒤따르고 있었다. 제1거주구민들은 모두 집에 있는지 보이지 않았고, 가끔 어린아이들만이 길가에 나와 웅장한 보안대의 행진을 넋을 잃고 바라보고 있었다. 길지 않은 행진의 도착지는 자유의 광장이었다. 보안대는 믿음의 계단 아래 도열하였고, 누군가 기도의 손 위에 걸린 무지개 깃발을 뜯어내고 있었다.

마리 사제가 로사를 부른 것은 그로부터 몇 시간이 지난 후였다. 그들은 함께 관리실로 가서 열쇠를 받았고, 마리 사제는 로사를 위해 기록소의 문을 열어 준 후에 그녀에게 열쇠를 건넸다. 열쇠를 받아 든 로사는 2시간이면 충분하겠다고 말하고는 혼자 안으로 들어갔다.

막상 홀로 남게 되자, 로사는 무엇을 해야 할지 막막해졌다. 사실 전시실은 예전에도 한 번 구경 온 적이 있었다. 하지만 학교에서 단체로 잠시 방문했던 게 전부여서, 뭐가 어디에 있는지는 전혀 알지 못했다. 그렇다고 지금 여유 있게 전시실을 구경할 상황은 더더욱 아니었다. 그녀에게는 임무가 있었다.

로사는 곧장 자료실로 달려갔다. 그러나 그곳에 가서도 막막하기는 마찬가지였다. 예전이었다면 각종 신기한 유물에 정신이 팔렸겠지만, 지금은 심란하기만 하였다. 신탁의 방인 듯한 곳의 문은 굳게 닫혀 열리지 않았고, 로사는 무엇을 해야 할지 전혀 갈피를 잡지 못한 채 시간을 보내야 했다.

그날 밤, 로사는 시온탑의 방문자 숙소에서 묵었다. 그리고 그다음 날에도 숙소에서 거의 혼자만의 시간을 보냈다. 폴 제사장은 여러 업무로 바빴기 때문에 찾아오지 않는데, 로사는 차라리 그 편이 감사했다.

점심 때 잠깐 들른 마리 사제가 시내의 상황을 알려 주었다.

"지금 거주구의 시내는 난리도 아니니까, 며칠간은 타워 밖으로 나가지 마. 보안대가 반군과 거기에 동조했던 부역자들을 색출하고 있어."

사실 로사는 딱히 갈 곳도 없었다. 신탁의 방에 가서 무언가 할 작정으로 왔지만, 막상 거기에 들어갈 수 없으니 할 수 있는 일이 없었다. 그녀는 댄이 궁금해졌다.

"다른 거주구에서도 그럴까요?"

"제13거주구와 제4거주구를 제외한 모든 거주구에서 폴 제사장이 이끄는 최고 회의의 권위를 따르기로 맹세한다는 소식을 보내왔어. 그러니 그 두 곳을 제외한 다른 곳에서도 지금쯤 반역자들을 색출하고 있겠지. 각 거주구 대표들이 체포된 반군과 함께 도착하는 대로 조만간 재판이 열리게 될 거야."

마리 사제의 대답에 로사는 걱정이 되었다. 그럴 리는 없겠지만, 혹시라도 댄을 재판에서 보게 될까 봐 두려웠다.

제9장

책임과 의무

　오랜만에 돌아온 제7거주구는 예전과 다름없었다. 중앙 타워를 중심으로 하는 광장의 주위에 나지막한 건물들이 이어져 있었고, 북쪽으로는 웅장하게 도시를 등진 알펜 산맥이 위용을 자랑하였다. 교육의 도시답게, 광장은 젊은이들로 시끌벅적했다. 제1거주구에서의 혼란도, 제2거주구에서의 살육도, 노웨어에서의 전투도, 이들에게는 그저 남의 이야기인 것 같았다.

　광장의 한쪽 구석 벤치에 앉은 댄은 멍하니 사람들을 바라보았다. 슬금슬금 올라오는 위화감에 그는 어찌할 바를 몰랐다. 사실, 벤 사제님과 유나와 함께 탐험을 떠난 것이 3개월 전이니 그리 오래되지도 않았다. 이 도시와 거주구민들은 바뀔 일이 없었을 것이다.

　그러나 댄은 변해 있었다. 아무 근심 없이 천진난만한 저들이 부럽기도 했고, 안타깝기도 했다. 자신이 어떻게 바뀌었는지, 무엇을 얻고 무엇을 잃었는지 한번 따져 볼 필요가 있다고 생각했다. 자기 교만은 맞서 싸우기 가장 힘든 적이라고 벤 사제는 늘 말했었다. 생각이 여기까지 미치자, 댄은 또다시 벤 사제가 걱정되었다.

***

댄이 제7거주구로 출발하기 전날, 모니카 부제사장은 댄과 벤 사제에게 제1거주구를 탈출해 다른 곳으로 피신할 것을 권고하였다. 제2거주구에서 시위대가 처참히 패배하였단 소식은 제1거주구 전체에 퍼졌고, 이미 상당수의 시위대 관계자들은 살길을 찾아 도망가고 있었다.

"나는 곧 폴 제사장이 이끄는 최고 회의의 이름으로 시온의 질서 유지에 대한 칙령을 공표해야 합니다. 폴 제사장의 보안대가 내일 중으로 도착할 것이고, 그 후에는 당신들의 안전을 보장할 수가 없어요."

모니카 사제의 얼굴은 여전히 무표정했다. 그녀는 댄과 벤 사제와 함께 며칠 동안 시온의 미래에 대해 얘기했지만, 그렇다고 자신의 의무에 대해 망각하거나 재고하지는 않았다. 벤 사제는 심각해졌다.

"대체 어디로 피신하란 말인가요? 다른 거주구들도 모두 최고 회의 편에 섰다고 하던데요."

댄과 벤 사제의 고향인 제7거주구도 마찬가지였다. 댄은 제7거주구에 대해 괜한 배신감을 느꼈다.

"거주구가 위험할 경우, 노웨어로 가는 것도 한 방법입니다."

모니카 사제가 제안했다. 노웨어를 탈출하기 위해 그렇게 고생했는데, 다시 돌아가라니 댄은 기가 막혔다.

"댄도 꼭 탈출해야 합니까? 그는 엄밀히 말하면 시위대에 참여하지 않았는데요."

벤 사제의 말에 모니카 사제는 잠시 생각하더니 말했다.

"벤 사제님과 함께 있었다는 사실만으로도 충분히 위험할 수 있습니다. 그러나 이곳에는 댄을 아는 사람이 많지 않으니 그의 신분을 위장할 수는 있겠네요. 댄이 시위대에 붙잡혀 이곳으로 끌려왔다는 사실이 도움이 될 듯합니다."

"그럼, 부탁합니다. 모니카 부제사장님, 나에 관해서는 조금 더 고민하겠습니다."

벤 사제는 담담히 말했다.

모니카 부제사장이 방을 나가자, 벤 사제는 거실의 의자에 앉았다. 그의 표정에서 결연함을 읽을 수 있었다. 댄은 왠지 안 좋은 예감이 들었다.

"어쩌시려고요? 일단은 여기를 떠나야 하지 않을까요? 보안대가 포로로 잡은 시위대를 어떻게 했는지 들으셨잖아요."

제2거주구에서 온 소식은 모든 사람들을 공포에 떨게 했다. 시온이 정말 내전 상태에 있다는 사실을 실감하게 한 사건이었다.

"그때는 전투 중에 잡힌 포로였고. 설마 제1거주구에 와서 똑같은 짓을 하리라고는 생각하지 않는다."

벤 사제는 그렇게 말했지만 스스로도 자신은 없어 보였다.

"그리고 폴 제사장은 나의 친구였기도 하고. 뭐, 다 옛날 얘기지만 그래도 한번 믿어봐야지."

벤 사제는 이미 마음을 정한 듯했다.

"그들에게 잡히려고 하시는군요."

댄의 말에 벤 사제는 고개를 끄덕였다.

"이 나이에 어디로 도망가 피신해 있는 것도 힘든 일이고. 그리고 나에게는 의무가 있어. 어쩌면 오히려 잘 될 수도 있을 것 같다. 폴 제사장과 최고 회의 사제들에게 우리가 알고 있는 사실을 전해야 해. 그것이 이 어리석은 내전을 끝내고 시온을 구하는 길이야."

"하지만 모니카 부제사장 말로는 폴 제사장이 쉽게 받아들이지 않을 거라고 했잖아요."

"그녀는, 아니, 모니카는 최고 회의라는 시스템 안에서 최고 제사장에게 대안을 제시하도록 되어 있어. 내 생각에는 모니카의 목적도 어떻게 보면 아인텐과 동일해. 지속 가능한 시온 사회의 유지이지. 상황이 이미 주어진 시점에서는 외부 변수를 고려할 수 없는 거야. 하지만 댄, 우리는 달라. 더 창의적으로 대처할 수 있지. 메이와 실론호를 거주구민들에게 보여줄 수만 있다면, 다른 대안을 찾게 만들 수 있을 거야."

그럴 수만 있다면 말이다. 그러나 거기에는 또 다른 문제가 있었다.

"외인들은 어쩌지요? 그들은 실론호를 앞세워 거주구와 전쟁을 벌이려고 하는데요."

"폴 제사장은 일단 시위대를 해결한 다음 외인들을 상대할 거야. 어쨌든 전쟁은 필연적이겠지. 우리는 그것도 막아야 한다. 댄, 네가 또 막중한 일을 하나 해 줘야겠구나. 다시 노웨어로 돌아가서 메이를 만나렴. 그리고 어떻게든 그녀를 설득해 실론호를 타고 제1거주구로 돌아와 줘. 나는 그때까지 최고 회의를 설득시켜 보마."

벤 사제는 쉽게 말했지만 댄으로서는 참 난감하였다. 아까 모니카 부제사장의 제안은 한 귀로 듣고 다른 귀로 흘렸는데, 막상 그것이 현실이 되니 가슴이 답답했다. 하지만 어쩌면 필연적인 길이기도 했다. 메이가 알고 싶었던 정보를 알아냈으니 어쨌든 그녀를 만나긴해야 했다. 그녀를 다시 보게 된다는 생각에 내심 설레는 것도 사실이었다.

모니카 부제사장은 밤중에 다시 왔다. 그녀는 댄을 위한 허가증을 가지고 왔는데, 최고 회의의 임무를 수행하니 모든 편의를 제공하라는 내용이었다.

"내일 아침 6시에 제7거주구로 가는 트램이 출발해요. 그 이후에는 모든 운행이 중단될 예정이니, 꼭 그 트램을 타야 해요. 제7거주구에서부터는 당신이 알아서 행동해야 합니다."

"알겠습니다. 노웨어로 가는 것이야 식은 죽 먹기니까요."

댄은 농담을 던졌으나 아무도 웃지 않았다.

"나는 여기에 남기로 결정했습니다. 폴 제사장을 만나 내가 알고 있는 사실을 모두 털어놓고 그의 생각을 바꾸도록 하겠소."

벤 사제의 말에 모니카 부제사장은 예상하고 있었다는 듯이 조용히 대답했다.

"알겠습니다. 그러면 저도 최대한 최고 회의에서 폴 제사장과의 대면이 이루어질 수 있도록 힘쓰겠습니다. 만약 그들이 시온이 아닌 다른 세계의 존재를 믿게 된다면 새로운 길을 모색하는 것도 어렵지는 않겠지요."

"당신은 다른 세계의 존재를 믿나요?"

댄이 불쑥 물었다. 며칠 동안 같이 대화를 나누어도 모니카 부제사장의 진심을 알기는 어려웠다.

"나는 증거에 기반한 합리적 추론의 결과를 믿습니다. 당신들이 우주인의 존재에 대해 나에게 거짓말할 가능성, 그리고 실제로 시온 상공에 떠 있는 킬러 위성들의 존재 이유에 대해 판단해 봤을 때 다른 세계에서 온 우주선이 실제로 시온에 도착했을 가능성은 충분히 있습니다. 그러나 그 반대의 가능성도 여전히 높다는 말을 하고 싶네요."

무슨 소리를 하는지 잘 이해가 안 갔으나 그것에 대해 논쟁할 때는 아니었다. 모니카 부제사장은 앞으로의 계획에 대해 잠시 더 논의하고는 돌아갔다.

댄은 갑자기 피로가 몰려왔다. 불과 며칠 동안의 짧은 휴식을 끝내고 다시 전장으로 나가는 느낌이었다. 벤 사제님과 다시 헤어지게 된다고 생각하니 아쉬웠고, 걱정도 되었다.

"일이 계획대로 안 풀리면 어떡하죠? 특히 벤 사제님이요. 그들이 해코지라도 할까 봐 두려워요."

"내 걱정은 마라. 별일 없을 거야. 폴 제사장이 내 친구였다니까. 그리고 모니카도 있고."

벤 사제는 댄의 어깨를 잡았다.

"그보다도, 네가 또 어렵고 중요한 일을 하게 되었구나. 돌이켜 보니 이 모든 것이 신의 뜻이란 생각이 들기도 하네. 네가 하늘을 관측하여 메이의 우주선을 발견한 것도, 우리가 그곳을 찾아 나선 것도, 그리고 그 이후의 모든 일들까지 전부 운명 지어진 것 같다. 너는 계시록에 나온 영웅들처럼 앞으로 시온을 구할 인물이 될 거야."

댄은 무서운 생각이 들었다.

"저는 영웅이 아니에요. 계시록에 있는 영웅들처럼 신에게서 선택받지도 않았고, 그들처럼 뛰어난 능력도 없다고요."

그러자 벤 사제가 대답했다.

"영웅은 부모나 선조에 의해 물려받거나 미리 선택받은 사람이 아니란다. 신께서는 우리 모두를 부르시고 있어. 거기에 응답하면 영웅이 되는 것이야. 영웅이 되고 안 되고는 전적으로 너에게 달려 있다."

"하지만 나는 아무런 능력이 없어요. 누구처럼 신의 번개를 맞아 초월적인 능력을 가지고 있지도 않다고요."

번개인은 계시록에서 가장 인기 있는 영웅 중의 하나였다. 사실 시온의 아이들은 누구나 한 번쯤 번개인을 꿈꾸며 부모의 경고에도 불구하고 번개를 맞아 보기를 희망하곤 했다.

벤 사제는 껄껄 웃으며 말했다.

"영웅에게 가장 필요한 것은 대단한 능력 따위가 아니야. 번개를 맞아 초능력을 가질 필요도 없어. 영웅이 되기 위해 가장 중요한 것은 희생이란다. 대의를 위해, 남을 위해 자기를 희생할 수 있는 마음이 가장 중요한 핵심이란다."

***

제7거주구의 광장에 홀로 앉아 지나가는 사람들을 보며 댄은 영웅에 대해 생각해 보았다.

'과연 난 여기 있는 이 사람들을 위해 나 자신을 희생할 수 있을까? 나에 대해 아무것도 모르고, 아무 상관도 없는 이들을 위해서?'

댄은 고개를 저었다. 아무리 생각해도 자신은 영웅이 될 그릇은 아니란 생각이 들었다. 전혀 그럴 마음이 들지 않았을 뿐만 아니라, 만약 선택할 수만 있다면 자신의 목숨을 살리기 위해서 오히려 여기 있는 사람들을 희생시킬 수도 있을 것 같았다. 진짜 영웅을 찾는다면, 오히려 벤 사제가 더 가까웠다. 적어도 스스로 위험을 감수하려하고 있으니까. 댄은 벤 사제의 안위를 위하여 짧게 기도했다.

해 질 무렵이 되자, 광장을 지나는 사람들의 발걸음도 뜸해졌다. 댄도 자리에서 일어나 발걸음을 옮겼다. 유나의 가족을 만나 소식을 전해주라고 벤 사제가 신신당부를 했었다. 벤 사제는 유나가 노웨어에 남았다는 댄의 말에 큰 책임을 느끼는 것 같았다. 적어도 유나의 가족에게 자세한 근황은 알릴 의무가 있다고 했다. 댄도 그 말에 동의는 했지만 발걸음은 무거웠다. 사실 유나가 외인 남자와 함께 있다는 내용은 벤 사제에게도 말하지 않았다. 그 말을 하면 그것이 진실이 되어버릴 것 같았다.

댄은 그 생각만 하면 화가 치밀었다. 그 외인 남자는 구레나룻을 멋지게 기른 것이 누가 봐도 잘생겼다. 하지만 그는 유나보다 거의 두 배는 나이가 많아 보였고, 소문에 따르면 수많은 여자들과 염문을 뿌린 바람둥이라고 했다. 어떻게 해서 유나가 그런 남자에게 빠져버렸는지 도무지 이해가 되지 않았다. 혹시 자신 때문일까 하는 생각도 들었지만, 그럴수록 유나가 더욱 답답하게 느껴졌다. 그리고 자신이 유나에게 아무런 도움이 되지 못했다는 자책감이 댄을 괴롭게 했다.

유나의 집을 찾아갔을 때는 해가 이미 진 후였다. 문을 두드렸더니 다행히도 유나의 언니 지나가 나왔다. 댄은 그녀와도 아는 사이였다. 그녀가 결혼했기에 이 집에서 아직 살고 있을 거라고는 기대하지 않았었다. 댄은 유나의 부모님을 상대하지 않아도 되어서 조금 마음이 놓였다.

"어머, 댄이구나. 정말 반갑다."

그녀는 주위를 둘러보았다.

"계속 걱정하고 있었는데, 유나는 같이 안 왔구나. 들어와."

"아뇨, 지나 누님. 괜찮다면 밖에서 얘기하고 싶네요. 부모님을 보기가 좀 어려워서요."

"응? 유나에게 무슨 일이라도 생긴 거니?"

지나가 두려운 표정으로 물었다.

"아뇨, 아뇨. 그건 절대 아니고요. 유나는 잘 있어요."

댄의 대답에 그녀는 크게 한숨을 내쉬었다.

"그렇다면 정말 안심이다. 그럼 잠깐 걸을까?"

그녀는 잠시 집 안에 들어가 두건을 쓰고 나왔다. 두 사람은 어두워지는 거리를 걸었다. 멀리 제7거주구의 중앙 타워 불빛이 어두운 하늘을 배경으로 반짝였고, 길가의 가로등도 하나둘 켜지기 시작했다.

지나는 자연스럽게 댄의 팔짱을 꼈다. 그녀는 어릴 때부터 댄을 스스럼없이 여겼었다.

"누나, 결혼했는데 이래도 되는 거예요? 사람들이 보면 어쩌려고 그래요?"

댄의 말에 그녀는 쾌활하게 대답했다.

"뭐, 지나가는 사람도 없는데. 이제 결혼도 했으니 지금 아니면 언제 총각하고 팔짱이라도 껴 보겠니."

"늦었지만 결혼 축하해요."

"응, 많이 기대했는데, 막상 해 보니 별거 아니더라고."

조금 더 걷다가 지나가 물었다.

"유나는 잘 있니? 얼마 전에 제2거주구에서는 큰 전투가 일어났다던데."

댄은 어디서부터 말을 꺼내야 할지 감이 잡히지 않았다.

"유나는 거기와는 상관없어요. 노웨어로 가는 보안대에 있었으니까요."

"응, 유나가 출발하기 전에 연락했었어. 자기는 민간요원 신분으로 참여하는 거라 걱정하지 말라고 하더라고."

"예, 맞아요. 그런데… 어떻게 그렇게 됐는지는 모르지만, 유나가 노웨어에 갔을 때 그녀는 외인들 편에 서서 그들을 도왔어요. 그때 보안대는 크게 패배해서 후퇴했고요. 자세한 얘기는 나중에 직접 듣는 편이 좋을 것 같아요. 나도 그때 현장에 있긴 했는데, 아직도 모르는 부분이 많거든요. 어쨌든 외인들한테 붙잡혀 있던 내가 빠져나올 수 있도록 유나가 도와줬어요. 그리고 그 이후는 알 수 없지만,

유나가 거기서 잘 대접받으며 건강히 있는 것은 확실해요."

댄은 말을 마쳤다. 이 정도면 알릴 내용은 충분히 말한 것 같았다. 지나는 댄의 팔에서 손을 거두며 몇 걸음을 더 걸었다.

"유나가 왜 너랑 같이 빠져나오지 않았어?"

그녀의 예리한 질문에 댄은 당황했다.

"어, 그건… 잘 모르겠네요."

지나는 걸음을 멈추고 댄을 똑바로 보았다.

"정말로? 유나에 대해 나한테 무엇을 숨길 필요는 없어. 난 그 애를 잘 아니까. 유나는 정이 많아. 사랑을 위해서라면 모든 것을 바칠 아이지. 유나가 너를 아주 좋아했다는 사실은 알고 있었지? 네가 가는 곳이라면 어디든지 따라갔을 거야. 그곳이 노웨어든 어디든. 그런데 너만 떠나게 했다고? 그렇다면 필시 둘 중의 하나야. 네가 유나에게 두 사람의 미래는 없다고 확실하게 얘기했거나, 아니면 유나가 다른 미래를 알게 되었거나."

댄은 아무런 말도 하지 못했다. 지나는 한숨을 내쉬었다.

"너는 마음이 여려서 남의 마음을 아프게 하는 말을 못 하는 아이지. 아마 유나에게 무슨 변화가 생겼을 것 같다. 하지만 댄, 한 가지만 약속해 줘. 유나가 다시 마음이 변해서 너를 찾게 된다면 그 애에게 지난 일로 상처를 주지는 않겠다고 말이야. 그동안의 정을 봐서라도. 알았지?"

"예, 알겠어요. 그렇게 할게요."

댄은 일단 대답했다. 그렇지만 자신이 지금까지는 다르게 생각하고 있었음을 깨달았다. 댄은 유나에게 화가 나 있었고, 유나가 만약 그 외인 남자와 헤어지더라도 다시는 상대하지 않겠다고 무의식적으로 마음먹고 있었다. 그러나 지나의 말이 옳았다. 돌이켜 생각해 보면 유나가 다른 선택을 할 수밖에 없었던 이유에는 댄의 책임이 더 컸다. 댄은 책임감을 느꼈다. 자신이 남을 위해 희생할 만큼의 인물은 안 된다고 생각했지만, 적어도 유나를 위해서는 할 수 있을 것 같았다. 유나는 그에게 가족처럼 소중한 존재였다.

제10장

희망과 절망

 벤은 최대한 품위를 지키고 싶었다. 한때 폴 최고 제사장의 친구
이자 경쟁자였으며, 현직 제7거주구 부제사장인 그로서는 일개 죄
인 취급을 받기를 원하지 않았다. 그러나 세상일이란 언제나 그렇듯
원하는 대로 흘러가지만은 않았고, 자신이 원하는 대로 되라는 법도
없었다. 벤의 숙소로 들이닥친 보안대원들은 벤이 누구인지 몰랐고,
알려고 하지도 않았다. 벤이 자신의 신분을 밝혀도 콧방귀만 뀌며
벤의 양손을 거칠게 묶었다. 그들은 연장자에 대한 최소한의 예의조
차 지니고 있지 않았다.

 "이보게, 폴 최고 제사장에게 꼭 전해 주게. 벤 박초이가 아주 중
요한 할 말이 있다고 말이야."

 벤은 보안대원들 중 대장처럼 보이는 대원에게 말했지만, 그는 대

꾸하지 않았다. 그들의 거친 손에 끌려가며 벤은 폴 제사장이 이들에게 특별히 지시를 내린 것은 아닐까 하는 의심마저 들었다.

그들이 향한 곳은 시온탑이었다. 벤은 양손이 뒤로 묶이고 2명의 보안대원들에게 팔을 잡혀 있어 걸음이 매우 불편했지만, 높이 솟은 탑을 보자 작은 희망이 솟았다. 혹시라도 바로 폴 제사장을 만나거나 아니면 최고 회의에서 출두할지도 모를 일이었다. 그렇게만 된다면 큰 수고를 덜 수 있을 터였다. 수잔 사제와 필립이 당했던 꼴을 겪고 싶지 않은 마음도 간절했다. 하지만 그의 기대는 곧 무위로 끝났다. 시온탑에 도착한 그들은 중앙 현관이 아닌 타워의 뒤에 있는 경사로를 따라 내려갔다.

그 길은 타워의 비상 발전기와 기타 타워 운영 시설들이 설치된 지하실로 가는 입구였다. 그 지하실 아래에는 지하 창고가 있는데, 파워셀 등 중요한 물품을 보관하고 있다고 전에 들은 적이 있었다. 경사로 입구부터 보안대원들이 4명씩 짝을 지어 지키고 있는 것이 위협적으로 느껴졌다.

두 번의 검문을 통과하여 도착한 지하 창고는 춥고 어두운 복도를 따라 작은 방들이 이어져 있었다. 원래 파워셀을 보관하던 홀이라고 했다. 이런 홀이 몇 층 있었는데, 500년 동안 파워셀들을 꺼내 쓰면서 빈방들이 많아졌고, 이제 파워셀 대신 죄수를 채워 넣고 있었다. 어떻게 보면 완벽한 장소였다. 외부에서의 접근과 탈출이 불가능했고, 빈방들이 꽤 많았기에 여러 명을 가둘 수도 있었다. 그리고 이 작은 방은 한 사람이 대각선으로 간신히 누울 수 있는 정도의 작은 크기여서 갇힌 사람을 벌주기에도 안성맞춤이었다.

그들은 벤을 방 하나에 밀어 넣고서는 문을 닫아버렸다. 곧 칠흑같은 어둠이 주위를 감쌌다. 벤은 심리적으로 위축되지 않으려고 노력했다. 혹시나 하는 마음으로 소리를 내어 불러보았다.

"어이, 옆에 누구 있소?"

자신의 목소리가 작은 방 안에서 울렸다. 잠시 기다려 보았지만 다른 소리는 들리지 않았다. 그저 어디선가 저음의 기계음만 들릴 뿐이었다. 옆방에 누가 있을까 싶어 벽을 두드려 보았다. 그러나 역시 아무런 응답이 없었다. 벤은 벽에 기대어 앉았다. 완벽한 어둠 속에서 오직 자신의 존재만을 느끼며 생각에 잠겼다. 신기하게도 별로 두렵거나 걱정되지는 않았다. 막상 이렇게 지하 감옥에 갇히고 나니 차라리 더 자유로워진 느낌이었다.

벤은 지난 일들과 앞으로의 일들에 대해서, 그리고 현재에 대해서 생각해 보았다. 얼마 만에 이렇게 고요한 묵상의 시간을 갖게 된 건지. 그러고 보니 그동안 세상일에 정신이 팔려 깊이 있는 기도의 시간을 갖지 못했었다. 신을 만날 수 있는 완벽한 기회였다. 벤은 신께서는 참 다양한 방식으로 사람을 부르신다는 것을 다시 한번 느꼈다.

사흘이 지나자, 모니카 부제사장이 찾아왔다. 그동안 벤은 고독의 시간을 가졌다. 하루에 한 번 보안대원이 음식을 가져다주고 용변통을 비워줬지만, 벤과 따로 말을 섞지는 않았다. 어둠에 익숙해져 있다 보니, 모니카 부제사장이 들고 온 야광봉의 불빛이 무척 거슬렸다.

"불편하지 않나요? 어디 아픈 곳은 없고요?"

방 밖에 서서 그녀가 물었다. 벤은 눈을 감고 있어도 찌르는 듯 따가운 불빛의 고통에 적응하느라 좀 기다렸다.

"몸이 편하면 정신이 나태해지죠. 당신은 그런 경험을 해 본 적이 있습니까?"

벤은 모니카에 대해 궁금한 것이 많았다. 나중에 혹시라도 시간이 된다면 그녀와 밤새 얘기하고 싶은 마음이었다.

"난 항상 맑은 정신을 유지하려 합니다. 몸 상태가 최적이면 따로 신경 쓸 필요가 없으니 더 유리하죠."

"당신도 몸 상태가 나쁠 때가 있나요?"

"물론이죠. 그렇기 때문에 최상의 몸 상태를 유지하기 위한 관리는 나의 최상위 업무 중 하나입니다. 그렇지 않으면 본연의 임무를 수행할 수가 없기 때문입니다."

모니카의 본연의 임무에 대해서는 지난번에 들었었다. 시온의 지속과 번영을 위한 협조. 그러나 시온 사람들이 그녀가 정의하는 번영에 대해 동의할지를 두고선 벤은 처음부터 회의적이었다. 그러나 지금은 그 얘기를 할 때가 아니었다.

"폴 제사장은 알고 있습니까? 내가 여기에 있는 것을?"

벤은 지난 사흘간 마음의 평정을 얻으려고 노력했지만, 이 부분에 있어서는 여전히 쉽지 않았다. 폴이 의도적으로 자신을 배척하려 한다는 생각이 벤을 괴롭혔다.

"물론 알고 있지요. 잘 들으세요. 그는 누구에게도 아량을 베풀 생각이 없습니다. 난 아직도 벤 사제님이 대체 무슨 의도로 이런 상황을 자초했는지 이해가 되지 않지만, 살아남기 위해서는 그가 원하는 대답을 해야 해요. 그가 무엇을 원하는지는 알고 있죠?"

"폴 제사장이 무엇을 원하는지는 오직 신만이 아시겠지요. 그러나 그의 귀를 즐겁게 하기 위해 어떤 말을 해야 하는지는 알고 있습니다."

벤은 잠시 호흡을 가다듬었다.

"당신도 그렇게 해왔었나요?"

모니카 부제사장이 그동안 폴에게 어떻게 대응했는지 궁금했다.

"제13구역 사건만 제외하고는 지금까지 그의 목적과 내 목적이 거의 부합하였다고 볼 수 있습니다. 현재 시온에 필요한 것은 질서 유지와 안정입니다. 벤 사제님도 이에 협조해 줄 것이라고 믿어요."

벤은 절대로 협조할 마음이 없었다. 하지만 모니카하고 왈가왈부할 필요 또한 없다고 생각했다. 보안대에 붙잡히기 전날에도 시온의 미래에 대해서 그녀와 논쟁했었다. 그러나 어떤 면에서 그녀는 고집불통이었다. 현 상태라면, 앞으로 7년 뒤에 이 세상은 종말을 맞게 될 것이며, 그 이후에 에덴에서 새로운 인류가 도착하여 시온을 번성하게 할 것이라는 아인텐의 예언을 그녀 또한 반복하였다. 그 전제 조건이 실현되지 않을 가능성에 대해서는 도무지 가정하려 들지 않았다. 벤은 그것이 아마 모니카의 근본적인 한계라고 생각했다. 그녀는 설정된 조건에 맞춰진 자신의 목적에만 충실할 뿐이었다.

"알겠습니다. 협조하도록 하지요. 폴 제사장에게 가서 전하세요. 그가 원하는 대로 하겠다고."

"좋습니다. 그렇게 하지요. 그럼 조금만 더 기다려요. 최대한 빨리 나올 수 있게 하겠습니다."

모니카 부제사장은 불빛과 함께 돌아갔다.

벤은 다시 어둠에 잠겨 그녀의 목적에 대해 생각해 보았다. 예전에 그녀는 자신의 목적이 균형을 흐트리는 것이라고 했었다. 그런데 이제는 질서와 안정에 대해 이야기하고 있다. 모니카가 수용할 수 있는 변수에도 한계가 있는 것일까? 꼬리에 꼬리를 물고 이어지는 여러 궁금증을 뒤로 한 채, 벤은 다시 침묵과 암흑 속으로 침잠해 꿈인지 몽상인지 모르는 세상 안으로 들어갔다.

벤은 다시 젊어져 있었다. 폴도 마찬가지였고, 엠마도 그랬다. 셋은 혈기가 넘쳤고, 꿈이 있었으며 아름다웠다. 그들은 함께 뭉쳐 다녔고, 자신들을 세 똑똑이라 자칭하며 무슨 일이든 도전하였다. 그런 그들 사이에 연정과 시기와 질투와 배신이 싹튼 것은 어찌 보면 당연한 수순이었는지 몰랐다.

신께서는 오만한 자들에게 관대하지 않으셨다. 하지만 그때와 달리 벤은 이제 시기하지 않았고, 솔직할 수 있었다. 몽상 속에서, 벤은 폴과 함께 있는 엠마에게 다가가 그녀를 좋아한다고 고백했다. 엠마는 활짝 웃으며 사실은 자신도 벤을 좋아한다고 대답했다. 벤은 기쁘면서 동시에 슬펐다. 평생 듣길 원했던 답을 이제서야 듣게 되었다는 것이 너무 안타까웠다. 그동안 자신이 이 사랑에 이렇게 목매어 있었나 하는 자괴감도 들었다.

'그것은 아니야.'

벤은 스스로 변명했다. 아마 아쉬움과 회한의 발로였을 것이다. 자신은 다른 사랑도 알았고, 더 중요한 일도 한 존재였다. 과거의 감정에 갇혀 있기에는 자존심이 상했다.

다음 날, 보안대원 2명이 와서 벤을 감옥에서 꺼냈다. 그들은 벤을 데리고 곧장 폴 제사장의 사무실로 올라갔다. 다리에 힘이 풀려 잘 걸을 수 없고 온몸이 쑤셨지만, 벤은 불평하지 않았다.

폴 제사장의 사무실에는 그 외에 다른 사람은 없었다. 차라리 다행이라고 벤은 위안했다. 폴 제사장은 책상 뒤의 의자에 앉아 있었는데, 불과 두 달여 사이에 많이 달라진 것 같았다. 원래도 군살은 없었지만 얼굴은 뼈와 가죽만 남아 있었고, 이마도 더 넓어졌다. 지난 번 건국절 때는 멀리서 봤기 때문에 못 알아본 것일 수도 있겠지만, 그동안 심리적으로나 육체적으로 고생을 많이 했을 것이라고 추측되었다. 그렇다고 해서 안타까운 마음이 들지는 않았다. 폴은 자신이 고생한 만큼 남에게 꼭 갚아 주는 사람이었으므로 누군가는 훨씬 더 힘든 일을 겪었을 것이 분명했다.

"폴, 아니 폴 제사장, 오랜만이군. 자네는 예나 지금이나 변함이 없군."

보안대원들이 나간 후, 책상의 앞쪽에 있는 의자에 앉으며 벤이 말을 꺼냈다. 이 정도의 공치사는 해가 되지 않을 터였다. 그러나 폴 제사장은 그런 데에는 관심이 없었다.

"요점만 말하겠네, 벤. 자네는 항상 내게 걸림돌이었어. 왜 그런지는 구태여 묻지 않겠네. 하지만 이번만은 상황이 안 좋아. 더 이상 자네가 마음대로 행동하게 두지는 않을 걸세. 모니카 부제사장이 와서 간곡히 얘기했어. 그녀는 공개 재판을 통해 시온 사람들에게 나의 정당성을 홍보하라고 하더군. 그녀의 말도 일리는 있지. 그래서 내키지는 않지만 자네에게 특별히 선택의 기회를 줄 것이야. 공개 재판 때 자신의 잘못을 회개하고 최고 회의의 권위와 의로움을 인정하게. 그렇다면 목숨은 살려주겠네. 자네의 목숨을 건질 수 있는 방법은 오직 그뿐이야."

폴 제사장은 마지막 말에 힘을 주었다. 아마 위협하기 위해서였겠지만, 벤은 자신의 목숨에 대해서는 중요하게 여기지 않았다.

"그렇게 말해주니 고맙네. 하지만 먼저 내 말을 들어 봐. 나는 시위대건 최고 회의건 어느 편도 들 생각이 없어. 다만 시온의 미래만 걱정될 뿐이네."

그러고서 벤은 자신이 겪은 일, 알고 있는 사실을 이야기했다. 실론호에 대해서는 폴 제사장도 이미 알고 있다고 모니카 부제사장이 알려 줬지만, 벤은 그것을 모르는 양 말했다. 어쩌면 벤이 말한 모든 내용이 폴에게는 새로운 것이 아닐 수도 있었다. 그러나 어떻게든 그의 마음을 움직여야 했다.

"모르겠나? 지금처럼 해서는 자네가 주장하는 지속 가능한 시온은 없네. 그저 현상 유지를 위해 미래의 우리 후손에게 빚을 지우는 것뿐이야. 파워셀이 모두 고갈되면 어쩌려고 그래? 우리 후손들을 위해서는 지금부터라도 시온 밖으로 우리의 시선을 돌려야 해. 바로 7년 뒤면 어떤 일이 닥칠지 아인텐으로부터 듣지 않았나?"

폴 제사장은 잠자코 듣고 있었으나 그의 눈이 반짝이는 것을 보고 벤은 불안해졌다. 예전에도 그런 눈빛을 본 기억이 났다.

"벤, 자네야말로 예전과 달라진 것이 없군. 스스로를 아주 특별한 사람으로 생각하면서 세상을 구하겠다고 나서는 그 태도 말이야. 하지만 잊어버렸나? 계시록에 써 있잖아. 마지막 순간에 붉은 빛의 옷을 입은 구세주가 나타나 시온을 구할 거라고. 아인텐이 말한 세상의 종말을 피하기 위해 난 일부의 희생을 선택했네. 그것이 아무리 고통스러워도 말이야. 그렇게 된다면 시온의 사람들은 새로운 인류 없이도 앞으로도 번성할 수 있어. 7년이 아니라 새로운 1000년을 말이야. 자네는 미래의 후손을 구한다고 잘난 체하려 하지만, 사실 나야말로 현실 속에서 미래를 준비한 것이야."

폴 제사장의 말투에는 조롱이 담겨 있었다.

"지금 이 순간을 살고 있는 사람들도 생각해야지. 그래서 자네는 누구를 구했지? 아무도 없지 않나. 나는 시온을 위해 평생을 바쳤지만, 자네는 엠마조차도 구하지 못했어."

폴의 말에는 일리가 있었다. 게다가 그가 엠마를 언급하자 벤의 마음 깊은 곳에 갇혀 있던 분노가 다시 폭발했다. 그는 큰소리로 고함을 쳤다.

"그것은 네가 거짓말을 했기 때문이야. 나는 두 사람이 이미 미래를 약속했다는 너의 거짓말을 믿었어. 내 마음은 갈기갈기 찢어졌지만, 그래도 나는 널 친구로 생각해서 뒤로 물러난 거라고!"

"아니, 내가 거짓말을 한 것이 아니라 자네가 그렇게 믿고 싶어 했던 거겠지. 잘 생각해 보게. 자네가 그때 진심으로 원한 것이 무엇이었는지를. 자네는 나만큼이나 출세와 명예를 원했어. 사랑과 가정은 걸림돌이었지. 어찌 보면 엠마는 우리 둘 사이에 낀 희생양이었는지도 몰라."

폴 제사장은 벤과 달리 차분했다. 그러나 그의 목소리에도 애환이 담겨 있는 것 같았다.

"자네가 말한 내용의 요점도 나는 이미 모두 알고 있어. 그렇기 때문에 더더욱 막중한 책임과 의무를 느끼고 그 문제를 해결하려는 중이야. 나는 그저 좌충우돌하며 영웅 행세하는 사람이 아니라, 시온 최고 회의의 의장으로서 해야 할 직무를 하고 있다고. 더 이상 시온에 혼돈을 남겨두지는 않겠네. 그러니 잘 들어. 공개 재판 때 제대로 된 발언을 하도록 하게. 그것이 자네가 시온을 위해 진정으로 봉사하는 길이야."

벤은 다시 시온탑 지하 창고 감옥으로 끌려갔다. 폴 제사장에게는 그가 원하는 대로 증언하겠다고 약속했다. 별다른 방법이 없어 보였다. 엠마에 대한 폴의 지적이 벤을 낙담시켰다. 어떻게 보면 그의 말이 사실이었다. 그 당시에 폴은 엠마와의 관계에 대한 희망 사항을 벤에게 말했을 뿐이었다. 그때 벤은 양보해야겠다고 결심했었다. 왜 그랬는지는 아직도 의문이었다. 세 똑똑이가 계속해서 사이좋게 지내기를 바랐기 때문인 건지, 아니면 엠마가 폴을 더 좋아할 것이라는 생각에 패배 의식에 사로잡혀, 자신은 어떻게 되어도 상관없다고 생각해서였는지는 알 수 없었다. 폴의 말대로, 벤은 엠마 한 사람도 구할 수 없었던 자신이 무엇을 할 수 있을지 두려웠다.

그날 밤, 벤은 전날의 몽상과 똑같은 꿈을 꾸었다. 꿈속에서도 벤은 폴과 엠마와 함께였고, 엠마에게로 다가가 여전히 그녀를 좋아한다고 고백했다. 엠마도 기쁜지 활짝 웃었다. 그런데 엠마의 웃음이 곧 사라지더니 그녀의 얼굴이 공포와 슬픔으로 가득 찼다. 폴이 그녀의 손을 잡고 어디론가 끌고 가고 있었다. 그녀는 저항했지만 폴을 이길 수는 없었다. 벤은 체념한 채 바라보았다. 지난 과거 속에서 엠마는 이미 폴의 여자였었다. 지금이라고 해서 달라질 것은 없다고 생각했다. 그런데 자세히 보니 끌려가고 있는 여자는 엠마가 아니라 안나였다. 벤은 깜짝 놀라 달려갔다. 안나를 구해야 했다. 그러나 폴은 신비하리만큼 빠른 속도로 안나와 함께 멀어졌다. 그가 향하는 곳에는 짙은 어둠이 있었다. 벤은 그곳이 어떤 곳인지 잘 알고 있었다. 그곳은 죽음이 기다리는 곳이었다.

제11장

기만 작전

유나와 제임스가 창고처럼 보이는 약속 장소에 도착했을 때는 밤이 늦은 시간이었다. 그곳은 물품 검수장의 대기실이었고, 휴일에는 아무도 찾지 않기에 접선하기 좋은 곳이라고 하였다. 원래는 오후에 만나기로 했었는데, 트램의 보안이 강화되어 열차가 몇 시간씩 지연되는 바람에 늦을 수밖에 없었다.

제임스가 대기실의 문을 두드리자 문이 안으로 열렸다. 여자 1명이 문 옆에 서 있었고, 탁자와 의자들이 놓인 작은 대기실 안에는 똑같이 생긴 남자 2명이 앉아 있었다. 재키와 미키였다. 그들은 쌍둥이 형제로 외인들이었다. 노웨어에서 그들과 말을 나눈 적이 있었던 유나는, 말쑥한 거주민 차림의 그들을 보고 살짝 놀랐다.

제임스가 그들과 악수하며 사과의 말을 했다.

"재키, 미키, 늦어서 미안하네. 오는 동안 별일은 없었지?"

"두 사람 너무 기분 내고 온 것 아니에요? 여기서 한나절이나 기다렸다고요."

마르고 큰 키에 더벅머리인 재키가 말했다. 그러나 그는 유나에게는 활짝 웃으며 포옹을 했다.

"나도 나도. 유나 씨, 좋은 시간 보냈어요?"

미키가 재키를 밀쳐내고 유나와 포옹했다.

"네, 너무 좋았어요. 두 사람도 별일 없었던 거죠?"

유나도 반갑게 대답했다.

쌍둥이 형제의 임무는 파워셀의 출력을 조정할 수 있는 장치를 노웨어에서부터 들고 오는 것이었다. 만일의 경우를 대비하여 그들은 유나네와는 다른 경로를 경유하여 이곳에 왔다. 쌍둥이는 노웨어에서 태어났지만 아무 문신도 없고 피어싱도 없었기 때문에, 옷만 잘입히고 머리를 손질하면 거주민과 구별하기 어려웠다.

쌍둥이와의 인사를 마치자, 제임스가 아까 문을 열어주었던 여자를 유나에게 소개시켜 주었다.

"유나, 이쪽은 베쓰야. 베쓰는 제3거주구 발전소의 물품 검수 일을 하고 있어. 우리의 오랜 친구이지."

"반가워요, 쌍둥이들한테 얘기는 들었어요."

베쓰가 유나의 양 볼에 입맞춤하며 말했다. 30대 중후반으로 보이는 그녀는 단정한 차림새로 두건을 쓰고 있었다.

"유나는 최고 회의 직속 파워셀 담당 사무원 역할을 할 거야. 신분증도 있고, 이미 그 역할을 경험해 보기도 했어. 유나 덕에 노웨어가 파멸을 면했지."

제임스가 베쓰에게 설명했다.

"사실 그때 내가 직접 한 일은 거의 없었어요. 그냥 시키는 대로만 했을 뿐이죠. 그런데 쌍둥이들이 내 이야기를 했다고요? 나에 대해 뭐라고 했는데요?"

유나는 그 부분에 더 관심이 갔다. 좋은 말만 했다는 쌍둥이들의 소란을 무시하며 베쓰가 대답했다.

"당신이 예쁘고 용감하다고 했어요. 그리고 제임스의 피보호자라는 사실도요."

베쓰는 쌍둥이들과 대화 중인 제임스를 흘깃 보며 말했다.

'아….'

처음 봤을 때부터 제임스와 베쓰가 그렇고 그런 사이였을 거라고 짐작은 했었다. 유나는 속이 쓰렸다. 그러나 다시 생각해보니 지금 속이 쓰릴 사람은 자신이 아니란 생각이 들었다. 베쓰가 유나와 제임스와의 관계를 이해하고 받아들이기만 한다면, 그걸로 충분하다고 유나는 생각했다.

그들 5명이 이번 작전의 전부였다. 제3거주구는 남북으로 중앙을 관통하는 황강을 두고 좌우로 나뉘어진 도시였다. 강동에는 사람들이 사는 생활 터전이 자리 잡았고, 강서에는 대규모 발전소 공단이 있었다. 이 발전소 공단이 제1거주구 전력의 80퍼센트를 공급했다. 연료인 파워셀을 조작하여 발전소를 작동 불능으로 만듦으로써, 제1거주구의 방어 시스템을 무력화하는 것이 이번 작전의 목적이었다.

제임스로부터 처음 이번 작전의 개요를 들었을 때, 유나는 제임스에게 이렇게 적은 인원으로 가능할지 걱정이 된다고 말했었다. 하지만 제임스는 노출과 사고의 가능성이 줄어들기 때문에 인원은 오히려 적을수록 안전하다고 했다.

베쓰가 대기실에서 검수장으로 통하는 문을 열었고, 모두 안으로 들어갔다. 직사각형 형태의 검수장은 커다란 미닫이식의 정문을 통해 제3거주구 중앙역에서 연결된 선로가 가운데 안까지 들어와 있는 구조여서, 현장에서 트램의 화물을 하역할 수 있었다.

정문의 반대쪽 벽은 발전소에 연결되었고, 검사 장비가 있는 검사실과 검사팀 대기실, 파워셀 연료 투입실 및 보관실이 붙어 있었다. 중앙의 선로 옆에는 간이 검사대로 쓰이는 테이블들이 놓여 있었는데, 그 밖에 용도를 파악하기 힘든 장비와 박스들이 군데군데 흩어져 있었다. 베쓰의 안내로 검수장을 간단히 둘러본 후 사람들이 모이자, 제임스가 베쓰에게 먼저 발언하게 하였다.

"발전소는 매월 말에 한 달 분량의 파워셀을 제1거주구로부터 전달받아요. 내가 하는 일은 서류와 물품이 서로 맞는지 확인하고 그들에게 검수 확인장을 주는 일이에요. 발전소에는 검수팀이 따로 있는데, 그들은 특별한 경우가 아니면 파워셀을 따로 시험하지는 않아요. 3개씩 묶인 파워셀 세트의 포장에 이상이 없는지 확인하고, 포장 뚜껑을 제거한 후에 파워셀에 적힌 일련번호만 점검하죠. 이상이 없으면 파워셀 연료 투입실 안의 투입구에 하나씩 삽입해요. 투입구에서부터는 시스템이 자동화되어 있어서, 발전소 운전 엔지니어가 순서에 따라 파워셀을 발전소 엔진으로 보내게 되어 있어요. 이것이 여기서 하는 일이에요."

제임스가 뒤이어 설명하였다.

"우리는 이곳에서 어떤 수를 써서라도 파워셀의 출력값을 조정해야 해. 가능하면 한 세트 3개를 모두 바꾼다. 일단 파워셀이 투입구에 삽입되고 나서는 기회가 없어."

제임스는 그들을 돌아보며 말을 이었다.

"문제는 사람들에게 들키지 않고 어떻게 파워셀들을 조정하느냐는 거지. 발전소 운전이 평상시처럼 계속되려면 이 사실을 아무도 알아서는 안 돼."

"요즘은 보안이 까다로워져서 늘 보안대원들이 대동해요. 검수 팀도 여러 명이고요. 그들 모두가 눈치채지 못 하게 하려면 마술이라도 부려야 할 거예요."

베쓰가 냉소적으로 지적했다.

"쉽지는 않을 것이라 예상하고 있어. 하지만 방법이 있을 거야. 같이 한번 고민해 보자고."

제임스가 대답했다. 작전은 바로 다음 날 오후에 시작할 예정이었다. 과연 고민할 시간이 충분할지 유나는 걱정되었다.

다음 날 오후, 제임스와 유나는 창고 안의 구석진 곳에서 파워셀 운반팀이 도착하는 것을 기다렸다. 거기에는 빈 파워셀 상자들이 여러 군데 쌓여 있었기 때문에 숨어 있기에 어려움이 없었고, 바로 뒤에 있는 작은 문을 통해 바깥 도로로 출입도 가능했다.

유나는 다시 한번 제임스를 쳐다보았다. 보안대 헬멧을 쓰고 제복을 입은 그는 낯선 사람 같았다. 그의 멋진 구레나룻을 모두 깎아버려서 더 그렇게 보이기도 했다.

구레나룻은 아침에 유나가 직접 깎아 주었다. 제임스는 투덜거렸지만 보안대원은 아무도 수염을 기르지 않는다는 사실을 본인이 제일 잘 알고 있었다. 베쓰가 미리 제임스를 위한 보안대 제복과 쌍둥이를 위한 발전소 직원 작업복을 준비해 놓았다. 유나는 자신의 예전 옷을 그대로 입었고, 추가로 두건만 둘렀다. 제임스의 제복이 살짝 작아 좀 답답해 보이는 느낌은 있었지만 특별히 이상하지는 않았다.

그래도 과연 사람들이 속아 넘어갈까 내심 불안했다. 이번 일의 성공 여부는 유나와 제임스의 감쪽같은 연기와 쌍둥이들의 활약에 달려 있었다. 나름대로 타당한 계획 같았지만 언제 돌발 상황이 벌어질지 모를 일이었다.

트램은 정시에 도착했다. 검수장의 정문이 좌우로 열리더니 천천히 트램이 들어왔다. 기관차를 포함한 3량이 전부였다. 가운데 객차에서 내린 사람은 무장한 보안대원 8명과 에너지부 사무원 1명이었다. 제3거주구 발전소 검사팀 4명과 함께 베쓰와 재키가 그들을 맞이했다.

서로 인사를 주고받은 후, 베쓰는 사무원에게서 유리판 서류를 넘겨받아 검토하였고, 그러는 중에 재키와 보안대원들은 화물칸에 있는 파워셀 세 상자를 옆에 마련된 간이 검사대에 올려놓았다. 베쓰가 고개를 끄덕이자, 검사팀은 박스 하나를 열어 파워셀 세트 2개를 꺼냈다. 그들은 2명씩 하나의 세트를 맡아 포장 상태를 점검한 후에 유리 걸쇠를 부수고 뚜껑을 제거하였다. 각 세트 안에는 푸른색의 동그란 파워셀이 3개씩 있었다.

검사팀이 파워셀의 일련번호를 베쓰에게 불러주었다. 베쓰가 확인을 마치자, 재키는 그 파워셀 세트 2개를 미리 준비한 손수레에 싣고 보관실로 향했다. 사무원과 보안대원 2명이 뒤를 따랐다. 재키가 조금 빨리 걸어 먼저 보관실 앞으로 갔을 때였다.

제임스는 미리 매어 놓은 줄을 당겨 뒤에 있는 출입문을 활짝 열었다. 그리고 성큼 앞으로 걸어 나갔다. 유나도 재빨리 그의 뒤를 따랐다. 보안대가 그들을 알아차리고 경계 태세를 취하자, 제임스는 한 손을 높이 들며 큰소리로 외쳤다.

"잠깐만, 모든 작업을 정지하시오!"

그러고는 계속해서 사람들에게 다가갔다. 유나는 미친 듯 뛰어대는 자신의 심장 소리가 다른 사람들에게도 들리지 않을까 걱정이 되었다. 침착하게 행동해야 했다. 그들에게 다가가는 10초가 엄청나게 길게 느껴졌다. 모든 사람들이 그들을 바라보았다.

"무슨 일인가? 당신은 누구지?"

보안대원들 중 분대장으로 보이는 남자가 물었다.

"나는 제3거주구 소속 보안대원 샘 민한입니다. 오늘 파워셀 보급에 외인들의 공작이 있다는 정보를 받고 급히 왔습니다."

제임스가 긴급한 사태라는 말투로 대답했다.

그러나 보안대원들은 꿈쩍도 하지 않고 제임스를 경계했다. 분대장이 베쓰에게 물었다.

"제3거주구 보안대원? 이 사람을 아시오?"

"예, 발전소 보안 담당으로 이름은 들었습니다."

베쓰의 대답에 분대장이 의심스러운 표정을 지으며 유나에게 물었다.

"당신은?"

"나는 파워셀 보급을 담당하는 최고 회의 직속 사무원 유나 리오입니다."

유나는 떨지 않으려고 노력했다.

"당신들이 운반한 파워셀들은 가짜예요. 외인들이 바꿔치기를 했어요. 저 에너지부 사무원이 아마 그들 편일 겁니다."

유나는 자신이 가지고 있던 신분패를 꺼내 들었다. 예전에 원정대에 파견되기 위해 론에게서 받은 것이었다. 가까이 있던 보안대원 1명이 그 신분패를 받아 들고는 분대장에게 건넸다.

"뭐라고? 거짓말이에요. 난 외인들은 본 적도 없어요."

젊어 보이는 여자 사무원이 놀라 소리쳤다. 그녀의 얼굴은 당황한 표정이 역력했다.

"당신들 말을 어떻게 믿지, 증거가 있나?"

분대장이 물었다. 제임스가 기다렸다는 듯이 대답했다.

"파워셀을 검사해 보시오. 그러면 바로 알 수 있을 겁니다."

분대장의 지시에 재키는 수레의 방향을 검사실로 바꿨다. 검사팀 중 2명과 보안대원 2명 그리고 베쓰도 검사실로 따라갔다. 베쓰가 지나가면서 제임스에게 뭐라고 속삭였다. 제임스는 살짝 웃으며 알았다는 표정을 지었다. 에너지부 사무원이 그들 뒤에 있었기 때문에, 그녀가 긴장하는 모습을 유나는 볼 수 있었다.

"기관사."

분대장이 큰소리로 기관사를 불렀다. 트램의 기관차 창문으로 기관사가 머리를 내밀었다. 분대장은 기관사에게 다가가 유나의 신분패를 건네며 그에게 명령했다.

"여기 신분패의 이름과 신원 번호를 보안대 본부에 확인하게. 얼마 정도 걸리겠나?"

기관사가 대답했다.

"무선으로 보내는 데는 시간이 얼마 안 걸리죠. 그러나 그 친구들이 언제 답을 줄지는 저도 모르겠습니다."

그리고는 신분패를 받아들고는 모습을 감췄다. 유나의 심장이 다시 세차게 뛰기 시작했다. 이런 상황은 예측을 하지 못했다. 만약 그녀의 가짜 신분이 바로 들통난다면 큰일이었다.

분대장이 제임스에게 말을 걸었다.

"제3거주구 보안대 소속이라고요. 그러면 웹 상사를 알겠네요?"

"웹 상사라… 글쎄요, 내가 같은 분대가 아니면 이름을 다 알지를 못해서요."

제임스가 대답했다.

"보통 키에 쌍꺼풀이 있고 얼굴이 네모난데, 정말 모릅니까?"

분대장이 재차 물었다.

"그런 사람이 한두 명이어야지요. 누굴 말하는지 모르겠소."

제임스가 더 이상 엮이지 않겠다는 듯이 퉁명스럽게 말했다. 그러나 분대장은 집요했다.

"그러면 제3거주구 보안대 대장은 알겠지요. 이름이 뭡니까?"

제임스는 대답하지 않았다. 유나의 긴장이 극에 다다랐다. 그때였다. 검사실 문이 열리며 보안대원이 1명 나와 소리쳤다.

"파워셀 한 세트가 가짜입니다. 모두 이미 사용된 껍데기들입니다. 나머지 세트도 검사하고 있습니다."

여자 사무원의 얼굴이 붉어졌다.

"아니에요. 그럴 리가 없어요. 포장할 때 내가 모두 확인했다고요."

그녀가 검사실로 가려 하자 제임스가 그녀를 붙잡았다. 제임스는 분대장에게 말했다.

"제3거주구 보안대장 이름은 브래드이지요. 자, 이제 나머지 파워셀도 모두 검사하시오. 난 이 여자를 데리고 가서 리오 사무원과 함께 심문하도록 하겠소."

제임스가 유나에게 눈짓하며 발걸음을 옮겼다. 여자 사무원은 갑작스러운 상황에 울음을 터뜨렸다.

"아니, 아니, 아직은 아니야. 본부에서 연락이 올 때까지는 모두 여기서 기다리시오."

분대장이 명령했고, 3명의 보안대원들이 길을 막았다. 제임스는 불과 몇 발자국밖에 갈 수 없었다.

간이 검사대에 남아 있던 검사팀은 나머지 두 박스의 파워셀들에 대한 포장 확인 작업을 계속 진행했다. 분대장은 자신이 직접 꼼꼼히 검사팀의 작업을 감독하면서 서류와 일련번호를 확인하였다.

잠시 후에 베쓰와 재키가 보안대원 2명과 함께 검사실에서 돌아왔고, 두 번째 세트를 수레에 실어 다시 검사실로 운반했다. 유나는 무엇을 해야 할지 몰라 검사대 옆에서 어색하게 서 있었다. 제임스가 여자 사무원에게 작은 목소리로 무엇인가 물어보았고, 그녀는 고개를 끄덕이거나 가로저었다.

검사실 문이 열리며 보안대원이 나와 이번에는 파워셀이 모두 정상이라고 소리쳐 알려 주었다. 재키가 마지막 파워셀 세트를 검사실로 운반할 때였다. 기관사가 머리를 내밀며 분대장을 불렀다.

"본부에서 연락이 왔습니다."

분대장이 기관차로 다가갔다. 유나는 머리가 하얘졌다. 만약 자신이 가짜라는 것이 들통나면 보안대원들이 자신을 체포할 것이고, 제임스는 그 상황을 그냥 두고 보지는 않을 것이었다. 어젯밤에 토론했던 몇 가지 시나리오 중에 최악의 경우는 무력을 사용하여 탈출하는 것이었다. 그런 경우에 대비하여 제임스의 제복 안에는 여러 자루의 칼과 투창이 숨겨져 있었다.

유나는 주위를 둘러보았다. 보안 대원은 총 6명이었고, 기관차에는 기관사 외에도 1명이 더 있었다. 발전소의 검사팀은 여자 1명, 남자 1명이었는데 그들이 큰 위협이 될 것 같지는 않았다. 그래도 어쨌든 제임스는 적어도 6명의 무장 보안대원을 상대해야 했다. 아무리 제임스가 민첩하다 하더라도 그들 모두를 제압할 수는 없다고 결론지었다. 그렇다면 남은 한 가지 방법은 유나가 움직이는 것이었다.

분대장은 기관사에게 무엇인가 열심히 듣고 있었다. 유나는 제임스가 무모한 짓을 하지 않기 바라며 그를 쳐다보며 머리를 저었다. 그는 그런 유나를 봤는지 못 봤는지, 여자 사무원에게 계속 귓속말로 무언가를 말하고 있었다. 유나는 숨을 크게 들이쉬었다. 그리고는 아까 숨어 있었던 출구 쪽으로 몸을 돌려 뛰기 시작했다.

보안대원들의 고함 소리가 들렸다. 유나는 달리기에 자신이 있었다. 그들에게 잡히지 않을 자신이 있었다. 그런데 어찌 된 일인지 자신보다 한두 걸음 앞에 아까 그 여자 사무원도 함께 뛰고 있었다.

그녀가 언제부터 달리기 시작했는지는 알 수 없었다. 유나가 어리둥절해하는 사이, 바람 소리가 들리더니 단말마의 비명과 함께 그 여자 사무원이 고꾸라지는 소리가 들렸다. 깜짝 놀라 고개를 돌려보니, 쓰러진 여자의 가슴에서 뿜어져 나오는 붉은 피가 보였다.

유나는 정신이 하나도 없었다. 게다가 누군가가 뒤에서 쫓아오고 있었다. 그녀는 더욱 속도를 내었다. 이제는 오직 목숨만이 중요했다. 제임스가 바보 같은 행동을 하지 않기만을 바랐다. 하지만 그녀는 결국 따라잡혔다.

뒤에서 쫓아오던 사람이 몸을 날려 유나를 붙잡았고, 둘은 함께 바닥을 뒹굴었다. 유나는 모든 게 끝장이라고 생각하며 몸을 빼내려고 발버둥 쳤다.

"유나야, 괜찮아. 가만있어."

유나를 붙잡은 사람이 작게 속삭이듯 말했다. 그녀가 정신을 차리고 보니 자기를 감싸 안고 있는 사람은 놀랍게도 제임스였다.

"걱정하지 마. 너의 신원은 정상으로 확인되었어. 예전 자료를 폐기하지 않았나 봐. 어쨌든 도망치지 않아도 돼. 저들에게는 여자 사무원이 갑자기 도망치니까 놀라서 같이 뛰어갔다고 해. 알았지? 아까처럼 연기하면 되는 거야. 기억나? 이번 작전의 성공은 결국 우리의 연기력에 달려 있다고 했잖아."

제12장

정의와 정화

역사적인 재판은 아침 일찍 시작되었다. 솔직히 로사는 참석하고 싶지 않았으나, 마리 사제가 데리러 왔을 때 아무 말도 하지 않고 따라나섰다. 재판 장소는 아이러니하게도 화합의 무대였다. 마리 사제 말로는 되도록 많은 사람들이 재판을 지켜보게 함으로써 그들에게 경외심과 정의감을 고양시키려는 것이 폴 제사장의 목적이라고 했다.

로사는 과연 그 의도대로 될까 하는 의심이 들었다. 제2거주구에서의 충격을 생각하면 전혀 다른 결과를 만들 수도 있을 것 같았다. 어쩌면 폴 제사장의 숨은 의도가 바로 그것일 수도 있었다. 공포는 통치의 가장 좋은 수단이라고 누가 말했던 기억이 났다.

무대 위에는 재판장의 좌석과 단상이 배치되어 있었고, 그 뒤쪽에는 좌우로 최고 회의 의원들과 거주구 대표단이 배석하였다. 로사는 마리 사제의 뒤에 따로 자리가 주어졌는데, 무대의 안쪽에 있어 거의 보이지 않았기 때문에 마음이 좀 편해졌다.

12명의 최고 회의 의원들 중 단지 6명만 참석했는데, 중앙역에서 어색하게 폴 제사장을 환영했던 두 최고 의원들은 보이지 않았다. 다만 모니카 부제사장은 재판장 좌석의 바로 오른쪽 자리에 꼿꼿이 앉아 있었다. 거주구 대표단도 13명이 못 되는 것으로 보아 몇 명이 빠진 모양이었다. 무대 밖 관중석에는 거주구민들이 계속해서 입장했다. 제복을 입은 보안대원들이 도처에서 질서 유지 겸 안내를 맡았고, 20명 가까이 되는 대원들은 무대 바로 밑에 도열해 있었다.

사람들이 모두 착석하고 장내가 정리되자, 폴 제사장이 등장하였다. 그의 모습에 관중석 앞쪽에서 환호가 터져 나왔지만 이내 잠잠해졌다. 폴 제사장은 자신의 자리에 앉아 재판의 개회를 선언하고는 모두 발언을 시작하였다.

재판석에 설치된 마이크를 통해 들리는 그의 목소리는 기복이 없었지만 구석구석 퍼져 나갔다. 그는 시온의 위기에 대해 설명했고, 신의 도움으로 반군을 무찌른 것을 축복한 다음, 정의와 정화를 위한 이번 재판의 필요성에 대해 역설하였다.

"우리 인간은 신의 무한한 자비에도 불구하고 끊임없이 죄를 지었습니다. 계시록 1장을 보면 우리의 선조가 어떻게 타락했고, 어떻게 신의 권위에 도전할 정도로 교만했는지 나와 있습니다. 그들은 인간과 같은 로봇을 만들었으며, 생명을 스스로 창조하였고, 우주의 근본을 찾아 나섰습니다. 그러나 그 결과가 무엇입니까? 재앙이자 파멸이었습니다. 신께서는 인간의 오만함을 더 이상 두고 보실 수 없었고, 인류의 고향인 에덴은 파괴되었습니다. 그러나 그분께서는 또한 자비하십니다. 그분께서는 선택된 사람들을 이곳 시온으로 보내주셨습니다. 그것이 바로 1000년 전 일입니다. 그런데 우리 선조는 어떻게 했나요? 또다시 타락하고 말았습니다. 원래 이곳 시온은 젖과 꿀이 흐르는 땅이었습니다. 그러나 500년 전, 신께서 내리신 대재앙으로 시온은 황무지가 되었습니다. 그러나 나는 차라리 그것이 낫다고 봅니다.

우리는 다시 정신을 차렸고, 겸손해졌습니다. 말씀에서처럼 심령이 가난한 자가 복이 있고, 겸손한 자가 의롭게 될 것입니다. 우리는 지난 500년 동안 이 말씀들을 가슴에 새기며 열심히 살았습니다. 그런데 지금 또다시 그것을 해치려는 이들이 있습니다. 신과 계시록을 부정하고 욕정에 타락한 외인들이 그렇고, 물질적 향락과 교만에 사로잡힌 반란 세력이 그렇습니다. 이는 신탁이 경고한 내용과 동일합니다. 오늘 나는 의롭지 못한 이들을 뿌리 뽑겠습니다. 그래서 계시록이 예언한 구세주가 오실 때까지 우리 시온을 지켜나가도록 하겠습니다."

폴 제사장의 연설이 끝나자 장내는 숙연한 기운으로 조용했다. 누구 하나 감히 작은 기침 소리조차 내지 못했다. 어색한 긴장감이 점점 더 고조될 무렵, 관중석 앞쪽에서 누군가가 박수를 쳤다. 그것을 신호로 다른 사람들도 박수를 보냈고, 곧 우레와 같은 박수 소리가 무대를 메웠다.

박수 소리가 잠잠해지자, 보안대원들이 무대 뒤에서 피고인들을 끌고 나오면서 본격적으로 재판이 시작되었다. 처음엔 단순 가담자나 반군을 은닉해준 가족들로 시작해서 점차 더 직접적으로 반군에 참여한 사람들의 순서로 진행되었다. 가담의 정도, 거주구역, 단체 행동의 조합에 따라, 적게는 1명 많게는 10여 명씩 재판대 앞에 세워져 고발되었고, 판결이 내려졌다. 각자의 죄목이 고발되었을 때, 어떤 이들은 강하게 부인하였고 또 어떤 이들은 자비와 선처를 호소하였다.

폴 제사장의 판결 방식은 매우 간결하였다. 그는 보안대 검사가 밝힌 죄목을 듣고, 당사자의 해명을 들은 다음, 최고 회의 사제들이나 거주구 대표들에게 특별히 의견이 있는지 물었다. 만약 특별한 의견이 없으면 미리 정한 5단계에 따라 형을 내렸다.

제일 가벼운 1단계는 광장에서의 태형 5대와 공동 교화소로의 6개월 추방이 선고되었고, 단계가 올라감에 따라 태형과 추방 기간이 두 배씩 늘어났다. 다만 순순히 자신의 죄를 인정하고 자비를 부탁하는 사람들에게는 태형을 한 단계씩 감해 주었다. 형을 선고받은 사람들은 울부짖거나 저주를 퍼붓거나 고개를 숙인 채 보안대원에 의해 끌려나갔다.

로사는 며칠 전 폴 제사장에게 자비에 대해 언급한 것이 그들에게 조금이나마 도움이 되었기를 바랐지만, 그의 결정에 영향을 끼치는 데는 실패한 것처럼 느껴졌다.

오전에는 대부분 1단계에서 3단계 사이의 형이 언도되었다. 가끔 거주구 대표가 피고인을 위해 특별히 변론을 해주는 경우가 있기는 했지만, 대부분은 일사천리로 진행되었다. 로사는 이렇게 많은 사람들이 반군에 연루되었고 또 붙잡혔을 거라고는 상상하지 못했다. 오전에만 거의 800명이 넘는 사람들이 재판을 받았다.

비슷한 상황이 계속해서 연출되자 모두의 몸과 마음이 모두 지쳐갈 때쯤, 점심 식사를 위해 잠시 재판이 휴정되었다. 관중석에 앉은 거주 구민들까지 포함하여 모두에게 물과 빵이 제공되었다. 시간을 절약하기 위함도 있겠지만, 폴 제사장의 아량을 과시하려는 목적도 있는 것 같았다. 사람들은 빵과 물을 먹고 조금은 힘이 나는 듯 보였다.

"그런데 공동 교화소가 어디죠?"

로사는 공동 교화소는 들어본 적이 없어서 앞에 있는 마리 사제에게 물었다.

"이번에 형을 선고받은 죄인들을 수용할 교화소를 옛 제12거주구 터에 짓기로 결정했어. 그리고 앞으로 죄가 중하거나 각 거주구의 교화소에서 수용하지 못하는 죄인들도 그곳으로 보내질 거야."

제12거주구는 예전에 운석의 폭발로 인해 거주구민이 몰살되고 폐허가 된 곳이었다. 지금까지 버려진 채로 있었는데, 거기를 교화소 터로 쓴다고 하니 더 무시무시했다.

오후에 들어서자 재판은 더 암울해졌다. 직접 반군에 가담했던 야광봉 시위대와 그 편에 붙은 보안대원들이 피고인의 자리에 섰다. 그들 대부분이 폭행을 당한 듯 몰골이 처참했다. 그러나 강요에 의해 어쩔 수 없었다고 변명하는 일부 변절한 보안대원을 제외하고는, 상당수가 의연하게 자신의 신념을 주장하였다. 폴 제사장이 5단계의 형을 선고하는 횟수도 잦아졌다.

한참이 지나자 마침내 핵심 주동자들이 등장하기 시작했다. 그중에는 론 한조도 있었다. 로사는 그의 성을 한지로 알고 있었는데, 실은 한조였음을 알게 되었다. 그의 얼굴은 맞아서 퉁퉁 부어 있었고, 한쪽 다리는 절었다. 그럼에도 함께 끌려 나온 6명 중 리더인 듯, 그는 시온 최고 회의의 독재적 횡포와 폴 제사장의 야만적인 행위에 대해 큰소리로 비난했다. 그가 제13거주구의 폭발에 대해서도 언급하려 하자 옆에 있던 보안대원이 곤봉을 휘둘렀고, 머리를 강타당한 론은 그대로 바닥으로 고꾸라져 나뒹굴었다.

폴 제사장은 마이크에 입을 가까이 대고 나지막하게 말했다. 화합의 무대에 모인 모든 사람들이 쥐 죽은 듯이 귀 기울였다.

"신을 모독하고, 최고 회의의 권위를 무시한 죄, 시온을 거부하고 내란을 일으킨 죄, 사람들을 선동하여 폭동을 일으켜 기물을 파손하고 인명을 살상한 죄, 이 모든 죄에 유죄를 선고하며 이들을 교수형에 처한다."

그가 재판석의 선고 망치를 두들기자 곳곳에서 탄식이 흘러나왔다. 오늘의 첫 교수형 선고였다. 로사는 드디어 올 것이 왔다는 생각에 두려움에 떨었고, 이들이 마지막이기를 빌었다. 선고를 받은 6명은 예상하고 있었다는 듯 오히려 침착했고, 보안대의 손에 이끌려 조용히 나갔다.

그다음으로 1명의 남자 사제가 나왔는데, 몸이 많이 불편한지 보안대원 2명이 부축해 주었다. 그는 벤 사제였다. 로사는 너무 놀라 자기도 모르게 헉하며 손을 입에 댔다. 마리 사제가 뒤돌아보며 조용히 하라고 눈짓하였다.

왜 벤 사제가 잡혔는지 처음에는 이해가 되지 않았다. 보안대 검사가 그의 수많은 죄목을 무시무시하게 열거하였지만, 로사가 알 수 있는 한 가지는 그가 반군에 가담하였다는 것이었다.

생각해 보니 그럴 수도 있을 것 같았다. 벤 사제는 항상 자유와 평등과 박애를 설파하였고, 그렇게 하기 위한 정치적 민주주의를 강조했었다. 사제임에도 불구하고 계시록과 신탁에 의존하는 최고 회의의 방식보다는 시온 거주민 전체의 의중을 따르는 방식에 대해 이야기했다. 어찌 보면 야광봉 시위대에 그가 참여하는 것은 당연하였다.

로사는 폴 제사장을 보았다. 그는 두 손으로 턱을 괸 채 아무 미동이 없었다.

검사의 고발이 끝났다. 검사는 벤 사제의 위치와 신분을 고려할 때 오히려 중형을 내려야 한다며 그에게 사형을 구형했다. 관중석뿐만 아니라 무대 위 단상에서도 웅성대는 소리가 들렸다. 벤 사제에게 자신의 죄목에 대해 변론할 기회가 주어지자, 그는 재판관 쪽이 아닌 관중석을 향해 돌아섰다. 그리고 큰 소리로 말하기 시작했다.

"시온의 거주민 여러분, 폴 최고 제사장도 강조했듯이 지금 시온은 절체절명의 중대한 위기에 처해 있습니다. 시위대와 최고 회의 간의 싸움에 대해 이야기하는 것이 아닙니다. 저의 목숨을 건지기 위해서도 아닙니다. 우리는 지금까지 거짓에 속아서 살고 있었습니다. 계시록은 우리를 보호하기 위한다는 명분으로 진실을 가리고 있었습니다.

여러분, 시온 밖에는 또 다른 세상이 존재하며 우리와 공통의 조상을 가진 인간들이 살고 있습니다. 그 증거도 있습니다. 현재 다른 행성에서 우주선을 타고 온 방문자가 이 시온에 있습니다. 우리는 바깥세상과 연결되어야만 합니다. 현재 시온은 죽어가고 있습니다. 우리끼리의 전쟁 때문만이 아닙니다. 고립되어 있기 때문에 멸망할 수밖에 없는 운명입니다. 폴 최고 제사장은 그때를 늦추려고 하지만 부질없는 짓입니다. 계시록에 기록된 구세주가 오기 전에 시온은 멸망할 것입니다."

벤 사제는 몸을 돌려 폴 제사장에게도 무언가를 말하려 하였다. 관중석에서 거주민들의 웅성거림이 더 커졌다. 무대 위에서도 거주구 대표들이 자기들끼리 작은 소리로 얘기하였다. 폴 제사장이 마이크를 잡고 폭풍같이 벤 사제의 말을 가로챘다.

"벤 박초이 사제는 더 이상의 거짓말을 그만하라. 신이 두렵지도 않은가? 더 이상의 신성 모독은 필요 없다. 나는 피고에게 거명된 모든 죄목에 대해 유죄를 선고하며 교수형에 처할 것을 명한다. 아울러 벤 박초이 사제에게는 신성 모독죄를 추가하여 교수형 전에 혀를 뽑는 형벌에 처한다."

그는 망치를 힘 있게 내리쳤다. 사람들의 웅성거림이 더 커졌다. 거주구 대표단의 누군가가 거주구 부제사장을 교수형에 처할 수는 없지 않느냐며 항의했다. 모니카 부제사장도 벌떡 일어나 폴 제사장에게 다가갔다. 그녀가 그에게 뭐라고 말했으나, 폴 제사장은 단호히 머리를 저으며 거부하였다.

"가서 자리에 앉아요. 모니카 부제사장. 아니면 당신도 재판에 회부하겠소. 벤 사제와의 협상은 그가 대중 앞에서 거짓을 폭로하였기 때문에 무효가 되었습니다. 그가 스스로 무덤을 팠으니 거기에 들어가게 해야 하지 않겠습니까? 덕분에 골치 아픈 일을 해결했으니 아주 잘 되었습니다."

벤 사제는 아래서 무엇을 계속 얘기하려고 하였으나 옆에 있던 보안대원의 곤봉에 맞아 쓰러졌고, 곧 끌려 나갔다.

재판은 갑작스레 종결되었다. 더 이상의 피고가 없다는 검사의 공지에 사람들은 약속이나 한 듯이 더 크게 떠들기 시작했다. 무대 위도 마찬가지였다. 폴 제사장은 무대 위의 혼돈을 뒤로 하고 밖으로 빠져나갔다. 모니카 부제사장을 비롯한 최고 회의 사제들이 그 뒤를 따랐다. 남아 있는 거주구 대표단들은 둥그렇게 모여 무언가 얘기하기 시작했다. 관중들도 하나둘 자리를 털고 일어났다.

로사는 마리 사제가 떠났음에도 계속 앉아 있었다. 온몸에 힘이 하나도 없었다. 제2거주구에서 봤던 끔찍한 장면이 생각났다. 자기 아버지의 명령에 의해 벤 사제가 교수형을 당한다는 사실이 그녀는 믿기지 않았다. 그를 구할 방법을 어떻게든 마련해야 했다.

제13장
악마의 부활

    댄은 오랜만에 다시 예전의 악몽을 꿨다. 어두워서 아무것도 볼 수 없었지만, 발 아래쪽에 물이 있음을 느낄 수 있었다. 그는 물속에 들어가고 싶지 않았기에 공중으로 날아올랐다. 물이 같이 따라 올라오더니 마치 손처럼 댄의 발뒤꿈치를 잡으려 했다. 깜짝 놀란 댄이 발을 움츠리며 더 높이 날아올랐다. 그러자 주위가 밝아졌다. 거기는 시온탑 지하가 아닌 제13거주구 옆 고대 생명체의 내부였다.

    댄은 메이가 거기에 있을 것이라고 기대하며 둘러보았다. 그러나 그녀는 보이지 않았고, 다른 생명의 기운이 느껴졌다. 기둥들과 바닥, 천장에 알록달록한 형광빛이 물결쳤다. 그것은 생명의 활동에 의한 결과였다.

    댄이 가운데 부분으로 날아가자 그곳에는 검은 물이 고여 있었고,

그 위로 둥그런 구체가 아름다운 빛을 발하고 있었다. 댄은 그 구가 곧 열릴 것을 알고 있었다. 그 안에 무엇이 있을지 댄은 너무 궁금해졌다. 그러나 구가 채 열리기도 전에 검은 물이 계속 불어났다. 댄은 구체 주변을 정신없이 날아다녔지만 결국은 물속에 잠길 수밖에 없었다. 그것들이 몸 안으로 들어왔다.

댄은 잠에서 깨었다. 새벽이 되어서인지 공기가 매우 찼다. 해가 뜨기 전의 세상은 언제나처럼 조용했고, 가끔 바람 소리만이 적막을 가를 뿐이었다.

댄은 꿈을 돌이켜 보았다. 예전과 달리 자신이 두려워하고 있지 않음을 깨달았다. 검은 물속으로 들어가는 것은 여전히 유쾌하지 않았지만, 이제 공포가 생기지는 않았다. 그리고 빛들을 떠올렸다. 그렇게 아름답고 화려한 빛은 본 적이 없었다. 지금은 껍질만 남아 있는 고대 생명체가 만약 살아 있었다면 그런 빛을 냈을까 궁금하기도 했다. 메이에게 이 꿈에 대해 빨리 얘기하고 싶어졌다. 그녀라면 왠지 어떤 해몽을 줄 수 있을 것이란 생각이 들었다.

댄이 있는 장소는 헤말 산맥이 멀리 보이는 작은 언덕 위였다. 이제 황야를 가로질러 하루만 더 걸으면 노웨어로 가는 동굴 입구에 도착할 수 있을 것 같았다. 거기서부터는 어떻게 할지 아직 고민이었다. 외인들 모르게 동굴을 통해 노웨어에 잠입하는 것은 상당히 어려울 것이다. 댄은 지니고 있던 송수신기를 만지작거렸다. 결국 이것에 의지할 수밖에 없었다. 지난번처럼 운이 좋기를 바랄 뿐이었다.

댄은 이틀 전에 제7거주구에서 제4거주구로 가는 트램에 몰래 탔었다. 지난번에 검문에 잡혔던 경험을 되살려 이번에는 트램의 지붕 위에 숨었다. 고압선이 연결되어 있고, 부주의하면 밑으로 굴러떨어질 수 있어 매우 위험했지만, 덕분에 들키지 않고 갈 수 있었다.

제4거주구에 거의 가까워졌을 무렵, 댄은 트램 객차 사이의 연결 부분으로 내려와 다치지 않도록 조심히 뛰어내렸다. 그리고 거기서부터 하염없이 걷기 시작했다. 이제 걷기는 익숙해져서 그다지 힘들지는 않았다. 다만 아무도 없는 황야를 혼자 마냥 걸어야 하는 데서 오는 고독감이 힘들 뿐이었다.

그러나 그 고독함마저 마침내 친해질 수 있었다. 댄은 해의 고도에 따라 변하는 황야의 풍경에 새삼 아름다움을 느꼈다. 가끔씩 불어오는 바람의 손길도 느껴졌다. 만약 고대 정착민이 이 행성에 오지 않았더라면, 자신을 포함하여 아무도 이 황야의 풍경에 매료되거나 바람의 손길에 고마워하지 않았을 것이다. 그렇다면 이것들의 존재 이유는 무엇일까? 바위가 스스로 사유한다면, 억겁의 세월 동안 존재하는 의미에 대해 무엇을 깨닫게 되었을지 갑자기 궁금해졌다. 신에게 저주할지 아니면 감사할지 알고 싶어졌다.

댄은 늘 신에게 감사했다. 곧 메이를 만날 수 있다는 기대에 그 마음은 더 커졌다.

해가 눈부시게 떠올랐다. 댄은 일어나 짐을 싸고 바로 출발했다. 오늘도 긴 하루가 될 예정이었다. 꿈 때문에 어지러웠던 마음도 걷다 보면 정리가 될 것 같았다.

정오가 되었을 무렵이었다. 태양은 바로 머리 위에서 작열하였고,

땅은 밟기가 두려울 정도로 뜨거웠다. 잠시 쉴 곳이 있으면 좋겠다고 생각했으나, 근처에 그늘을 만들어 줄 바위 따윈 보이지 않았다. 아니, 설령 있다 하더라도 지금 시간에는 어차피 그늘도 생기지 않을 터였다. 그나마 끊임없이 북풍이 불어주었기 때문에 어느 정도는 버틸 수 있었다. 댄의 기억으로는 이 근처 어딘가에 바늘이 있었던 것 같았는데 보이지가 않았다. 그렇다고 바늘을 찾으러 돌아다닐 생각은 딱히 없었다. 동굴이 있는 절벽이 멀지 않았기 때문이었다. 그는 터벅터벅 계속 서쪽을 향해 걸었다.

그토록 열화 같던 태양도 그 기운을 잃고 어느덧 땅에 더 가까워질 무렵이었다. 멀리 남서쪽에서 먼지구름이 보였다. 댄은 긴장했다. 사람들인 것 같았다. 그쪽에서 오려면 외인들밖에 없었다. 드디어 거주구를 침공하려고 군대를 보내는 것일까?

댄은 사람들과 마주치지 않게 동선을 멀게 그리며 나아갔다. 그래도 어느 정도 거리가 가까워지게 되자 그들의 실체를 알 수 있었다. 군대가 아니었다. 남녀노소의 사람들이 무질서하게 떼를 지어 가고 있었다. 그들은 모두 짐을 들거나 수레를 끌었고, 외인이 아닌 거주구민 복장이었다.

제13거주구민들이 또다시 피난을 떠나는 모양이었다. 그들에 대한 안타까운 마음이 들었다. 별로 위험하지 않을 거라고 판단한 댄은 그들 쪽으로 향했다. 다가가서 보니 그 수가 거의 200명에 달하는 것 같았다.

댄이 가까이 가자, 그들은 모두 광야에서 나타난 낯선 이를 쳐다보았다. 하지만 특별히 반응하지는 않았다. 모두 지쳐 보였다. 댄은 옆을 지나는 한 청년에게 물었다.

"당신들은 어디로 가고 있나요? 노웨어에서 왔나요?"

"우리는 제4거주구로 갑니다. 설마 우리를 내치지는 않겠죠? 그래도 같은 시온 사람인데. 처음부터 외인들한테 가면 안 되는 거였어요. 우리는 속았어요."

청년의 아버지로 보이는 사람이 댄에게 물었다.

"당신은 제4거주구에서 오는 길인 거요?"

"아뇨, 제7거주구에서 왔습니다."

청년의 아버지는 댄을 위아래로 훑어보며 말했다.

"어쨌든 노웨어로 갈 생각일랑 아예 접어 둬요. 거기는 생지옥입니다. 우주에서 왔다는 그 계집이 지하에서 악마를 불러냈어요. 신께서 외인들을 벌하시려는 겁니다."

그리고 그들은 가던 길을 재촉했다.

댄은 멍하니 자리에 서서 멀어지는 사람들을 지켜보았다. 지하의 악마라고? 고대 생명체가 떠올랐다. 지금쯤 메이가 방사선 알들을 꺼냈을 것 같았다. 혹시 그 알들이 악마로 부활했단 말인가? 새벽에 꾸었던 꿈이 댄의 마음을 어지럽혔다.

그 뒤로 댄은 4개의 그룹을 더 마주쳤다. 대부분은 예전 제13거주구 사람들이었지만 외인들이 섞여 있는 경우도 있었다. 다행히도 댄을 알아보는 사람은 없었다. 그들의 말은 대동소이했다. 땅 밑에서 검은 물이 흘러나왔으며, 그 물에 빠진 사람은 모두 몸의 피와 물을 흡수당해 미라처럼 변했다는 것이었다. 물은 스스로 움직일 수 있어 사람들을 사냥했고, 효모 농장도 초토화되었다고 했다. 그리고 이 모든 것이 검은 악마의 심장을 외계 여자가 꺼냈기 때문이라고 했다.

"그곳은 난리였다우. 외인들은 어떻게든 벽을 쌓아 그 검은 물을 막아 보려고 했지만, 사람이 악마를 이길 수 있나? 외인 대장인 여자가 사람들을 다그쳤지만, 그것이 효모 농장까지 들어온 다음에는 모든 게 끝장났다는 것을 모두 알게 되었지. 어떤 사람들은 동굴 안으로 도망쳤고 어떤 사람들은 다시 제13거주구로 간다고 했지만, 내 생각에는 위험해. 그 악마는 사람을 자기편으로 만들어 수족으로 삼는다는 소문도 있어요."

마지막으로 댄에게 상황을 얘기해 주던 아주머니는 목소리를 죽이며 말을 끝냈다. 마치 악마에 대한 이야기를 어떤 누군가가 듣기라도 할까 봐 두려워하는 눈치였다. 아주머니도 댄에게 노웨어로 갈 것이 아니라 자신들과 함께 떠나야 한다고 강조했다.

댄이 사람들의 만류에도 불구하고 다시 혼자 걷기 시작했을 때는 해가 질 무렵이었다. 그는 또 한 번 송수신기를 확인하고 연락을 취해 보았지만, 이번에도 아무런 대답은 없었다. 댄은 갑자기 몸이 천근만근 무거워짐을 느꼈다. 서쪽으로 웅장한 산맥이 가까워 보였으나, 아직도 몇 시간은 더 걸어야 할 것 같았다. 예상보다 못 미쳤지만, 댄은 일찍 쉬기로 결정했다. 그는 편평해 보이는 바위를 골라 그 위에 몸을 뉘었다. 바위는 한낮 햇볕의 열기가 남아 아직 따뜻했고, 시원한 바람이 불었기에 편안했다. 서쪽 산맥 너머로 해 지는 모습이 아름다웠다. 그 밑 어딘가에서 악마가 활개 치고 사람들이 고통받고 있다는 사실이 믿어지지 않았다.

댄은 깜짝 놀라 잠에서 깼다. 주위는 완전히 어두워져 있었다. 자신이 몇 시간 동안 잤는지 가늠하기 힘들었다. 그는 밤하늘을 살폈다. 요즘 시기는 12궁 중 타워 자리가 보일 때였다. 타워 자리 첨탑의 1등성을 찾으면 시간을 금방 알 수 있었다. 자세히 살펴보니 그 별은 동쪽 하늘의 중간 정도에 있었다. 해가 지고 2시간 정도가 지난 것이다.

댄은 자신이 깬 이유를 금방 알았다. 어디선가 기계의 파열음이 들렸다. 장갑열차 소리가 분명했다. 그는 서쪽을 노려보았다. 장갑열차 소리는 더 커졌고, 서서히 윤곽이 드러나기 시작했다. 장갑열차가 조명을 켜지 않았기에 오직 별빛만이 그것을 비추었다. 그런데 그때 실론호가 보였다. 실론호는 느린 속도로 장갑열차의 상공을 선회하며 보조를 맞추고 있었다. 댄은 기쁨에 넘쳐 송수신기를 켜고 통신을 시도했다. 그러나 역시 아무런 반응이 없었다. 이 정도라면 분명히 작동해야 하는데 이상했다.

장갑열차의 방향은 댄이 있는 바위의 남동쪽이었기 때문에, 댄은 일단은 그 자리에서 계속 숨어 있기로 마음먹었다. 섣불리 외인들 앞에 모습을 드러내는 것은 아직 시기상조일 것 같았다.

가까이에서 보니 외인들의 수는 꽤 많았다. 대부분 젊은 사람들이었고, 모두 무장을 하고 있었다. 이멜다가 시온의 거주구들을 침공하려고 조직한 외인부대인 모양이었다.

만약 저들도 다른 사람들처럼 도망치고 있는 것이라면 노웨어는 정말로 끝이 났음이 틀림없었다. 어쩌면 거주구로 쳐들어가 그곳을 점령하려는 걸 수도 있겠다는 생각도 스쳤다. 어찌 되었든 댄은 메이를 만나야 했다.

한참 후 장갑열차와 외인부대가 댄이 있는 남쪽을 지나 멀어지기 시작했다. 댄은 바위에서 내려와 후방 정찰대와 조우하지 않도록 조심하며 그들을 따라갔다. 머리 위에는 실론호가 계속 돌아다니고 있었다.

자정이 조금 지났을 무렵에 장갑열차가 멈췄다. 외인부대는 그 주위에 흩어져 제각기 자리를 마련했다. 댄은 땅에 엎드려 숨을 죽인 채 그들을 관찰했다. 외인들은 음식을 먹거나 잠을 자는 듯했는데, 아무도 불을 켜지 않아서 자세히 보이지는 않았다. 후방을 지키던 외인 4명이 본대에서 몇 백 미터 떨어져 나와 자신들이 지나온 방향과 주변을 감시했지만, 그들도 곧 자리를 펴고 음식을 먹더니 잠을 청하였다. 만약 댄이 이들의 상관이었다면 그다지 신뢰를 주고 싶지는 않았다.

실론호도 땅으로 내려왔다. 그런데 장갑열차 주변이 아니라 조금 떨어진 곳이었다. 댄이 북쪽으로 빙 돌아가면 외인들 모르게 다가갈 수 있었다.

댄은 낮은 자세를 유지하며 천천히 움직였다. 소리를 내지 않도록 조심했다. 그렇게 조용히 다가가 실론호의 옆에 다다랐다. 불이 꺼져 있어서 조종석 내부를 볼 수 없었지만 메이가 안에 있을 터였다.

먼발치에서 다시 한번 송수신기를 동작시켜 보았으나 역시 대답은 없었다. 댄은 더 가까이 다가가려다 흠칫 놀랐다. 장갑열차 쪽에서 외인 세 사람이 이쪽으로 오고 있었다. 댄은 몸을 숙여 숨었다. 외인들이 실론호 옆에 서서 뭐라고 소리치자, 아래의 입구를 통해 메이가 나타났다. 다행히도 메이의 신변에 이상은 없는 것 같았다. 메이는 외인들과 함께 장갑열차가 있는 방향으로 걸어갔다. 댄은 맥이 풀렸다. 어떻게 해야 할까 고민했지만 별 방도가 없었다. 메이가 다시 돌아오기를 기다리는 수밖에.

댄은 새벽에 꿨던 꿈과 사람들에게서 들었던 얘기들을 다시 생각해보았다. 일단 메이에게 별 탈은 없어 보여 안심이 되었지만, 나머지 일들은 걱정스러웠다.

'만약 정말로 악마가 부활했다면 어떻게 하지?'

정말로 신이 있다면 악마를 무찌를 수 있을 테지만, 벤 사제와 함께 신탁의 정체를 알고 나니 그러한 믿음도 약해졌다. 불현듯 벤 사제의 목소리가 마음속에서 들렸다.

"악은 선의 부재이니, 선을 행함으로써 악을 없애 버릴 수 있단다."

예전에 댄이 악마의 존재에 대해 물어보았을 때, 벤 사제는 그렇게 대답하였다. 하지만 그때나 지금이나 이해가 안 되기는 마찬가지였다. 악마는 힘이 세고, 무자비하며 사람을 고통 속에서 죽이는데, 어떻게 착한 행동으로 악마를 이길 수 있다는 말인가.

제14장

영겁의 찰나

벤은 울적한 기분을 떨칠 수가 없었다. 단지 극형을 선고받아 죽음을 앞두고 있다는 사실 때문만은 아니었다. 죽음에 대한 두려움은 보안대에 체포된 순간부터 어느 정도 익숙해진 상태였다. 그보다는 변론의 기회가 주어졌을 때 군중들에게 더 효과적이고 강렬하게 연설하지 못한 부분이 아쉬웠다. 물론 시간도 짧았고 또 어떤 발언에서 보안대원이 말을 끊으려고 폭행을 가할는지 알 수 없었기에, 그보다 더 나은 결과를 만들 수 있었을지는 모를 일이었다.

한편으로 벤은 자신의 연설을 통해 최고 회의 사제들이나 거주구 대표들 아니면 군중이 내심 현실을 깨우치기를, 그래서 그들이 무언가 행동을 취하기를 바랐었다. 그는 자조의 쓴웃음을 지었다. 폴의 말마따나 아직도 자신이 영예를 바라고, 영웅이 되기를 바라고 있다는 생각에 씁쓸했다.

이제는 다 부질없는 일이었다. 사람들이 어떻게 받아들였던 간에, 벤은 스스로의 할 일은 이제 다 했다고 자위했다. 자신의 삶이 이렇게 급작스럽게 끝날 줄은 상상도 못 했지만, 그래도 마지막 3개월은 역동적이었고, 신께선 그가 품었던 많은 질문에 답을 주셨다. 다만 메이나 아인텐 그리고 댄과 더 많은 시간을 갖지 못한 것이 안타까울 따름이었다. 다른 세상의 인류에 대해 더 많이 알고 싶었다.

벤은 어둡고 조용한 감옥 안에서 굳어진 온몸을 비틀었다.

'다른 세상이 아니라 저세상에 대해 알게 될 거야. 신이 있다면 그분도 만날 수 있으려나. 어쩌면 엠마나 안나와 재회할 수도 있겠지.'

천국에서는 인간 세상에서의 모든 굴레가 벗어진다는데, 그렇게 되면 개인의 정체성마저 없어지는 것인지 늘 궁금했다. 만약 그렇다면 천국도 별로 매력적이진 않은 곳이라는 것이 그의 지론이었다.

벤이 이런저런 상념에 빠져 있는데, 밖에서 소란스러운 소리가 들렸다. 소리가 점점 커지더니 곧 벤이 갇혀 있던 저장소의 문이 열렸다. 갑작스러운 빛에 적응하느라 벤은 잠시 눈을 꼭 감았다.

"뭐해, 빨리 나와."

굵은 목소리의 남자가 명령했다. 벤은 벽을 짚고 일어서서 절뚝거리며 문밖으로 나갔다. 재판 때 보안대원에게 맞은 옆구리와 무릎이 아직도 시렸다. 복도에는 다른 수감자들이 나와 있었는데, 보안대원들이 그들의 양팔을 앞으로 모아 수갑을 채워 몸에 묶었고, 머리에는 복면을 씌웠다. 벤도 곧 그런 처지가 되었다.

수갑도 매우 불편했지만 복면은 더 기분 나빴다. 벌써부터 죽은 사람 취급을 받는 것 같았다. 코 부분에 구멍이 뚫려 있어 숨을 쉴 수는 있었지만, 앞도 보이지 않았고 말을 해도 웅얼거리는 소리만 들릴 뿐이었다. 하긴 누가 그들의 말을 들을 필요가 있을까. 모두 반역 죄인이고 이 세상에서 격리될 사람들이었다.

자신의 팔을 잡은 보안대원에게 어디로 가는지 물어보았지만, 대답은 들을 수 없었다. 벤은 그의 손에 이끌려 길을 나섰다. 복도를 따라 계단을 오른 후 경사로를 따라 올라갔다. 여기까지는 그런대로 쉬웠다. 그들은 곧 시온탑을 빠져나왔다. 복면 밖은 어두운 듯했고 찬 공기를 느낄 수 있었다. 해가 진 상태인 모양이었다. 벤을 비롯한 수감자들은 보안대원들에 이끌려 보도를 따라 걸었다. 발자국 소리로 미루어 보면 아까 복도에 나온 수감자들 전부가 같이 이동하는 것 같았다. 가끔 보도의 턱을 조심하라는 경고 외에, 보안대원들은 침묵을 지켰다.

복면을 쓰고 있으니 시간 감각도 헷갈렸다. 벤은 걸음 수를 세려고 노력했으나 번번이 잡념이 들어 실패했다. 어쨌든 다리가 아프기 시작해서 꽤 오래 걸었다고 생각했으나, 실제로는 목적지에 도착할 때까지 1시간도 걸리지 않았다.

그곳은 트램의 선로 옆이었다. 도착하자마자 트램이 오는 소리가 들렸다. 트램이 멈추자, 보안대원들이 죄인들을 데리고 올라타기 시작했다. 벤도 자신을 안내한 보안대원과 함께 트램에 올랐고, 그의 팔에 이끌려 객차 복도를 가다가 어느 객실 안으로 들어갔다. 안에는 이미 누군가가 있었는데, 2명이 더 객실 안으로 들어온 후에 보안대원은 그들이 일어서지 못하게 몸을 묶은 줄을 의자에 연결하고는 문을 닫고 나갔다. 객실 안에는 총 4명이 있었다. 그들은 간단히 자기 이름을 서로에게 밝혔으나, 소통이 어려웠기 때문에 더 이상 말을 나누지는 않았다.

트램은 규칙적으로 흔들리며 달렸다. 벤은 몹시 피곤하여 몸을 뒤로 기댄 채 깜빡 잠이 들었다. 얼마나 시간이 흘렀을까. 벤은 옆자리의 사람이 뭐라고 불평하는 소리에 잠이 깼다. 아마 배가 고프다는 것 같았다. 벤도 허기를 느꼈다.

보안대원들이 나타난 것은 그보다 얼마간의 시간이 흐른 뒤였다. 그러나 그들은 음식을 주지는 않았고, 화장실에 갈 사람이 있는지만 물어보았다. 벤을 제외한 3명은 화장실에 다녀왔다. 벤은 참을 만해서 그대로 있었다. 수갑에 묶여 손이 자유롭지 않았기에, 왠지 굴욕적인 상황이 연출될까 두려웠다. 곧 사형을 당할 몸이지만 최후의 자존심은 지키고 싶었다.

그러나 오래지 않아 벤은 자신의 자존심을 저주했다. 한번 요의를 느끼기 시작하자, 그의 온 신경은 오직 거기에만 집중되었다. 어리석고 자존심만 가득한 자신을 질책하며 다른 데에 정신을 팔려고 노력했으나 뜻대로 되지 않았다. 도저히 참지 못해서 문을 발로 두드려도 아무도 나타나지 않았다.

지옥 같은 십여 분의 시간이 지났다. 오줌을 참는 것이 이렇게 고통스러운 줄은 정말 몰랐다. 마침내 벤이 포기하여 온갖 수치를 감수하고서라도 앉은 자리에서 실례를 하려고 할 때였다. 문이 열리며 보안대원이 나타났다. 벤은 화장실에 가고 싶다고 악을 쓰며 소리쳤다. 보안대원이 웃는 것 같았지만 상관없었다. 의자에 묶인 줄을 풀고 복도를 따라 걷는 시간이 영겁처럼 길게 느껴졌다. 벤이 화장실에 들어가기 전에 보안대원이 수갑을 느슨하게 풀어주었다. 안으로 들어간 벤은 다급히 자루옷을 들치고 변기에 앉아 소변을 보았다.

"오, 신이시여."

감사의 말이 저절로 나왔다. 이런 자신이 스스로 웃기기도 했지만, 너무나도 시원하고 속이 후련했다. 볼일을 다 본 벤은 화장실을 나와 수갑을 차기 위해 손을 앞으로 내밀었다.

"당신이 벤 박초이 사제입니까? 그렇다면 고개를 끄덕여요."

앞에 있는 사람이 물었다. 벤은 고개를 끄덕였다. 갑자기 복면이 위로 벗겨졌다. 평범하게 생긴 보안대원이 말했다.

"나를 따라오시오."

벤은 그를 따라 다음 객차로 건너갔다. 그곳은 식당칸이었는데, 아무도 없었고 어두웠다. 어둠 속에서 그림자 하나가 모습을 드러내며 조용히 불렀다.

"벤 사제님."

가까이 가서 보니 론이었다.

"론, 나를 구출하러 와 주었구나."

벤도 속삭였다.

"아뇨, 이 사람이 우리를 구출한 겁니다."

론이 보안대원을 보며 말했다.

"누군지는 모르겠지만요."

보안대원은 식당칸의 뒤쪽 문으로 갔다.

"자세한 설명은 나중에 하지요. 시간이 다 되었습니다."

그러자 거짓말처럼 트램이 속도를 줄이더니 멈췄다. 보안대원은 잠겨 있는 문을 열쇠로 열고 그들에게 손짓했다. 식당칸이 제일 끝 차량이었다. 밖은 아직 한밤중이었으나 벤과 론은 곧 선로에 내릴 수 있었다. 보안대원도 내렸고, 트램은 다시 출발하였다.

"탈출을 기대하기는 했는데, 이렇게 쉬울 줄은 몰랐네요. 트램이 왜 멈춘 거였죠?"

론이 활기찬 목소리로 물었다. 벤도 같은 생각이었다. 너무 쉽게 탈출해 불안한 마음마저 들었다. 보안대원이 손을 뻗어 선로를 가리켰다. 동쪽으로 쭉 뻗은 선로가 바로 이곳에서 둘로 갈라졌다.

여기는 분기점이었다. 서쪽의 제1거주구로부터 오는 철길은 여기에서 남동쪽의 제3거주구로 가는 길과 북동쪽의 제12거주구로 가는 길로 나뉘었다. 옛날에 제12거주구가 폭파된 이후로 선로는 언제나 제3거주구로만 연결되어 있었다. 그들이 타고 왔던 트램은 제12거주구가 목적지였기 때문에 선로를 변경하기 위해 트램이 멈춘 것이었다.

"당신은 트램이 제12거주구로 간다는 걸 알고 있었군요."

벤이 확인차 말했다.

"그렇지만 제12거주구에는 아무것도 없잖아요?"

론이 물었다.

"나는 많은 것을 알고 있지요. 제12거주구에 교화소를 짓고 운영할 계획이라는 것과 당신 둘은 거기에 도착하자마자 처형될 것이라는 사실도요."

보안대원이 대답했다. 그의 억양이 벤의 귀에 거슬렸다. 어디선가 들은 말투였다.

"당신은 누구지요?"

"곧 알게 될 것입니다. 서둘러야 합니다."

보안대원의 지시에 벤과 론은 그를 따라 이동했다.

그들이 내린 분기점은 제3거주구에서 그다지 멀지 않았다. 나지막한 동산에 오르자 제3거주구의 불빛이 보였다. 거주구들은 제각기 특색 있는 야경을 가졌는데, 제1거주구가 수많은 고층 타워들로 인해 웅장하고 화려하고, 제4거주구는 고대 우주선에 설치된 조명 때문에 신비롭고 입체적이라면, 제3거주구는 거대한 발전소들의 불빛이 장관이었다.

보안대원이 걸음을 멈추더니 벤과 론에게 조용히 하라고 손짓했다. 벤은 그 자리에 서서 주위를 둘러보았다. 특이한 기색은 없었고 바람 소리만이 희미하게 났다.

"무슨 일인가요?"

론이 아주 작은 소리로 물었다. 론이 무색하게 보안대원은 큰소리로 대꾸했다.

"우리는 미행당하고 있어요."

"어떻게 하죠?"

론은 계속 목소리를 낮추었다.

"뛰어요."

보안대원은 그 말과 함께 달렸다. 벤과 론도 따라 달리기 시작했다. 그러자 뒤에서 고함 소리가 들렸다. 벤은 금방 뒤처졌다. 다친 발목과 무릎이 찌르는 듯 아파서 제대로 뛸 수 없었다. 추격자들이 쫓아오는 소리가 들렸기에 마음만 더 다급했다. 약간 경사진 땅에서 벤은 발을 헛디뎠고 그대로 한 바퀴 굴렀다. 입안에 흙과 피가 가득한 채 바닥에 누워 이제 잡혔구나 싶은 생각에 포기하고 있는데, 보안대원이 나타났다. 그는 벤을 잡더니 자신의 어깨에 둘러멨다.

그때였다. 휙 하는 바람 소리가 들리더니 벤의 왼쪽 옆구리에 극심한 통증이 느껴졌다. 보안대원은 벤을 둘러멘 채 달렸다. 벤은 불꼬챙이에 쑤셔지는 듯한 고통을 느꼈다. 창을 뽑아달라고 말하려 했으나 입에서는 신음 소리만 나왔다. 보안대원은 신기하게도 빠른 속도를 유지하며 계속 달렸다. 그가 론에게 무엇인가 소리치는 것 같았으나 벤은 고통으로 정신이 오락가락하였다.

벤의 마지막 기억은 그들이 제3거주구 내로 들어와 좁은 골목길로 이리저리 도망 다녔다는 것이었다. 마침내 어느 곳에 도착하여 안으로 들어갔을 때, 벤의 의식은 거의 없었고 누군가 창을 뽑았을 때 그는 기절하였다.

벤은 자신이 죽었다고 생각했다. 몸의 무게가 느껴지지 않았고 고통도 없었다. 무엇보다도 엠마가 바로 앞에 있었다. 자신의 기억보다 더 예뻐진 것 같았다. 천국에 오면 더 아름다워지는 것일까? 그녀는 무엇인가 중얼거리며 자신의 입에 물을 흘려주었다. 그는 천국의 샘이라 생각하고 받아 마셨다. 차가운 물이 입술과 혀를 통해 흐르자, 세포의 감각이 깨어나기 시작했다. 몸은 천근만근 무거웠고 옆구리의 통증은 이루 말할 수가 없었다. 벤은 눈을 질끈 감았다. 그리고 다시 떴다. 이상하게도 옆에 있는 엠마는 그대로였다.

"엠마? 당신이요?"

그는 쉰 목소리로 물었다.

"저는 로사예요, 벤 사제님. 댄의 친구예요."

로사. 댄으로부터 얘기는 많이 들어 알고 있었다. 학교에서 수업을 가르친 적이 없어 얼굴은 모르고 있었는데, 엠마와 너무 닮아서 당혹스러웠다.

"여기는 어디지? 안전한가?"

"예, 추적자들은 따돌렸어요. 좀 쉬세요."

벤은 쉬고 싶지 않았다. 지금 눈을 감으면 다시는 못 뜰 것 같은 예감이 들었다.

"내 상처는 어떻지?"

벤의 물음에 로사가 주저하며 대답했다.

"일단 지혈은 했어요. 모니코가 약과 꿰맬 도구를 찾으러 갔어요."

보안대원의 이름이 모니코였나 보다. 벤은 이 모든 상황에도 불구하고 웃지 않을 수 없었다.

"그도 부상당하지 않았나? 나와 함께 창에 맞은 것 같았는데."

"예, 그런데 자기는 괜찮대요. 피를 흘리긴 했는데…."

로사가 눈썹을 모으며 뭔가 생각했다. 그 모습이 다시 엠마를 떠올리게 했다.

"너는 폴 최고 제사장의 조카라고 하지 않았나?"

그녀는 잠시 망설였다.

"사실은, 그분의 숨겨진 딸이에요. 저도 최근에야 그 사실을 알았어요."

벤은 이제야 모든 퍼즐이 풀리는 것 같았다.

'망할 놈의 폴. 신의 저주를 받아라.'

벤은 갑자기 맥이 풀렸다. 그는 곧 비몽사몽간에 의식이 혼미해졌다. 그 안에서 벤은 과거와 미래와 현재를 방황하였다. 신을 만나 죄를 고백했고, 엠마에게는 용서를 구했으며, 안나와 함께 행복한 시간을 보내기도 했다. 그리고 시온이 다른 행성의 인류와 어울리며 번영하는 광경을 지켜보기도 했다. 이 모든 것이 찰나에 이루어졌다. 우주의 영원한 시간에 비추면 인간의 삶이란 찰나일 뿐이지. 벤은 무의식 중에도 그렇게 생각했다. 자신의 마지막 순간에 모든 것을 보여주신 신께 감사드렸다.

다시 눈을 떴을 때, 벤은 자신이 많이 쇠약해졌음을 알 수 있었다. 날이 밝았는지 방 안이 환했다. 벤의 신음 소리에 로사가 들어왔다.

"로사, 할 얘기가 있다."

벤은 힘들었지만 자신의 의무를 다해야 한다고 생각했다.

"벤 사제님, 상처에 약을 바르기는 했지만 꿰맬 수는 없었어요. 모니코 말로는 병원에 가야 한대요."

"아니야, 그럴 필요 없다. 로사, 혹시 엄마가 누군지 알고 있니? 폴 제사장이 얘기해줬어?"

로사의 얼굴이 굳어졌다.

"아뇨, 전혀 몰라요. 이름만 얘기해 주고, 나를 낳다가 돌아가셨다고만 들었어요. 사제님은 알고 계시나요?"

"너의 엄마 이름은 엠마 민안이란다. 엠마와 폴과 나는 우리를 세 똑똑이라 불렀지."

그러나 사실은 세 얼간이들이었다. 그때는 왜 그걸 몰랐을까?

벤은 로사에게 엠마에 대해 얘기해 주었다. 가급적 좋은 얘기만 들려주었다. 그것이 엠마에 대한 최소한의 속죄라고 믿었다. 벤은 말을 많이 하기가 힘들었지만, 그래도 중간중간 쉬어가며 얘기를 끝냈다. 로사는 묵묵히 듣고만 있었다.

벤은 마지막으로 입을 열었다.

"로사야, 댄과 네가 지금 시온에서 가장 중요한 사람들이다. 모니코를 데리고 댄에게로 가. 그리고 그것이 무엇이 되었든 같이 하렴. 두 사람이 시온을 구할 수 있단다. 신께서 나에게 그것을 보여 주셨어."

로사가 무어라 대답하기 전에 론과 모니코가 방으로 들어왔다. 론이 다급하게 말했다.

"추격자들이 이쪽 골목의 집들을 수색하고 있어요. 곧 들이닥칠 겁니다. 빨리 피해야 해요. 모니코, 나와 함께 벤 사제님을 듭시다."

벤은 손을 들어 말렸다.

"아니야. 나는 여기 있겠네. 모니코, 당신은 아마 내 상태를 잘 알 테니 내 말을 알아들을 거요. 론과 로사를 데리고 빨리 가요."

"벤 사제님!"

로사가 다가와서 그의 손을 꼭 잡았다. 그녀의 눈에 눈물이 가득했다.

"로사야, 내 생애를 마치기 전에 너를 보게 되어서 정말 고맙다.

난 이제 신의 곁으로 갈 테니 아까 말한 대로 댄에게로 가. 그리고 그의 힘이 되어 주렴."

그렇게 그들은 방을 나갔다. 벤은 다시 혼자 되었다. 그는 눈을 감았다. 운이 좋다면 다시 한번 영겁의 찰나를 꿈꿀 수도 있을 것이다.

제15장
목숨을 건 사투

   메이는 새벽이 밝아올 때쯤 혼자 돌아왔다. 혹시 몰라 댄은 그녀가 실론호로 들어간 뒤에도 잠시 더 기다렸다. 아무도 따라오지 않은 것을 확인하고 나서야, 댄은 살금살금 실론호 밑의 입구로 기어갔다. 그리고 몸을 일으켜 입구를 두 번 두드렸다. 조금 후에 입구가 옆으로 스르륵 열렸다. 그녀였다. 댄과 메이는 거의 동시에 자신의 입에 손가락을 대었다. 그리고 미소 지었다.

   댄이 실론호 안으로 들어가 입구가 닫힌 후에야 두 사람은 얼싸안으며 감정을 표현했다. 댄은 웃었고, 메이는 울었다. 댄은 메이가 울고 있다는 사실을 깨닫고는, 웃음을 멈추고 그녀의 머리를 토닥이며 위로해 주었다. 메이의 마음고생이 심했던 모양이었다. 그녀는 한참을 그렇게 있더니 진정이 되었는지 눈물을 닦았다.

"송수신기로 계속 불렀어요."

댄이 말을 꺼냈다.

"응? 아, 통신기기는 예전에 땅에 떨어졌을 때 고장 났어."

메이는 약간 정신이 나간 사람처럼 대답했다. 댄은 조심스럽게 물었다.

"무슨 일이 있었는지 얘기해 줄래요?"

메이는 그제야 정신이 돌아왔는지 댄을 보며 한숨을 쉬었다. 그리고 그동안 있었던 일들을 천천히 얘기해 주었다.

"인부들이 마침내 모래 산을 다 쌓아서 나는 고대 생명체 안의 커다란 구에 다다를 수 있었어. 하지만 아무리 노력해도 그것을 깰 수가 없었어. 시온의 도구로는 도저히 안 되었던 거지. 그래서 결국 실론호의 레이저포를 사용할 수밖에 없었어. 그것이 나흘 전 일이야."

"레이저포요? 그런 무기가 있었어요?"

"응. 원래 실론호의 무기는 이곳에서 사용하지 않기로 결심했었지만, 이번 경우는 다르니까."

메이는 말을 이었다.

"그래서 레이저포를 실론호에서 분리하여 안으로 가지고 들어간 다음, 지하의 천장에서 구의 윗부분으로 연결되어 있는 기둥에 레이저를 쏘았어. 그러자 놀라운 일들이 벌어졌어. 레이저를 흡수한 기둥이 형형색색의 빛을 내뿜었는데 얼마나 아름다웠는지 너는 상상도 못 할 거야."

형형색색의 빛이라. 사실 댄은 꿈속에서 그와 같은 빛을 보았다. 그 사실이 너무나도 이상했지만, 일단은 메이의 말을 계속 들었다.

"계속 레이저를 쏘자 마침내 기둥이 녹기 시작했고, 순식간에 천장 부분과 구의 윗부분까지 녹아버렸어. 그리고 녹은 천장으로 지상의 물이 쏟아져 들어왔지. 그때는 별로 신경 쓰지 않았어. 나의 관심은 오직 구체 안이었으니까. 모래 산을 올라가 들여다보니 구 안에는 수많은 알들이 있었어. 그 알들은 모두 검은색으로 주변의 빛을 흡수했지만 신비롭고 영롱하게 빛났지. 하지만 엄청 뜨거워서 맨손으로는 들 수조차 없었어."

"그 알을 가져왔어요?"

댄이 자기도 모르게 물었다. 정녕 그 알들은 악마의 심장이었을까?

"응. 알들이 너무 뜨거워서 난 우주복을 입었어. 장갑을 낀 후에 준비한 상자에 일단 2개를 넣을 수 있었고, 상자가 더 필요했지. 뭔가가 잘못되었음을 안 것은 그때부터였어. 나와 인부들이 모래 산에서 내려와 출구 쪽으로 가는데 바닥에 고여 있는 물의 느낌이 이상했어. 검은색의 물속에 무엇인가가 가득 있었던 거야. 나는 우주복을 입고 있었기 때문에 직접 물이 닿지 않아 괜찮았지만, 같이 있던 인부들은 맨 다리였고, 곧 끔찍한 일들이 벌어졌어."

메이는 두 손으로 얼굴을 감쌌다. 아직도 그 충격이 뇌리에서 가시지 않는 모양이었다.

"괴로우면 굳이 얘기하지 않아도 돼요."

댄의 말에 그녀는 머리를 흔들었다.

"아니, 너도 꼭 알아야 해. 검은 물은 핏줄을 타고 사람들의 몸 안에 퍼져. 그래서 사람이 검게 변하지. 그리고 다시 빠져나가는데 피와 물과 생명을 모두 가지고 나가. 결국 미라처럼 뼈와 껍데기만 남는 거야. 그런데 검은 물이 몸 안에 있는 동안은 그 사람의 정신을 지배할 수 있나 봐. 마치 좀비가 되는 것 같아. 난 옆에 있는 사람들의 눈이 흰자위까지 검게 변하는 것을 똑똑히 보았어. 그렇게 변한 그들은 나를 잡으려고 쫓아왔어. 아마 내가 들고 있던 검은 알 상자 때문이었던 것 같아. 출구 근처에는 다른 인부들이 있었는데, 그 인부들이 막아 주지 않았다면 나도 살아남지 못했을 거야.”

댄은 이야기만 들어도 모골이 송연해짐을 느꼈다. 그 당시에 메이와 사람들이 어떤 공포를 느꼈을지 상상이 되지 않았다.

“그래서 탈출할 수 있었군요.”

“몇 명은. 하지만 좀비들의 힘이 무지막지해서 사람들은 상대가 되지 못했어. 좀비들은 그들을 일부러 검은 물에 빠뜨렸어. 새로운 좀비를 만드는 거였지.”

“그럼 좀비가 엄청 많아졌겠네요?”

댄은 소름이 끼쳤다. 계시록에 ‘신의 분노로 악마의 검은 무리가 세상을 덮었다’라는 구절이 나오는 데 바로 지금을 예언한 것 같았다.

“꼭 그렇지는 않아. 경우에 따라 다르기는 하지만 검은 물은 사람 안에서 몇 분 정도 있다가 빠져나가. 내가 아는 한 길어야 몇십 분이었어.”

그렇다면 조금 다행이었다. 검은 물에 생명을 잃은 사람들은 안타까웠지만 좀비로 변한 그들까지 상대해야 한다면 끔찍할 것이었다.

그 이후는 메이도 혼란스러워하였다. 너무 긴박하고 아슬아슬하게 상황이 전개되었고, 여러 번 위기를 넘긴 모양이었다. 그 이후로 지금까지 잠도 제대로 못 잤다고 했다. 확실한 것은 검은 물이 스스로 이동할 수 있다는 사실이었다. 검은 물이 노웨어 안으로 들어가고 나서의 참상은 전날 도망치던 사람들의 증언과 비슷하였다.

"검은 물은 생명체나 에너지를 원하는 것 같아. 사람과 효모 농장이 첫 공격 대상이었지. 그리고 파워셀을 찾아내더니 먹어 버렸어. 파워셀을 먹은 후에 검은 물의 부피가 열 배 이상은 커졌던 것 같아. 다만 커진 만큼 움직임도 느려졌어. 외인들은 돌과 모래를 이용해 어떻게든 그것을 막으려고 했지만, 검은 물이 커지고 나서는 아무것도 할 수가 없었어. 도망치는 길밖에는."

"하지만 파워셀은 보통 금고 같은 데에 보관하지 않나요? 검은 물이 어떻게 파워셀을 먹을 수 있죠?"

댄의 물음에 메이는 다시금 멍한 표정을 지었다.

"잘은 모르겠지만 검은 물이 좀비를 이용한 것 같아. 인간일 때의 기억을 하나 봐. 파워셀이 어디에 있고 어떻게 하면 꺼낼 수 있는지 정확히 알고 있었어."

얘기를 들을수록 더 무섭고 암담해졌다. 댄은 더 궁금한 부분이 많았지만, 메이를 보니 휴식이 필요해 보였다. 자신이 너무 많은 시간을 뺏은 것 같아서 미안했다.

"알겠어요. 이제 좀 쉬어요. 나중에 계속 얘기하죠."

메이는 우주선 조종석에 앉아 머리를 뒤로 기댔다. 댄이 옆자리에 앉자 댄을 보며 말했다.

"일이 이렇게 될 줄은 몰랐어. 난 단지 이드에 가기 위한 에너지원을 찾으러 온 건데."

"메이 잘못이 아니에요. 걱정하지 말아요."

"검은 물은 자신의 알을 찾고 있어. 다시 돌려받기를 원하나 봐. 우리가 그것을 가지고 있는 한 끝까지 우리를 쫓아올 거야."

댄은 뭐라 답을 할 수 없었다. 그까짓 알이 뭐라고, 당장 돌려주라고 얘기하고도 싶었다. 그러나 메이는 그 알들을 위해 고향을 떠나 머나먼 이곳까지 죽을 위험을 무릅쓰고 왔다. 그렇게 쉽게 얘기할 사안이 아니었다. 게다가 알을 돌려준다고 검은 물이 스스로 사라질 것 같지도 않았다. 일단 세상에 나온 이상 악마는 자신의 존재를 증명하려 할 것이다.

메이는 얕은 숨을 내쉬며 곧 잠이 들었다. 댄은 검은 물에 대해 생각하였다. 어떻게 하면 막을 수 있을까 고민했지만 별로 떠오르는 아이디어는 없었다. 자꾸 꿈에서 느낀 감정만 올라왔다. 처음엔 공포에 휩싸였지만, 막상 검은 물속에 들어가니 심연에 빠지는 듯한 기분이었다. 슬픔과 해탈의 느낌이 그런 것일까? '벤 사제님이 있다면 무언가 도움이 되는 말을 해줄 텐데.' 댄은 그가 여기 없는 것이 아쉬웠다. 그리고 벤 사제에게 아무 일도 없기를 짧게 기도했다. 그리고 댄도 눈을 감았다.

메이가 잠꼬대인지 신음인지 소리를 내며 오른팔을 휘젓더니 팔을 좌석 옆으로 늘어뜨렸다. 오른손에는 붕대를 감고 있었다. 불편해 보여서 들어주려고 팔을 잡았는데 메이가 눈을 번쩍 떴다. 그러고는 거칠게 뿌리쳤다.

"뭐 하는 거야?"

댄은 당황했다.

"아니, 팔이 불편해 보여서요."

"괜찮아. 신경 쓰지 않아도 돼."

메이의 말투가 날카로웠다. 무서운 꿈이라도 꾼 것 같았다.

"날이 밝고 있네."

화를 낸 것이 무안한 듯 그녀가 중얼거렸다. 이제 곧 동이 트려고 했다.

"외인들이 어떻게 할 건지는 알고 있나요?"

"응. 일단 제4거주구로 갈 거야. 거기까지 검은 물이 쫓아올 수 있는지 보고, 만약 온다면 무슨 수를 써서라도 막을 거래."

"거주구민들이 순순히 외인들 말을 믿어줄까요?"

어젯밤에 댄이 본 바에 의하면 외인들은 무장한 상태였다. 거주구민들이 이들을 받아 주기는커녕 아예 대화조차 안 할 확률이 높았다.

'검은 물의 존재를 설명한다고 해서 과연 그들이 협력해줄까?'

"글쎄, 외인들은 어쨌든 제4거주구를 점령할 생각이니까, 그들이 협력하든 안 하든 상관하지는 않을 거야."

메이의 말에 댄은 착잡해졌다.

'검은 물과 같은 절체절명의 위험이 도래한 상황에서도 인간들끼리의 다툼은 피할 수 없는 걸까?'

"당신은 외인들 편에서 싸울 건가요?"

댄의 물음에 메이가 정색을 하며 화를 냈다.

"난 아무 편도 아니야. 너희들 싸움에는 아무 관심도 없어. 이 지긋지긋한 곳에서 빨리 떠나고 싶다고. 그런데 외인들이 검은 알을 가지고 있고, 사실 나는 알을 더 많이 가지고 가고 싶어. 그래서 외인들을 돕는 거야. 내 임무를 완수하고 집으로 돌아가려고."

메이의 얼굴이 분노로 상기되었다. 그녀의 이런 모습은 처음이었다. 댄은 몹시 놀랐다.

"미안해요. 그런 뜻이 아니었어요."

그는 더 이상 무슨 말을 해야 할지 몰라 입을 다물었다. 잠시 뒤에 메이가 침묵을 깼다.

"내가 미안해. 댄에게 화내고 싶지는 않아. 이번에 스트레스를 많이 받았나 봐."

그녀의 얼굴이 살짝 온화해졌다.

"진심을 말하자면, 댄이 곁에 있어서 너무 든든해. 내가 잠시 투정 부렸다고 생각해줘."

그녀의 솔직한 사과에 댄도 마음을 풀었다.

"그런 거라면 언제든지 환영이에요. 그리고 메이를 돕고자 하는 내 마음은 예나 지금이나 변함없어요."

메이는 감동받은 표정을 지었다.

"정말 고마워. 해가 뜨면 정찰을 하라는 지시를 받았어. 시간이 되었네. 그럼 정찰을 시작해 볼까?"

댄은 두말할 것도 없이 찬성했다.

그녀는 실론호를 조종하여 하늘로 날아올랐다. 땅에서 이륙할 때의 느낌은 언제나 새로웠다. 모니터를 통해 아래의 땅이 보였다. 외인들도 짐을 챙기고 출발하고 있었다. 실론호는 먼저 동쪽으로 향했다. 1시간가량 날아가자 지평선 위로 제4거주구가 나타났다. 댄으로서는 제4거주구에 이렇게 가까이 가기는 처음이었다.

땅에서 보는 모습과 다르게, 위에서 보니 거대한 고대 우주선의 형체를 더 분명히 알 수 있었다. 유선형의 본체 양옆에 수많은 구멍들이 뚫려 있었지만, 윗부분은 온전히 남아 있었고, 고대의 글자가 쓰여 있었다.

"메이 고향에는 이런 우주선들이 많이 있나요?"

제4거주구를 멀리서 한 바퀴 돌고 난 후 다시 서쪽으로 방향을 잡았을 때 댄이 질문했다.

"아니, 내가 아는 한 우리 태양계에 이런 종류의 항성 간 수송선은 더 이상 없어. 이것은 이드에서 온 거야. 그나마 여기 시온은 이 수송선의 잔해라도 남아 있네. 우리 행성에서는 옛날에 없어졌거든."

"그런데 제4거주구는 왜 정찰한 거죠?"

댄이 다시 물었다.

"이멜다는 이곳의 방어 태세라든지 뭐 그런 것들을 알고 싶어 했어. 겉으로 보기에는 평온하네."

메이가 담담히 대답했다. 이멜다라는 말에 댄의 마음속에서 무언가 올라왔지만 잠자코 있었다. 실론호는 행진하는 외인들 있는 상공에 도달해서는 선체를 양쪽으로 두 번 흔들었다. 정찰 후 특별한 이상이 없으면 이렇게 신호를 미리 주기로 약속했다고 메이가 알려 주었다.

"이제 검은 물이 따라오는지 보러 가자."

실론호를 서쪽으로 틀며 메이가 말했다. 곧 헤말 산맥이 웅장한 모습을 드러냈다. 동굴 입구가 위치한 절벽 상공 위로 가 보았지만,

검은 물이 나온 흔적은 보이지 않았다. 둘은 노웨어의 상태를 확인하기로 결정하였다. 협곡과 봉우리를 지나 2시간가량 날아가자 노웨어에 다다랐다. 그곳의 광경에 댄은 충격을 받았다.

중앙 타워는 아래쪽 부분이 폭파된 듯 옆으로 쓰러져 부서져 있었고, 효모 농장은 바닥이 드러나 보였다. 곳곳에 버려진 무기며 여러 가지 물건들이 있었는데, 무엇보다도 미라가 되어 굳어버린 사람들의 잔해가 놀랍도록 많이 흩어져 있었다.

"정말 끔찍하군요."

댄이 자기도 모르게 중얼거렸다.

"이곳엔 없는 것 같아. 어디로 갔을까?"

"내려서 확인해 볼까요?"

메이는 댄의 제안을 별로 달가워하지 않았다.

"그건 너무 위험해. 검은 물이 크기가 커지고 나서 움직임이 둔해졌지만, 그래도 상당히 빨라. 이곳 어딘가에 숨어있다면 분명 잡히고 말 거야. 다시 동굴의 출구 쪽으로 가서 거기서 기다리자. 분명 외인들의 뒤를 좇아 그곳에서 나타날 것 같아."

댄이 다른 의견을 제안했다.

"검은 물이 알들을 찾으려 한다면 거꾸로 우리가 그 알들을 더 훔치면 어떨까요? 그렇다면 검은 물의 허를 찌르는 것이 아닐까요?"

메이는 잠시 생각하더니 대답했다.

"좋아. 그게 좋겠다. 네가 함께 있으니 불가능하지 않을 것 같아."

그러고는 실론호를 움직였다.

고대 생명체가 있던 장소에는 큰 구멍이 생겨 있었다. 커다란 구체의 윗부분이 녹아버렸을 때 생긴 구멍이었다. 실론호는 구멍의 상공에 떠 적당한 거리를 유지하였다.

　모니터의 영상을 확대해서 보니, 구체의 사 분의 일 정도가 뚫려 있었지만, 그 안은 어두워서 알들을 확인할 수는 없었다. 적외선 영상도 뜨거운 열의 존재만 알려줄 뿐이었다. 주위에 모래 산이 쌓여 있는 것은 보였는데, 아래로 갈수록 어두워져서 바닥에 검은 물이 있는지도 알 수 없었다.

　댄과 메이는 어떻게 하면 알들을 꺼낼 수 있을지 상의했다. 그들이 내린 결론은 단순했다. 실론호에서 댄을 줄로 내려 미리 준비한 상자에 알을 담자는 것이었다. 아래에서 접근하기보다는 훨씬 더 가능성 있는 방법이었다. 주의할 점은 혹시라도 구 안에 검은 물이 있을 경우였다. 충분히 가능성이 있었다. 댄은 검은 물의 공격에 대비하여 완전히 밀폐된 옷이 필요했다. 다행히도 실론호에 있는 우주복으로 그것을 해결할 수 있었다.

　메이는 실론호를 근처의 안전한 곳에 착륙시킨 다음 댄에게 우주복을 입게 했다. 문제는 우주복이 너무 작다는 것이었다. 그가 도킹 라커룸에서 우주복을 입고 조종실 쪽으로 나오자 메이는 웃음을 터뜨렸다. 장갑과 부츠를 신기는 했지만 우주복과 닿지 않아 손목과 발목이 노출되었다.

　"댄, 너무 웃기다. 어린애 옷을 입은 거 같아."

　"난 하나도 웃기지 않은데요. 이 부분은 어떻게 하죠?"

　댄이 투덜거렸다.

　메이는 손목과 발목의 노출된 부분을 단열 물질로 된 천으로 감아

주고, 양쪽 끝부분을 끈으로 꼭 묶어 물이 들어가는 틈이 없도록 해 주었다.

"한번 시험해 볼까?"

메이는 댄의 팔과 다리에 물을 몇 차례 부었다. 그리고 묶은 부분을 풀어 확인해 보니 물이 스며들지 않았다.

"좋아, 이 정도면 괜찮을 거야."

메이가 말했다.

"그런데 검은 물이 우주복에 묻어 딸려 오면 어떡하죠?"

우주복 표면의 물을 닦으며 댄이 물었다.

"검은 물이 조금일 때는 크게 위험하지 않아. 이걸로 해결할 수 있거든."

그녀는 공구함에서 열풍총을 집어 들었다. 아주 뜨거운 바람을 만드는 장치였다.

"외인들이 긴 삽을 이용해 조금 퍼오는 걸 성공해서 몇 가지 실험을 해 봤는데, 어두운 데서 뜨거운 바람을 쐬면 검은 물이 말라 버리고 딱딱한 상태로 굳어져. 완전히 굳어지면 죽는 거 같아. 아니면 동면 상태에 있든지. 그때는 만져도 괜찮아. 아마 햇빛과 물을 만나지 않으면 계속 그 상태로 있을 거야."

"그럼 어떻게 해서든 뜨거운 바람을 만들어 검은 물을 말려 버려야겠군요."

희망을 담아 댄이 말했다.

"그렇게만 될 수 있다면 제일 좋겠지. 그런데 지금은 검은 물이 너무 커져 버려서 가능할지 모르겠다."

모든 준비를 마친 후에 댄은 우주선 밖으로 나왔다. 우주복 헬멧이 몹시 답답했지만, 헬멧에는 유선 통신기가 연결되어 있어 메이와 대화를 나눌 수 있었다. 댄은 검은 알을 담을 상자를 줄에 걸고 우주복의 허리 걸쇠에 다른 줄을 매었다.

실론호가 천천히 이륙하자 댄은 한 손으로 줄을 잡았고, 상자와 같이 땅 위를 날았다. 구 위에 도달하였을 때, 댄이 줄을 잡은 손을 놓으며 말했다.

"멈춰요. 조금씩 아래로요."

그리고 팔과 다리를 쭉 뻗었다. 그는 마치 하늘에서 자유낙하 하는 자세로 조금씩 아래로 내려갔다. 메이도 하방 카메라로 보고 있었기 때문에, 사실은 굳이 그녀에게 일일이 지시할 필요는 없었다. 수평을 맞추며 점점 다가가자 구 안을 볼 수 있었다. 우려한 대로 검은 물이 고여 있었다.

댄이 가까이 다가가자 검은 물이 이리저리 움직였고 마치 손을 뻗듯 물줄기가 쭉 나왔다가 다시 돌아갔다. 댄은 허리에 매고 온 열풍총을 잡고 뜨거운 바람을 검은 물에 불어댔다. 검은 물은 뜨거운 바람을 피해 여러 개의 물줄기를 만들어 댄의 온몸에 달라붙었지만, 안으로 들어올 수 없었기에 다시 떨어졌다. 댄은 한 손으로는 열풍총으로 검은 물을 공격하면서 다른 한 손으로는 공격해 오는 검은 물을 쳐내어 구 밖으로 떨어지게 하였다. 떨어진 검은 물은 모래 안으로 흡수되기도 했고, 어떤 경우는 또르르 굴러 내려 바닥에 고인 물에 합류하기도 했다. 누군가 옆에서 보면 우스꽝스러운 광경이었겠지만, 댄은 최선을 다해 온몸을 움직였고 녹초가 될 때까지 반복했다.

얼마나 시간이 지났을까, 구 안에 있는 검은 물의 양이 눈에 띄게 줄어들기 시작했다. 검은 물은 비세를 의식했는지 구의 아래로 사라져버렸다. 마지막 남은 검은 물은 열풍총의 뜨거운 바람에 딱딱히 굳어졌다. 승리였다.

댄은 쾌재를 부르며 송신기를 통해 메이에게 승전보를 알렸고, 아래로 내려온 상자에 검은 알들을 담기 시작했다. 검은 알은 매우 뜨거웠다. 단열 장갑이 아니었으면 만지지도 못할 것들이었다. 9개를 담았을 때였다. 메이의 다급한 목소리가 헬멧으로 전달되었다.

"아래쪽 분위기가 이상해. 안 되겠어, 올라간다."

댄은 하나라도 더 담으려고 손을 뻗었다. 그러나 몸이 이미 위로 올라가고 있었기 때문에 닿을 수가 없었다. 중심이 흐트러져서 어지럽게 흔들리고 있는데, 갑자기 아래서 시커먼 무엇인가가 올라와 댄을 덮쳤다. 완전한 암흑이 온몸을 감쌌다. 검은 물이 덮쳤을 때의 충격으로 댄은 더욱 정신없이 흔들렸지만, 그것을 느낄 틈이 없었다. 마치 죽음의 심연 속에 있는 것 같았다.

메이가 위에서 실론호를 한 번 세게 흔든 모양이었다. 댄은 또다시 충격을 느꼈다. 이번에는 암흑이 사라졌다. 검은 물이 아래로 떨어지는 것이 보였다. 다행히 댄도, 상자도 줄에 튼튼히 연결되어 있었다.

'살았다!'

댄을 매달고 실론호가 높이 솟았다.

그러나 그 순간 댄은 알았다. 자신의 몸이 검은 물과 접촉했음을.

어느 부분인지는 모르지만 검은 물이 몸속 어딘가에 들어와 있음을 느낄 수 있었다. 눈앞이 캄캄해졌다.

'이제 미라가 되어 죽는 걸까?' 댄은 다시 자신이 꿨던 꿈을 돌이켜 보았다. 그리고 지금 이 순간도 꿈이길 바랐다.

제16장
이별과 결심

폴은 자신의 눈으로 시신을 확인하기를 원했다. 그는 오전의 일정을 미루고 제1거주구의 장례식장으로 발걸음을 옮겼다. 전날 밤에 보고가 들어왔을 때, 그는 제1거주구에서 장례식을 치르게 하라고 지시했었다. 반역자에게 장례식을 치러준다는 것이 어떻게 보면 과분한 일일 수 있겠지만, 그래도 예전 친구에 대한 최소한의 예의는 갖추고 싶었다.

벤이 탈주 중 사망했다는 사실에 폴은 만감이 교차하였다. 한편으로는 자신의 손을 직접 더럽힐 필요가 없어졌기에 안도했고, 또 한편으로는 늘 아웃사이더의 삶을 살다 간 벤이 안타까웠다. 벤은 늘 이상이 높았고 아름다운 세상을 꿈꿨다. 그에 반해 자신은 늘 현실적이었다. 하지만 언제나 현실이 이상을 압도하는 게 세상이었다.

벤의 장례식은 다른 무연고 시신들과 함께 오전의 세 번째 차례에 거행되었다. 장례식장으로 사용하는 낮은 원기둥 형태의 흰색 건물은 제1거주구의 특별한 건축물 중 하나였다. 영원의 전당이라 불리는 이 건물은 시온탑과 함께 초기 정착민이 지은 몇 안 되는 유산의 하나로, 둥근 벽을 따라 무지개 빛깔의 길쭉한 스테인드글라스 창문들이 배열되었고, 그 아래에는 계시록에 나와 있는 여러 사건들이 부조되어 있어 화려했다.

폴이 경호원들과 함께 전당의 입구에 도착했을 때, 때마침 이전 장례 의식을 마친 사람들이 밖으로 나오고 있었다. 고인의 가족들은 허리에 검은 띠를 둘렀고, 다른 사람들의 위로를 받으며 계단을 내려왔다. 그들은 폴 일행을 보고는 자기들끼리 뭐라고 중얼거리며 자리를 떴다. 그중 한 남자가 땅에 침을 뱉었다. 옆에 있던 경호 대장이 부하에게 저 남자를 체포하라고 지시했지만 폴은 손을 들어 막았다.

"여기는 경건한 장소이니 소란스럽게 할 필요는 없네."

그렇지만 폴의 입맛은 썼다. 이번 공개 재판을 통해, 왠지 얻은 것보단 잃은 것이 더 많았단 생각이 들었다.

전당 안에 들어서니 맞은편에는 제단이, 그 좌우로는 성가대석과 사제석이 위치하였다. 앞쪽에는 부채꼴 모양으로 조문객들을 위한 좌석이 배치되었다. 중앙 부분이 높아지는 형태의 천장은 한가운데의 동그란 유리창을 비롯해 수많은 유리 그림들로 장식되어 있었고, 벽면을 따라 스테인드글라스들이 햇빛을 받아 아름다운 빛을 비추고 있었다.

폴은 경호원들을 입구에 남겨 두고 홀로 조문 객석 맨 앞으로 가서 앉았다. 몇 명의 사람들이 더 들어왔고, 장례 의식이 곧 시작되었다. 성가대원들의 애절한 합창 소리가 전당 안을 메웠다. 폴은 눈을 감고 영롱한 화음의 세계에 빠져들었다. 폴도 학창 시절에 성가대원이었다. 그는 합창에서만 만들어낼 수 있는 조화를 사랑했다. 각기 다른 음색과 화음과 강약을 가지고 있는 성가대원들의 소리가 한데 어우러져 놀랍도록 숭고한 음악을 창조한다는 점이 좋았다. 하지만 그렇게 되기 위해서는 모두 악보에 충실해야 하고, 특히 지휘자의 지시를 절대적으로 따라야 한다.

인간이 신께 드릴 수 있는 가장 큰 경배는 조화로운 평화이고, 그것은 자신을 드러내지 않을 때에만 가능하다고 폴은 믿었다. 폴이 이루고자 하는 세상도 그러했다. 사람들이 각자의 개성을 갖고 있지만, 자신을 드러내기보다는 서로 조화를 이루며 평화롭게 사는 곳. 다만 단 1명은 제외되어야 한다. 이 세상을 그렇게 만들기 위한 지휘자. 지휘자는 권력을 가진 사람이라기보다는 자기희생적인 사람에 더 가깝다고 폴은 생각했다. 다른 모든 사람들의 질시와 불평불만을 감수하며 살아야 하기 때문이었다. 신께서 보시기에 참 좋은 세상을 만들려면 지휘자는 어쩔 수 없이 그 멍에를 받아들여야 할 것이었다.

제대 봉헌 차례가 와서 폴은 일어나 앞으로 갔다. 그는 분향을 하고 죽은 이의 명복을 빈 후에, 성가대 앞으로 돌아오는 길에 성가대 지휘자에게 수고했다고 격려했다.

"성가를 부르면 두 배의 기도를 드린다고 하지요. 최고 제사장님의 기도가 그만큼 더 이뤄지기를 바랍니다."

지휘자가 대답했다.

모든 장례 의식이 끝나자 폴은 제대 뒤 공간으로 갔다. 거기에는 모두 다섯 구의 시신이 안치되어 있었다. 시신은 각각의 테이블 위에서 얼굴만 제외하고 흰 천으로 덮여 있었다.

거기에 벤이 있었다. 폴은 가까이 다가갔다. 벤의 얼굴에 아무 표정이 없어서 낯설었다. 벤은 항상 감성적이었고, 늘 웃음을 지었었다. 이렇게 죽어 누워 있으니 실감이 나지 않았다.

"삼가 조의를 표합니다. 친구를 잃은 상심이 크셨겠습니다, 폴 최고 제사장님."

장례 의식을 집전했던 사제가 다가와 폴에게 아는 척을 하였다.

"아뇨, 정반대입니다. 이 친구의 죽음을 조롱하러 왔습니다. 예전부터 경쟁자였고, 마지막까지 나를 성가시게 했었죠. 이제 두 발 뻗고 개운하게 잘 수 있겠습니다."

폴은 씹어 뱉듯이 대답했다. 그는 어안이 벙벙한 듯한 사제를 두고 밖으로 나왔다. 현실로 돌아가야 할 때가 되었다.

현실도 그다지 달갑지만은 않았다. 현안이 산적해 있어서 오후에는 내내 회의로 시간을 보내야 했다. 먼저 육면의 방에서 시온 최고회의를 개최하였다. 결원을 보충하고 몇 명을 교체하여 거의 새로운 얼굴들로 채워졌지만, 바보들 아니면 아첨꾼의 모임인 건 마찬가지였다. 사실 따지고 보면 폴 자신의 책임도 어느 정도 있었다. 수잔 사제의 경우도 있어서 이번에는 확실하게 그의 명령에 충성할 사제들만 임명하였기 때문이었다.

다만 부제사장은 여전히 공석이었다. 아직까지 모니카 사제를 대신할 만한 사람을 찾지 못하였다. 지나고 보니 모니카 부제사장이 자질구레한 행정 일을 깔끔히 처리하고 있었음을 깨닫게 되었다. 그런 그녀가 돌연 자취를 감춘 것은 폴이 이해할 수 없는 미스터리였다. 혹시라도 자신의 신변에 위협을 느낀 걸까? 폴은 벤 사제의 공개 재판 건으로 좀 나무라기는 했지만 그녀를 내칠 생각은 없었다.

'어쩔 수 없지.'

사람들에게 너는 안전하다고 일일이 말해 줄 수는 없는 일이었다. 어쨌든 모니카 사제만큼 유능하면서도 충실한 인재가 나타날 때까지는 격무에 시달릴 것으로 예상했다. 때로는 오히려 그 편이 더 나을 수도 있겠다고 생각했다.

최고 회의는 빨리 끝났다. 사제들은 폴이 산정한 안건들에 대해 별다른 의견 없이 찬성하였다. 그들이 가장 발언을 많이 했을 때는 조만간 거행될 최고 회의 사제 임명식을 논의할 때였다. 폴은 아직 외인의 위협이 남아 있어 그 문제를 해결한 후에 거창한 행사를 개최하겠노라 약속했고, 그들은 그 정도로 만족하였다. 폴이 제시한 주요 정책들, 각 거주구의 자치권을 줄이고, 중앙에서 파견된 보안 대장이 거주구 보안대의 전권을 가지며, 간단한 심사를 통과한 모든 남녀가 의무적으로 일정 기간 이상 보안대에서 근무하는 규정에 대해서는 오직 한 사람만이 우려의 목소리를 냈을 뿐이었다.

"거주구 대표들이 그다지 좋아하지 않을 텐데요. 그들이 시온 거주구 총회에서 이 규정들을 승인할까요?"

유진 사제의 말에 좌중이 조용해졌다. 마치 왜 쓸데없는 질문을 하느냐는 눈치였다.

"물론 그들이 좋아하지는 않겠지요. 그러나 반란이 일어나고 외인들이 공격하는 이 마당에 승인을 거부할 수는 없을 것입니다. 그리고 따로 준비한 방책이 있습니다. 올해 모든 거주구에 지급되는 자원을 25퍼센트 늘리는 방안을 제시할 예정입니다."

최고 회의 사제들은 모두 고개를 끄덕이며 그걸로 충분할 것이라고 찬성하였다. 올 초에 자원 배분량을 전년 대비 20퍼센트 삭감하였기 때문에 결과적으로는 작년 수준과 동일한 자원을 받는 것이지만, 사람이란 망각의 동물이 아니던가. 현재의 생활이 나아지면 그걸로 만족할 것이다.

다음 회의 장소는 폴의 사무실이었다. 모건 대장이 여러 통신문을 든 채 기다리고 있었다. 폴은 회의 탁자의 상석에 앉은 후 모건 대장에게도 앉으라고 권유하였다. 반란군에 대한 통쾌한 승리의 포상으로 폴은 그를 보안대 대장으로 승진시켰다.

"외인들 얘기는 맨 마지막에 하게."

폴이 말했다. 가장 중요한 안건을 마지막에 다루는 것이 그의 습관이었다.

"예. 먼저 탈주 건에 대해 보고 드리겠습니다. 벤 사제와 함께 탈출한 사람은 론 한조였습니다. 그리고 탈주를 도운 보안대원은 모니코 상사입니다."

"모니코 상사? 그는 반란군 파였나? 어떻게 보안대에 계속 있었지?"

"글쎄요, 기록은 깨끗했습니다. 반란이 일어났을 때에도 거기에 참여하지 않고 숨어 있었다고 합니다. 음, 12년 전에 보안대에 입대하였고….”

폴은 자료를 보고 있는 모건 대장의 말을 잘랐다.

“됐네. 모니코 상사의 직속상관을 체포하고 문초하도록 하게.”

그는 계속해서 물었다.

“론 한조의 행방은 파악되었나?”

이번에도 모건 대장의 대답은 시원찮았다.

“계속 찾고 있습니다. 그러나 제3거주구 주민들의 협조가 원활치 않아 수색에 어려움을 겪는다고 합니다.”

폴은 화가 나서 의자 팔걸이를 손으로 내리쳤다.

“그걸 변명이라고 하나? 협조하지 않으면 강제라도 수색해야지. 보안대의 권위와 힘은 도대체 어디로 간 거야? 수색대에게 명령하게. 빈손으로 올 거면 큰 각오를 해야 할 것이라고 말야.”

“예, 알겠습니다. 제사장님.”

모건 대장이 무표정하게 대답했다.

폴은 반역자들의 호송 과정에서 탈주 시도가 있을 것을 예상했었다. 수잔 사제가 자신의 애인의 아들이자 반란군의 핵심 멤버인 론 한조를 그냥 처형당하게 두지는 않을 것이라고 예견했다. 그래서 미리 손을 써 놓았다. 탈주 시도가 있을 경우, 그들의 뒤를 미행해서 수잔 사제를 비롯한 반란군의 잔당을 모두 소탕한다는 원대한 계획이었다.

그런데 일이 틀어졌다. 폴은 아무리 밥상을 차려줘도 떠먹지 못하는 부하 놈들 때문에 화가 났다. 그들 말로는 내부의 반역자가 탈출을 도왔기 때문에 쫓는 데 시간이 걸렸고, 또 자기들이 미행당하고 있음을 탈주자들이 금방 알아차려서 일이 꼬였다고 했다. 덕분에 벤만 시체로 돌아왔고, 정작 잡고자 했던 론과 수잔 사제는 눈앞에서 놓쳐버린 것이었다. 이 때문에 가끔 폴은 모건 대장을 승진시킨 것이 과연 잘한 일이었는지 되새기곤 했다.

"제3거주구에서 다른 사건도 있었습니다. 일주일 전에, 반란군에 협조했던 에너지부 사무원이 파워셀 보급 현장에서 발각되어 도망치다가 창에 찔려 죽었습니다. 거기에 거주구 보안대원을 사칭한 남자도 있었다고 하는데, 그의 소재는 확인 중입니다."

"파워셀은 괜찮은가? 그런데 일주일 전 사건을 왜 지금 보고하나?"

"그때 파워셀들을 확인했는데, 파워셀에는 이상이 없고 도난당하지도 않았기 때문에 큰일이 아닌 것 같아 보고하지 않았답니다. 그런데 이번에 탈주 사건도 있고 해서 함께 보고를 올렸다고 하였습니다."

일주일 전이라면 아직 재판도 열리지 않았을 때였다. 탈주와 직접적으로 연관되었을 가능성은 없었다. 그러나 문제는 분명히 있었다.

"보고 사안의 경중을 왜 자의적으로 판단하지? 앞으로 각 거주구의 모든 보안대에게 모든 특이사항을 빠짐없이 보고하도록 지시하게. 그리고 자네는 그것을 모두 읽는 거야. 모건 대장."

마음 같아서는 자신에게 모두 보고하라고 하고 싶었지만 그러기에는 폴의 여유가 없었다. 어느 정도까지는 남을 믿어야 했다. 모건 대장이 완벽하게 마음에 들지는 않더라도.

"그리고 더 이상 보안대원들의 진위에 대해 고민하고 싶지 않네. 2주이내에 전 보안대원들의 신상을 점검하고 등록해서 어디서나 열람이 가능하게 만들도록."

모건 대장의 표정이 처음으로 흔들렸다.

"14일 만에요? 그것은 물리적으로 불가능합니다."

"아니, 가능해. 필요하면 민간인을 차용하고 밤을 새워서라도 반드시 완수하도록 하게. 내 말을 분명히 알아듣겠나?"

모건 대장은 마지못해 알겠다고 대답했다. 촉박한 건 사실이었지만 폴에게도 나름대로의 이유가 있었다.

"마지막 정보는 제4거주구에서 왔습니다. 외인들이 나타나기는 했는데, 피난민 무리들이었고 자신들을 받아달라고 요청한다고 합니다. 일단 거주구 외곽에 수용했다고 전해왔습니다."

"피난민? 외인들의 군대에 대해서는 언급이 없나?"

"여기 보고된 바에 따르면 피난민들이 여러 가지 이야기를 퍼뜨렸는데, 그중에 외인들의 군대가 뒤따라오고 있다는 것도 있습니다. 그런데 검은 악마가 부활했다는 이야기도 적혀 있네요. 무전으로 수신된 보고라 정확한 내용은 파악해야 할 것 같습니다."

폴은 고개를 끄덕였다.

"검은 악마라. 외인들이 자기들끼리 싸운다면 더할 나위가 없겠지. 하지만 모든 일을 운에 맡길 수는 없는 법. 어쨌거나 외인들은 제거되어야 하니까. 모건 대장, 우리는 2주 후에 제4거주구로 진격한다. 그때까지 출정 준비는 내가 직접 진두지휘하겠다. 지난번과 같은 실패는 되풀이하지 않을 거야. 자세한 일정은 내일 얘기하도록 하지."

폴은 자리에서 일어났다. 출정 준비 계획을 짜려면 시간이 필요했다. 모건 대장은 갑작스런 출정 얘기에 어리둥절한 표정이었다. 그러나 그도 벌떡 일어났다. 그리고 양손의 주먹을 쥐고 교차하며 말했다.

"시온에 신의 가호가 있기를!"

폴의 마지막 면담 상대는 마리 사제였다. 그녀는 몹시 의기소침했다.

"폴 제사장님, 죄송한 말씀이지만 로사가 그제 또 사라졌습니다. 이번에도 도서관에 파묻혀 있을 줄 알았는데. 아무리 찾아도 아직까지 발견하지 못했습니다."

폴은 마리 사제의 말에 기분이 나쁘기는 했지만 놀라지는 않았다. 자신과 로사가 부녀 관계임이 밝혀지고 나서 뭔가 달라질 것을 기대했었지만, 오히려 두 사람 사이가 더 서먹해졌음을 인정하지 않을 수 없었다. 로사는 화가 나 있는 것 같았고, 폴은 어떻게 하면 그 서먹한 분위기를 없앨 수 있는지 몰랐다. 그리고 사실 로사가 결국 도망갈 것임을 이미 예상하고 있었다.

다만 처음부터 왜 로사가 찾아왔는지가 의문이었다. 뭔가 원하는 게 있었을 텐데, 그것이 무엇인지는 도무지 알 수가 없었다.

지난번 로사가 자료 보관실과 신탁의 방에 대해 물어본 적이 있었다. 그녀의 목적은 신탁의 방이었을까? 제1거주구에 돌아와서 신탁의 방에 침입자가 있었음을 알게 되었을 때, 폴은 불같이 화가 났다. 나중에 벤이 자신이 들어갔다고 실토했었을 때, 그것은 그를 벌주어야 할 또 하나의 이유가 되었다.

폴은 로사가 어리석은 짓을 하지 않기를 바랐다. 아무리 친딸이라고 하더라도 선을 넘으면 용서할 수가 없기 때문이었다.

"알겠습니다. 마리 사제는 이제 로사에 대해 신경 쓰지 말아요. 나도 그렇게 하겠습니다. 자기가 필요하면 다시 찾아오겠죠."

폴은 그렇게 말하고 마리 사제를 보냈다. 그녀에게 한 말은 어느 정도 진실이었다. 정 때문에 더 이상 약해지고 싶지 않았다. 로사의 엄마인 엠마 생각이 났다. 그때도 그랬다. 폴은 엠마에 대한 자신의 마음 때문에 미칠 것 같았다. 그녀의 몸과 마음 모든 것을 차지하고 싶었다. 그리고 한순간이었지만 그는 만족했다. 엠마가 자신의 아이를 가진 것을 알게 된 날, 그는 세상 누구보다도 행복했다. 그러나 현실 속으로 돌아오자 그 행복은 곧 절망이 되었다. 자신의 꿈과 행복을 놓고 저울질할 수밖에 없었다.

폴은 꿈을 선택했다. 그것이 아무리 고통스럽다고 해도 자신의 운명은 그렇게 주어졌다고 폴은 믿었다. 그 이후로 다시는 감정과 마음에 휘둘리지 않겠다고 결심했다. 그것은 로사에게도 마찬가지였다.

제17장
마음의 표시

돌아가는 여정은 몇 배나 더 힘들었다. 제임스와 유나는 제3거주구에 올 때와는 다른 방향으로 길을 잡았다. 혹시라도 전에 지나온 곳에서 그들의 신원이 노출되었을지도 모르기 때문이었다. 쌍둥이들은 일단 베쓰와 계속 남아 있기로 하였다.

"당분간은 발전소에서 일을 해야 해요. 안 그러면 베쓰가 의심받을지도 모른대요."

재키가 투덜거렸다.

"둘이서 교대로 하루씩만 일하면 되니 그나마 다행이에요. 하루종일 아무 일도 없이 푹 쉴 수 있다니 휴가 같을 거예요."

미키가 맞장구쳤다. 베쓰는 이번 임무를 위해 재키의 고용 서류를 만들어 놓았었다. 그가 갑자기 사라지면 베쓰도 곤란해질 수 있을 터였다.

"이 골칫덩어리들과 잘 지낼 수 있겠소?"

제임스는 베쓰가 염려되는 모양이었다.

"당분간 재미있을 것 같아요. 지겨워지면 돌려보낼게요."

베쓰도 별로 싫지는 않아 보였다.

베쓰의 집에서 임무의 성공을 자축하며 쌍둥이들은 흥에 겨워 자신들의 무용담을 주고받았다. 제임스가 등장하여 사람들의 시선을 돌린 사이에 어떻게 미키가 재키 역할을 하며 파워셀 수레를 바꿔치기했는지, 재키가 보관실에서 파워셀 출력을 바꾼 후 다시 검사실로 돌아갔을 때, 베쓰가 어떻게 호들갑을 떨며 다시 파워셀들을 바꿨는지에 대해 제임스와 유나에게 설명하며 즐거워했다. 그들은 쌍둥이인 두 사람이 한 사람 역할을 하며 사람들을 속였다는 것에 크게 기뻐하는 것 같았다.

"제임스와 유나도 훌륭했어요. 다들 진짜로 싸우는 줄 알았다니까요."

베쓰도 웃으며 한마디 거들었다. 그러나 유나는 웃지 않았다. 그 당시의 마음은 진심이었다.

그때를 돌아보면 감정이 뒤죽박죽이어서 유나는 지금도 혼란스러웠다. 탄로 날지도 모른다는 두려움과 긴장감 때문에 제임스가 그 여자에게 뭐라고 귓속말하고 있는 모습이 눈에 거슬렸다. 일이 잘못되면 제임스는 유나를 위해 위험을 무릅쓰고 싸우려 할 것이라는 불안감도 갑자기 치솟는 분노를 억제하지는 못했다. 제임스가 유나를 덮쳐 쓰러뜨렸을 때, 결국 유나는 폭발하였다. 두려움과 긴장과 불안과 분노가 어우러져 모든 탓을 제임스에게 퍼부었다. 제임스가 뭐라고 얘기했지만 이제 어차피 죽을 목숨이라는 생각에 알아듣지 못했고, 피를 내뿜으며 처참하게 죽은 여자의 모습이 더 유나의 감정을 돋웠다.

울면서 제임스에게 히스테리를 부리는 유나를 보고 보안대원들이 잠시 방심했다는 것이 나중에 내린 결론이었다. 분대장은 죽은 여자의 신원을 재차 확인하고 상부에 보고하느라 정신이 팔려 있었던 데다, 베쓰가 파워셀을 다시 확인하니 모두 정상이며, 처음에 껍데기로 판명된 것들은 검사실에서 예전에 썼던 것들과 혼동이 있어서 그랬다고 해명하니 그 부분에 대해서는 안도한 모양이었다. 그래서 제임스가 유나가 안정이 필요해 데리고 가겠다고 했을 때 순순히 승낙하였던 것이었다.

"내가 연기를 좀 하죠?"

유나는 얼굴이 붉어지며 말했다. 그때 자기가 제임스에게 퍼부었던 말은 다시는 기억하고 싶지 않았다. 꼭 사람들 앞에서 알몸이 된 것처럼 부끄러운 속을 보여준 것 같았다. 그런 마음도 모르는지 쌍둥이들은 유나를 열심히 칭찬하였고, 제임스는 아무 말 없이 효모주만 홀짝였다. 유나는 제임스가 어떻게 느꼈는지 궁금했지만 물어보지 못했고, 그도 별다른 언급을 하지 않았다.

여흥이 끝나고 제임스가 쌍둥이에게 앞으로의 계획을 얘기할 때 베쓰는 유나를 따로 불렀다.

"유나, 괜찮다면 내가 말해 줄 것이 있어요."

둘은 베쓰의 침실로 들어갔다.

"나도 남자를 몇 명 사귀어 봐서 아는데…."

베쓰가 말을 꺼내려 하는데 유나가 가로챘다.

"제임스하고도 그렇고 그랬던 것은 알고 있어요. 그런데요?"

자신도 모르게 말이 거칠게 나왔다. 하지만 유나는 왠지 그래도 괜찮다고 생각했다.

"그럼 더 편하게 말할 수 있겠네요."

베쓰는 계속 부드러웠다.

"남자한테 솔직해요. 특히 제임스에게는 더욱 그래야 해요. 그는 감정을 쌓아놓는 걸 싫어해요. 그러고 있다가 폭발하면 그를 멀어지게 할 뿐이에요. 무슨 말인지 알겠어요?"

유나는 더욱 화가 났다. '자기가 뭐라고 나한테 이런 말을 할까?'

"아뇨, 나는 내 마음대로 할 거예요. 당신은 제임스에게 솔직해서 그가 떠난 건가요? 아니면 지금도 가끔 서로 즐기기만 하면 되는 사이인가요? 하긴 그러니까 쌍둥이와 함께 둬도, 그들과 무슨 짓을 벌이건 말건 아무렇지도 않겠죠."

베쓰의 눈빛이 변했다. 유나는 베쓰가 자신의 따귀를 때릴 것이라고 생각하고 준비했다. 따귀 따위는 맞지 않을 생각이었다. 그녀가 손을 올리면 그 손을 잡고 거꾸로 후려칠 마음이었다. 그러나 베쓰는 그냥 자리에서 일어났다.

"원하든 원하지 않든 내 말을 기억하는 것이 좋을 거예요. 인생 선배로서 충고하는 말이라고 생각해요."

다음 날 제임스와 유나는 새벽에 조용히 떠났다. 작별 인사는 간밤에 미리 나눴기에 홀가분하였다. 안개 낀 거리에 둘만 나섰을 때, 문득 유나는 베쓰에게 가서 사과하고 싶은 마음이 들었다.

'나중에 기회가 되어 다시 만나게 되면 꼭 사과해야지.'

유나는 다짐했다.

그들은 제8거주구로 가는 트램에 타야 했다. 이제부터는 트램 찍기의 시간이라고 제임스가 말해 주었다. 트램 찍기란 말 그대로 운행 중인 트램에 손을 대고 찍은 다음 올라타는 것을 의미했다. 아무 곳에서 가능한 것은 아니고, 트램이 노선상에서 잠깐 정차하거나 속도를 줄일 때만 할 수 있었다.

제임스는 거의 모든 트램 노선의 찍기 장소를 알고 있었다. 제3거주구의 경우는 외곽의 선로 분기점까지 가야 했기에 새벽 바람을 받으며 둘은 길을 나섰다.

분기점에서 거의 반나절을 기다린 후에야 트램이 나타났다. 트램 찍기는 그다지 어렵지 않았다. 트램이 속도를 줄였을 때 둘은 올라탔는데, 혹시라도 보안대원이 지키고 있지는 않을까 염려했지만 아무런 일도 일어나지 않았다.

둘은 출입문 앞의 구석 자리에 자리를 잡았다. 유나는 하루 종일 필요한 몇 마디를 제외하고는 거의 입을 다물었다. 유나의 기분을 아는지 제임스도 특별히 말을 걸지 않았다. 트램을 타고 얼마 지났을 때, 드디어 유나가 입을 열었다.

"그 여자 사무원에게 뭐라고 얘기했어요?"

"응?"

"검수장에서요. 뭐라고 얘기했길래 그 여자가 뛰어갔죠?"

"별거 아냐."

제임스는 별로 말하고 싶지 않은 눈치였다.

"아뇨, 알고 싶어요. 그 여자도 당신의 전 여자친구 중 하나였나요?"

유나의 말에 제임스의 얼굴이 굳어졌다.

"시온의 모든 젊은 여자들은 다 내 애인이라고 생각하는 거야? 그렇다면 소원이 없겠네."

제임스의 비아냥에 유나는 더 화가 났다.

"노력하면 꿈은 이뤄지겠죠. 빨리 대답해요. 그 여자한테 뭐라고 했어요?"

"지금 도망가지 않으면 아주 끔찍한 일이 생길 거라고 했어."

제임스도 화난 목소리로 대답했다.

"그 여자가 야광봉 시위대에 협조했으며, 그들과 같은 편이라고 베쓰가 알려 주더군. 난 그 사실을 이용해 우리가 도망칠 기회를 만들려고 했던 거야."

유나는 의외의 대답에 당황했다. 그러나 계속 닦달했다.

"그랬군요. 덕분에 그 여자는 죽었어요. 아무 잘못도 없었는데 당신 때문에 죽은 거라고요."

"그랬지. 하지만 그 여자가 아니었으면 네가 투창에 맞았을 거야."

제임스는 낮은 목소리로 말했다.

유나는 할 말을 잃었다. 제임스는 유나를 위해 그렇게 한 것이었지만, 어쨌든 그 여자의 목숨을 희생시킨 것은 분명하였다. 죽은 여자가 불쌍했고, 그 와중에도 둘을 의심했던 자신이 가증스러웠다. 그리고 갑자기 슬퍼졌다. 그녀는 눈을 감고 자는 척하였다. 빨리 어디론가 가서 제임스와 떨어져 있고 싶은 마음뿐이었다.

제8거주구는 알펜 산맥의 골짜기 안에 위치하여서, 남쪽을 제외하고는 병풍처럼 산이 도시를 감싸고 있었다. 그 골짜기에서는 시온에서 제일 좋은 대리석이 생산되어서, 대다수의 제8거주구 주민은 그 대리석을 가공하여 건축 자재나 가구를 만드는 데 종사하였다.

제8거주구 중앙 광장에는 주일마다 장이 서는데, 지역 상인들이 대리석을 가공한 각종 공예품과 장식품을 팔았다. 시온에서는 결혼할 때 대리석 식탁을 장만하는 것이 일종의 큰 사치였고, 선망의 대상이었다.

이곳을 처음 와 보는 유나는 설레는 마음으로 광장을 돌아다니며 이것저것 구경하였다. 광장은 사람들로 붐볐다.

"다른 거주구들은 난리 통인데, 이곳은 평온하네요?"

유나가 대리석으로 만든 시온탑 모형을 보면서 가판 상인에게 말했다.

"아니, 그렇지 않아요. 평소에는 훨씬 더 사람이 많았어요. 제1거주구, 제3거주구, 심지어는 제13거주구에서도 사람들이 와서 구경하고 물건을 샀지. 오늘은 그때에 비하면 택도 없어요. 이놈의 빌어먹을 다툼은 언제 끝날는지."

상인 아저씨가 투덜댔다.

유나는 가지고 있던 효모 배급권을 다섯 장 주고 시온탑 모형을 샀다. 아저씨는 오늘 개시라 싸게 주는 것이라고 몇 번이고 반복하여 말했다. 유나가 보기에 그다지 싼 것 같지는 않았지만, 노웨어로 돌아가면 어차피 그녀에게 효모 배급권 따위는 필요 없었다. 이 모형은 언니의 결혼 선물로 주고 싶었다. 가능하다면 식탁을 선물해 주고 싶었지만 그럴 여유는 없었다. 하지만 충동적으로 모형을 사고 나서 유나는 바로 후회했다. 언니를 만날 수 있을지도 알 수 없었고, 언니가 이런 쓸데없는 모형을 좋아할 리도 없었기 때문이었다.

유나가 대리석으로 만든 시온탑 모형을 들고 잠시 멍해 있는데, 어디론가 사라졌던 제임스가 돌아왔다. 그는 아무 말 없이 다가오더니 손을 내밀었다. 그의 손바닥 위에는 옥으로 만든 초록색의 반지가 놓여 있었다.

"자, 내 마음의 표시야."

유나는 눈물을 참으려 했지만 참을 수 없었다. 그녀는 눈물을 글썽이며 제임스를 꼭 안았다.

"미안해요. 내가 그동안 까칠했죠? 여러모로 힘들었어요. 이해해 줘요."

제임스도 그녀를 안으며 대답했다.

"그럼, 충분히 이해해. 그러니까 앞으로 잘해 보자고. 어서 반지 껴봐."

반지는 유나의 손가락에 잘 맞았다. 참 예뻤다.

다음 날 아침, 둘은 제8거주구의 트램 역으로 갔다. 여기는 특별한 경계 체제에 있지는 않은 모양이었다. 그래서 평소처럼 차장에게 여행 허가증을 보여주고 트램을 탈 수 있었다. 제7거주구를 거쳐 제4거주구로 가는 트램이었다.

한나절이 걸려 제7거주구에 가까이 왔을 때, 유나는 언니를 잠깐 만나는 것에 대해서 제임스에 물어보았다.

"나도 유나의 언니를 꼭 보고 싶어. 하지만 지금은 빨리 돌아가는 게 우선일 것 같아. 이멜다가 벌써 준비를 마치고 출진했을지도 몰라."

어느 정도 예상했던 대답이었다.

"그래요, 다음에 기회가 되면 그때 와요."

그녀의 말에 제임스는 동의했다.

"그래, 모든 일이 해결되면."

제7거주구에서 제4거주구까지 가는 데는 또 한나절이 필요했다. 때는 오전이었지만, 검은 구름이 잔뜩 껴서 밖은 어두웠다.

"호우가 내리려나 봐요."

시온에서는 따로 계절이랄 것이 없었다. 같은 위도에서는 1년 내내 똑같은 날씨가 지속됐다. 그러나 몇 달에 한 번씩 고위도에서 비구름이 쌓이다가 분출하듯 아래로 내려오면 며칠간 호우가 내렸다. 시온 사람들은 이 호우를 반겼다. 지루한 일상에 작은 변화를 주는 존재였다.

그러나 이번에는 그리 달갑지 않은 상황이 되었다. 제4거주구에 도착하기 불과 1시간도 남지 않았을 때 트램이 멈춰 섰다. 혹시나 무언가 잘못되었나 긴장하고 있는데, 차장이 나타나더니 소리쳤다.

"이 트램은 다시 제7거주구로 돌아갑니다. 반복합니다. 이 트램은 다시 제7거주구로 돌아갑니다."

그는 객차를 지나가며 같은 말을 반복하였다.

"이유가 뭐죠?"

제임스가 옆으로 지나가는 차장에게 물었다.

"외인들이 제4거주구를 점령하였답니다. 세상이 어떻게 돌아가는 건지. 신의 가호가 필요할 때네요."

제임스는 벌떡 일어나 유나의 손을 잡으며 차장에게 말했다.

"우리는 여기서 내리겠소."

"방금 못 들었습니까? 거기에는 야만인들이 있다고요."

차장은 의외라는 듯이 소리쳤다.

"그들은 외인도, 야만인도 아니에요. 그들은 자유민이에요."

유나가 그런 차장을 지나치며 한마디 던졌다.

둘은 호기롭게 트램에서 내렸지만, 곧 쏟아지기 시작한 비 때문에 매우 처량해졌다. 우비나 우산이 없었기에 말 그대로 홀딱 젖을 수밖에 없었다. 게다가 유나의 배낭은 여러 가지 물건들로 한 보따리여서 더욱 힘들었다. 제임스가 대신 들어주겠다고 했지만, 그의 짐도 이미 상당했기에 더 힘들게 하고 싶지 않았다. 그나마 선로를 따라 걸으면 진창을 피할 수 있어서 다행이었다. 멀리 제4거주구의 형체가 보였다. 트램을 탔다면 금방 도착할 수 있었겠지만, 결국 4시간을 걷고 나서야 선로를 통해 고대 우주선 안으로 들어갈 수 있었다.

군데군데 뚫려 있는 우주선 선체를 통해 비가 내리는 제4거주구는 을씨년스러웠고, 트램의 정차장 주변에는 사람도 거의 보이지 않았다. 하지만 거주구의 더 안쪽으로 걸어가니 상황은 달라졌다. 미로 같은 골목에는 여전히 상인들의 가게가 문을 열어 손님을 불렀고, 우주선 천장이 비를 막아 주는 곳에는 사람들도 여럿 지나다녔다. 외인들이 여기를 점령했다고 하더니, 일상은 변함없이 돌아가는 모양이었다.

　제임스와 유나는 거의 녹초가 된 상태로 곧장 중앙 타워로 향했다. 제4거주구의 중앙 타워는 다른 거주구들처럼 도시의 가운데에 위치하지 않았다. 대신 고대 우주선의 꼬리에 해당하는 부분에 세워져 있었는데, 타워의 아랫부분은 우주선 선체 일부와 연결되어 있어 마치 부서진 선체를 뚫고 나온 창처럼 그로테스크한 인상을 주었다.

　중앙 타워에 도착해서야 외인들을 볼 수 있었다. 타워 앞에 있는 작은 광장에 탱크가 한 대 서 있었고, 그 주위로 수십 명의 외인 전사들이 도열해 있었다. 제임스와 유나가 곧장 타워로 다가가자, 그중 1명이 소리를 질렀다.

　"어이, 그쪽은 출입 금지야."

　몇 명이 달려왔다.

　"어, 유나군요. 이 친구는 누구? 제임스! 수염을 깎으니 10년은 젊어 보이는구먼."

　배가 불룩한 외인이 깜짝 놀랐다는 듯 제임스의 어깨를 툭 쳤다. 이름이 잘 기억나지 않았지만 유나도 그를 알았다.

　"이멜다는 안에 있습니까?"

　제임스의 단도직입적인 물음에, 그가 정색하며 대답했다.

　"응. 별로 심기가 좋아 보이지는 않았지만, 당신을 보면 달라질지도 모르지. 이런, 둘 다 흠딱 젖었네. 유나 양, 일단 올라가 좀 말리고 쉬도록 해요."

　그는 이제 막 수염이 나기 시작한 소년 외인을 시켜 제임스와 유나를 타워 안의 숙소에 안내하도록 했다. 타워 안에는 많은 외인들이 돌아다녔고, 그들은 제임스와 유나를 볼 때마다 환영의 말을 건 넸다. 그러나 사람들의 분위기에서 무엇인가 어두운 기색이 있음을 유나는 느낄 수 있었다. 숙소에 도착했을 때 유나가 소년에게 물어 보았다.

"그런데 모두 겁에 질린 것 같아. 무슨 일이 있었어?"

소년은 우물쭈물 대답을 제대로 못 했다.

"그게, 음… 어떻게 설명해야 할지 잘 모르겠어요."

제임스가 그를 구해주었다.

"내가 가서 알아볼게. 유나는 여기서 옷도 갈아입고 쉬고 있어."

제임스는 수건 한 장만 꺼내 들고는 소년에게 지시했다.

"이멜다가 있는 곳으로 가자."

제임스와 소년이 나가자 유나는 샤워를 했다. 오랜만에 따뜻한 물로 씻으니 너무 기분이 상쾌하고 포근하였다. 몸을 말리고 숙소에 있는 마른 옷을 찾아 입으니 살 것 같았다. 그녀는 잠시 망설였다. 오랫동안 비를 맞으며 걸어서 피곤했지만, 그렇다고 여기서 제임스를 기다릴 마음도 들지 않았다. 현재 어떤 상황인지 알고 싶었다.

유나는 방을 나와 복도를 따라 걸었다. 거주구 대회의실이 3층에 있다는 표지판을 보고 그리로 올라가 보았으나 회의실에는 아무도 없었다. 그냥 돌아가려고 했으나, 문득 한 층만 더 올라가고 싶은 생각이 들어 층계를 올라갔다. 3층과 달리 바깥쪽으로 나 있는 복도를 따라 여러 개의 방이 붙어 있었다. 그중 하나에서 어떤 소리가 들렸다.

유나의 심장이 쿵쾅거렸다. 그녀는 조용히 그 방 앞으로 갔다. 소리는 분명했다. 유나는 방문을 살짝 열었다. 짧은 통로가 있었고, 보이지 않는 안쪽에서 소리가 났다. 유나는 조용히 안으로 들어갔다. 여자의 신음 소리가 더 커졌다. 유나는 통로 안쪽에 몸을 가리고 고개만 약간 돌려 안을 보았다. 두 사람의 옆모습이 보였다. 그들이 누구인지 무엇을 하고 있는지 소리만으로도 충분히 알 수 있었지만, 자신의 두 눈으로 똑똑히 보고 싶었다.

유나는 조용히 다시 고개를 돌렸다. 그리고 왔던 길로 되돌아갔다.

제18장

검은 광채

제3거주구 트램 역사 안에 위치한 통신실은 밤에는 잠겨 있었으나, 문을 열고 들어가는 일은 그다지 어렵지 않았다. 모니코는 많이 경험해 본 듯 가느다란 철사를 이용해 불과 5초 만에 문을 열었다.

"모니코, 도대체 못 하는 일이 뭐예요?"

로사는 모니코와 함께 있으면서 잠시도 놀라지 않는 순간이 없는 것 같았다.

"보통 사람의 기준으로 본다면 많은 일을 할 수 있죠. 하지만 보통 사람이 쉽게 할 수 있는 것을 내가 못하는 경우도 많습니다."

모니코가 대답했다.

창밖에는 빗방울 소리가 거칠었다. 오후부터 시작된 비는 밤까지 계속되었다. 통신실의 벽에는 여러 개의 전선이 교차되어 꽂혀 있는 기계가 한 대 있었고, 작은 책상 위에는 모니터와 송신 단추가 반짝였다. 모니코는 벽의 기계를 관찰하더니 전선 하나의 잭을 뽑아 다른 곳에 끼워 넣었다. 그리고 다른 전선 하나도 그렇게 했다.

"이제 제12거주구 방향 통신 라인은 제1거주구로 직접 가지 않고 이곳으로 올 겁니다. 우리는 그 내용을 약간 손보기만 하면 돼요."

쉬운 일일 것이라고 얘기는 들었지만 이렇게 편할 줄은 몰랐다. 이제 남은 일은 통신이 오기를 기다렸다가 내용을 수정해서 다시 보내기만 하면 되었다.

로사는 비가 내리는 소리를 들으며 생각에 잠겼다. 모니코의 좋은 점은 그가 먼저 말을 거는 일이 거의 없다는 것이었다.

"보통 사람은 쉽게 할 수 있는데 모니코가 못하는 것에는 슬픔을 느끼는 것도 포함되나요?"

슬픔은 최근에 로사가 가장 많이 경험한 감정이었다. 엄마 아빠의 죽음, 그리고 벤 사제의 죽음까지. 친부인 폴 제사장에게 느끼는 증오의 기저에도 약간의 슬픔이 깃들어 있는 것 같았다.

"나는 수많은 인간의 죽음을 보았지만, 그렇다고 해서 그것이 쉽거나 익숙하지는 않아요. 기본적으로 인간의 수명을 단축하는 모든 가능성을 배제하려고 노력하기 때문에, 그것이 실패했을 때는 출구가 없는 미로에 들어간 것처럼 공허함이 발생합니다. 만약 그 공허함을 슬픔이라고 부른다면 슬픔이겠죠."

로사는 그 말이 참 마음에 들었다.

"아니, 오히려 정확해요. 사람이 느끼는 슬픔은 외로움, 분노, 좌절 등 온갖 다른 감정들이 묻어 있어요. 만약 체를 걸러 슬픔만을 정확히 남길 수 있다면 그것은 공허함일 것 같아요."

막상 입으로 말하고 보니 로사의 슬픔 또한 커다란 공허함으로 느껴졌다. 마음 한구석이 뻥 뚫린 것 같다는 표현 그대로였다.

"벤 사제님의 죽음에도 공허함을 느꼈나요?"

로사는 모니코에게 질문하였다. 모니코는 벤 사제를 살리기 위해 최선을 다했었다.

"어떤 사람은 다른 사람보다 나에게 더 중요합니다. 벤 사제는 중요한 사람이었지요. 특히 시온을 위해서 더 그렇습니다. 폴 최고 제사장이 벤 사제를 처형하기로 결정하였을 때, 나는 반대했지만 그는 내 말을 더 이상 듣지 않았어요. 예전에도 그런 경험이 있었습니다. 사람의 이성이 여러 가지 이유로 인해 편협해지면 그때부터 내가 개입할 수 있는 여지가 없어집니다. 그러면 조용히 물러나 대안을 찾아야 할 때가 오는 것입니다. 나는 벤 사제를 높이 평가했어요. 이성적이었고, 무엇보다 시온의 미래를 걱정했지요. 그래서 벤 사제를 탈출시키기로 결정한 것입니다. 그것이 비록 모니카와의 이별을 뜻한다 해도요. 그런데 결국은 최악의 상황이 발생하고 말았습니다. 그럴 가능성이 있다는 것을 모르지는 않았지만, 역시 내게도 큰 충격입니다. 내가 다른 선택을 했다면 벤 사제를 살릴 수 있었을까요?"

모니코는 공허한 표정을 지었다.

"모니코의 잘못은 아니에요. 우리는 그것을 신의 뜻이라 하죠. 벤 사제님도 그렇게 말하셨잖아요."

로사는 그를 위로해 주었다. 모니코와 모니카가 같은 종류의 안드로이드이고, 몸을 바꾸기는 했지만 동일 인격이라는 사실이 로사에게는 아직까지도 낯설었다. 그런 안드로이드를 위로한다는 것 또한 마찬가지였다.

　처음에 벤 사제를 도와야겠다고 마음먹었을 때, 로사가 찾아갈 수 있는 사람은 모니카 부제사장밖에 없었다. 재판 때 그나마 벤 사제를 변호했던 유일한 사람이었다. 사실 로사는 막연한 기대만 했었는데, 모니카 부제사장은 그 기대를 뛰어넘는 계획을 제시하였다. 놀랍게도 자신이 직접 벤 사제를 구출하겠다고 했다. 로사가 할 일은 모니카 부제사장이 알려 준 제3거주구의 안전 가옥에 가서 그곳이 안전한지 확인하고 대기하는 것이었다. 모니카 부제사장으로부터 구체적인 계획을 듣고 나자, 로사의 마음이 한결 편해졌다. 자신이 무언가 할 수 있다는 점이 기뻤고, 모니카 부제사장이라는 든든한 아군이 생겨 다행이었다.
　그래서 다시 한번 마리 사제의 눈길을 피해 트램에 올라탔을 때, 로사는 진정으로 자유를 느꼈다. 이제는 정녕 돌이킬 수 없다고 생각했다. 그가 어떻게 생각하든, 폴 제사장과의 인연은 완전히 끝났다고 여겼다. 앞으로 벤 사제를 도와 무슨 일이든 해야겠다고 다짐했었다. 그때까지만 해도 벤 사제와 함께 모니카 부제사장이 아닌 모니코 상사가 나타날 줄은 상상도 하지 못했다.
　"그럼 당신의 집 비밀 장소에 보관되어 있다는 모니카는 언제 다시 돌아오나요?"
　로사는 기왕이면 모니카가 더 편하다고 생각했다. 아무리 안드로이드라 하더라도 이렇게 은밀한 장소에 남성과 단둘이 있는 것이 조금 부담되었다. 그런 느낌을 알았는지 모니코는 고무적인 대답을 들려주었다.

"빠른 시일 내에 돌아올 겁니다. 현재의 나는 창에 뚫린 상처 때문에 거동이 조금 불편하니까요. 나 스스로는 고칠 수 없고, 모니카로 돌아가면 가능할 것 같습니다. 하지만 그 전에 해결해야 할 일이 있어요. 시온의 체제를 정비하고 새로운 최고 제사장이 선출된 이후에 모니카로 전환할 계획입니다."

로사는 기분이 묘해졌다.

'지금까지 시온의 모든 운명이 이렇게 모두 안드로이드와 인공 지능에 의해서 결정되어 왔다는 건가. 그렇다면 인간의 역할은 무엇일까.'

"벤 사제님 말고 새로운 최고 제사장으로 염두에 두고 있는 사람이 있나요?"

"현재로서는 수잔 사제가 가장 유력합니다."

모니코의 대답은 어느 정도 예상한 바였다.

***

어쩔 수 없이 안전 가옥에 벤 사제만 남겨둔 채, 론이 로사와 모니코를 안내한 곳은 베쓰라는 제3거주구민 여자의 집이었다. 그 당시의 로사에게 모니코와 론은 둘 다 낯설었다. 하지만 모니코의 경우, 벤 사제가 그를 믿고 상의하라고 특별히 부탁했고, 또 막상 얘기를 나누면 편했으므로 금방 친해질 수 있었다. 반면에 론은 혈기가 왕성하고 성급해서 수잔 사제가 진정시키지 않으면 어디로 튈지 모를 정도였다.

수잔 사제는 나이보다 젊어 보였는데, 우아했고 무엇보다 침착한 면이 마음에 들었다. 다만 그들 모두 벤 사제가 죽음의 문턱에서 홀로 남겨진 것에 대해서는 어쩔 수 없지 않냐는 반응이었다. 제2거주구 전투의 패배 이래 수많은 동지들을 잃어서인지, 그들은 슬픔과 상실에 대해 무뎌진 것 같았다.

자의 반, 타의 반으로 로사는 베쓰의 집에 머무는 이틀 동안 주로 모니코와 지냈다. 덕분에 그와 깊은 대화를 나누며 그의 비밀을 알게 되었다. 그녀로서는 오히려 잘된 일이었다. 모니코는 벤 사제는 물론 댄에 대해서도 소상히 알고 있었고, 외인들의 계획도 인지하고 있었다.

"당신 생각은 어떤가요? 폴 제사장처럼 외인을 절멸해야 한다고 생각하나요?"

자신의 체험을 모니코에게 들려주고 나서 로사가 물었다.

"노웨어의 존재는 지금까지 여러 가지 측면으로 시온에 도움이 되었습니다. 시온 시스템 자체가 한계에 봉착하는 것은 다른 얘기지요. 폴 제사장은 외인을 비롯하여 시온을 축소시킴으로써 그 한계 시점을 연장하려 하지만, 나는 벤 사제가 옳다고 보았습니다. 결국은 외계와의 교류가 시온의 생존 가능성을 높인다고 계산했습니다."

'그래서 벤 사제는 댄이 중요하다고 했었나 보다. 댄이 메이와 함께 우주로 갈 수 있다면 거기서부터 시온의 새로운 시대가 개척될 테니까.'

로사는 생각했다.

"다른 사람들도 거기에 동의할까요?"

로사의 질문에 모니코는 그녀를 응시했다. 그의 눈동자 색은 모니카보다 더 짙었지만 느낌은 비슷했다.

"이제 노력해야죠. 모니카가 잘할 겁니다. 지금까지 그래왔던 것처럼요. 그렇기에 더욱 모니카의 정체는 비밀로 하는 편이 좋겠습니다."

모니코는 자신에 대한 얘기를 로사에게 설명하면서 비밀을 지켜달라고 했다. 그것은 어렵지 않았다. 로사는 입이 가벼운 여자가 아니었다.

베쓰의 집에 로사 일행이 도착한 후, 수잔 사제와 3명의 야광봉 시위대가 합류하였다. 거기에는 원래 쌍둥이 외인 2명이 은신하고 있었는데, 다행히도 그들은 로사를 알아보지 못했다. 그녀는 모니코와 마찬가지로 신분을 숨긴 채, 그저 모니카 부제사장의 지시로 벤 사제의 구출 작전에 참여한 것이라고만 얘기했다. 자신이 폴 제사장의 조카 또는 딸이라는 사실을 그들에게 알리고 싶지 않았다.

수잔 사제 일행은 폴 제사장의 보안대가 제1거주구에 들어올 때 가까스로 대피할 수 있었다고 했다. 론도 같이 탈출할 예정이었지만, 또다시 변절을 선택한 보안대원에 의해 다른 동료들과 함께 체포되었던 것이었다. 론은 그 변절자에게 복수하겠노라고 틈만 나면 큰소리쳤다.

"지금 복수가 중요한 것이 아니야. 이멜다가 외인 전사들과 함께 서쪽을 치기 전에 우리가 먼저 폴 제사장의 주의를 분산시켜야 해."

향후 계획을 논의하는 자리에서 수잔 사제는 조용한 목소리로 말했다. 그녀는 보안대에 감금당했던 후유증이 아직 남아 있어 보였다.

"바꿔치기한 파워셀은 언제 작동하지요?"

그녀의 물음에 베쓰가 대답했다.

"이틀 뒤입니다. 순번이 그렇게 되었어요."

"좋습니다. 우리가 그때에 맞추면 되니까요. 이멜다도 그때에 맞출 수 있을지는 잘 모르겠지만 신께 맡기는 수밖에요. 어쨌든 어려운 임무를 성공시켜줘서 고마워요. 당신들도요."

수잔 사제는 쌍둥이들에게도 감사의 인사를 했다.

"그 임무에서 제니가 희생되었어요. 그날 그녀가 올 줄은 몰랐어요. 상황이 어쩔 수는 없었지만, 결과적으로 내 책임이 큽니다."

베쓰의 고백에 론이 아무렇지도 않게 대꾸했다.

"임무를 성공하기 위해 희생은 필수적입니다. 그것이 희생을 더 가치 있게 만들죠."

"론, 남의 얘기라고 그렇게 쉽게 말하는 것이 아니다."

수잔 사제의 핀잔에 론은 더 열이 올랐다.

"남 얘기가 아니에요. 나도 사형 선고를 받은 사람이에요. 대의를 위해서라면 목숨을 던질 각오가 되어 있습니다."

론의 말은 진심 같았다. 그는 주저하지 않고 자신을 내던질 것이다. 그러나 로사는 그가 망설임 없이 다른 사람까지 위험에 내모는 것이 과연 정당할까 의문이 들었다.

어쨌든 그렇게 해서 다음 작전을 위한 팀이 꾸려졌다. 모니코의 정보에 따르면, 재판에서 형을 선고받은 사람들을 태운 두 번째 트램이 다음 날 밤에 제12거주구를 향해 같은 길로 갈 것이라고 했다.

공격팀에게는 그 트램을 공격하여 가능한 많은 수의 반란군을 구출하는 임무가 주어졌다.

"하지만 이번에는 보안대원들이 삼엄하게 트램을 지킬 텐데요. 그들이 바보가 아닌 이상 똑같은 실수를 하지는 않을 겁니다. 과연 우리 인원으로 가능할까요?"

수잔 사제와 함께 탈출한 야광봉 시위대 중 1명이 물었다.

"공격팀의 목적은 트램에 승선한 보안대로 하여금 제1거주구에 통신을 보내게 하기 위함입니다. 물론 실제로 우리 동지들을 구출할 수 있다면 최상이겠으나, 가급적 전면적인 접촉을 삼가서 쓸데없는 피해가 발생하지 않도록 하세요. 론, 특히 너는 꼭 명심해라."

수잔 사제의 명령에 론은 얼굴을 찌푸렸으나 고개를 끄덕이며 수긍했다.

공격팀은 론과 쌍둥이 중 하나인 재키 그리고 야광봉 시위대 3명이 꾸리기로 했으며 론이 대장을 맡았다. 그들 중 아무도 구성된 팀에 대해 만족스러워하지 않는 듯 보였으나 별다른 대안이 없었다. 모니코는 제3거주구 통신실에 잠입하여 통신 내용을 수정하는 임무를 해야 했기에 공격팀에 합류할 수 없었다. 로사가 자기도 모니코와 같이 임무에 참여하겠다고 했을 때 수잔 사제는 의외로 순순히 허락해주었다.

"공격팀은 아침이 밝기 전에 꼭 돌아와야 해요. 폴 제사장이 우리의 미끼를 물어 보안대를 파견하거나 아니면 직접 이곳으로 달려올 때, 우리는 그의 허를 찔러야 합니다. 나는 제1거주구로 되돌아가 그곳에서 다시 한번 민중을 선동할 계획이에요. 지금 각 거주구에서는 원성의 소리가 높습니다. 최종적으로 현재의 최고 회의는 해체될 수밖에 없어요. 그리고 비록 지금은 외인들과 협력하고 있지만, 그들에게 주도권을 주지 않기 위해서라도 우리가 스스로 힘을 가질 필요가 있습니다."

수잔 사제는 힘을 주어 말했고, 모두의 마음에 새로운 열정을 넣어 주었다. 로사를 제외하고는. 그녀는 단순히 열정을 품기에는 너무 많은 것을 보고 알았다.

외인들의 반격, 보안대의 목적, 댄과 메이, 그리고 모니코까지. 과연 무엇이 정답이고 무엇이 진정 시온을 위한 것인지 헷갈렸다. 솔직히 말하면, 로사는 그런 대의 같은 건 그다지 크게 느껴지지 않았다. 그녀에게는 지켜야 할 약속들이 중요했다. 벤 사제와의 약속, 댄과의 약속, 그리고 메이와의 약속. 그 약속들을 지키기 위해서라면 어려운 난관도 부딪칠 용기가 있었다.

회의가 정리되고 난 후에 수잔 사제는 로사만 따로 불렀다.

"당신이 로사라는 걸 알아요. 폴 제사장의 친딸이라고도 하던데 사실인가요?"

로사는 놀랐지만 애써 표정을 감췄다.

"예, 사실이에요. 어떻게 알았죠?"

"옛날에 시온탑에서 로사가 폴 제사장을 만나는 것을 본 적이 있어요. 그리고 외인들로부터 소식을 들었죠. 그들이 당신을 공개 처형했다고 했는데, 여기서 보게 되어 의외였어요. 어쨌든 솔직히 얘기해 봐요. 당신은 폴 제사장이 아버지인데도 그에 대항하여 싸울 건가요?"

로사는 솔직히 대답했다.

"나의 엄마와 아빠는 노웨어에서 살해되었어요. 폴 제사장의 명령에 의해서요. 지금 나에게는 다른 친구들이 있고, 그들을 위해서라면 무슨 일이든 할 겁니다."

수잔 사제에게 굳이 댄이나 메이와의 약속을 자세히 얘기할 필요는 없을 거란 생각이 들었다.

"좋아요. 이유가 무엇이든지 간에 폴 제사장과 싸운다면 우리의 동지예요. 로사가 큰 힘이 되어 줄 것이라고 믿어요."

그 말 속에는 로사가 폴 제사장의 딸이기 때문이라는 의미가 숨어 있는 것 같았다. 로사는 그 사실이 이제 지긋지긋했다.

"외인들은 나를 미워하는데 괜찮을까요?"

로사의 말에 수잔 사제는 밝게 웃었다.

"아니, 그럴 리가요. 그들은 당신을 미워하지 않아요. 내가 이멜다를 개인적으로 아는데, 그녀는 자신의 목적을 위해서라면 부모도 팔아 치우는 여자예요. 당신은 그저 이멜다의 어떤 목적 때문에 죽을 뻔했던 거예요. 그러니 걱정하지 말고 일단은 모니코와 함께 할 일을 잘 수행해요. 그다음 일은 나중에 고민하고요."

***

창밖의 빗소리는 거세졌다가 잠시 잠잠해지기를 반복했다. 론의 팀이 가 있는 지점도 비가 내리고 있을 텐데, 작전에 도움이 될지 아니면 방해가 될지 가늠하기 힘들었다. 자정이 가까워 로사가 졸음을 참고 있을 때, 드디어 벽의 기계에 작은 불이 들어오더니 책상 위 모니터에 글자들이 올라왔다. 공격팀이 행동을 개시한 것이다.

로사는 모니코 뒤에서 열심히 모니터를 보았지만, 안타깝게도 거기에 쓰여진 글자들을 읽을 수 없었다. 이런 종류의 글자를 어디서 보긴 했는데 기억이 나지 않았다.

"이게 뭐였죠?"

"한글이라는 고대 언어입니다. 통신 담당자들이 일종의 암호처럼 사용하죠. 아무나 읽을 수 없으니까요."

"그래서 뭐라고 쓰여 있는데요?"

로사가 재촉하자 모니코는 글자를 읽었다.

"선로 위 장애물. 복구 중. 그 외 특이 사항 없음. 이상."

모니코는 기계에서 전선을 뽑아 다른 곳에 연결한 다음, 송신 단추 위에 손가락을 올려놓았다.

"자, 이제 수신된 통신의 앞부분은 똑같이 하고."

그는 단추를 길게 또는 짧게 누르면서 말을 계속했다.

"선로 위 장애물. 대규모 습격. 격전 중. 피해 상당. 신속 지원 요청. 이상."

그의 손은 마치 평생 이 일을 한 것처럼 자연스럽게 단추의 장단을 조절했다.

"어때요? 감쪽같죠? 이제 이 통신문이 제1거주구로 전달되었으니 폴 제사장이 어떻게 대응하는지 지켜보면 됩니다."

때가 한밤중이라서 전송된 통신문이 폴 제사장에게 전달되었는지 아니, 누가 그것을 읽기라도 했는지 알 수가 없었다. 그래도 일단은 기다려야 했다. 혹시라도 제1거주구에서 지시가 내려오면 그에 맞게 대응해야 하기 때문이었다.

로사의 생각보다 훨씬 더 빨리 응답이 왔다. 제1거주구는 지금 비상 체제이기 때문에 통신 업무를 상시 수행하는 모양이었다. 그런데 전송된 통신문의 내용이 예상 밖이었다. 제1거주구 남쪽 화물 터미널이 공격받고 있으니 즉시 귀환하라는 명령이었다. 로사는 모니코에게 물었다.

"공격이요? 외인들이 벌써 공격을 개시한 건가요?"

"나도 모릅니다. 통신문에는 자세한 설명이 없어요."

그 이후로 시간 간격을 두고 3개의 통신문이 더 도착하였다. 처음 2개는 비슷한 내용이었으나 마지막 것은 달랐다. 모니코의 표정에는 별다른 변화가 없었지만, 그의 말은 무시무시했다.

"제1거주구에 큰 사건이 벌어진 것 같습니다. 검은 악마, 좀비, 미라로 된 사람, 구원 요청을 마지막으로 보냈네요."

"검은 악마, 좀비라니요? 그게 무슨 뜻인가요?"

로사가 어리둥절해서 질문하는데, 모니코가 자리에서 일어났다.

"그 말은 누군가 시온의 고대 생명체인 검은 광채를 깨웠다는 뜻입니다. 서둘러요. 빨리 가야 합니다."

"검은 광채? 그게 뭐예요? 어디로 가야 하는데요?"

"기록에 따르면 검은 광채는 행성의 모든 생명체를 절멸시킬 수 있을 정도로 무서운 존재입니다. 예전의 기술로도 그것을 제압하는 데 어려움을 겪은 것으로 보아, 현재 우리 상황으로 검은 광채를 막기는 힘들 것 같습니다. 그것은 오직 자신의 목적을 달성했을 때에만 폭주를 멈춥니다. 우리는 시온 중앙 타워에 가서 아인텐과 함께 그 목적이 무엇인지 알아내야 합니다. 서둘러요. 다행히도 트램이 명령을 받고 다시 제1거주구로 돌아간다는 통신을 보냈네요. 수잔 일행과 함께 그것을 타고 가면 좋겠습니다. 지금은 되도록 많은 도움이 필요해요."

제19장
회오리치는 파멸

검은 물의 위력은 대단했다. 사람들 말처럼 검은 악마라 불러도 손색이 없을 정도였다. 그리고 변태를 한 모양이었다. 세로 3미터, 가로 2미터 정도로 길쭉한 공 모양의 암갈색 껍질이 새로 생겼음을 알 수 있었다. 검은 물은 그 안에서 활동하였는데, 껍질에 여러 개의 구멍이 뚫려 있어서 그 구멍으로 움직이며 이동하거나 사람을 공격했다.

그 껍질이 제13거주구 근처에서 댄이 발견했던 고대 생명체 구조의 축소판일 거라는 사실은 쉽게 유추할 수 있었다. 그런데 극악스러운 점은 그 암갈색 껍질이 검은 물에 희생된 이들의 몸으로 만들어졌다는 사실이었다. 껍질을 자세히 보면 온갖 기괴한 모습으로 시체들이 중첩되어 있어 끔찍한 모습이었다. 그 껍질에만 적어도 50여

명의 시체가 섞여 있는 것 같았다. 고대 생명체의 흔적만 한 거대한 껍질이 만들어진다면, 얼마나 많은 사람들이 희생될지 가늠할 수 없었다.

검은 악마는 호위병처럼 검은 좀비 군대까지 대동하고 있었다. 좀비들은 마치 실에 연결된 인형처럼 검은 물과 연결되어 조종되었다. 메이는 좀비가 몇 분이나 몇십 분 후에는 미라로 변한다고 했으나, 검은 물에 연결되어 있는 상태에서는 꽤 오래 버틸 수 있는 모양이었다.

전날 오후부터 시작한 비는 새벽이 되어서도 집요하게 내렸다. 제1거주구의 중앙역 위를 선회하며, 댄과 메이는 혹시라도 피하지 못한 사람들이 있는지 확인하였다. 가끔 좀비들이 실론호를 향해 투창이나 돌을 던졌지만 큰 위협은 되지 않았다. 그들은 별로 두렵지 않았다. 하지만 검은 물은 조심해야 했다.

중앙역 근처 건물의 옥상에서 한 남자아이가 울부짖는 것이 보였다. 실론호는 고도를 낮추며 접근했다. 댄은 실론호의 줄에 매달리는 것에 이제 익숙해졌기 때문에 균형을 잃지 않고 손쉽게 아이를 잡아 올릴 수 있었다.

그런데 어디선가 갑자기 검은 물이 솟아오르며 아이를 덮쳤다. 건물 옆 그늘진 곳에 숨어 있었던 것이었다. 건물 위까지는 상당한 높이였는데도, 껍질 구멍에서 솟구쳐 오른 검은 물은 악마의 손아귀처럼 아이의 발을 잡고 끌어내렸다. 아이의 비명 소리가 댄의 귀를 찔렀다. 댄은 있는 힘을 다해 아이의 몸을 잡고 버텼으나, 아이의 눈에서 생명이 사라지며 검게 변하는 것을 직접 목격해야만 했다. 그리고 좀비가 된 아이가 갑자기 강한 힘으로 자신을 붙잡으려 하는 바람에 손을 놓을 수밖에 없었다. 떨어지는 아이의 검은 눈동자에는 아무 표정이 없었고 그것이 댄의 마음을 더 아프게 했다.

그때 조금씩 욱신거려왔던 목덜미의 통증이 갑자기 심해지는 것을 느꼈다. 그리고 마음 한구석에서 이유를 알 수 없는 강한 아쉬움이 느껴졌다. 댄의 몸 안에 있는 검은 물이 자신의 모체로 돌아가기를 원하는 듯했다. 그것은 자신의 의지를 가지고 있었다.

***

사흘 전, 검은 알을 빼낼 때 검은 물이 침입한 곳은 목덜미 쪽이었다. 헬멧과 우주복이 꼭 맞지 않아 여러 겹으로 보호대를 하였지만, 줄에 매달려 곡예를 하는 동안 틈이 벌어졌던 모양이었다. 실론호로 돌아온 뒤에 댄은 혼자 거울을 보며 목을 살펴보았다. 이미 목덜미에는 손톱 크기 정도로 피부가 검고 딱딱하게 굳어 있었다. 손으로 만져보니 겉은 아무 감각이 없었고 속에서 무엇인가 이물감이 느껴졌다. 당장 그 자리에서 칼이든 뭐든 이용하여 뽑아버리고 싶은 충동이 들었으나, 너무 무모한 행동인 것 같아서 일단은 참기로 하였다.

메이에게 그 사실을 털어놓기까지는 많은 용기가 필요했다. 메이가 그나마 호들갑을 떨지 않은 게 다행이었다. 그녀는 댄의 목을 살펴보더니 한숨을 쉬고는 자기 손에 감겨 있던 붕대를 풀어 보여 주었다. 넷째와 다섯째 손가락이 잘려 나가고 없었다.

"사실 나도 검은 물에 닿았어. 몰랐었는데, 장갑이 찢어져 있었던 거야. 처음에는 손가락 끝만 그랬는데, 점점 따라 올라오면서 검게 변하기 시작해서 어쩔 수 없이 잘라내야 했어. 외인들의 도움을 받았지."

그녀는 댄의 눈에 비친 근심과 공포를 읽었는지 그의 어깨에 손을 올리며 말했다.

"하지만 아직 모르잖아. 이대로 더 이상 커지지 않을 수도 있고, 아니면 네가 이겨낼 수 있을지도 몰라. 걱정은 나중을 위해 남겨 두고 좀 더 지켜보자."

따지고 보면 지켜보는 것 외에 다른 방법은 없었다. 댄은 자신이 시한부 인생을 살게 되었다고 생각하는 편이 마음이 편함을 깨달았다. 그때까지 해야 할 일만 다 완수할 수 있다면 다행일 것이다.

"실라호가 언제 시온으로 돌아온다고 했죠?"

"이제 28일 남았어."

메이가 조종석의 모니터를 확인하며 대답했다. 모니터에는 태양과 시온의 궤도가 표시되어 있었고, 실라호가 붉은 점으로 깜박거렸다. 예전에 한 번 봤을 때는 태양 반대쪽에 있었는데 어느새 가까이 다가와 있었다. 그만큼 메이가 떠나야 할 날도 가까워졌다. 메이의 목적인 검은 알을 챙겼기에, 이제 시온을 벗어날 때 방해가 되는 장애물을 제거하는 일만 남았다.

그래서 둘은 실론호를 타고 제1거주구를 향해 날아갔다. 외인들의 목적지도 그곳이었기에 거기서 만나기로 미리 약속을 하였다고 메이가 알려 주었다. 제1거주구의 방어 상태가 어떤지 몰라 그들은 남쪽으로 우회하여 접근할 계획이었다.

그들이 끝없이 펼쳐진 황야 위를 날고 있을 때였다. 그때 댄은 처음으로 검은 생명의 존재를 인지했다. 그것은 마치 아주 희미한 냄새를 지나가듯이 맡는 느낌이었다. 지금까지 맡아 본 적이 없는, 약간 불쾌한 여운이 남는 냄새였으며 시간이 지날수록 더 강해졌다. 검은 물이 남쪽에서 빠르게 제1거주구로 이동 중인 것 같았다. 어떻게 그렇게 빨리 움직일 수 있는지는 이해가 되지 않았지만, 분명히 느낄 수 있었다. 댄이 가리키는 방향으로 실론호를 이동시키자, 아래에 트램 한 대가 선로 위를 달리고 있는 것이 보였다. 어쩌면 검은 물은 이미 오래전부터 제1거주구를 노리고 있었던 것 같다는 생각이 들었다.

"저 트램 안에 검은 물이 있어요."

댄이 확신에 찬 목소리로 말하자, 메이가 놀란 표정을 지었다.

"어떻게 알 수가 있지? 정말이야?"

"예, 확실해요."

총 3량인 트램의 객차 안은 보이지는 않았지만, 댄은 그 안에 있는 검은 물의 존재를 분명히 느낄 수 있었다. 트램은 제1거주구의 남쪽 선로를 따라 빠르게 북상하고 있었다. 제13거주구에서 출발하여 남부 순환선을 따라 달리다가 분기점에서 방향을 튼 것이 분명했다.

실론호의 카메라로 확대해 보니, 운전실에서 트램을 운전하는 한 사람이 보였다. 얼굴색이 검은 것이 확실한 좀비였다. 제1거주구에는 수십만 명의 사람들과 파워셀 저장고가 있다. 만약 검은 물이 파워셀 저장고를 덮친다면, 시온은 완전한 종말을 맞이할 것이다.

"저 트램을 막아야 해요. 제1거주구 사람들에게도 알려야 하고요.

어떻게 하면 좋죠?"

"일단 선로를 끊어야 해. 레이저포가 없어서 유감이군. 그래도 공명탄이 몇 개 있으니 도움이 될 거야."

메이가 제안했다.

트램은 제1거주구 남쪽 경계에서 약 10킬로미터 정도 떨어진 곳을 지나고 있었다. 메이는 트램과 충분한 거리를 두고 실론호를 선로 옆에 착륙시켰다. 그리고 작은 원반 모양의 공명탄 4개를 꺼내어 댄에게 주었다.

"이것 중 2개를 선로 가운데에 설치해. 트램이 위로 지나가면 공기 압력에 반응해 폭발하게 될 거야."

댄은 메이의 지시대로 공명탄을 선로 가운데 부분에 약간의 간격을 두고 설치하였다. 하나가 불발되더라도 다른 하나가 터지도록 하기 위함이었다. 공명탄은 살상 무기가 아니라 적을 무력화시키기 위해 강한 공기 파동을 발생하는 장치라고 했는데, 트램을 탈선시키는 목적으로는 오히려 적당하였다. 댄은 실론호에 타지 않고 다시 한번 줄에 매달렸다. 제1거주구 남쪽 경계에 있는 화물 터미널로 이동하여 그곳의 사람들에게 닥칠 위험을 알리기 위해서였다.

실론호가 댄을 매달고 이륙하는 동안 어느새 트램이 가까이 다가왔다. 댄은 줄을 잡고 조마조마한 마음으로 트램을 지켜보았다. 트램이 공명탄 위를 지날 때, '쉭' 하는 소리와 함께 강력한 폭발음이 났다. 그러더니 트램의 중간 객차가 공중으로 솟아오르다가 요란한 소리를 내며 옆으로 떨어졌다. 객차가 부서지면서 검은 악마가 굴러

떨어졌다.

"성공이에요!"

댄은 마치 메이가 옆에 있는 마냥 외쳤다. 사람들이 대피할 수 있는 시간을 좀 벌었으니 그나마 안심이 되었다.

그러나 화물 터미널에서의 일은 생각처럼 쉽지 않았다. 댄이 실론 호에 매달려 다가오는 광경에 사람들은 놀라 소리를 쳤다. 난생처음 보는 우주선을 더 자세히 보려고 건물 지붕으로 올라오는 사람들도 있었다. 댄은 그들에게 젖 먹던 힘까지 다해 대피하라고 외쳤으나, 아무도 그의 말을 듣는 사람은 없었다. 마치 대단한 구경거리라도 된 듯 손으로 가리키며 쳐다볼 뿐이었다. 그래서 댄은 가지고 있던 공명탄 1개를 사람들이 많이 모여 있는 곳 위로 던졌다.

펑 소리가 들리며 비명과 함께 사람들이 이곳저곳에 날아가 부딪혔다. 크게 다친 사람이 없기만을 바랄 뿐이었다. 그제서야 사람들은 위협을 느낀 듯 달아나기 시작했다. 보안대원 몇 명이 나타났다. 댄은 그들에게 검은 악마가 오고 있으니 사람들을 대피시키라고 소리쳤다. 하지만 그들은 아랑곳하지 않고 댄에게 투창을 날렸다. 그 중 하나는 아슬아슬하게 댄의 머리를 스쳐 지나갔다. 순간적으로 분노를 느낀 댄은 나머지 공명탄 1개를 보안대원들 발밑에 던졌다. 이번에는 공명탄이 좀 더 제대로 힘을 발휘하기를 바랐다.

그때, 갑자기 차가운 바람이 댄을 감싸서 하마터면 중심을 잃을 뻔했다. 후두둑 빗방울이 떨어졌다. 댄은 멍하니 하늘을 쳐다보았다. 하늘이 무심하게도 호우가 시작된 것이었다. 검은 악마의 이동을 늦췄다고 좋아하기가 무섭게 또 다른 복병이 나타난 것이다. 아래를 보니 어디서 나타났는지 보안대 1개 중대가 도열하였다. 장갑열차 한 대도 트램 선로를 따라 내려왔다. 댄의 역할은 이제 다 했다고 생각했다. 나머지는 이들 운명에 맡길 수밖에 없었다. 메이도 상황을 파악했는지, 실론호를 높이 올려 보안대원들이 댄을 공격하지 못하도록 했다.

해가 지고 나서도 실론호는 계속해서 화물 터미널 위를 선회했다. 사람들이 검은 물의 정체를 알아차릴 때까지, 우선은 경각심을 갖게 하는 편이 좋겠다고 생각했기 때문이었다. 큰 파괴력은 없었지만 어쨌든 폭탄을 던진 우주선이 상공에서 계속 떠다닌다면, 분명 폴 제사장도 무언가 조치를 취할 것이란 생각이 들었다. 검은 악마가 어떻게 되었는지 확인하고도 싶었지만, 여기서 기다리면 어차피 마주치게 될 것이라고 댄은 생각했다.

예상대로, 한밤중이 가까이 되었을 때 검은 악마가 나타났다. 빗물을 매개로 생각보다 빠르게 이동한 것 같았다. 껍질의 구멍에서 나온 수십 개의 검은 물줄기가 팔과 다리가 되어 미끄러지듯이 달렸다. 마치 계시록에 그려진 벌레처럼 징그럽고 무서운 모습이었다.

화물 터미널에서 대기하던 보안대가 진짜 적을 만나고 알아차리기까지는 그다지 오랜 시간이 걸리지 않았다. 검은 악마를 맞닥뜨린 중대의 선두는 처참하게 무너졌다. 그들은 자신들이 무엇과 싸워야 하는지 어떻게 싸워야 하는지조차 알지 못했다.

검은 악마의 껍질에 창을 던져봤지만 아무 소용이 없었다. 창들은 단단한 껍질을 뚫지 못하고 튕겨 나갔다. 칼이나 방패로 공격해도 마찬가지였다. 껍질에서 길게 뻗어 나온 검은 물을 잘라낼 수만 있다면 그나마 다행이었다. 잘려진 검은 물은 더 이상 공격하지 못했고, 꿈틀꿈틀 이동하여 다시 껍질 안으로 돌아갔다.

누군지 모르지만 중대장은 꽤 유능한 지휘관인 것 같았다. 그는 장갑열차를 후방의 작은 공터로 후퇴시키면서, 동시에 분대 하나를 전방에 있는 좁은 길목에 2열로 세워 방패 벽을 만들게 하였다. 그들은 가로등과 형광봉 빛에 의지하여 어둠 속에서 불쑥 나타나 습격하는 검은 물에 맞서 싸웠다. 그 결과, 1~2명의 보안대원이 희생되기도 했지만 검은 물을 길목 안에 가둬놓아 더 이상의 진출을 막아내는 듯 보였다. 방패에 일부러 틈을 만들어 검은 물줄기가 그리로 들어오면 칼로 잘라내는 전술이 주효하였다.

분대원들의 방패 벽이 예상외로 단단히 저항하자, 검은 악마는 전략을 바꿨다. 그것은 껍질 안에 웅크려 있다가 전속력으로 방패 벽의 중앙으로 돌진하였다. 단단한 껍질이 방패와 충돌했고 대열을 무너뜨렸다. 그리고 검은 물이 촉수처럼 그들을 덮쳤다. 대열이 무너진 보안대는 혼비백산하였다.

처참한 살육이 진행되었다. 그들은 좀비로 변하거나 미라처럼 죽어가는 동료들을 보고는 아연실색했고, 살아남은 보안대원들은 후퇴하여 장갑열차 앞에 진을 친 본대에 합류하였다.

좁은 골목을 통과한 검은 악마는 계속 다가왔다. 이번에는 좌우에 10여 명의 좀비들도 대동하였다. 보안대는 장갑열차가 검은 악마를 상대하는 사이에 양옆에서 좀비들을 처리하였다. 그나마 좀비들은 칼이나 방패로 세게 내리치면 팔다리를 잘라낼 수 있었다. 일단 효용 가치가 없어지면 검은 물은 좀비에게서 빠져나갔고, 좀비들은 미라로 변했다.

중대장은 껍질만 깨면 검은 악마를 물리칠 수 있다고 생각한 모양이었다. 장갑열차의 전기총을 검은 악마를 향해 집중적으로 발사했고, 중대장의 명령에 따라 주위에 있는 중대원들도 일제히 껍질을 향해 창을 던졌다. 그러나 그 어느 것도 껍질을 깨지는 못했다. 잠시 주춤하던 검은 악마가 마침내 또 한 번 전속력으로 장갑열차에 부딪혔다. 열차가 옆으로 쓰러졌고, 최후의 보루로 여겨지던 전기총마저 무력해졌다. 그리고 직접 전기총을 쏘던 중대장이 검은 물에 희생되었다. 그러자 마지막으로 버티던 중대원들마저 도망쳤다. 제1거주구 시내는 이제 무방비 상태로 노출되었다. 그다음부터는 끔찍한 학살이 시작되었다.

댄과 메이는 위에서 이 광경을 모두 지켜보고 있었지만, 달리 도울 방법이 없었다. 레이저포도 공명탄도 없었고, 무작정 검은 물에 다가가는 것은 위험했다. 그래도 그들은 되도록 많은 사람들을 구하려고 애썼다. 일단은 살아남은 사람들을 1명이라도 더 그곳에서 멀리 떨어진 장소로 옮기는 것이 그들이 해줄 수 있는 최선이었다.

검은 악마의 목표는 시온탑이 분명했다. 제1거주구 중앙역까지 진출하는 과정에서 근처 건물 안에 숨어 있거나 도망치는 수백 명의 사람들을 포식한 검은 악마는, 소화라도 시키려는 듯 전진을 멈추었다. 댄과 메이 그리고 제1거주구민들에게는 천금 같은 시간이 주어졌다.

최고 의회가 드디어 상황을 알아차렸는지 새로운 보안 중대들이 집결했다. 그들은 중앙역과 시온탑 사이에 새로운 저지선을 설치하며 사람들을 대피시키고 있었다. 그 저지선이란 것은 건물의 출입구를 모두 막고 그 사이의 공간과 길에 바리케이드를 치는 것이었는데, 아까의 방패 벽과 같은 전술을 쓴다면 효과가 있을지도 몰랐다. 적어도 잠시의 시간을 벌어줄 수는 있을 터였다.

댄과 메이도 그 틈을 이용하여 쉴 수 있었다. 메이가 멀리 떨어진 건물의 옥상에 실론호를 착륙시켰다. 계속해서 매달린 채로 있었던 댄도 마침내 선내로 들어갈 수 있었다. 온몸은 비에 젖었고, 사람들을 들어 올리느라 양팔이 쑤셔왔다. 그러나 무엇보다도 마음이 너무 아팠다. 떨어뜨린 아이의 얼굴이 자꾸 떠올랐다. 눈에서는 눈물인지 빗물인지 모를 물이 흘러내렸다.

메이가 자신의 소매로 댄의 얼굴을 닦아 주었다.

"미안해. 모든 것이 내 탓이야. 내가 검은 악마를 깨웠어."

그녀는 계속 사과했지만 그래도 죄책감이 드는 건 어쩔 수 없는 것 같았다.

"아뇨, 처음에 그곳을 발견한 사람은 나예요. 그러니 절반의 책임은 나에게도 있어요."

댄은 그렇게 말했으나 지금은 누구의 잘못인지 따질 때가 아니었다. 검은 악마를 물리칠 방법을 찾아야만 했다.

"어떻게 해야 검은 물을 없앨 수 있죠? 더 많은 사람들을 먹어 치우기 전에 파워셀을 폭탄처럼 터뜨리면 가능할까요?"

"검은 물은 빛을 흡수하는 능력을 가졌어. 파워셀 폭탄은 강력한 빛과 방사선을 내뿜기 때문에 적당하지 않을 거야. 특히 이렇게 비가 내려 사방이 물인 경우에는 오히려 몸집만 키우게 할 것 같아."

"적어도 껍질은 깰 수 있지 않을까요?"

"내가 보기에 껍질은 집처럼 사용하는 것이라, 검은 물의 생명 자체와는 무관한 것 같아. 그래도 껍질이 없으면 검은 물을 없애는 데 도움이 될 수도 있겠지."

댄도 비슷한 생각을 하긴 했다. 먼저 껍질을 없앤 다음에 거대한 열풍총을 쓸 수만 있다면 어떨까 상상해 보았다. 그걸로 검은 물을 말려 없앨 수 있지 않을까.

"아무리 악마라도 뭔가 약점이 있을 거예요. 뜨거운 공기를 싫어한다는 사실은 알았으니, 다른 약점도 찾을 수 있겠죠. 어쨌든 메이는 이제 고향으로 돌아가요. 시온은 시온 사람들에게 맡기고요."

댄은 어렵게 말을 꺼냈다.

메이도 같은 생각을 하고 있었을 것이다. 죄책감에 먼저 얘기하지 못하고 속으로만 삭였을 뿐. 그러나 댄은 메이를 위험에 처하게 하고 싶지 않았다. 그녀가 검은 알을 가지고 고향으로 돌아가 이드를 찾게 하고 싶었다. 그리고 나중에 이드 사람들과 함께 시온을 구하러 와 주기를 바랐다. 그렇게 하는 것만이 이 모든 여정에 의미를 줄 수 있다고 생각했다.

"하지만 너는? 나와 같이 가고 싶다고 했잖아."

메이가 되물었다. 댄은 고개를 저었다.

"일이 이렇게 됐는데 그냥 시온을 떠날 수는 없어요. 나는 가지 않겠어요."

댄의 단호함에 메이는 한숨을 쉬었다.

"그렇겠지. 나라도 그럴 거야. 하지만 댄, 나도 너를 두고 가고 싶지 않아. 아직은 시간이 조금 있으니까 한번 지켜보자. 그런데 킬러 위성을 무력화시키는 방법을 안다고 했지? 일단 그 문제부터 해결해 볼까?"

"좋아요. 아주 확신하는 것은 아니지만 모니카가 시도해 보라고 했고, 벤 사제님도 충분히 가능성이 있다고 동의하셨어요. 그러기 위해서는 컴퓨터가 필요해요."

"그래? 저쪽에 일체형 컴퓨터가 하나 있어. 그걸로 시도해보자."

메이가 말했다. 다행히 실론호에는 들고 다닐 수 있는 조그만 일체형 컴퓨터가 있었고, 그것이면 충분해 보였다.

동녘이 붉게 변하더니 해가 뜨기 시작했다. 어느새 비는 그치고 구름이 빠르게 개고 있었다. 댄과 메이는 실론호를 타고 이동했다. 목적지는 중앙역 근처의 종합 통신소였다. 거기서 관측소로 가는 데이터 통신선을 찾아 킬러 위성에 명령을 보내면 된다고 모니카가 알려 주었었다. 사실 말만 들어서는 어떻게 하는 것인지 잘 알기 어려워서 모니카가 직접 도와주면 좋겠다고 생각했지만, 이 난리 통에 그녀를 찾아 돌아다닐 수도 없는 노릇이었다.

실론호를 타고 통신소로 가는 길에 검은 악마를 확인하였다. 그것은 웬일인지 잠잠했다. 중앙역 앞 광장에 죽은 듯이 가만히 있었다. 주위에는 미라로 변한 시체들이 즐비했고, 일부는 껍질 옆과 위에도 있었다. 검은 물은 껍질 안에 들어가 있는지 껍질 구멍 밖에는 아무 것도 나와 있지 않았다. 건물 사이로 햇빛이 비치더니 검은 악마의 껍질에도 닿기 시작했다. 햇빛은 곧 껍질 전체에 드리워졌다. 그러자 껍질의 모든 구멍에서 검은 물이 꿈틀거리며 나왔다. 그것은 햇빛을 더 많이 받기 위해, 위로 옆으로 퍼지며 면적을 키웠다.

어느 순간 검은 물은 더 이상 검지 않았다. 그것은 형형색색의 무지개 빛깔을 띠며 거대한 깃발들처럼 나부꼈다. 그 깃발들이 차곡차곡 껍질을 감쌌다. 깃발들이 쌓일수록 더 휘황찬란한 밝은 빛이 나와 나중에는 제대로 보기 힘들 정도였다. 메이와 댄은 실론호 안에서 이 광경을 계속 지켜보았다.

영겁과도 같은 몇 분의 시간이 흐른 후, 빛의 강도가 약해지기 시작했다. 그러더니 종국에는 어두운 암갈색의 껍질만 다시 남았는데, 껍질은 아까보다 두 배는 커져 있었다. 껍질 안에서 다시 검은 물이 팔다리처럼 나왔다. 껍질이 커진 만큼 구멍의 숫자도 많이 늘어서, 구멍 밖으로 나온 검은 물의 숫자도 엄청났다. 검은 악마는 검은 물의 다리 힘을 빌려 움직이기 시작했다. 분명 작을 때보다는 속도가 느려 보였다. 그러나 그 파괴력은 훨씬 강해졌음을 느낄 수 있었다. 검은 악마는 시온탑을 향해 갔다.

제20장
순수한 증오

　유나는 평소와 다름없이 보이려고 노력했다. 제임스의 말에 웃어 주었고, 이멜다가 주최하는 회의에도 빠지지 않았다. 감사하게도 생리가 막 시작하였기 때문에, 밤에 제임스를 거부하는 것도 어렵지 않았다. 그러나 가끔 멍하게 있는 모습을 제임스한테 들키기도 했다.

　"무슨 걱정이라도 있어?"

　그럴 때면 제임스가 다정히 물어왔다. 아무 일도 없었다는 듯 순진한 표정을 짓는 그가 유나는 너무도 가증스러웠다. 그 뻔뻔한 얼굴을 할퀴고, 때리고, 욕을 퍼붓고 싶었다. 그러나 그냥 참았다. 지금은 때가 아니었다. 나중에 가슴을 치며 통곡하게 만들 것이다. 자신이 얼마나 소중한 존재였는지, 그런 자신을 잃는 것이 얼마나 뼈아픈 일인지 알게 해 줄 것이다.

유나는 아무렇지 않게 대답했다.

"아뇨, 시온이 걱정되어서 그래요. 검은 악마 때문에요."

거짓말은 아니었다. 검은 악마에 대해 들으면 들을수록 시온과 시온 사람들의 앞날이 걱정되었다. 그것은 누구나 마찬가지였다. 외인들은 혹시라도 검은 물이 뒤쫓아오지 않을까 싶어 노심초사했지만, 다행히 그런 일은 일어나지 않았다. 그래서 검은 물이 사막 같은 황야는 건널 수 없을 것이라고 믿는 사람도 있었다.

제4거주구를 별다른 충돌 없이 접수하자, 외인들은 앞으로의 노선을 두고 의견이 갈라졌다. 이멜다를 주축으로 하는 주류는 당초 계획에서 입장을 바꿔 그대로 제4거주구에 눌러앉으려 했다. 반면, 외인들 중 일부는 계속해서 제1거주구로 진격하기를 원했고, 제4거주구 주민들도 그들을 지지하였다. 이들 사이에서 격렬한 논쟁이 벌어졌지만 쉽사리 결론은 내려지지 않았다. 외인들이 스스로를 자유민이라 부르는 만큼, 아무리 이멜다가 권력을 휘두를 수 있다고 해도 외인들에게 무조건적인 복종을 강요할 수는 없다고 제임스가 얘기해 줬다. 그래서 확실히 결론을 내리기 위해 이번에 이멜다가 확대 회의를 개최하기로 결정하였다고 했다.

확대 회의가 열리는 장소는 고대 우주선의 유리돔 안이었다. 제4거주구 타워의 회의실은 많은 인원을 수용하기에는 비좁기 때문이었다. 고대 우주선의 유리돔이 원래 무슨 용도로 쓰였는지는 아무도 모르는 것 같았다. 사람들이 이런저런 추측을 했지만 모두 수긍이 안 되는 가설일 뿐이었다. 유리돔은 우주선의 가운데 부분 한쪽에서

툭 튀어나온 형태였다. 맞은편에도 똑같은 유리돔이 있었을 것이라고 추측은 되는데, 우주선의 그쪽은 땅에 파묻히면서 부서져서 진짜인지는 알 수 없었다.

한 가지 확실한 점은 유리돔은 처음부터 텅 비어 있었다는 점이었다. 직경이 30미터쯤 되는 거대한 유리돔 안에 바닥이나 기타 시설은 없었다. 우주선과 연결된 양 끝단에 구멍처럼 통로가 뚫려 있는 것을 보아 이 유리돔 안으로 사람이 왕래했을 것 같기는 했지만, 무엇을 밟거나 잡고 다녔는지는 도무지 알 수 없는 미스터리였다.

제4거주구 주민들은 거기에 대리석으로 바닥을 깔고 단상과 계단식 좌석을 만들어 구민 축제나 모임의 장소로 활용하였다. 유리돔은 날이 밝으면 투명해져서 하늘이 보였고, 밖이 어두워지면 자체적으로 빛을 내어 안을 밝게 만들었다. 우주선이 추락한 지 500년이 지났다고 했지만, 유리돔의 이 기능은 외부로부터의 전원 없이도 변함없이 작동하였다.

회의가 시작되었을 때, 해는 이미 지평선 밑으로 사라진 상태였다. 유나는 은은한 흰색 빛을 내는 천장을 보며 떨리는 마음을 진정시켰다. 단상 위에는 아직 아무도 없었고 계단식 좌석에만 외인들이 하나둘 자리를 차지하기 시작했다. 회의가 조금 늦어지는 모양이었다. 유나는 다시 한번 자신이 하게 될 일에 대해 정리해 보았다.

***

대머리 토니 아저씨를 만난 것은 제임스와 이멜다의 정사를 몰래 목격한 직후였다. 유나는 자신이 어떻게 숙소로 돌아왔는지 기억도 나지 않았다. 절망과 환멸에 빠져 멍한 정신으로 돌아왔는데 그가 기다리고 있었다. 유나는 그를 보자 갑자기 설움이 복받쳐 울음을 터뜨렸다. 토니 아저씨는 유나의 머리를 쓰다듬어 주며 아빠처럼 위로해 주었다. 그의 위로를 받으며 한참을 울고 나니 조금 진정이 되었다. 유나는 자신이 본 것과 함께 제임스에 대한 저주를 토니 아저씨에게 쏟아냈다.

토니 아저씨는 잠자코 듣다가 한숨을 쉬며 말했다.

"사실 너에게 미리 언질을 주었어야 했을지도 몰라. 내 책임도 있는 것 같구나. 제임스는 모든 일에 충실하려고 해. 비록 그것들이 서로 상충되더라도 말이야. 그의 장점이자 약점이겠지. 그리고 이미 알고 있겠지만, 이멜다는 자신의 목적을 위해 수단과 방법을 가리지 않아. 제임스 같은 유형을 아주 손쉽게 수족으로 부릴 수 있지."

토니 아저씨는 제임스와 이멜다 사이의 관계를 예전부터 알고 있었던 것이다. 순간적으로 유나는 그에게마저 미운 감정이 들었다. 혹시 모든 사람들이 아는 사실을 자신만 바보처럼 몰랐던 것은 아닐까 하는 생각도 들었다. 그러나 그녀는 증오가 문제를 해결하지는 못한다는 사실을 잘 알고 있었다.

"난 어떡해야 하죠? 이제 다시는 그를 아무렇지 않은 척 볼 수는 없어요."

그 말은 진심이었다. 오래전부터 생각해 온 결심이기도 했다. 유나는 제임스를 사랑했지만, 그의 이런 모습까지 받아줄 만큼은 아니었다. 토니 아저씨는 조금 뜸을 들인 후에 대답했다.

"내가 유나한테 이래라저래라 하기는 힘들어. 어쨌거나 나는 제임

스를 아들처럼 아끼니까. 그래서 실은 이번 기회에 제임스로부터 이
멜다라는 악을 떼어놓으려고 해. 예전에 몇 번 제임스에게 말한 적
은 있었지만 설득하진 못했어. 이번에는 다른 방식을 사용하려고.
어쩌면 진작 그랬어야 했을지도 몰라. 노웨어를 위해서라도.”

　토니 아저씨의 얼굴이 어두워졌다. 그는 자신의 고향인 노웨어가
파괴된 것을 직접 목격했다고 털어놓았다. 무뚝뚝한 말투 가운데 그
의 슬픔과 회한이 느껴졌다. 그러고 보니 댄과 로사를 탈출시킨 후
잠적해 버렸던 그였다. 그때 이멜다는 그가 다시 나타나면 탈출 사건
에 대해 엄중한 책임을 물을 것이라고 공언했었다. 유나는 그가 그동
안 어떻게 지냈는지 궁금해졌다. 그러나 토니 아저씨는 자신에 대한
이야기하기를 꺼리는 듯해서, 유나는 다시 원래 주제로 돌아왔다.

　“이멜다를 떼어놓는다고요? 무슨 뜻이죠? 그래서 돌아온 거예요?”

　“그래. 잠시 동안 혼자 있으면서 여러 생각을 했어. 무엇이 제임스
를 위한 것이고, 무엇이 진정으로 자유민을 위한 것인지. 그러다가
아주 의외의 사람을 만났지. 나는 그것이 여신의 계시라고 봐. 그 사
람과 나는 반대의 위치에 있었지만 서로를 이해했고, 우리가 해야
할 일에 의기투합했어. 그 이후에 그는 돌이킬 수 없는 상처를 입었
지만, 그 의지만은 변함없음을 확인할 수 있었어.”

　유나는 그가 무슨 얘기를 하는지 알아들을 수가 없었다.

　“그래서요?”

　“그래서 너의 도움이 필요해. 우리가 거사할 때 제임스가 방해가
될 수 있거든. 그는 그런 일에는 예민하니까. 유나가 나를 도와서 제
임스를 꼼짝 못 하게만 해 주면 고맙겠어. 그러면 모든 일이 순조롭

게 될 거야. 일단 이멜다가 제거된 후에는 너의 뜻대로 해. 제임스와 다시 잘 해 보든 말든 그건 너의 선택이다."

그 말의 의미를 곰곰이 생각해 보던 유나는 숨이 멎는 듯 놀랐다. 토니 아저씨가 하고자 하는 일은 반란이자 테러였다.

"이멜다를 죽일 건가요? 제임스는요? 정말 그는 안전한 건가요?"

토니 아저씨는 유나의 손을 잡았다.

"이게 다 제임스를 위한 거야. 너만 그를 잘 붙들고 있으면 아무 일도 없을 거야. 이멜다는 신경 쓰지 마. 그녀의 운명이 이끄는 대로 될 테니까."

* * *

이멜다의 운명은 어떻게 될까? 유나는 토니 아저씨에게 돕겠다고 약속했다. 그때는 충분히 감정이 격했었다. 그러나 지금은 약간의 회의가 생겼다. 이멜다를 증오한다고 해서 그녀를 죽이는 데 동참하는 것이 정당화되지는 않았다. 외인들이나 시온 전체를 위해서라면 타당한 이유가 될까? 그것을 유나가 판단하기 어려웠다. 제임스한테 물어보면 답을 줄 텐데. 하지만 그의 얼굴을 볼 때마다 잊고 싶은 장면이 떠올라서 차마 이 얘기를 꺼낼 수가 없었다.

유나가 골똘히 생각하는 사이에 이멜다와 다른 일행이 단상 위에 올라왔다. 그들은 특별히 마련된 자리에 앉았는데, 이멜다 외에도 촌장 할머니, 제임스, 제4거주구 의장 야곱 사제, 제13거주구 의장 커크 사제 그리고 외인들 중 각 직무를 대표하는 5명이 더 있었다. 이멜다가 거주구의 의장들도 회의에 참석시킨 것은 의외였다. 계단식 좌석에는 외인들 사이에서 나름대로 목소리를 내는 30여 명의 사람들이 자리하였고, 거주구 의회 의원들로 보이는 사람들도 있었다. 회의장 밖에는 여느 때처럼 무장한 외인들이 입구를 지켰다. 이멜다는 외인들의 지도부가 모두 모여 있을 때 혹시라도 거주민들이 불순한 행동을 할까 염려하는 것 같았다.

이멜다의 모두 발언 이후에 먼저 말을 꺼낸 사람은 제4거주구의 야곱 사제였다. 그는 의장치고는 그다지 나이 들어 보이지 않았다. 몸집이 다부졌고, 짧고 덥수룩한 수염을 길렀다. 야곱 사제는 바로 본론으로 들어갔다.

"우리가 당신들을 순순히 받아 준 것은 바로 떠날 것이라는 약속 때문이었소. 그런데 그 약속을 이렇게 헌신짝처럼 버리면 어떡하란 말입니까? 우리에게는 식량도 충분치 않고, 무엇보다도 검은 악마가 당신들이 가지고 있는 검은 알을 쫓고 있다고 들었소. 그것 때문에 당신들의 도시가 검은 악마에 의해 파괴되었단 얘기도. 여기 제4거주구마저 악마의 손에 넘길 작정입니까? 검은 알을 가지고 빨리 이곳을 떠나시오."

야곱 사제의 발언은 생각보다 강경하였다. 거주구 의원들과 몇몇 외인들이 동조의 표시를 하였다. 그러자 유리 가공 직무를 맡고 있던 나이 많은 외인이 반박했다.

"우리가 지금 여기를 떠나면 어디로 가란 말이요? 폴 최고 제사장이 우리와 협력하려 할까요? 그는 불과 몇 달 전에 우리를 공격했고, 지금도 기회만 닿으면 우리를 죽이려 할 겁니다. 그렇게 된다면 전쟁을 피할 수가 없어요. 이런 때에 우리 인간들끼리 싸우는 것은 매우 어리석은 짓입니다. 여기 제4거주구에서 굳게 방비를 갖추고, 시온 최고 회의와의 협력을 모색해야 합니다. 그것만이 우리 자유민뿐만 아니라 시온 전체가 살 수 있는 길입니다."

"여기서 악마를 무슨 수로 막는다는 말입니까? 제4거주구민은 절대로 우리의 터전을 전쟁터로 만들게 두지 않을 것이오. 우리의 제안을 받아들이지 않는다면 우리는 살기 위해 당신들과 싸울 것입니다."

야곱 사제의 주장에 유리돔 안이 시끄러워졌다. 외인들은 그럼 한번 붙어보자고 소리쳤고, 거주구민들도 이에 맞대응했다. 마침내 이멜다는 앞의 책상을 손으로 치며 조용하기를 요구하였다.

"야곱 사제, 이 자리에 앉아 있다고 해서 당신 마음대로 말할 수 있는 권리가 주어진 것은 아닙니다. 제4거주구는 우리 자유민의 통제 안에 있음을 명심하세요. 섣부른 말과 행동은 큰 화를 불러일으킬 것입니다."

그녀는 좌중을 돌아보며 말을 계속했다.

"그러나 검은 알이 우리에게 위험하다는 말은 사실입니다. 또한 최고 회의 측과 이 문제에 대해 협력을 논의해야 하는 것도 공감합니다. 결국 우리는 모두 시온의 자손이니까요. 그래서 야곱 사제, 당신이 제안하는 것이 무엇인가요?"

야곱 사제는 다시 일어나서 대답했다.

"폴 제사장에게 검은 알을 넘기면서 협상을 제안하는 것이오."

제임스가 그 말에 웃음을 터뜨렸다.

"이봐요. 몇 가지 모르는 모양인데, 일단 검은 알은 우주인과 우주선을 우리 편으로 움직이게 하는 담보이기 때문에 함부로 다른 사람한테 줄 수 없어요. 그리고 폴 제사장이 바보가 아닐 텐데 덥석 그 공포의 근원을 받겠습니까? 그는 매우 조심스러운 사람입니다."

제임스의 반론에 이멜다가 대신 대답했다.

"아니, 그럴듯한 점이 있네요. 메이한테는 이 일을 비밀로 하면 돼요. 아니면, 나중에 검은 알을 돌려주겠다고 하면 어쩔 수 없이 우리 말을 들을 거예요. 그리고 폴 제사장은 검은 알이 검은 악마를 부른다는 사실을 아직 모를 거예요. 설령 안다고 하더라도 이미 검은 알이 그쪽에 가 있으면 우리의 목적은 달성하는 셈이니까 상관없어요. 최고 회의의 보안대가 검은 악마를 없애버릴 수만 있다면 최상이겠네요."

제임스의 눈꼬리가 치켜 올라갔다. 왠지 이멜다와 야곱 사제 간에 사전 거래가 있었던 것처럼 느껴졌다.

"그렇다면 폴 제사장에게 보낼 믿을 만한 사람이 있습니까?"

이멜다가 묻자 야곱 사제가 기다렸다는 듯이 미소를 지으며 대답했다.

"그렇소."

그는 고개를 돌리며 목을 끄덕였다. 그러자 통로에서 두 사람이 나타났다.

먼저 걸어온 사람은 토니 아저씨였다. 조금 야위고 그슬린 모습이었지만 걷어붙인 소매 밖으로 드러난 단단한 풍모가 예전 그대로였다. 그 뒤에 따라온 남자는 놀랍게도 예레미 사제였다. 수염과 머리가 덥수룩하게 길었고 입 아랫부분을 천으로 꽁꽁 감싸고 있었으나 유나는 분명히 알아보았다. 시온에서 예레미 사제처럼 큰 덩치를 가진 사람은 보기 힘들었기 때문이다. 토니 아저씨가 우연히 만났다는 의외의 사람이 바로 예레미 사제일 줄은 유나도 몰랐다. 그는 보안대가 노웨어를 공격했을 때 지휘를 맡았을 뿐 아니라 그 전부터도 외인들에게 가혹하기로 악명이 높았었다. 그런 두 사람이 같이 있다는 사실 자체가 믿기지 않았다.

이멜다가 자리에서 일어나며 말했다.

"토니, 참 뻔뻔하군. 지금까지 숨어 있더니 웬일로 이렇게 나타났지?"

토니 아저씨는 특유의 중저음으로 대답했다.

"당신의 폭거에 이제 진절머리가 났거든. 좀 구해 줄 필요가 있는 사람들도 있고 해서."

"토니."

제임스가 입을 열었다.

"무사해서 정말 다행이에요. 그런데 뒤에 있는 저놈은 뭐죠?"

"내가 건진 전리품이지. 신께서 주신 선물이라고 할까? 이 친구가 우리의 어려움을 해결해 줄 거야."

하지만 제임스는 그 말이 별로 달갑지 않은 것 같았다.

"토니, 저놈은 예레미 사제잖아요. 그는 우리의 적이에요!"

"그랬었지."

토니는 예레미 사제의 목에 감긴 천을 풀었다. 그러자 그의 턱 아래와 목 부분이 드러났다. 온통 검었다. 외인들이 고함을 지르며 저주를 퍼부었다. 일부는 도망치거나 도움을 요청하려는 듯 자리에서 황급히 일어났다.

토니가 한 손을 들어 그들을 진정시키며 큰소리로 외쳤다.

"보다시피 이 친구는 검은 물에 감염되었지만, 지금은 위험하지 않습니다. 가끔 사람의 정신이 돌아오기도 하는데, 그때 잘 설득시켜 놓았기 때문에 내 말을 따릅니다. 그렇지 않나? 예레미 사제, 동의한다면 신의 뜻에 따라 손을 번쩍 들게나."

예레미 사제는 주먹을 쥔 오른손을 번쩍 들었다.

그것이 신호였다. 유나는 조용히 일어나 가장자리 쪽으로 내려갔다. 다른 사람들은 별로 신경 쓰지 않았지만, 제임스의 눈길이 느껴졌다.

"이 좀비가 당신이 약속했던 믿을 만한 사람인가요? 흥, 그리고 토니라니. 야곱 사제, 얄팍한 꾀는 부리지 말아요. 그런다고 해서 달라지는 것은 없어요. 검은 알은 당신이 직접 운반하도록 해요. 가서 폴 제사장을 만나 협상하는 것도 당신 몫이에요. 그때까지 우리는 여기에서 기다릴 것입니다. 당신이 그토록 애지중지하는 제4거주구민들을 구하고 싶으면 가서 최선을 다해요."

이멜다가 야곱 사제를 향해 목청을 돋웠다. 그리고 토니 아저씨에게 소리쳤다.

"무슨 꿍꿍이인지는 모르겠지만 이번에는 쉽게 도망갈 수 없을 거야. 경호원, 저 둘을 붙잡아."

이멜다의 명령에 단상 뒤에 있던 이멜다의 경호원 2명이 유나를 지나쳐 내려갔다. 유나는 단상에 올라가 제임스의 옆에 가서 그의 팔을 잡았다. 야곱 사제가 일어나서 거주구민들은 절대로 호락호락 당하지 않을 것이라고 맞받아치고 있었다.

"제임스, 어떤 일이 생겨도 꼼짝 말아요."

의아해하는 제임스에게 유나가 속삭였다.

단상 아래에서는 토니 아저씨가 예레미 사제에게 뭐라고 중얼거렸다. 그러자 예레미 사제가 성큼성큼 걷더니 한걸음에 단상 위로 뛰어올랐다. 그리고 사람들의 충격과 경악 속에서 공포와 혼란의 도가니가 시작되었다.

예레미 사제는 제일 먼저 자신을 막아서는 외인의 목덜미를 잡았다. 효모 생산을 담당하는 그 외인은 유나도 아는 사람으로, 뚱뚱해서 꽤 무거울 텐데도 예레미 사제는 한 손으로 그를 들어 올렸다. 그러고는 다른 한 손을 이용해 그의 목을 꺾었다. 곳곳에서 비명과 고함 소리가 났다. 야곱 사제는 커크 사제와 함께 옆으로 피해 달아났고, 이멜다는 촌장 할머니 옆으로 가서 그녀를 부축하며 일으켜 세우고 있었다. 단상 위에 있는 직무 대표 외인들은 그녀들을 보호하기 위해 예레미 사제를 빙 둘러싸고는 뒤에 있던 다른 경호원들이 오기를 기다렸다.

제임스도 벌떡 일어났는데, 유나가 계속해서 그의 팔을 두 손으로 꼭 붙잡으며 말했다.

"제발, 제임스. 나를 위해서 가만히 있어요."

제임스의 두 눈에 불꽃이 일었으나, 다행히 그는 유나의 손을 뿌리치지는 않았다.

밑에서는 토니 아저씨가 2명의 경호원들을 간단히 제압한 것 같았다. 그는 널브러져 있는 경호원 1명의 손에서 창을 뺏어 들고는 계단식 좌석에 있는 외인들에게 소리쳤다.

"이것은 나와 이멜다 비서와의 싸움이요. 나는 촌장에게 정식으로 도전을 요구합니다."

그는 뒤돌아서더니 역시 단상 위로 올라왔다.

거기는 이미 난투극이 벌어지고 있었다. 경호원들이 4명 더 가세했지만, 예레미 사제의 힘과 위력에 눌려 오히려 밀리고 있었다. 예레미 사제는 덩치에 맞지 않게 민첩했고, 벌써 경호원 1명과 직무 대표 1명이 그의 손에 쓰러졌다. 가끔 경호원들의 창끝이 예레미 사제의 몸을 찔렀으나, 그는 고통을 느끼지 못하는지 아무런 소리도 내지 않았다. 찔린 상처에서는 검은색의 피가 흘렀다. 경호원들과 다른 외인들이 예레미 사제를 상대하는 동안, 단상의 뒤쪽에서 토니 아저씨가 이멜다와 촌장 할머니 앞을 가로막았다.

제임스가 유나의 손을 뿌리치고 간 것은 그때였다. 그는 바닥에 떨어져 있던 경호원의 방패를 집어 들고는 토니 아저씨를 불렀다.

"토니, 이게 무슨 짓이죠? 날 화나게 만들지 말아요."

그리고는 이멜다와 촌장 할머니를 자기 뒤로 숨겼다.

"제임스, 저리 비켜. 너와는 상관없는 일이야. 이멜다는 내가 키운 악이니 내가 처리하겠다. 난 너를 자유롭게 하려는 거야."

토니 아저씨의 말에 이멜다가 큰 소리로 웃었다.

"당신이 나를 키웠다고? 웃기지 마. 당신이 내 보호자였을 때도 실제로는 내가 당신을 지켰어. 당신은 늘 우유부단하고 감상적이었지. 오늘은 어떻게 이런 배짱이 생겼나 몰라. 왜, 당신이 아들같이 여기는 제임스를 나한테 뺏긴 것이 그토록 억울한가? 하지만 몰랐던 게 아니었잖아? 옛날에 우리가 같이 살았을 때도 나는 내가 원하는 누구와도 같이 잤어. 당신은 다 알고 있으면서도 일부러 모른 척했잖아."

"그 입 다물어요."

제임스가 당황한 듯 뒤를 보며 말했다. 토니 아저씨는 그 틈을 타서 제임스의 다리 쪽을 창으로 찔렀다. 제임스는 방패로 간신히 창끝을 쳐냈고, 두 사람은 치고 막기를 시작했다.

유나의 심장이 터질 듯이 뛰었다. 토니 아저씨가 제임스를 해치지 않겠다고 분명 약속했는데, 둘이 싸우는 광경을 보니 그 말이 진실인지 의심스러웠다. 그녀는 토니 아저씨가 제임스를 해치는 것도, 또 제임스가 토니 아저씨를 다치게 하는 것도 원하지 않았다. 주변을 둘러보니 단상 위 한쪽에서는 예레미 사제와 경호원들이 살벌한 싸움을 계속하고 있었고, 계단 좌석에는 외인들이 모두 일어나 뭐라고 크게 소리를 지르고 있었다.

유나의 발밑에 투창 하나가 굴러왔다. 유나는 그것을 들었다. 그리고 이멜다의 뒤로 다가갔다. 이멜다가 원흉이었다. 그녀만 없어지면 제임스와 토니 아저씨가 서로 싸울 일도 더는 없을 것이다. 하지만 유나가 막 발걸음을 뗐을 때, 제임스와 토니 아저씨의 결투는 갑작스레 끝났다. 미끄러지듯이 몸을 숙이며 토니 아저씨의 창을 방패로 쳐서 떨어뜨린 제임스가 그의 발을 걸어 넘어뜨렸고, 이내 한 발을 토니 아저씨의 가슴에 그리고 방패의 날을 그의 목에 갖다 대었다.

"이제 그만! 움직이지 마."

제임스의 명령에 토니 아저씨는 포기한 듯 양팔을 벌리고 눈을 감았다.

"잘했어, 제임스. 어서 끝장을 내."

이멜다가 외쳤다. 그러나 제임스는 꼼짝 않았다.

"뭐 해? 빨리 그를 죽여!"

이멜다는 다시 한번 소리쳤다. 유나는 그녀의 뒤에 바짝 다가갔다. 이보다 더 좋은 기회는 없었다. 유나는 이멜다의 오른쪽 옆구리를 찌르기 위해 투창을 든 손을 크게 휘둘렀다. 그때, 앙상하지만 억센 손이 유나의 팔을 잡았다.

"안 돼! 내 딸을 건들지 마!"

촌장 할머니가 어느새 옆에 와 있었다. 투창은 빗겨 나며 이멜다의 옆구리를 스쳤다. 이멜다가 소리를 지르며 뒤로 돌았다.

그녀의 손에는 단검이 들려 있었다. 언제 단검을 꺼냈는지는 알 수 없었다. 그녀는 한 손으로는 유나의 오른팔을 잡고 다른 손을 휘둘렀다. 단검의 섬광이 아래쪽에서 큰 호를 이루며 지나갔다. 배에서 극렬한 통증이 느껴졌다. 이멜다가 단검을 다시 들며 유나의 머리 쪽을 찌르려고 할 때, 유나는 가까스로 그녀의 팔을 잡았다. 서로가 상대방의 팔을 잡은 채 잠깐 힘을 겨루었지만, 유나는 이멜다를 당할 수 없었다.

유나는 곧 이멜다에게 사로잡히고 말았다. 그녀의 단검이 유나의 목덜미를 파고들었다. 차가운 금속의 감촉에 유나의 온몸이 떨렸다.

"잠깐만, 이멜다! 그녀를 놔 줘요. 그 앤 어린애예요. 아무것도 모르고 그런 거예요."

제임스의 목소리가 떨렸다.

"뭐라고? 너랑 붙어먹을 때는 어른 행세를 하던데? 자, 빨리 토니를 죽여. 내가 얘기했잖아. 일을 망치면 이 예쁜 얼굴은 다시 못 볼 거라고."

단검의 끝이 유나의 목을 거슬러 볼로 옮겨왔다. 유나는 자신의 피가 흐르는 것을 느낄 수 있었으나 신기하게도 아무런 통증은 없었다.

"제임스, 이멜다는 어쨌든 유나를 죽이고 말 거야. 현명하게 판단해라."

토니 아저씨가 조용히 말했다. 제임스의 얼굴에 당혹스러운 표정이 역력했다. 그는 방패를 높이 치켜들었다. '안 돼!' 유나는 속으로 외쳤다.

'정말 나 때문에 토니 아저씨를 죽이려는 걸까?'

그때 제임스가 방패를 힘껏 던졌다. 방패는 바로 옆으로 돌진해 오는 예레미 사제의 팔에 부딪혀 날아갔다. 주변을 보니 경호원들은 모두 죽거나 쓰러져 신음하고 있었다. 멀리서 여러 명의 외인들이 달려오고 있었지만 거리가 멀었다.

예레미 사제가 이멜다와 유나 쪽으로 다가오자, 당황한 이멜다가 유나를 확 떠밀었다. 유나의 시야는 예레미 사제의 거대한 모습으로 가득 찼다. 그의 몸은 검고 붉은 피로 뒤범벅이었고, 한쪽 눈은 흰자까지 검은색이어서 악마 그 자체로 보였다. 높이 치켜든 그의 주먹은 무지막지했다. 유나는 최후를 직감하며 눈을 감았다.

순간 누군가 그녀를 감싸 안았고, 강한 충격과 함께 유나는 그와 함께 나가떨어졌다. 옆을 보니 제임스가 귀에서 피를 흘리며 쓰러져 있었다. 그가 대신 주먹을 맞은 모양이었다.

예레미 사제는 계속 전진하여 이멜다의 목을 두 손으로 잡았다. 그리고 그녀를 번쩍 들며 조였다. 이멜다가 목쉰 소리를 지르며 발버둥을 쳤지만 상대가 되지 않았다. 그녀의 얼굴이 붉어지며 눈이 풀렸을 때 토니 아저씨가 그들에게 다가갔다. 그리고 예레미 사제의 귀에 대고 말했다.

"예레미 사제, 신의 뜻이다. 이제 멈춰. 모든 것이 다 이루어졌다. 꼼짝 말고 움직이지 마."

그러자 거짓말처럼 예레미 사제가 동작을 멈췄다. 토니 아저씨는 예레미 사제의 손아귀에서 이멜다를 풀어주었다. 그는 축 늘어진 그녀를 바닥에 누이며 뭐라고 중얼거렸다. 마지막 작별 인사를 나누려는 모양이었다. 그러자 갑자기 그녀가 눈을 번쩍 떴다.

"아니야 토니, 미안해할 것 없어. 지옥에는 당신이 먼저 가서 날 기다려."

그리고 쥐고 있던 단검을 토니 아저씨의 가슴에 박아 넣었다. 한마디 말도 못 하고 그는 입으로 피를 토하며 죽었다. 모든 힘을 거기 쏟아부은 듯, 이멜다는 다시 바닥에 누웠다.

유나는 몸을 일으켜 세웠다. 아무런 생각도 나지 않았다. 오로지 순수한 증오만이 가득할 뿐이었다. 제임스도 죽고, 토니 아저씨도 죽었다. 단상 위에는 다른 수많은 사람들이 죽어 있었고, 어찌 된 일인지 촌장 할머니도 피를 흘리며 쓰러져 있었다. 나중에 쫓아온 몇 명의 외인들이 단상 위로 올라왔지만, 그들은 처참한 광경에 얼어붙은 듯 꼼짝도 하지 못했다.

이 모든 것이 다 이멜다 탓이었다. 유나는 아직 누워 있는 이멜다 위에 올라가 양팔을 움직일 수 없도록 무릎으로 꼭 눌렀다. 그리고 이멜다가 뭐라고 하기 전에 그녀의 목을 죄었다. 다시는 그 목소리를 듣고 싶지 않았다. 유나의 손은 피로 흥건했다. 그게 누구의 피인지 어떻게 묻었는지 알 수 없었으나 별로 중요하지는 않았다. 이멜다는 눈을 부릅뜨며 몸부림을 쳤다. 유나는 손에 힘을 더 주었다. 그리고 악마가 끝내지 못한 일을 마무리 지었다.

제21장

최후의 보루

속속 올라오는 보고는 갈수록 더 참담했다. 처음에는 겁에 질려 도망치는 비겁자들의 변명이나 망상이라 여겼지만, 점차 모든 이야기들이 사실임이 분명해졌다.

"외인들이 새롭게 만든 무기가 아닐까요? 노웨어에 있던 우주선이 먼저 와서 공격을 했으니까요?"

모건 대장은 매우 피곤해 보였다.

그는 갑작스러운 사태에 밤새도록 동분서주하며 보안대를 지휘했다. 그러다가 날이 밝으면서 괴물의 행동이 멈추게 되자, 폴에게 그동안의 경과를 보고하러 찾아온 것이다. 하지만 그는 충직하고 열심인 지휘관이긴 하였으나, 총명한 사람은 못 되었다.

"외인들이 함께 공격했나?"

"아닙니다. 그들은 여기까지 오지 않았습니다. 그들이 제4거주구를 출발했다는 전보는 어제 받았습니다."

사실 그 보고는 폴도 이미 받았던 것으로, 내심 반겼던 내용이었다.

그의 마음속에 외인들과의 전장은 이미 결정되어 있었다. 자신이 반란군을 격파했던 바로 그곳이었다. 이번에는 폴이 수비하는 입장이었지만, 상관없었다. 폴은 또 한 번의 승리를 자신했다. 그런데 뜻하진 않은 곳에서 뜻하지 않은 일이 벌어진 것이었다.

보고를 통해 묘사된 괴물의 존재는 계시록에 나오는 검은 악마와 비슷한 면이 있었다. 그러나 폴은 지금까지 검은 악마란 세상이 혼돈에 있던 시기를 묘사하기 위해서나, 무지한 백성을 신께 의지하게 하기 위해 지어낸 이야기라고 생각했었다.

'정말로 그 괴물이 검은 악마인 걸까?'

그렇다고 해도 모건 대장의 말처럼 외인들이 악마를 불렀을 리는 없었다. 그들에게 그런 능력이 있다고는 생각되지 않았다. 외계에서 온 우주선이 데려온 것이 틀림없었다.

상황이 급격하게 변했다. 이제는 단지 시온의 타락한 환부를 도려내는 문제가 아니었다. 신과 악마의 전쟁, 빛과 어둠의 싸움이었다. 폴은 드디어 운명의 순간이 다가왔음을 깨달았다. 시온의 사람들을 위하여, 아니 거룩한 신을 믿는 인류의 존속을 위하여 자신이 나설 때가 온 것이다. 악마를 퇴치하여 이 환난을 극복할 수 있게 해 준다면, 그는 시온의 구세주로서 영원히 남게 될 것이다.

"그래서 지금은 활동이 없다고?"

폴은 다시 한번 모건 대장에게 확인하였다.

"예. 그것은 중앙역 앞 광장에 머물러 있습니다. 이쪽 시온탑 방향으로는 바리케이드를 쌓아 저지선을 만들었지만, 완전히 포위할 수는 없었기 때문에 옆이나 뒤쪽으로는 무방비 상태입니다. 인력이 더 필요합니다."

"각 거주구에 연락은 취해 놓았지만 큰 기대는 하지 말게. 그들은 무슨 일이 생길 때면 우선은 기다렸다가 자기들한테 유리할 경우에만 움직이니까 말이야."

폴은 잠시 생각했다.

"여기 시온탑이 가장 중요하니 레일건은 이곳을 중심으로 배치하게. 그리고 민간인 중에서 신체 건강한 사람들을 징발하여 보충대를 조직하게. 그들은 바리케이드를 쌓는 일을 맡을 거야."

"어디에 말입니까?"

그것이 중요했다.

'시온탑을 최후의 보루로 삼아 여기 광장에서 일전을 벌여야 할까?'

"일단은 현재의 방어선을 지키는 데 주력하고, 후방에서는 보충대를 조직하게. 나는 신탁의 힘을 빌어오지."

신탁이라는 말에 모건 대장의 얼굴이 조금 밝아졌다.

"신께서 우리 시온을 지켜주시리라 믿습니다."

"나도 그러기를 바라네."

모건 대장이 나가고, 폴은 신탁의 방에 가기 위해서 일어났다. 창밖을 보니 비는 그치고, 하늘은 불그스레하게 밝아오고 있었다. 지옥 같은 밤이 지나고 새로운 아침이 시작된 것이다.

로비에서 폴은 막 들어오는 최고 회의 사제 5명과 마주쳤다.

"폴 최고 제사장님, 이게 무슨 변고입니까! 시온에 악마가 돌아다 닌다니요? 사람들이 겁에 질려 있습니다. 제가 듣기로는 그 악마를 쳐다보기만 해도 악마의 하수인이 되고, 닿기만 해도 재가 되어 죽 는다는데, 정녕 시온이 멸망하려고 그러는 걸까요?"

이번에 새로 최고 회의 사제가 된 프란 사제가 외쳤다. 백발이 성 성한 그가 연장자로서 중심을 잡아주기를 기대했는데, 오히려 호들 갑을 떨어 눈살이 찌푸려졌다.

"최고 회의 사제 여러분, 악마에 굴복해서는 안 됩니다. 이럴 때일 수록 우리를 지켜주시는 신께 의탁해야 합니다. 일단은 육면의 방에 가서 기다리고 계십시오. 내가 신탁의 방에 가서 신의 말씀을 듣고 오겠습니다. 그리고 잠시 후 오전 기도 때 모든 시온 사람들에게 신 의 뜻을 전하고 함께 기도하도록 하겠습니다."

침착한 폴의 말에 그는 약간 멋쩍은 듯 하였다.

"폴 제사장, 그런데 악마를 물리칠 방법이 정말 있기는 한 것이오? 신께서는 번개를 이용할 수 있지만 우리는 그럴 수가 없지 않소?"

"그래서 그 방법을 제가 알아보겠다는 것입니다. 시간이 촉박합니 다. 사제님들은 제 말을 따라 주시기 바랍니다."

최고 회의 사제들을 돌려보내고, 폴은 가던 길을 재촉하여 신탁의 방으로 향했다. 더는 지체할 시간이 없었다. 준비가 안 된 상태인 지 금 괴물이 공격을 재개한다면 큰 낭패를 보게 될 것은 불 보듯 뻔한 일이었다.

예상대로 아인텐은 이미 거의 모든 상황을 파악하고 있었다. 폴은 시간을 절약하기 위해 아인텐에게 음성 모드로 대화할 것을 요청하였다.

"그 생명체는 검은 광채입니다. 평소에는 검은색이었다가 햇빛을 받는 특별한 때에 현란한 빛을 발하기 때문에 그렇게 이름 붙여졌습니다. 처음에는 수중 생물로 오해했는데 그건 아니었고, 물에 녹은 상태로 존재합니다. 생명을 유지하기 위해 자외선이나 그보다 큰 에너지의 광자를 흡수하여 살아갑니다. 시온에 처음 인간이 도착했을 때 큰 피해를 입혔는데, 결국은 정착민들이 그것들을 모두 말살한 것으로 기록되어 있습니다. 지금까지 살아남은 군체가 있었다니 놀랍네요."

중저음의 남자 목소리로 아인텐이 말했다. 폴은 묘한 감정을 느꼈다. 결국 악마란 인간의 어두운 내면에만 있는 것일까? 이 괴물도 어떻게 보면 생존하려고 몸부림치는 생명에 불과했다.

"그런데 사람을 공격하는 이유가 뭐지?"

폴의 질문에 아인텐이 답했다.

"기본적으로 검은 광채도 생명체이기 때문에 유기물질이 필요합니다. 주로 증식하기 위해 다른 생명체를 취하는 것으로 연구되었습니다."

"증식? 번식이 아니고?"

"검은 광채는 모두 동일한 분자 구조를 가진 군집생명체입니다. 그 크기는 논란의 여지가 있는데, 프랙털 구조이기 때문에 어디까지가 최소 단위라고 정의하기가 어렵습니다. 하지만 최소한 1센티미터 이상은 되어야 서로 간의 의식이 연결되는 것으로 보고 있습니다."

"의식이 있다고? 그것은 지능을 가지고 있나? 그리고 얼마나 커질 수 있지?"

"적당한 공간과 자원만 있으면 이론적으로는 무한히 커질 수 있습니다. 다만 크기가 커질수록 전체의 움직임이 둔해지고 무게 때문에 아무래도 옆으로 퍼지게 됩니다. 검은 광채는 모여 있는 것을 좋아해서 일정 크기 이상이 되면 자신이 담길 둥지를 만듭니다. 주로 자원을 섭취한 타 생명체의 잔존물을 사용하는 것으로 알려져 있습니다. 지금까지 발견된 가장 큰 둥지는 길이가 100미터에 달하는 거대한 원통형 구조물이었습니다."

말하자면 먹고 남은 주검으로 집을 짓고 다닌다는 말이었다. 과히 유쾌한 모습은 아닐 거란 생각이 들었다. 아인텐은 계속 말을 이었다.

"검은 광채는 의식을 공유합니다. 고대인들은 그 의식과 직접 소통하는 방법까진 찾지 못했습니다. 다만 검은 광채가 다른 생명체와 연결되어 있을 때 그 생명체를 통하여 소통이 가능하단 사실까진 알게 되었는데, 소통의 수준은 연결된 생명체에 준한다고 합니다."

모건 대장이 말했던 좀비에 대한 의문이 풀렸다.

'다음에 좀비를 만나면 말을 걸어보라고 해야 하나?'

"아까 물에 녹은 상태에서 존재한다고 했는데, 그렇다면 물이 없으면 죽는 건가?"

"물이 말라 없어지면 고체 상태로 굳어 활동이 정지합니다. 고대인들이 처음 검은 광채를 발견했을 때의 상태도 그랬었고, 아마 이번에도 똑같았을 것입니다. 죽었다고는 할 수 없는 것이, 강한 에너지를 가진 빛과 적당한 물을 주면 되살아나기 때문입니다."

'빛과 물이라….'

이야기를 들으면 들을수록 폴은 이 생명체에 더 큰 호기심이 생겼다. 빛과 물은 계시록에도 자주 나오는 요소로, 신의 계시와 자연의 풍요로움을 나타내는 것들이다. 검은 광채가 악마인 것은 틀림없지만 한편으로는 절대적 순수함도 지녔을 거란 생각에 잠시 고민이 되었다. 하지만 그런 순수함 따윈 인간 세상과는 어울리지 않는다는 것을 이미 잘 알고 있는 그였다. 고대인들도 시온을 신의 계시 안에서 순수함을 유지하는 세상으로 설계했지만, 지금 보면 절반의 성공만 거두었을 뿐이었다.

아이러니하게도 아인텐이 제시한 해법은 프란 사제의 말과 동일했다. 이 괴물을 없애려면 번개가 필요했다. 정확히는, 이 생명체의 구조를 이루는 물을 분해하기 위해 순간적으로 흘려줄, 번개처럼 아주 센 전기가 필요했다.

폴이 번개에 대해 고민하며 신탁의 방을 나왔을 때, 밖에는 모건 대장의 전령이 기다리고 있었다.

"폴 최고 제사장님, 악마가 활동을 재개했습니다. 모건 대장님은 일단 현장으로 가셨는데, 최고 제사장님의 추가적인 명령이 있는지 확인하길 원하십니다."

아직 앳되어 보이는 보안대원은 매우 긴장한 상태였다. 폴은 그에게 대답했다.

"그곳으로 같이 가지. 내 눈으로 확인하고 싶네."

아까 최고 회의 사제들에게 곧 가겠으니 기다리라고 했지만, 솔직히 그들의 시간은 하나도 아깝지 않았다.

시온탑 주위는 보안대의 감독 아래 바리케이드를 설치하고 있었고, 군데군데 전기총과 레일건도 배치되어 있었다. 폴과 전령은 믿음의 계단을 내려가 광장을 가로질러 중앙역까지의 대로를 빠른 걸음으로 걸어갔다.

날이 갠 푸른 하늘은 군데군데 흰 구름이 있을 뿐 맑았고, 해는 높이 솟아 온 세상을 환하게 비춰주고 있었다. 어제 내린 비로 거리도 말끔해져 평소라면 기분 좋은 아침이라 할 수 있을 것이었다. 그러나 지금은 혼란과 공포만이 가득했다. 보안대원들이 미처 소식을 듣지 못한 사람들을 깨워 대피시키고 있었다. 몇몇 사람들이 불평하며 이유를 따졌지만, 시온탑의 바리케이드를 보고 나서는 뭔가 심각한 사태가 일어났음을 알아차린 듯 보안대원들의 말을 따랐다.

전령이 안내한 곳은 중앙역 광장의 경계를 이루는 5층짜리 건물이었다. 이 건물과 옆 건물 사이의 대로는 바리케이드가 세워져 있어 건너편을 볼 수는 없었는데, 쿵쿵 소리와 사람들의 고함 소리가 섞여 들렸다.

폴은 전령을 따라 건물의 옥상으로 올라갔다. 거기에 모건 대장이 3명의 보안대원들과 함께 있었다. 옥상의 난간에 다가가니 드디어 괴물의 정체를 직접 볼 수 있었다.

집채만 한 크기의 둥근 암갈색 껍질에 수많은 구멍이 뚫려 있었고, 그 구멍마다 검은색의 길고 굵은 생명체가 꿈틀대고 있었다. 마치 거대한 악마의 머리에서 머리카락 묶음들이 제각각 움직이고 있는 것 같았다. 괴물은 바리케이드 앞에서 탐색을 하듯 껍질로 이곳 저곳을 툭툭 쳤고, 사람이 보인다 싶으면 머리카락으로 날쌔게 낚아 채었다. 바리케이드 위와 옆의 건물에 있는 보안대원들은 방패나 다른 방호물로 몸을 가리고서 머리카락이 공격할 때마다 잘 방어했지만, 몇몇은 손이나 다리를 낚여 괴물의 희생양이 되었다.

그 광경은 생각보다 끔찍했다. 사람의 몸에서 순식간에 모든 진액이 빨려 나가 뼈와 껍질만 남는 모습을 보는 것은 결코 유쾌한 일이 아니었다. 개중에는 바로 죽지 않고 악마의 검은 머리카락과 연결되어 있는 좀비들도 여럿 있었다.

좀비들은 바리케이드를 무너뜨리려고 애썼는데, 무방비로 노출된 그들이 보안대원들의 주요 공격 대상이 되었다. 좀비가 공격을 받으면 괴물이 그쪽으로 대응하였으나, 보안대원들은 이미 그 패턴을 파악한 듯 바로 반대쪽에서 좀비를 공격하곤 했다. 괴물의 껍질 아래는 잘 보이지 않았으나 머리카락이 발 역할도 하는 듯싶었다.

"보안대가 괴물 자체는 공격하지 않고 있는 건가?"

질문이라기보다는 확인 차원에서 폴이 물었다.

"예, 껍질은 매우 단단하여 전기총을 쏘아도 튕겨냅니다. 검은 악마는 칼이나 창으로 찔러 봤자 큰 효과가 없습니다. 본체에서 잘라내면 일시적으로 무력해지긴 합니다만, 곧 다시 합체하기 때문에 결국에는 아무 의미가 없어 공격을 보류하였습니다."

실제로 어쩌다 머리카락의 끝부분을 잘라내기라도 하면, 다른 머리카락들이 일제히 다가와 잘린 부분을 다시 원상 복귀시키는 것을 볼 수 있었다.

"제사장님께서는 신의 음성을 들으셨습니까? 저 악마를 퇴치할 수 있는 방법을요?"

모건 대장이 심각하게 물었다. 폴은 모건 대장의 말을 무시했다.

"보고받은 것보다 크기가 더 큰 것 같군."

"아침에 햇빛을 받더니 밝은 빛을 내며 크기가 커졌습니다. 이 악마는 인간의 피를 마시고 뼈와 가죽으로는 자신의 껍질을 만드는 것 같습니다. 신께서는 분명 이것을 없앨 방법을 가르쳐주셨겠지요?"

정말이었다. 아까는 미처 깨닫지 못했었는데, 자세히 보니 괴물의 껍질을 이루는 사람의 형상이 보였다.

"물론 방법을 알려 주셨네. 문제는 어떻게 그것을 달성하느냐지. 그러기 위해서는 미끼가 필요해. 어쩌면 희생이 따를 수도 있어. 하지만 우리에게 선택권이 없으니 어쩌겠나. 그저 신의 뜻을 따르는 수밖에."

폴은 모건 대장에게 자신의 계획을 설명해 주었다. 모건 대장은 아무런 의심 없이 그 계획을 받아들였다. 어찌 되었건 해결 방안이 있다는 사실에 안심하는 것 같았다.

그는 희망에 찬 목소리로 말했다.

"우선 우주선을 빨리 확보해야겠군요. 새벽에 중앙역 광장 상공에 떠 있는 것까지는 확인하였습니다."

여기까지 말하던 모건 대장은 잠시 얼굴을 찡그리다가 다시 말했다.

"그런데 보고에 따르면 우주선이 거주민, 때로는 보안대원들까지도 구하기 위해 많은 노력을 했다고 합니다. 우주선에 매달려 사람들을 구출한 사람은 분명 시온 거주민 청년이었다고 하더군요. 그렇다면 강제로 포획하기보다는 설득시켜서 함께 계획을 수행하는 편이 낫지 않겠습니까?"

폴은 노웨어에서의 기분 나쁜 기억이 떠올랐기에 별로 탐탁지 않았으나 지금은 인간끼리 반목할 때가 아니었다.

"뭐, 아무래도 좋아. 내 말을 따르기만 한다면 상관없네. 하지만 그렇지 않다면 어떻게 해서든 그 우주선을 탈취해야 하네. 알겠나?"

그때였다. 묵직한 소리와 함께 땅이 흔들렸다. 바리케이드에 무언가 쿵 부딪히는 소리와 함께 사람들의 비명 소리가 공기를 채웠다. 괴물이 바리케이드의 약한 고리를 발견한 듯 그 부분에 집중적으로 타격을 가하고 있었다. 괴물은 뒤로 10여 미터를 물러났다가 속도를 더해 충돌하는 과정을 반복했다.

이제 바리케이드가 무너지는 것은 시간문제인 듯했다.

"폴 제사장님, 빨리 대피하십시오. 시온탑 방어선까지 후퇴해야 합니다."

모건 대장이 3명의 전령들에게 명령을 내리고 다급히 말했다.

"그래, 같이 이동하지. 그리고 가장 유능한 대원 10명을 뽑아 우주선을 찾아내도록 하게. 시온탑 방어선이 뚫리기 전에 우주선이 우리 편에 서서 일할 수 있게 해야 해."

폴은 명령했다. 이제 악마에 대항하는 인간의 능력을 보여줄 때가 되었다고 생각했다.

제22장

무의미한 존재

한낮이 되었을 때, 로사 일행을 태운 트램은 제1거주구 중앙역에 거의 다 와서 멈추었다. 중앙역으로 들어가는 선로 위에는 버려진 화차와 트램들이 길을 막고 있어서 더 이상 안으로 들어갈 수 없었다. 주변은 격렬한 싸움의 흔적으로 어지러웠으나 이상할 만큼 조용했다. 사람들이 모두 피했는지 인기척도 느껴지지 않았고, 검은 광채도 없었다. 중앙역은 일부 창문들이 깨져 있고 문들이 부서져 있었지만, 건물 자체는 크게 손상되지 않았다. 검은 광채의 존재를 확인할 수 있었던 것은 바닥에 뒹구는 사체들이었다. 너무나 기이해서 처음에는 죽은 사람의 시체가 아니라 어떤 괴팍한 예술가가 효모 찌꺼기를 이용해 만든 작품으로 생각될 정도였다.

로사는 참혹함을 느꼈다. 몇 명이 희생되었는지, 셀 수도 없을 정도였다. 뼈와 껍질만 남은 시체 하나를 집어 들며 농담을 던지는 론이 너무나도 어리석게 보였다.

"어떻게 이런 일이 벌어질 수 있죠? 우린 정녕 신에게서 버림받은 것인가요?"

로사가 물었다. 딱히 누구를 향한 질문은 아니었지만 수잔 사제가 대답했다.

"끝날 때까진 끝난 게 아니야. 이 악마를 물리칠 수 있는 방법이 있다고 너와 모니코가 우리를 설득하지 않았어? 내가 구금되어 고통 속에 있을 때, 나는 한 가지만 생각했어. 과거도, 현재도 아닌 미래만 말이야. 자꾸 뒤돌아보면 무너지게 되어 있어. 네가 바라는 미래를 그리고, 오직 그것만 생각해. 알았지? 그럼 언젠가는 그렇게 되어 있을 거야."

그녀의 얼굴에는 비통함과 함께 결연한 의지도 나타나 보였다. 어쩌면 그녀는 지금 로사가 아닌 자기 자신에게 다짐하고 있는 것인지도 모른단 생각이 들었다. 로사는 그런 수잔 사제가 믿음직스러웠다. 그녀의 말대로 아직 절망하기에는 일렀다.

***

전날 밤, 제1거주구의 긴박한 상황을 알아차린 로사와 모니코는 바로 수잔 사제에게 가서 소식을 전했었다. 그로부터 얼마 지나지 않아 때마침 트램 공격팀으로부터 트램을 손에 넣었다는 전령이 왔다. 다행이었다. 로사 일행은 별다른 어려움 없이 곧 그들과 합류할 수 있었다.

"우리는 기회를 엿보고 있었어요. 보안대가 선로의 장애물을 치우러 나올 때 창으로 공격했죠. 트램으로 곧장 도망치는 그들을 보며 바로 더 많은 인원이 나올 것을 예상했어요. 그래서 원래 계획대로 퇴각하려고 했는데, 그들은 객차 하나를 분리하더니 그 길로 모두 제1거주구로 돌아가 버리더군요. 우리 규모를 오판하고 도망친 것이 틀림없어요!"

론은 수잔 사제에게 신이 나서 떠들어댔다.

당시에 트램은 50여 명의 야광봉 시위대를 호송하는 중이었다. 그들을 그대로 구출할 수 있었던 것은 정말 뜻밖의 수확이었다. 수잔 사제가 모니코로부터 들은 이야기를 전해주었을 때도 론은 아직 흥분이 가라앉지 않은 상태였다. 처음에는 믿지 못하겠다는 태도였다.

"통신소에서 제1거주구의 통신문 내용을 봤다고요? 우리를 잡으려는 함정이면 어떡할 건데요? 솔직히 난 저 모니코인가 하는 사람을 믿을 수 없어요. 묘한 느낌이 난다고요."

론은 모니코와 로사가 듣거나 말거나 상관없다는 듯 큰 소리로 말했다.

"물론 함정일 수 있어. 하지만 그들이 과연 이렇게 트램과 시위대 50명을 제공하면서까지 함정을 판 것일까? 어쨌든 확인할 수 있는 방법은 한 가지야. 당초 목표대로 제1거주구로 가는 것. 거기 가면 확실히 알게 될 거야."

수잔 사제가 선언했다.

그렇게 해서 새벽이 오기 전에 그들 일행은 시위대 50명과 함께 바로 트램을 타고 올 수 있었다. 수잔 사제의 과감한 결단은 높이 평가해야 한다는 모니코의 말에 로사는 전적으로 동감했다.

***

"역 주변은 조용합니다. 모두 대피한 것 같습니다."

중앙역 주위의 탐색을 마친 시위대원 1명이 수잔 사제에게 와서 보고하였다.

"검은 광채인지 뭔지 정말 대단하네요. 어떻게 사람을 이렇게 뼈와 가죽만 남길 수 있죠? 효율이 100퍼센트예요."

다른 일행과 함께 다가오며 론이 말했다. 수잔 사제는 엄한 표정을 지었다.

"죽은 사람들을 앞에 두고 그런 소리를 하는 게 아니다, 론."

그리고 그녀는 사람들을 향해 말했다.

"분명한 점은 이것이 실제 상황이고 폴 제사장이 꾸민 함정은 아니라는 사실입니다. 지금 저기 어딘가에 검은 광채라는 괴물이 날뛰고 있고, 우리의 가족과 시온의 안위를 위협하고 있어요. 우리는 어떻게든 그 괴물을 막아야 합니다. 필요하면 최고 회의와 타협해야 할지도 몰라요."

"폴 제사장이 우리와 협조하려 할까요? 우리를 희생양으로 삼지 않으면 다행일 겁니다."

베쓰가 옆에서 우려를 표시했다.

"누군가가 희생해야 하고 그게 우리 차례라면, 어쩔 수 없는 거겠지요. 하지만 일이 어떻게 진행될지는 아직 모르니 지레 겁먹지는 말아요."

수잔 사제는 시위대원을 독려하며 최대한 땅에 널려 있는 무기와 방패로 무장하라고 했다. 로사는 자기도 무언가 들어야 하나 고민했는데, 모니코가 아무런 행동을 하지 않았기에 그냥 가만히 있었다.

중앙역의 높은 천장은 유리로 만들어져 밖이 보였다. 오전부터 갠 하늘은 푸르렀고, 해는 이미 높이 솟아 있었다. 그때 정말 반가운 것이 눈에 들어왔다. 실론호였다. 그렇지 않아도 댄과 메이에 대해 생각하고 있었는데, 하늘이 보내주신 응답 같았다. 실론호는 북쪽에서 날아오더니 조금 떨어진 옆 건물 옥상에 착륙하였다. 로사는 모니코를 쳐다보았다. 그도 이미 실론호가 착륙한 쪽을 쳐다보고 있었다.

"수잔 사제님, 실론호예요. 실론호가 저 건물 옥상에 착륙했어요."

로사가 들뜬 마음으로 외쳤다. 트램을 타고 오면서 수잔 사제에게 댄과 메이에 대해 간단히 말했었다. 수잔 사제는 다른 세계에서 온 우주선의 존재에 대해 놀라면서도 그 중요성을 금방 인식했다.

"그래요? 듣던 중 반가운 말이군요. 놓치기 전에 가서 만납시다."

그녀가 서둘렀다.

론은 시위대와 남아서 함께 트램 선로를 치우기로 했다. 나중에라도 트램으로 이동할 가능성을 고려해서였다. 수잔 사제, 로사, 모니코, 베쓰 그리고 무장한 4명의 시위대원들은 옆 건물로 향했다. 중앙역 밖으로 나와 한적한 거리를 살피며 조심조심 길을 건넜다. 왠지 그래야만 할 것 같은 분위기였다.

로사가 선두를 서서 실론호가 착륙한 3층 건물이 보이는 모퉁이를 돌았을 때였다. 건물 입구에 보안대원들이 보였다. 로사는 깜짝 놀라 주저앉았고, 다른 사람들도 모두 벽에 기대어 숨었다. 다행히 보안대원들은 그들을 보지 못한 듯했고, 모두 건물 안으로 사라졌다.

"보안대가 선수를 치려 하는군. 그렇게 둘 수는 없지."

수잔 사제는 잠시 혼잣말을 하듯 중얼거리더니, 무장한 시위대원들을 앞세워 건물로 향했다.

가까이 가서 보니 그 건물은 제1거주구 종합 통신 센터였다. 1층 사무실은 비어 있었으나, 유리컵과 집기가 널려 있는 것으로 보아 불과 얼마 전까지 사람이 머무른 듯했다. 시위대 4명은 최대한 조용히 움직여 2층으로 올라갔고, 로사와 다른 사람들도 그 뒤를 따랐다. 2명의 보안대원이 통신 중계기 방 안을 살피고 있었다.

"꼼짝 마!"

시위대원 중 1명이 창을 들고 외쳤다. 다른 시위대원들도 방 안으로 들어가 보안대원들을 둘러쌌다. 로사와 모니코, 베쓰와 수잔 사제는 방 밖의 넓은 복도에 있었는데, 뒤에서 또 다른 목소리가 들렸다.

"너희야말로 움직이지 마라. 움직이면 공격하겠다."

로사가 가슴이 철렁하여 뒤를 보니 보안대원 6명이 방패를 들고 창을 겨누고 있었다.

"이안 일병, 거기는 괜찮나?"

소대장으로 보이는 대원이 묻자, 안에 있던 보안대원이 대답했다.

"예. 저희는 이상 없습니다만, 여기에 시위대원 4명이 우리에게 창을 겨누고 있습니다, 소대장님."

그러자 소대장이 로사 일행에게 물었다.

"너희 중 누가 대장이지? 무기를 버리라고 해."

수잔 사제가 그에게 돌아서며 대답했다.

"내가 책임자요. 나는 최고 회의 사제 수잔입니다. 우리, 대화로 해결하지요. 우리가 무기를 내려놓을 테니 당신들도 무기를 내려놓는 게 어떨까요?"

소대장은 망설이는 듯한 눈치였다. 그는 로사와 모니코를 살펴보며 물었다.

"누가 우주선을 조종하지? 당신들인가?"

"아뇨, 우리입니다."

댄의 목소리가 들렸다. 모두들 그쪽을 쳐다보았다. 3층으로 오르내리는 계단에서 댄과 메이가 내려왔다.

"댄, 메이, 무사해서 다행이야."

로사가 자기도 모르게 그들에게 뛰어갔다.

"움직이지 말랬잖아!"

소대장이 외쳤지만 그녀는 무시했다.

"야, 던지지 마!"

무엇인가 살벌한 느낌에 뒤를 돌아보니 보안대원 하나가 팔을 크게 휘두르며 그녀에게 창을 던지고 있었다. 모두가 '어' 하는 사이에 창이 날라왔고, 그것이 그녀의 눈앞에서 어른거리는 찰나, 번개처럼 모니코가 창을 낚아챘다. 분명 3미터 정도 그녀에게서 떨어져 있었는데 정말 눈 깜짝하는 사이에 로사의 앞으로 달려온 것이었다. 다들 깜짝 놀라 어리둥절해했고, 뒤에서는 보안대 소대장이 창을 던진 대원의 머리를 때리며 욕을 하고 있었다.

로사는 얼떨떨했지만 아무 일도 없었다는 듯 다시 발걸음을 돌려 댄과 메이에게 다가갔다. 댄이 황당한 표정을 지으며 그녀에게 팔을 벌렸다. 하지만 로사가 부둥켜안은 사람은 메이였다.

"무사해서 다행이야."

메이가 말했다. 방금 전 상황을 말하는 것인지 아니면 그동안 있었던 일을 말하는 것인지 알 수 없었지만 로사도 대답했다.

"메이를 다시 만나서 정말 기뻐요."

그리고는 한참을 더 꼭 끌어안았다. 댄이 내밀었던 팔을 어색하게 들어올려 머리를 긁더니 말했다.

"저기요, 두 사람. 여기 상황이 많이 복잡한 거 알죠? 개인적인 애정 표현은 나중에 하면 안 될까요?"

그의 하소연에 누군가 웃음을 터뜨리자 모두들 따라 웃었고, 그렇게 해서 대치 상황은 정리가 되었다.

그들은 서로 무기를 거둔 채 자신들의 목적을 밝혔다.

"정말인가요? 그렇게 하면 검은 물을 죽일 수 있는 건가요?"

댄이 소대장에게 물었다. 짧은 머리에 미소년처럼 잘생긴 소대장의 이름은 머피라고 했다. 머피 소대장은 어깨를 으쓱했다.

"장담할 수는 없습니다. 나는 그저 명령받은 대로 말했을 뿐이니까요. 하지만 한 가지는 확실합니다. 나는 내 부하들과 시민들이 그 악마에게 처참하게 살육당하는 장면을 목격했습니다. 내 목숨을 걸고라도 그 악마를 반드시 없앨 것입니다."

그의 눈이 분노로 번득였다.

"잘은 모르겠지만 실론호가 상당히 위험할 수 있겠는데요. 괜찮겠어요?"

수잔 사제가 메이에게 물었다. 머피 소대장의 요구, 아니 폴 제사장의 요구는 검은 광채를 사지에 몰아넣기 위해 실론호가 미끼가 되어 달라는 것이었다. 누가 봐도 실론호가 위험하리라는 것은 자명했다.

메이가 즉답을 피하자 머피 소대장이 대신 대답했다.

"지금은 물불을 가릴 때가 아닙니다. 보안대는 민간인이 대피하기 위한 시간을 벌기 위해 막대한 희생을 치렀습니다. 당신들이 동의하건 안 하건 우주선은 작전에 투입될 것입니다."

소대장의 강경함에 분위기가 다시 험악해졌다.

"당신의 심정은 이해해요. 하지만 이성적으로 판단해야 합니다. 무모하게 뛰어들었다가 실론호를 잃기라도 한다면 무슨 의미가 있나요? 우리가 원하는 것은 실질적으로 그 괴물을 죽일 수 있는 수단이지, 영웅 행세를 하고자 함이 아니에요."

수잔 사제가 잘라 말했다. 그러나 소대장은 같은 말을 반복할 뿐이었다. 그는 그들과 싸우는 한이 있더라도 명령에 따라 우주선을 대동하겠다고 엄포를 놨다.

수잔 사제의 강경한 요구에 보안대원들을 제외하고 그들끼리 따로 의논하는 시간을 가졌다. 그러자 그때까지 잠자코 있었던 메이가 드디어 입을 열었다.

"이 모든 일의 근본에 내 책임이 있어요. 저들의 방법이 설령 무모해 보이더라도, 검은 물을 없앨 수 있는 일말의 가능성만 있다면 그 계획에 따르도록 하겠어요."

"메이, 죄책감 때문이라면 억지로 그럴 필요는 없어요. 원인이 어찌 되었든 이 사건은 시온과 시온 사람들의 문제니까요. 우리가 스스로 해결할 수 있을 거예요."

수잔 사제의 말에 메이가 고개를 저었다.

"아니, 죄책감은 아니에요. 내가 이 행성에서 보고, 듣고, 느끼고, 얻은 것에 대한 보답이자 내 마음의 표시예요. 댄, 무슨 말인지 알지?"

"아마 사랑이겠죠."

댄이 머리를 끄덕이며 대답했다. 그리고 좌중을 둘러보며 결연히 선언했다.

"여러분, 보안군의 말을 들어보니 그들은 이미 나를 염두에 두고 계획을 짠 것 같습니다. 메이도 찬성했으므로 나도 기꺼이 따르겠습니다. 거기에 한 번 희망을 걸어보죠."

댄이 메이에게 다가가 어깨를 두드렸다. 그들의 다정한 모습에 로사는 마음이 복잡해졌다. 자신은 항상 무의미한 존재로 남아 있는 것 같아 속상했다.

"모니코는 어떻게 생각하죠? 당신의 의견을 듣고 싶어요."

갑자기 밀려드는 감정의 물결을 잠재우려 로사가 물었다. 댄은 모니코가 모니카와 동일한 존재인지 아직 모를 터였다. 나중에 따로 얘기할 필요가 있었다. 그때 자신이 모니코와 한 일을 말하면 그가 새로운 눈으로 자신을 봐주지 않을까 하는 생각도 들었다.

"현재 가용한 방법으로는 그것이 유일해 보입니다. 아마 폴 제사장이 신탁의 조언을 따르는 것 같습니다. 구체적인 세부 내용을 알수 없기에 정확히 계산할 수는 없지만, 성공 확률이 상당히 낮은 것만은 분명합니다."

메이는 모니코가 말하는 내용을 유심히 듣다가 물었다.

"만약 당신이 선택한다면 어떻게 할 건가요? 신탁의 작전을 따를 건가요? 만일에 대비한 예비 계획을 마련할 수 있을까요?"

모니코가 메이를 바라보며 미소지었다.

"물론입니다. 먼저 신탁의 작전에 대한 성공 확률을 높이기 위해 몇 가지 사전 준비가 필요합니다. 그 부분은 자세히 설명하지요. 예비 계획에 대해서는 나중에 따로 얘기하는 편이 낫겠습니다."

로사는 둘 사이에 뭔가 교감이 흐름을 느낄 수 있었다. 수잔 사제도 눈치를 챘는지 목을 가다듬었다.

"그럼 그 사전 준비를 구체적으로 정리해서 보안대원들에게 통보하죠. 나도 요구 사항이 있어요. 지금 시온탑 지하에는 아직도 수백 명의 야광봉 시위대 및 관계자들이 갇혀 있어요."

그녀는 댄과 메이를 가리키며 말을 이었다.

"나는 우리가 저 두 사람의 희생을 감수하고 시온을 위해 나서는 대가로 갇힌 이들을 풀어달라고 요구할 거예요. 시온이 지금 절체절명의 위기에 빠졌고 우리는 공통의 적을 마주하고 있기에, 폴 제사장도 동의할 것이라고 믿어요. 다 함께 악마를 없애기 위해 싸우는 것입니다."

머피 소대장은 그들의 대답에 만족했다. 다만 지하에 갇힌 사람들을 풀어주는 문제에 대해서는 자기 권한 밖이어서 뭐라고 대답할 수 없다고 하였다.

"하지만 나도 최선을 다해 모건 대장을 설득하도록 하겠습니다. 말씀하신 대로 우리는 같은 인간이고, 공통의 적과 싸워야 하니까요."

그의 명령을 받은 보안대원 2명이 이쪽의 요구 조건을 전달하기 위해 출발하였다. 나머지는 중앙역에 있는 시위대원과 합류한 후에 작전 장소로 이동하기로 결정했다. 검은 광채를 빙 돌아가야 했기 때문에 시간이 걸릴 것으로 예상되었다.

수잔 사제가 머피 소대장과 담판을 나누는 동안 메이와 모니코는 자기들끼리 얘기를 나눴다. 로사도 그 자리에 있고 싶었지만 댄에게 할 말이 있었기에 그를 따로 불렀다.

"댄, 네가 알아야 할 소식이 있어."

댄은 추운지 목에 목도리를 감고 있었는데, 얼굴이 어두웠다.

"벤 사제님에 관한 얘기니?"

그의 표정과 목소리는 이미 최악을 예상한 듯 침통했다. 로사는 벤 사제를 구출하기 위해 모니카 부제사장을 찾아갔던 일부터 시작해서, 조심스럽게 그동안 있었던 일을 자세히 얘기하였다.

"모니코도 어쩔 수 없었어. 임종을 지켜 드리려고 했는데, 추적대가 바로 뒤를 쫓아서 결국 그것도 하지 못했어. 정말 미안해."

로사의 목소리가 떨렸다. 그녀는 댄의 손을 잡았다. 말을 하다 보니 슬픔이 다시 밀려들었다. 댄은 고개를 푹 숙였다. 잠시 뒤에 다시 고개를 들었을 때 그의 두 눈에는 눈물이 가득했다.

"벤 사제님은 그럴 각오를 하고 스스로 붙잡히셨어. 항상 자신의 이상을 위해서라면 몸을 아끼지 않으셨지. 그분의 죽음이 헛되지 않게 해야 하는데. 상황은 점점 나빠지고, 내가 할 수 있는 일이 없네.”

벤 사제가 댄에게는 아빠 같은 존재였음을 로사도 알고 있었다.

“그런 소리 마. 벤 사제님은 끝까지 너를 믿었어. 그래서 특별히 모니코에게도 너에 대해 부탁을 한 것이고.”

댄은 이미 모니카의 실체에 대해 알고 있었기 때문에 모니코를 이해하는 것은 그다지 어렵지 않은 것 같았다. 다만 그가 모니코, 아니 모니카를 신뢰하는가는 또 다른 문제였다. 그는 아인텐이나 모니카가 시온 사람들의 운명을 결정한다는 것에 부정적인 반응을 보였었다. 제13거주구의 폭발 전에 거주민들에게 미리 경고하여 많은 사람들의 목숨을 구한 것이 바로 모니카였다는 벤 사제의 말을 로사가 전달하고 나서야 그는 모니코를 받아들였다.

“그랬었구나, 항상 그것이 궁금했었어.”

댄은 곰곰이 생각하더니 말을 이었다.

“모니코를 처음 봤을 때부터 좀 낯익은 느낌은 있었어. 어쨌든 그가 있어서 다행이야. 나는 네가 창에 맞을 줄 알았어.”

“그러게. 자세히 보지는 못했지만 모니코가 아니었으면 난 이미 젓가락 꼬치처럼 되었을 거야.”

로사는 사뭇 쾌활하게 말하며 웃었다. 댄의 기분을 바꾸고 싶었다. 댄도 미소를 지었다. 로사의 손을 잡은 그의 손에 힘이 들어갔다.

“메이도 금방 알아차린 것 같아. 메이네 고향에 그런 종류의 안드로이드가 있다고 했었어. 모니코가 우리를 돕는다면 일이 훨씬 쉬워지겠지. 검은 악마를 없애버리면 메이는 마음 편하게 고향 행성으로 돌아갈 수 있을 거야. 그러니 난 어떻게든 그렇게 되도록 하고 말 거야.”

댄은 다시 자신감을 찾은 것 같았다. 그의 눈에서 단호한 결심이 느껴졌다.

'그럼 너는 메이랑 같이 가는 거니? 나도 같이 가고 싶어. 너와 떨어져 있기 싫어!'

로사는 마음속으로 외쳤다. 그러나 입 밖으로 꺼낼 수는 없었다. 왠지 그래서는 안 될 것 같았다.

제23장

지옥으로의 진격

드디어 제1거주구의 마천루가 지평선 위로 드러났다. 가까이 다가갈수록 높이 솟은 시온탑의 불빛이 아름답게 빛났다. 멀리서 보니 지금 저곳이 악마가 날뛰는 지옥이라고는 전혀 믿기지 않았다.

유나는 그 악마와 직접 대면해야 한다는 생각에 몸이 떨렸으나, 그녀에게 다른 선택의 여지는 없었다. 일단 출발했으니 앞을 향해 가야 했다. 모든 사람들이 그녀를 지켜보고 있었다. 그들에게 약한 모습을 보이고 싶지 않았다. 제임스를 위해서라도 그럴 수는 없었다.

***

제4거주구의 유리돔 회의장에 피가 낭자하던 날, 폭풍 같은 혼란이 휩쓸고 난 후에 외인들이 단상 위에 올라왔을 때, 그들은 촌장과 이멜다를 비롯하여 자신들이 지도자라고 일컫는 사람들이 모두 죽었음을 깨달았다. 다행히 제임스는 죽지 않았으나 이틀간 사경을 헤맸다. 외인들은 빨리 지도부를 구성하기를 원했다. 만약 노웨어였더라면 전통대로 촌장을 선출하기 위한 충분한 시간을 가졌겠지만, 그곳은 현재 전쟁이 임박한 제4거주구였다. 조금이라도 외인들 사이에서 분열의 조짐이 보이면 분명 제4거주구민들이 그 틈을 파고들 것이 틀림없었다.

급히 구성된 촌장 선거에서 다음 촌장의 자리를 놓고 무려 여섯 후보자가 대립했으나 누구도 외인들 다수의 마음을 사로잡지는 못했다. 그래서 제임스가 눈을 뜨고 정신을 차렸을 때, 모두 하나의 결론에 도달하였다. 제임스를 차기 촌장으로 추대하고, 유나를 그의 비서로서 그가 완전히 회복할 때까지 섭정케 하는 것이었다. 유나가 그 뜻을 정확히 이해하기에는 조금 시간이 걸렸다.

지금까지의 촌장 추대식은 노웨어의 자궁에서 성대하게 치러졌다고 했다. 노웨어가 아닌 곳에서 촌장을 추대하는 것은 이번이 처음이었고, 노웨어에서 태어나지 않은 사람이 비서를 맡는 경우도 최초라고 했다. 유나는 더 긴장되었다.

그들은 고대 우주선의 유리돔 회의장에 다시 모였다. 이번에는 유나와 제임스 그리고 새로이 선출된 각 직무 대표 외인 5명이 단상 위에 있었다. 추대 의식 자체는 아주 간단했다. 사회를 맡은 외인의 질문에 참석자들이 제임스의 이름을 부르며 환호하는 것으로 끝이었다. 유나는 아직 거동이 불편해 앉아 있는 제임스에게 다가가 손을 흔들라고 말해 주었고, 그가 손을 높이 들음으로써 촌장의 취임은 완료되었다. 유나가 단상의 앞쪽으로 걸음을 옮기자 외인들의 환호 소리가 가라앉았고, 곧 정적이 공간을 채웠다.

유나의 차례였다.

"여러분 중에는 아직 의아해하는 분들이 있을 거예요. 저 여자애는 뭐지? 불과 얼마 전까지 거주민이었다가 제임스의 보호를 받았던 애송이 아닌가? 맞습니다. 그랬습니다. 그 애송이였던 내가 노웨어에 처음 와서 여러분을 만나게 되면서 두 가지를 확실하게 배웠습니다.

하나는 자유입니다. 나는 노웨어를 통해 거주구에서는 알지 못했던 해방과 개성을 목격했고, 그것을 나의 것으로 받아들였습니다. 그렇게 생각하지 않나요, 여러분?"

유나는 이날의 연설을 위해 릴리와 공들여 준비했었다. 너무 노출이 심하지 않으면서도 그녀의 몸매를 돋보이게 하는 의상과 너무 과하지 않으면서도 외인들의 유행을 잘 따르는 화장과 장신구를 하였다. 유나는 이제 누가 봐도 완벽한 외인이었다.

유나가 팔을 들고 한 바퀴 돌자 외인들의 환호와 박수가 요란했다. 유나는 그 소리가 잦아들 때까지 기다렸다.

"다른 하나는 기회입니다. 노웨어에서는 모든 이에게 각자의 능력을 최대한 발휘할 수 있는 기회를 주고 있습니다. 짧은 시간이었지만 나는 보안대에 침투하여 가짜 파워셀 폭탄을 배송함으로써 노웨어를 구했고, 제임스와 함께 비밀 임무를 수행하기도 했습니다. 중요한 점은…."

그녀는 잠시 멈췄다.

"나는 이제 제임스 촌장을 도와 방금 말한 노웨어의 가치를 지키기 위해 최선을 다할 것이라는 것입니다. 자유민의 역사는 계속해서 새롭게 수혈된 피로 이뤄졌다고 들었습니다. 오늘 또 다른 새로운 역사를 만듭시다. 시온이 절체절명의 위기에 놓여 있습니다. 우리의 소중한 노웨어는 파괴되었고, 우리는 뿔뿔이 흩어졌습니다. 이 어려운 시기에 서로 단결하고 화합하여 고난을 극복해 나갑시다. 그동안 이멜다 비서는 폭력을 통해 이 문제를 해결하려 하였습니다. 그러나 나는 평화를 사랑합니다. 시온 거주구와 함께 악마를 무찌르고, 그들과 공존할 것입니다. 나는 그 방법을 알고 있습니다. 그러니 나를 믿어주세요. 우리 자유민의 새로운 시대가 열릴 것입니다."

그녀의 연설은 우레와 같은 박수와 함께 마무리되었다. 유나는 자신이 이 중요한 순간을 망치지 않고 잘 해냈음에 기뻐했다. 그리고 연설의 초안을 써 주고 몇 번이나 연습을 통해 다듬어준 마이크가 고마워다.

행사가 끝나자, 사람들이 몰려와 유나의 손을 잡으며 한마디씩 했다. 어떤 중년의 여자 외인은 악수 대신 유나를 안아주었다.

"나 기억해? 제임스 다쳤을 때 같이 그를 돌봤잖아. 네가 큰일을 할 것이라고 그때 알아차리긴 했지만 이렇게 빠를 줄은 정말 몰랐어. 아주 훌륭한 연설이었어. 제발 그 연설대로만 해 주면 더 바랄 게 없을 것 같아."

"고마워요. 많이 도와주세요."

유나는 연이은 외인들의 격려, 충고 그리고 가끔은 우려에도 최대한 진심으로 대하였다. 외인들이 모두 지나가고 맨 마지막에 마이크가 다가왔다. 그는 전날 꼬박 하루를 유나와 같이 있었으면서도 여전히 수줍은 얼굴을 하고 있었다. 마이크가 유나의 손을 잡았다.

"유나, 아니 이제 비서님. 역시 내 기대대로 잘 해냈네요. 그거 알아요? 우리 자유민들에게 촌장은 굉장히 상징적인 존재예요. 뭐라고 할까나, 우리의 엄마 아빠처럼 무조건적인 사랑을 주는 존재라고 할 수 있죠. 그래서 어떤 사람이 노웨어를 다스릴 만한 역량이 되면 그 사람의 부모나 보호자를 촌장으로 뽑아요. 유나의 보호자인 제임스가 촌장이 된 이유가 그거예요."

그 뜻을 헤아리느라 눈만 깜박거리고 있는 유나에게 마이크는 계속 얘기했다.

"엊그제 여기에서 벌어진 일들을 보았을 때 내 피가 끓어오르는 것 같았어요. 당신은 상처를 입어 피가 흐르고 있었는데도 끝까지 용기를 잃지 않았죠. 그것이 아마 우리 자유민들의 마음을 사로잡은 것 같아요."

그는 목소리를 낮추었다.

"사실 난 이멜다 비서가 싫었어요. 무섭기도 했고요."

"마이크, 어제까지만 해도 이런 얘기는 안 했잖아요. 조금 당황스러워요."

처음에 외인들이 유나에게 비서가 되라고 했을 때, 그녀는 자신의 능력 밖이라며 극구 사양했었다. 그러나 그들은 막무가내였고, 비서는 촌장의 피보호자나 가족이 되는 것이 전통이라며 그녀를 설득시켰다. 제임스가 회복되고 나면 실질적으로 할 일도 없을 것이라고 했다. 그런데 지금 마이크의 얘기를 듣고 나니 꼭 그렇지 않을 수도 있는 상황이었다.

이런 유나의 마음을 알아차렸는지 마이크가 다시 쾌활하게 말했다. "너무 걱정하지 말아요. 오늘 연설에서 확인했듯이, 유나는 잘할 거예요. 필요하다면 내가 도움이 될게요. 어쨌든 당신이 새로 비서가 되어서 정말 기뻐요. 당신을 제임스한테 뺏겼을 때는 너무나도 괴로웠어요. 이제 당신은 높은 지위에 있으니 더더욱 기회는 없겠죠? 하지만 내 감정은 그대로라는 걸 알아줬으면 해요. 혹시라도 마음이 바뀌면 언제라도 알려줘요."

그는 마지막 말을 던지고는 쑥스러운지 빠르게 달려 나갔다. 유나는 살짝 웃었다. 그의 마음을 받고 안 받고와는 별개로, 누군가로부터 고백을 받는 것은 기분 좋은 일이었다. 그리고 그 덕분에 조금 더 자신감이 생겼다.

그녀는 제임스에게로 갔다. 그는 자리에 계속 앉은 채 미동이 없었다. 그는 예레미 사제에게 머리를 세게 맞아 한쪽 귀의 고막이 파열되었고 큰 충격을 받았다. 그래서 소리를 잘 듣지 못했고, 때때로 아주 멍하게 있었다. 사람들은 시간이 지나면 회복될 것이라고 했지만 유나의 두려운 마음은 어쩔 수가 없었다.

"제임스, 당신도 걱정하지 말아요. 내가 용기를 더 낼게요. 그리고 절대로 내 곁을 떠나면 안 돼요. 우리에겐 중대한 일들이 남아 있고, 당신 없이는 나 혼자 할 수 없어요."

그녀가 그의 귀에 속삭였다.

노약자를 포함한 일부 외인들은 계속 제4거주구에 남을 것이라는 말에 야곱 사제는 그리 달가워하지 않았으나, 모든 일이 해결되면 그들을 데리러 오겠다는 유나의 말에 반신반의하며 동의해 주었다. 사실 그로서도 달리 선택의 여지가 없었다. 제1거주구에서 온 비극적인 소식을 전달받은 뒤로는, 악마로부터 시온을 구해달라는 말을 반복할 뿐이었다.

유나는 싸울 수 있는 외인들은 모두 제1거주구로 간다고 명령을 내렸다. 비서가 되고 나서 그녀가 내린 첫 번째 명령이었고, 내심 두렵기도 했으나 외인들은 그녀의 명령을 즉각적으로 따랐다.

그들은 노웨어에서 가져온 장갑열차와 일반 트램을 타고 출발하였다. 무장한 외인 숫자가 300명에 달해 그 기세는 사뭇 웅장했고 다들 사기가 충만했다. 다만 유나의 기분은 그렇게 들뜨지 않았다. 연설 때 호기롭게 자신하기는 했지만, 사실 그녀는 검은 악마에 대해 아무것도 몰랐고 그것을 없앨 수 있는 방법도 알지도 못했다. 오직 그곳에 가면 댄과 메이 또는 벤 사제가 도와줄 수 있으리라는 막연한 기대만 가지고 있을 뿐이었다.

마이크 말에 따르면 제4거주구에 도착하기 전에 메이와 우주선은 제1거주구로 먼저 출발했다고 했다. 혹시라도 아예 떠나버렸으면 어쩌나 하고 유나는 걱정했으나, 메이가 그토록 원하는 검은 알들을 그들이 보관하고 있기에, 언젠가는 다시 나타날 것이라며 크게 신경 쓰지는 말라고 마이크가 안심시켜 주었다. 검은 알과 예레미 사제, 이들이 현재 유나가 가지고 있는 유일한 카드였다. 인간과 좀비의 경계에 있는 예레미 사제를 움직이게 하는 마법의 단어는 유나만 알고 있었다. 그녀는 토니 아저씨가 죽기 전에 예레미 사제를 조종하기 위해 한 말을 똑똑히 기억하고 있었다. 그래서 외인들이 예레미 사제를 죽이려 했을 때 그를 조종할 수 있음을 증명하였고, 그를 이용하면 도움이 될 수 있음을 설득하였다. 아직 구체적인 방안은 떠오르지 않았지만, 어쩌면 원래 이멜다의 의도대로 예레미 사제를 시켜 검은 알을 배달할 수도 있는 노릇이었다.

그들이 먼저 도착한 곳은 제2거주구였다. 제2거주구는 이미 제1거주구에서 온 피난민으로 난리였다. 애초에 오래 머물 생각이 없었기에 유나는 약간의 식량만 지원받고 바로 그곳을 떠났다. 우주선이 제1거주구에 나타났다는 소식을 들은 게 큰 위안이 되었다. 사람들이 말하기를 우주선에 매달린 젊은이가 많은 생명을 구했다고 했는데, 그가 댄임은 금방 알 수 있었다. 유나는 빨리 그와 만나고 싶었다.

***

유나와 외인들을 태운 장갑열차와 트램들이 폐허가 된 제1거주구의 남부역을 거쳐 중앙역으로 들어갔다. 곳곳에 파괴와 살육의 흔적이 남아 있었지만, 누군가 선로를 치운 듯 중앙역까지 도달하는 데는 큰 어려움이 없었다.

모두가 하차하자, 유나는 지휘관들인 외인부대장들을 소집하였다. 이미 밤이 깊었음에도 불구하고 그녀는 바로 진격할 뜻을 밝혔다. 멀리서 들리는 전기총 소리로 보아 격전이 벌어지고 있는 것 같았다.

외인부대는 거주 지구에 따라 구성되었고 그 안에서 자율적으로 부대장을 뽑았다. 따라서 어떤 경우에는 젊고 힘센 전사가 부대장인 경우도 있었고, 어떤 경우에는 나이 많고 노련한 지략가인 경우도 있었다. 8명의 부대장 중 2명은 경험이 많은 여자였다. 그중 마르타라는 이름의 부대장은 노골적으로 유나의 지시에 반대하였다.

"아직 저쪽의 전황도 모르는 상태에서 무턱대고 전 부대가 움직이는 것은 어리석은 짓입니다. 일단 태세를 갖추고 탐색을 보내도록하지요."

유나가 듣고 보니 그 말이 옳은 것 같기도 했다. 그러나 무작정 따르고 싶지는 않았다. 처음부터 체면을 구길 수는 없는 노릇이었다.

"지금 그렇게 한가하지 않아요. 많은 사람이 죽을 수 있다고요. 마르타의 부대가 선두에 서서 탐색을 하세요. 뒤를 이어 전 부대가 출발합니다."

유나는 더 이상의 논의는 필요 없다는 표시로 등을 돌렸다. 마르타를 포함한 부대장들의 낮은 목소리가 들렸지만, 그들이 반응이 어떤지는 알고 싶지 않았다. 이미 그녀는 긴장으로 몸이 떨릴 지경이었다.

"장갑열차는 어디에 포진할까요?"

뒤를 돌아보니 아직 부대장 1명이 남아 있었다. 테디는 가장 젊은 부대장이었다.

"뭐라고요?"

유나가 되묻자 그가 다시 반복했다.

"내 부대원이 장갑열차를 운전합니다. 지금 선로에서 열차를 내리는 작업을 하고 있는데 곧 준비가 될 겁니다. 마르타 부대가 선봉으로 탐색을 하면 장갑열차는 어디에 위치할지를 묻고 있습니다."

유나는 장갑열차의 위력을 잘 알고 있었다. 스스로가 거기에 탑승할 생각이었다.

"마르타 부대 바로 뒤에요. 악마를 발견하면 바로 맞서 싸울 수 있도록 하세요. 나도 같이 타겠어요."

유나의 대답에 테디는 얼굴을 활짝 펴며 손을 한 번 휘저었다.

"내 생각과 똑같군요. 즉시 명령에 따르겠습니다."

유나는 장갑열차 지붕에 특별히 제작된 지휘석에 앉았다. 그녀에게 자리를 뺏긴 테디 부대장은 지휘석 앞에 설치된 전기총을 맡았다. 지휘석에 있는 운전대로 직접 장갑열차를 운전할 수도 있다고 테디가 알려 주었지만, 유나는 운전대를 만지는 것은 생각조차 하지 않았다. 막상 지휘석에 앉고 보니 시야가 탁 트여 위험할 수도 있겠다는 생각이 들었다. 그러나 위험은 감수할 예정이었다. 유나는 마음을 다잡았다.

중앙역 광장에서 북쪽으로 가는 길들은 둥글게 바리케이드가 세워져 있었다. 다만 제일 가운데의 가장 큰길로 연결되는 곳은 충격의 흔적과 함께 뻥 뚫려 있었다. 거기로 검은 악마가 지나갔음이 분명하였다. 다행히 장갑열차가 지나가기에도 충분했다. 그들은 바닥에 흩어져 있는 잔해를 치우고, 그곳을 빠져나갔다. 장갑열차는 선로가 아닌 일반 길 위도 제법 빠르게 달렸다. 특히 중앙역에서 시온탑까지 쭉 뻗은 대로는 평평하고 거칠 것이 없었기에 더욱 그랬다.

마침내 현장에 도착했다. 마르타 부대장이 와서 상황을 보고했지만, 굳이 그럴 필요도 없었다. 눈앞에 펼쳐진 장면은 난장판 그 자체였다. 검은 악마는 자유의 광장 안에 있었다. 북쪽으로는 시온탑, 남쪽으로는 화합의 무대에 이르는 큰 원형으로 보안대의 바리케이드가 설치되어 있었는데, 화합의 무대는 마치 큰 폭발이 있었던 듯 반쯤 무너져 있었다.

그곳을 돌아 광장 안에 들어서자, 유나의 외인부대도 곧 괴물과의 싸움에 휘말렸다. 시온탑에 부착된 조명에 의해 어둠 속의 현황이 점차 모습을 드러냈다.

악마는 바리케이드의 서쪽 부분을 공격하고 있었는데, 그곳도 곧 무너져 내릴 것처럼 보였다. 시온탑 쪽에 설치된 전기총이 불을 뿜었지만 악마에게 별 영향을 주지는 못했다. 보안대원들의 처절한 육탄 돌격으로 시간을 조금 끌고 있었으나 희생자가 계속 늘어나는 형국이었다. 검은 악마 옆에 장갑열차 한 대가 쓰러져 있는 것으로 보아 보안대가 절체절명의 위기에 놓인 것 같았다. 필사적으로 검은 악마를 저지하려는 보안대를 보니 거기가 뚫리면 다음 대책은 없는 모양이었다.

"전진해요. 가서 저 괴물을 막아요."

유나가 명령하자 그녀가 탄 장갑열차는 곧 검은 악마에게 향했다. 사투를 벌이던 보안대원들은 장갑열차의 갑작스러운 등장에 깜짝 놀라면서도 매우 반겼다. 그들은 장갑열차 주위의 무장한 외인들을 보고 당황한 듯 하였으나, 외인들의 목표가 괴물임을 알고서는 바로 협력하였다.

검은 악마는 정말 무시무시했다. 듣기로는 열차 한 량보다는 작았다고 했는데, 지금은 훨씬 더 커진 건지 장갑열차 세 량을 합친 것만

한 크기가 되어 있었다. 한밤중이라 어두워 자세히 보이지는 않았지만 둥그런 껍질에 무수한 구멍이 뚫려 있었고, 거기서 검은 손이 나와 사람을 공격하거나 앞에 있는 장애물을 치우기도 했다. 아래쪽의 검은 손이 발 역할을 하여 이동하는 것 같았다. 보안대원들은 주로 장애물을 치우는 검은 손을 공격했다. 긴 칼이나 방패로 잘라내는 방법을 사용했는데, 그때 옆에서 다른 검은 손에 공격당하지 않도록 방패를 든 보안대원들이 지켜주었다. 외인들도 곧 그들의 전략을 배워 같은 방식으로 싸웠다.

장갑열차가 가까이 가자 악마의 검은 손이 열차 앞에 있던 외인들을 공격했다. 미처 방어를 못한 일부 외인들은 순식간에 납치되어 공중으로 끌어 올려졌다. 대부분의 희생자는 온몸의 피와 액이 빨린 채 뼈와 가죽만 남겨져 내동댕이쳐졌지만, 몇몇은 검은 손에 연결된 채 좀비가 되어 불과 얼마 전까지 같은 편이었던 동료를 공격하였다.

장갑열차가 악마에게 충분히 가까이 갔을 때, 테디 부대장이 전기총을 발사했다. 하지만 악마의 껍질에 부딪힌 총알은 튕겨 나왔다. 검은 손도 총알에 의해 그다지 피해를 입는 것 같지는 않았다. 총알은 검은 손을 그냥 뚫고 지나갈 뿐이었다. 그나마 좀비들은 총에 맞았을 때 전투 능력을 잃었고, 그렇게 되면 곧바로 버려졌다.

마침내 바리케이드의 한 부분이 거의 뚫렸다. 검은 악마도 그걸 알아차렸는지 뒤로 물러났다. 전속력으로 돌진해서 돌파하려는 의도 같았다.

"테디, 장갑열차를 최대 속도로 올려요. 우리가 먼저 가서 바리케이드의 구멍을 막아야 해요!"

유나가 소리쳤고 장갑열차는 가속했다. 그러나 아무래도 늦을 것 같았다. 검은 악마가 빠르게 앞으로 돌진했다.

'악마가 먼저 바리케이드를 뚫어 버리면 절대 안 되는데….'

바로 그때였다. 상공에서 불빛이 나타났다. 실론호였다. 거기에 댄이 매달려 있었다. 그가 다가오자 검은 악마가 주춤하였다. 그리고 수많은 검은 손들을 일제히 위로 뻗었다. 아슬아슬한 순간이었다. 실론호가 충분히 높은 곳에 있긴 하였지만, 검은 손들이 놀랍도록 길게 뻗어 갔기에 하마터면 댄을 잡아챌 뻔하였다.

순간 유나는 화가 치미는 것을 참을 수 없었다. 댄은 언제나 저런 식이었다. 자기가 위험한 것은 생각하지도 않고 일단 행동부터 하였다. 옆에서 일일이 챙겨 주지 않으면 항상 언제 무슨 일이 닥칠지 모를 아이였다. 다행히도 댄은 마지막 순간에 아래에 매달려 있던 커다란 자루를 풀고 더 위로 올라갔다.

자루 안에 담겨 있던 것은 고운 모래였다. 모래 세례를 받은 검은 손은 그것이 싫은지 털어내려 했다. 그렇게 해서 유나는 귀중한 시간을 벌 수 있었다. 바리케이드의 구멍을 막으며 장갑열차를 세우자마자, 다시 이쪽으로 돌진하는 검은 악마의 모습이 보였다. 이제는 댄을 걱정할 때가 아니었다.

"빨리 내려요! 위험해요!"

테디가 먼저 자리에서 일어나며 소리쳤다. 장갑열차에 탑승했던 외인들도 모두 뛰어내려 피했다. 그런데 유나가 매고 있던 안전띠가 풀리지 않았다. 안전띠를 처음 매어 본 터라, 어떻게 푸는지 알 수가 없었다.

"이게 안 풀려요!"

유나가 소리쳤다. 어느새 검은 악마는 바로 옆에 와 있었다. 그제야 검은 악마의 껍질을 자세히 볼 수 있었다. 거기에는 고통과 죽음으로 일그러진 수많은 인간들이 박혀 있었다. 그들의 얼굴, 손, 발, 몸 등이 서로 얽혀 지옥 그 자체가 유나를 삼키려는 것 같았다.

마침내 안전띠가 풀렸다. 그러나 이미 너무 늦었다. 그녀는 두려움에 눈을 감았다. 그때 누군가 자신을 감싸 안았음이 느껴지는 동시에 '쿵' 하며 강한 충격이 전해졌다. 유나는 붕 떴다가 바닥에 떨어졌다. 물컹한 느낌도 전해졌다. 그녀는 정신이 아스라이 희미해졌다. 자기 밑에 깔린 사람이 어떻게 되었는지 궁금했다. 갑자기 댄의 찡그린 얼굴이 떠올랐다. 혹시 댄이 나를 구하러 온 것일까? 그녀는 기뻤지만, 한편으로는 너무나도 그에게 미안했다. 자신 때문에 그를 다치게 하고 싶지 않았다. 유나는 곧 의식을 잃었다.

제24장

기적

"저 탱크는 어디서 온 거지? 가서 확인해 봐."

폴은 옆에 있는 전령에게 명령을 내렸다. 그러면서도 그는 전방의 상황에서 눈을 떼지 않았다. 그의 사무실은 자유의 광장을 내려다보기 딱 좋은 높이에 있었기에 폴은 그곳에서 전황을 지켜보며 명령을 내렸다.

모건 보안대장이 구축한 바리케이드는 어느 정도 검은 악마를 가두어 놓을 수는 있었지만 완벽하지는 않았다. 그러기에는 시간과 인력이 너무 모자랐다. 그나마 중앙역에서 이동한 검은 악마가 낮 시간 후, 중간에 있는 효모 식품 가공 공장에서 포식하며 시간을 보냈기에 조금 더 바리케이드를 보강할 수 있었다. 오전에 맑았다가 잠시 흐렸졌던 날씨는 오후에 다시 햇빛이 났는데, 그때 빛을 받은 까닭인지 검은 악마는 더욱 커 보였다.

자유의 광장에서 검은 악마를 붙들어 두기 위해 그는 마지막 남아 있는 탱크 한 대를 소진했다. 안타까웠지만 어쩔 수 없는 선택이었다. 아직 레일건 쪽이 준비되지 않았고, 비상 발전기를 가동시킬 방법도 찾지 못했기 때문이다. 기술자들이 몇 가지 아이디어를 내긴 했지만 그들도 확신하지는 못했다. 아인텐의 전략을 실행하기 위해서는 일련의 아주 희박한 가능성들이 모두 성공적으로 이루어져야 함을 의미했다. 폴은 그 확률에 대해 생각해 보았다. 오직 신의 가호만 바랄 수밖에 없는, 모든 것이 절망적인 상황이었다. 폴은 착잡해졌다.

그때 첫 번째 계시가 나타났다. 검은 악마가 바리케이드의 약한 부분을 알아차리게 되면서 그곳이 뚫리는 건 시간문제가 되었을 때, 남쪽에서 갑자기 탱크가 등장한 것이었다. 탱크는 우주선과 함께 절묘하게 검은 악마의 공격을 막았고, 바리케이드의 약점을 메워주었다. 이로써 또 얼마간의 시간을 벌었다. 폴은 자신도 모르게 안도의 한숨을 내쉬었다.

"저 탱크는 외인들이 몰고 온 것이라고 합니다. 외인 병사들도 함께 왔는데, 우리 쪽 보안대원들과 함께 검은 악마와 싸우고 있습니다."

전령이 가쁜 숨을 몰아쉬며 보고하였다. 그의 표정은 기쁨으로 들떠 있었는데, 마치 외인이 도우러 왔으니 이젠 검은 악마를 이길 수 있을 것이라고 희망을 가진 듯했다. 폴은 눈썹을 찌푸렸다. 야광봉 시위대에 이어 이젠 외인들까지 같은 편이 되어 싸운다는 게 사뭇 아이러니하게 느껴졌다. 그러나 어쩔 수 없는 현실이었다. 적어도 시위대나 외인들은 모두 인간이었으니 말이다.

"모건 대장님은 그들과 협력하겠다고 했습니다. 하지만 최고 제사장님의 확언을 바라고 있습니다. 뭐라고 전할까요?"

폴의 침묵에 전령이 재촉했다. 폴은 기분이 나빴지만 다른 방도가 없었다.

"계속해서 검은 악마를 광장 안에 붙들어 두라고 전하게. 레일건이 확보될 때까지는 시간이 더 필요해. 우리 쪽 병력 손실은 최대한 줄이도록 하고. 가급적 외인들을 잘 활용하란 말이야. 내 말이 무슨 뜻인지 알겠나?"

전령은 알겠다고 하고 달려 나갔다. 그가 폴의 의중을 정말로 잘 파악했는지, 모건 중대장이 실제로 그 뜻을 이해하고 실천할 수 있을지는 장담할 수 없었다. 모건 중대장은 당장의 목표에만 집중할 수밖에 없겠지만 폴은 그 이상을 내다보아야 한다. 지금은 공동의 적과 싸우고 있지만, 검은 악마가 퇴치된 이후에는 시위대나 외인들과 시온의 주도권을 잡기 위한 피할 수 없는 투쟁이 기다리고 있을 터였다.

수잔 사제가 우주인의 협력을 조건으로 구속된 야광봉 시위대의 석방을 요구했을 때에도 그랬다. 시위대는 자신들도 함께 검은 악마와 싸우겠다고 다짐했고, 그 약속을 지켰다. 폴은 검은 악마가 광장에 진입하는 때에 맞춰 시위대를 풀어주었고, 그들을 이용하여 잠시나마 검은 악마의 주의를 분산시켰다. 그로 인해 시위대는 큰 피해를 입었으나 폴은 소중한 보안대 전력을 아낄 수 있었다. 한편, 원하던 대로 우주선을 활용할 수 있었기에 폴은 그 거래로 손해 보지 않았다고 자부했다. 수잔 사제가 마치 구세주인 양 활개 치고 다니는 꼴이 보기 싫긴 했지만, 그 부분은 나중에 충분히 해결할 수 있는 일이었다.

검은 악마가 광장의 중앙 부분으로 물러나며 힘겨루기는 잠시 소강상태가 되었다. 우주선은 계속 상공을 선회하였고, 보안대와 시위대 그리고 외인들이 자연스럽게 구역을 나눠 바리케이드를 보강했다. 광장의 서편에는 외인들이 쓰러진 탱크 주위를 막고 있었고, 동편에는 시위대가, 시온탑 바로 아래는 보안대가 바리케이드 위에 진을 쳤다.

폴은 둥근 벽의 창문을 따라 왼쪽으로 돌았다. 그쪽에는 비상 발전소가 어두운 조명 아래 모습을 드러내었다. 희미하게 손가락만큼의 크기로 보이는 사람들이 분주히 돌아다니며 작업을 하고 있었다. 광장 쪽에서 다시 묵직한 굉음이 들리기 시작했다. 악마가 공격을 재개한 모양이었다. 조바심으로 폴의 신경이 극도로 날카로워졌다.

그때 비상 발전소 위에 설치한 커다란 등에 불이 켜졌다. 드디어 준비가 된 것이다. 폴은 재빨리 광장 쪽으로 자리를 옮겼다.

모건 대장이 신호를 확인하고 지시한 듯, 예비 발전소 쪽으로 가는 길의 바리케이드를 보안대원들이 치우기 시작하였다. 이제부터 진검 승부다. 폴은 서둘러 움직였다. 어떻게 보면 그가 맡은 역할이 가장 중요했다. 모건 대장은 자칫 위험할 수 있으니 다른 방도는 없는지 물었지만 폴은 기꺼이 그 위험을 감수할 용의가 있었다. 이 세상에서 악마를 퇴치하고 시온을 구하는 일은 오직 그 자신만이 해야 했다. 폴은 한달음에 지하 자료 보관소로 내려갔다가 신탁의 방으로 올라갔다. 숨이 턱 밑까지 찼지만, 한시가 급했다. 절대 타이밍을 놓쳐선 안 되는 일이었다.

"제사장님의 맥박수가 상당히 높습니다. 괜찮습니까?"

아인텐이 저음의 남자 목소리로 물었다.

"난 괜찮아."

폴은 대답했지만 몇 분간 숨을 골라야 했다.

"최근 3일 동안 사망자 수가 1,000명을 넘었습니다. 제1거주구의 효모 공장이 작동을 멈추었고요. 단기적으로는 10퍼센트의 식량 배분 감축이 필요하나 효모 공장의 가동 여부에 따라 장기적으로는 안정될 수도 있겠습니다. 검은 광채는 아직 활동 중인가요?"

아인텐에게서는 일말의 동요가 느껴지지 않았다. 지금이 절체절명의 위기라는 것을 알고는 있을까? 폴은 크게 심호흡을 한 다음 입을 열었다.

"검은 악마는 바로 코앞까지 와 있어. 지금 그것을 해치워야 해. 전에 알려줬듯이 비상 발전소를 가동할 수 있겠지?"

"물론입니다. 그러나 성공 확률은 여전히 30퍼센트 이하입니다."

"지금이야말로 하늘의 도움을 받아야겠지. 너는 신을 믿나?"

"시온 사람들은 나를 신의 대리인으로 믿어왔습니다. 그리고 나는 주어진 조건에서 일어날 수 있는 일에 대한 가능성을 이야기해 줍니다."

그렇다. 모든 것이 이 기계에게는 확률이자 가능성일 뿐이다. 쓸데없는 질문을 한 것 같아 폴은 머쓱해졌다.

"나는 옥탑으로 올라가서 밖을 살필 거야. 내 신호에 따라 시온의 전력을 차단시키도록 해. 과연 너의 이론이 먹히는지 보자고."

검은 악마를 없앨 수 있는 가장 유력한 방법은 전기 분해라고 전에 아인텐이 말했었다. 그것에 강력한 전기를 흘려주면 검은 광채의 생명 활동이 멈추고 물이 분해되어 없어진다는 것이다. 그래서 계획한 것이 비상 발전소의 출력 단자에 금속 레일건을 연결시켜 검은 악마에 쏘는 것이었다.

문제는 비상 발전소가 말 그대로 비상시에만 가동이 되도록 설계되어 있다는 것이었다. 아인텐은 제1거주구 전력발전소를 제어할 수 있는 능력이 있었지만, 정작 시온탑이 포함되어 있는 중앙구는 제3거주구의 전력을 사용하였다. 예전 고대인들이 거주구를 처음 건설할 때, 안전상의 이유로 발전소를 멀리 떨어뜨려 지었기 때문이라고 했다. 여기서 제3거주구의 발전소를 제어할 수 없기 때문에, 제1거주구 전력발전소를 작동 중지시킴으로써 혹시라도 비상 발전기가 가동하는지 두고 보는 수밖에 없었다. 아인텐은 그럴 수 있는 일말의 가능성이 있다고 했고, 그것이 현재 남아 있는 유일한 희망이었다.

폴은 벽의 난간을 잡고 옥탑으로 올라갔다. 기도의 손의 손가락에 위치한 옥탑은 사람 1명이 간신히 서 있을 정도의 비좁은 공간이었는데, 길쭉한 반원 모양의 강화 유리가 외부로부터의 접근을 차단하였다. 그렇지만 매우 투명해서 전경을 조망하기에는 최고였다.

바리케이드는 시온 탑으로 가는 계단 위에도 설치되어 있었다. 그것이 기도의 손 바로 앞을 가로막고 있어 잘 보이지 않았지만, 검은 악마가 다가왔음을 폴은 본능적으로 느낄 수 있었다. 왼쪽에서 바리케이드의 출구를 만들려는 보안대원들의 움직임이 부산했다. 강화유리 안으로 소리는 전혀 들리지 않았으나, 그들의 고함 소리가 생생하게 그려졌다. 바리케이드 위에서 망을 보던 보안대원이 크게 손짓하며 뭐라고 하는 순간 큰 충격이 느껴지며 검은 악마가 바리케이드를 뚫고 돌진했다. 그것은 계단을 오르는 것도 그다지 어렵지 않은 듯 자유자재로 움직였다.

폴은 처음으로 검은 악마를 가까이에서 보았다. 그것은 아직 도망치지 못한 보안대원들을 사냥했다. 검은 촉수는 생각보다 빠르고 멀리까지 뻗어 왔다. 본체가 조금 멀리 떨어져 있다고 조금이라도 방심하면 큰일이었다. 한번 팔이나 다리를 붙들린 대원은 꼼짝없이 끌려가 빈 껍데기만 남았다. 보안대원들은 맨살이 노출되지 않도록 최대한 감쌌으나 검은 악마의 몸통으로 끌려가면 다른 촉수들이 동시에 달려들어 도무지 막을 재간은 없었다. 그래도 그나마 멀리 떨어진 곳에서는 촉수 하나가 다가와 다리를 잡을 때, 칼이나 방패로 촉수를 끊고 탈출할 수 있었다.

그중 1명이 마침 긴 칼로 촉수를 잘라내고 있었다. 폴이 자기도 모르게 그를 응원하고 있을 때, 검은 악마가 기도의 손 바로 근처까지 다가왔다. 악마의 암갈색 본체는 죽은 사람들의 뼈와 가죽이었다. 그것이 점점 더 분명히 모습을 드러내자, 죽은 시체들의 아비규환에 폴의 머리는 터질 것만 같았다.

악마의 촉수 여러 개가 폴을 보호하는 강화 유리를 더듬었다. 일부는 들어갈 틈이 없나 검사했고, 어떤 것은 툭툭 치며 유리가 깨지는지 확인하는 것 같았다. 촉수는 말 그대로 움직이는 검은 액체 같았지만, 자세히 보면 그 안에 반짝이는 점들이 있었다. 액체가 빛을 흡수하여 보통은 보이지 않았지만, 유리를 더듬을 때 가끔씩 그 점들이 유리 표면에 닿았고, 다채로운 빛을 내었다.

'검은 광채라 이름 붙여진 이유가 저것 때문인 걸까?'

폴은 이 악마가 의식이 있고 의지가 있음을 알 수 있었다. 자신에게 무언가 메시지를 전하려고 하는 것처럼 느껴졌다. 그러나 그것이 무엇인지는 도통 알 수 없었다.

검은 악마는 몇 분 동안 기도의 손을 살피다가 다시 움직였다. 바로 앞에는 시온탑이 솟아 있고, 주변에는 부속 건물들이 있었다. 폴은 상공을 살폈다. 지금이 우주선이 필요한 때였다.

검은 악마는 시온탑 지하에 파워셀이 보관되어 있음을 아는 것 같았다. 악마와 연결된 좀비들이 시온탑의 문을 열려고 시도했다. 타워의 정문은 안쪽에서 굵은 쇠사슬로 묶어 잠가놓았기 때문에 웬만해서는 열리지 않을 것이다. 문을 열기가 쉽지 않다고 판단했는지 검은 악마는 창문들을 노렸다. 강화 유리로 되어 있지 않은 유리 창문들은 촉수의 강한 타격에 모두 깨졌다. 촉수는 유리의 파편 따위는 신경 쓰지 않았다. 그러나 창문들을 모두 깨고도 막상 안으로 진입하기는 쉽지 않았다. 촉수들을 길게 늘여 안으로 넣을 수는 있었지만, 문을 열기에는 역부족인 모양이었다.

그러자 검은 악마는 정문으로 들어가기를 포기했는지 타워를 따라 돌며 뒤쪽으로 향했다. 뒤쪽에는 지하로 내려가는 입구가 있다.

가능한 한 그 입구를 막으려 물건들을 쌓아 놓았지만, 쇠사슬로 묶인 문만큼 튼튼하지는 못했다. 악마가 거기를 뚫고 내려가기 전에 일을 벌여야 했다.

기대했던 대로 그 시점에 우주선이 나타났다. 아래에는 사람이 1명 매달려 있었는데, 무언가를 들고 있었다. 검은 악마는 곧 반응했다. 그것은 곧장 우주선을 향해 돌진했다. 그 속도가 너무나 급작스럽게 빨랐기 때문에 순간 바로 낚이는 것이 아닌가 싶어 가슴이 철렁할 정도였다. 다행히도 우주선이 마지막 순간에 급히 위로 솟아올랐고, 길게 뻗은 악마의 검은 촉수는 매달린 사람을 잡지 못했다.

그러다 보니 어느새 검은 악마가 비상 발전소 앞에 와 있었다. 폴은 정신을 차리고 주위를 살폈다. 비상 발전소와 옆 건물의 옥상에서 레일건을 조준하고 있는 보안대원들이 보였다. 지금이었다.

"아인텐, 지금이야. 제1거주구 발전소의 전원을 꺼!"

폴이 소리쳤다. 그리고 기다렸다. 그런데 아무런 변화가 없었다.

"명령을 실행했나?"

"예. 제1거주구 발전소의 작동을 중지시켰습니다. 현재 제1거주구의 4, 5, 6, 7구역은 정전 상태입니다."

폴이 다시 밖을 바라보니 실제로 그쪽 구역이 어두워진 것을 확인할 수 있었다.

"하지만 비상 발전기는 작동하지 않고 있지 않나!"

폴이 절망스러운 목소리로 외쳤다. 검은 악마는 아직 그 위치에서 우주선의 남자와 핑퐁 놀이를 하고 있었다. 우주선은 고도를 높였다 낮췄다 하며 악마의 애간장을 태우고 있었고, 검은 악마는 남자가 들고 있는 무엇을 간절히 원하는 것 같았다. 그러나 언제까지 그러고 있을 수 있을지는 모를 일이었다.

검은 악마가 다른 곳으로 이동하기 전에 일을 해치워야 했다.

"역시 비상 발전기는 여기 시온탑을 위해서만 작동하는군요. 전에 말했듯이 내가 가지고 있는 전력망 설계도에는 비상 발전기 부분이 포함되어 있지 않습니다."

"지금 그것을 따질 때가 아니야. 그럼 시온탑의 전원을 끌 수 있는 다음 방법을 사용하도록 하게."

"알겠습니다. 그러나 역시 성공 확률은 매우 낮습니다. 내부적으로 시온탑의 전원을 차단할 경우 비상 발전기가 작동합니다만, 시스템이 안전 모드로 들어간 후 안전 모드에서는 일련의 상태를 확인한 후 이상이 없으면 다시 전원을 복귀시킵니다. 따라서 비상 발전기가 실제 동작하는 시간은 약 0.5초 내외가 될 것으로 계산됩니다."

"잔말 말고 실행해!"

마침내 폴은 화를 냈다. 이 기계가 그의 분노에 대해 눈곱만큼이라도 상관할지는 모르지만. 그의 말이 끝나자마자 순간 전기가 나갔다 들어왔다. 정말 눈 깜박할 순간이었다. 시온탑과 신탁의 방 내부에 잠시 검은 그림자가 스친 느낌이었다.

'성공한 것일까?'

그는 밖의 발전소와 레일건을 확인했다. 불이 켜지지 않은 것으로 보아 거기서 전기가 나오는 것이 아니었다. 아인텐의 말대로 그냥 원래 전력으로 원상 복귀된 모양이었다.

"이게 전부인가?"

레일건을 가동하기에도 턱없이 짧은 시간이었다.

"예, 그렇습니다. 안전 모드가 실행되는 동안에는 나도 조정할 능력이 없습니다. 안전 모드를 제어할 수 있는 사람은 오직 슈퍼유저뿐입니다."

'슈퍼유저라니….'

폴은 헛웃음이 나왔다. 신께서 직접 와서 도와주셔야 가능하단 뜻인가? 폴은 절망에 빠졌다. 검은 악마를 없앴을 수 있는 유일한 방법이라고 했는데, 지금 이것이 실패한 이상 어떤 대안을 찾아야 할지 막막하기만 했다.

비상 발전소 앞에서는 여전히 검은 악마와 우주선이 곡예를 하고 있었다. 그러나 검은 악마는 마침내 이 곡예의 의도를 알아차린 것 같았다. 검은 악마는 촉수를 거둬들여 잠자코 있더니 다른 곳으로 천천히 움직이기 시작했다. 우주선과 남자가 검은 악마를 붙들기 위해 조금 더 가까이 근접했을 때였다. 검은 악마의 촉수가 놀라운 속도로 뻗어 나가더니 남자의 다리를 붙들었다. 우주선이 급히 방향을 틀었으나 이미 늦고 말았다. 다른 촉수가 남자가 들고 있는 상자를 감쌌다. 다만 그 상자는 줄로 연결되어 있었는지 쉽사리 떨어져 나오지는 않았다.

검은 악마와 우주선이 남자를 사이에 둔 채로 팽팽히 맞서고 있는데, 갑자기 일순간 주변이 어두워졌다. 그리고 다시 밝아졌다. 아까보다는 약 3초 정도 더 시간이 걸린 것 같았다. 레일건 옆의 대원들이 분주해진 모습이 보였다. 레일건에 불이 들어와 있었다.

"지금 비상 발전기가 켜진 건가?"

폴이 큰 소리로 물었다.

"예, 그렇습니다. 어찌 된 일인지 제3거주구에서 오는 전력이 끊겼습니다. 제3거주구 발전소에서 무슨 일이 생긴 것 같습니다. 그쪽에서 오는 상태 신호가 모두 두절입니다."

아인텐이 흥분할 수 있다면 지금이라고 말할 수 있을까? 아니, 어쩌면 폴 자신이 흥분했기 때문에 그렇게 들린 것일 수도 있었다. 기적이 벌어졌다.

'신은 결국 인간의 손을 들어주시는구나.'

폴은 생각했다.

레일건을 발사하기 위한 충전은 그리 오래 걸리지 않았다. 검은 악마가 남자를 붙잡고 있느라 고정된 상태였기 때문에 목표물로도 더할 나위 없었다.

곧 레일건 2개가 연달아 발사되었다. 발사된 금속 창에는 발전기로부터 연결된 고압선이 매달려 있었다. 창은 각각 검은 악마의 껍질의 앞뒤 구멍 안으로 사라졌다. 그리고 전류가 흘렀다.

그러자 남자와 상자를 잡고 있던 촉수가 엉킴을 풀었다. 그리고 껍질의 모든 구멍에서 촉수들이 미친 듯이 꿈틀거리며 뻗어 나왔다. 검은 촉수들은 마치 다른 곳으로 빠져나가고 싶어하는 것 같았으나, 스스로 단절하지는 못 하는 듯 그저 길게 길게 발버둥 칠 뿐이었다.

마침내 검은 악마의 껍질이 삐져나온 검은 촉수들로 인해 흐트러진 머리카락에 파묻힌 것처럼 보였을 때, 검은 악마는 빛을 내뿜었다. 인간이 상상하기 힘든 호화롭고 아름다운 빛이었다. 검은 촉수의 모든 곳에서 눈부신 빛들이 발광하였다. 비상 발전소에 불꽃이 튀기는 것이 보였다. 검은 악마에게 흘리는 전기가 임계치에 달한 모양이었다. 지금 멈추면 안 된다. 조금 더 버텨주어야 한다.

얼마나 지났을까. 발전소의 불빛이 갑자기 사라지며 세상이 어두워졌다. 오직 검은 광채의 찬란한 빛만이 남아 있을 뿐이었다. 실패했나 하고 생각하는 순간, 형형색색의 빛이 사그라들며 검은 악마가 급격히 쪼그라들었다. 모든 빛이 사라지고 어둠만이 남았을 때는 수증기만이 남아 온 주위를 감싸고 있었다.

검은 광채는 그렇게 자신의 이름을 증명하고 죽었다.

제25장
승자의 혼미

자유의 광장은 어느새 사람들로 가득 찼다. 동쪽 하늘이 서서히 밝아오며 악몽 같았던 밤을 몰아내고 있었다. 댄은 보안대원들에 이끌려 기도의 손 앞에 있는 바리케이드 위까지 오게 되었다. 정전 탓으로 시온탑을 비롯한 주위 건물들은 모두 암흑에 잠겨 있었으나, 밖에 있는 사람들은 모두 생기가 넘쳤다. 그러나 웬일인지 댄의 심정은 굉장히 차분했다.

사실, 바리케이드 위에서 내려다본 광경은 대단했다. 자유의 광장은 환희의 도가니였다. 검은색 조끼에 헬멧을 쓴 보안대원들, 야광봉 리본을 매단 시위대원들, 자유로운 복장에 무기를 든 외인들, 그리고 어디서 나타났는지 일반 거주민까지 모두 서로 얽혀 악마를 무찌른 것을 기뻐하며 소리를 질렀다. 그중 일부가 부서진 화합의 무대에 올라 환희의 성가를 부르기 시작하였다. 시작된 합창은 곧 온 광장을 가득 메웠고, 광장에 있는 모든 사람들의 마음을 벅차오르게 만들었다.

댄은 바리케이드를 내려와 포옹하거나 악수를 하는 사람들 사이를 지나쳐 시온탑 뒤로 돌아갔다. 처음에 그를 안내했던 보안대원들이 어디론가 가 버렸기 때문에, 그를 알아보는 사람은 아무도 없었다.

검은 광채의 잔해는 그대로 거기에 있었다. 구멍이 뚫려 있는 껍질 주변에는 좀비의 시체와 희생된 사람들의 주검이 널려 있었다. 아직 날이 완전히 밝지 않아 자세하게 보이지는 않았지만, 기괴한 껍질은 생각보다 크기가 컸다. 그토록 사람들을 두렵게 했던 검은 물은 온데간데없었다.

댄은 자기도 모르게 목에 손을 대었다. 쓰고 있던 우주복 헬멧은 아까 벗어버렸는데, 정신이 없어 어디에 두었는지 잊어버렸다. 아직도 목이 욱신욱신 쑤셨다. 댄의 목에 붙어 있던 검은 광채는 자신의 동족의 죽음을 알아차렸을까? 분명히 그럴 것이다. 아까 검은 광채가 최후의 빛을 발하며 소멸하던 순간에, 사실 댄도 죽음을 강하게 체험했다. 검은 광채가 어떤 방식으로든 서로 연결되어 있다는 말이 실감 나던 순간이었다.

동녘의 햇빛을 받아 암갈색으로 빛나는 껍질 주위에는 사람들이 없었다. 비록 죽었다고는 하나 아무도 이 괴물 근처에 오고 싶어 하지 않을 것 같았다. 댄은 껍질로 다가갔다. 그는 두렵지 않았다. 처음에 거대한 껍질 안으로 들어가 이 신기한 생명체의 흔적을 발견한 사람이 바로 자신이 아니었던가. 가까이 다가갈수록 껍질의 실체가 드러났다. 온갖 인간의 처참한 마지막을 하나의 그릇에 담아놓은 모습이었다. 하지만 이러한 아비규환의 절규 속에 가끔 매우 평온해 보이는 표정의 얼굴도 담겨 있었다. 이 사람은 죽음을 맞이할 때 정말로 이렇게 평화로웠으려나 댄은 궁금해졌다.

그는 껍질에 손을 대 보았다. 그 느낌은 맨 처음 제13구역에서 만났던 그것과 매우 비슷했다. 따뜻했고 매끈했으며, 굴곡과 틈이 있었다. 다만 그 굴곡과 틈이 인간의 몸들이 겹쳐져서 생겼다는 점이 다를 뿐이었다.

댄은 자신이 들어갈 수 있는 정도로 큰 구멍을 찾았다. 거추장스러운 우주복을 벗고 아까 길가에서 집어 든 자루옷을 걸친 다음, 구멍 안으로 몸을 비집고 들어갔다. 묘한 냄새가 코를 찔렀다. 껍질 안의 구조는 크기만 축소되었을 뿐 전에 본 것과 비슷했다. 안의 구조는 기둥들로 지탱되었고 중앙 부분에는 작은 크기의 구가 있었으며, 바깥과 달리 껍질 안쪽은 격자무늬만 있을 뿐 유리처럼 매끈했다.

댄은 중앙으로 더 들어가 그 구를 만져보았다. 뜨거웠고 축축했다. 검은 광채가 모두 여기에 숨어들었음을 알 수 있었다. 과연 이 구 안에도 광대한 에너지가 가득 차 있는 검은 알들이 있을까? 검은 알들이 많을수록 메이가 더 좋아할 것이다. 다만 이 구를 녹이려면 레이저포가 있어야 하고, 그렇다면 또다시 검은 광채를 부활시킬지 모르는 위험을 감수해야 한다. 댄은 머리를 흔들었다. 그 누구도 검은 악마를 다시는 마주하고 싶지 않을 것이다.

갑자기 댄은 또다시 목에서부터 찌릿한 전율을 느꼈다. 자신의 집에 온 것을 반기는 것이었을까? 문득 불안한 마음이 들었다.

댄은 껍질 밖으로 빠져나왔다. 날은 이제 완전히 밝아 청명했다. 보안대원들이 그를 보고 깜짝 놀랐다. 껍질에서 사람이 나올 줄은 몰랐던 모양이었다. 그들은 껍질 주위에 사람들이 접근하지 못하도록 안전대를 치고 있었는데, 그중의 1명이 댄을 알아보았다.

"어이, 우주 소년. 시온 최고 회의에서 널 찾고 있어. 시온탑으로 빨리 가 보는 게 좋을 거야."

"예, 감사합니다."

댄은 큰 소리로 대답하고는 주위를 둘러보았다. 광장 쪽에서는 여전히 사람들의 흥겨운 소리가 들렸다. 별일은 없었다. 댄은 마음속으로 안도의 숨을 내쉬며 시온탑으로 발걸음을 내디뎠다. 메이와 로사도 거기에 와 있을지 궁금했다.

메이는 검은 광채가 죽는 광경을 보고는 바로 은신처로 돌아갔다. 그녀는 가급적이면 일반 시온 사람들과의 접촉을 피하려 했었고, 그것은 옳은 결정이었다. 댄도 그녀와 같이 가고 싶었지만 검은 광채와의 사투 때 우주선에 매달았던 끈이 끊어지는 바람에 일단 땅에 내려올 수밖에 없었다.

"난 걱정 말고 일단 돌아가요. 여기서 사람들하고 승리를 만끽하고 갈게요."

유선 통신기로 댄은 말했고, 메이도 흔쾌히 승낙했다.

"그래, 정말 수고 많았어. 조금 이따가 봐."

그리고 실론호는 검은 알이 들어 있는 상자를 매단 채 날아갔다.

불과 몇 시간밖에 지나지 않았지만, 댄은 다시 메이와 로사를 만날 생각에 마음이 부풀었다. 그 몇 시간 동안에 많은 변화가 생겼다. 검은 광채는 사라졌고, 시온 사람들은 모두 한마음이 되었다. 그것도 어떻게 보면 분명 기적이었다. 보안대원들, 시위대원들 그리고 외인들까지 한데 뭉쳐 싸우다니. 검은 광채는 시온에 파괴와 무수한 살육을 가져왔지만, 한편으로는 통합을 위한 계기도 마련해 주었다.

혹시 외인들 중에 유나가 있을지도 궁금했다. 유나의 언니가 했던 부탁이 생각났다. 사실 댄은 유나를 위해 모든 것을 내려놓기로 마음의 결정을 내렸었다. 메이에 대한 연모는 충동적이고 일방적인 감정일 뿐이라고 애써 되뇌었다. 메이는 다른 세상에 속해 있는 사람이며, 어쩌면 거기에 그녀가 사랑하는 다른 누가 있을지 모르는 일이었다.

메이를 따라가지 않는다면 우주로의 여행은 물거품이 될 것이 분명했지만, 그녀에 대한 마음이 이렇듯 혼란스러운 상태에서 단둘이 우주 공간에서 지내는 것도 굉장히 어색하리란 생각이 들었다. 우주로 떠나고 싶은 마음만큼, 그렇게 할 수는 없다는 이성도 커져갔다.

'내려놓아야 한다.'

희생이라고 부르기에는 너무 거창하지만, 한 사람만을 위해서라도 자신의 것을 내려놓을 수 있으면 그게 진정한 영웅의 희생이라고 벤 사제는 말했었다.

여러 가지 생각들로 머릿속이 한껏 복잡해진 채로, 댄은 시온탑의 정문에 도착했다. 문을 잠갔던 쇠사슬은 풀려 있었고, 대신 보안대원들이 보초를 서고 있었다.

"이봐, 여기는 출입이 제한되어 있어."

댄이 무심코 들어가려 하자, 그들이 댄을 제지했다.

"최고 회의에서 찾는다고 해서 왔습니다. 아, 난 우주 소년이에요."

우주 소년이라는 말에 그들은 딱딱한 태도를 풀었다.

"아, 그렇구나. 아까는 활약이 대단했어. 완전 공중 곡예를 하더군. 어서 들어가 봐."

보안대원이 댄의 어깨를 툭 치며 말했다.

댄은 정문을 지나 로비로 들어갔다. 그런데 막상 어디로 가야 할지 알 수가 없어 잠시 두리번거렸다. 몇 명의 보안대원들이 급히 로비를 가로질러 달려갔는데, 붙들고 물어보기가 어색했다.

댄이 망설이고 있는데, 왼쪽의 비상계단에서 세 사람이 내려왔다. 가운데에 폴 최고 제사장을 두고 양쪽으로 보안대 장교와 나이 지긋한 사제가 동행했다. 그 뒤에 10명가량의 사제들이 뒤따르고 있었다. 최고 회의 사제들이었다.

댄은 갑자기 목이 막히며 답답해졌다. 폴 제사장은 벤 사제를 죽음에 이르게 한 사람이 아니었던가. 물론 그 직접적인 원인은 탈출 과정에서 보안대의 창에 맞은 것이지만, 애초에 벤 사제가 체포되어 감옥살이를 떠나게 된 것은 폴 제사장의 명령 때문이었다. 최고 회의라면 당연히 폴 제사장이 포함되는 것임을 예상했어야 했는데, 메이와 로사, 유나에 정신이 팔려 깜빡 잊고 있었다.

적개심 어린 눈으로 자신을 노려보는 댄에게 폴 제사장이 말을 걸었다.

"젊은이, 너는 누구지?"

옆에서 댄을 유심히 보던 보안대 장교가 대신 대답했다.

"이 친구가 우주 소년입니다. 우주선에 매달려 악마를 유인했던 친구입니다."

폴 제사장은 댄을 아래위로 훑어보았다.

"어느 거주구 출신이지?"

댄은 아무런 말도 하지 않았다. 벤 사제를 죽게 만든 사람에게 최대한의 저항을 보이고 싶었다.

"제7거주구 출신이라고 합니다. 이 친구를 아는 보안대원들이 있습니다."

장교가 다시 대답했다. 폴 제사장은 고개를 끄덕이더니 몸을 돌려 걸어가며 말했다.

"그를 데려오게. 거주구민이건 아니건 도움이 될 거야."

댄은 자의 반 타의 반으로 그들과 함께 다시 밖으로 나갔다. 거기에는 30명가량의 보안대원들이 대기하고 있었다. 아까는 미처 보지 못했는데, 기도의 손 앞에 있던 바리케이드가 모두 치워져서 자유의 광장이 내려다보였다. 광장의 분위기는 아까와는 사뭇 달랐다. 사람들의 흥분이 가라앉았는지 이곳저곳에 떼를 지어 있었다. 광장의 서편에는 외인들이 주로 자리를 차지하였고, 가운데 부분에 시위대원들이 모여 있었다. 그 주위를 보안대원들이 둘러싼 모습이 보였다. 서로 간에 큰 소리가 오고 가는 등 험악한 분위기가 느껴졌다. 광장의 다른 한쪽에서는 거주민들 또한 뭐라고 떠드는 것 같았다.

폴 제사장을 따라 바리케이드 통로를 지나 믿음의 계단 맨 위에 다다르자, 아래에서 한 무리의 사람들이 올라오는 것이 보였다. 수잔 사제와 론을 비롯한 야광봉 시위대 주요 인물들이었다. 댄은 그들과 간단한 눈인사를 나누었다. 로사와 모니코, 메이는 보이지 않았다.

폴 제사장이 큰 소리로 그들을 환영했다.

"수잔 사제, 이렇게 건강한 모습으로 다시 보니 반갑군요. 걱정 많이 했습니다."

"걱정 따윈 필요 없습니다. 보안대에 협력하여 검은 악마와 싸우는 대신 우리의 안전을 약속하지 않았습니까? 그런데 이게 무슨 경우이지요? 약속을 지키세요. 당신의 비열한 술수로 이미 수많은 애국자들이 희생되었어요."

수잔 사제의 말 한마디 한마디는 분노로 이글거렸다.

"말조심해요, 수잔 사제. 난 분명 약속을 지켰어요. 그들이 애국자였는지는 확신할 수 없지만, 적어도 죽음을 감수했으니 신께서 그들을 어여삐 보실 것은 확실히 말할 수 있겠습니다."

폴 제사장은 헛기침을 하고서는 계속 말했다.

"일이 이렇게 된 마당에 내가 양보하지요. 어쨌든 다 함께 공동의 적을 물리쳤으니 이 기회에 평화와 공존을 위해 대승적인 결단을 내리자는 것이 여기 있는 최고 회의 사제들의 공통된 의견이었습니다. 그 뜻을 존중하여 최고 회의의 권위를 인정하는 모든 사람들을 사면하여 그들이 자유롭게 시온 안에서 살 수 있도록 인정하는 바입니다."

그러나 수잔 사제는 이 제안에 그다지 달가워하지 않았다.

"그렇다면 왜 보안대원들이 우리를 포위하며 위협하고 있는 거죠? 이것이 당신이 말하는 평화와 공존인가요?"

"그것은 불미스러운 일이 생기지 않도록 예방하기 위해 무기를 회수하는 조치일 뿐입니다. 아직 앙금이 남아 있는 상태에서 쌍방이 무장하고 있으면 어떤 일이 벌어질지 예상할 수 없을 테니까요. 하지만 쓸데없이 걱정할 필요는 없습니다. 무기를 내려놓는다고 해서 당신들한테 불리할 것은 하나도 없습니다. 아까 말한 약속을 난 반드시 지킬 것이오."

폴 제사장의 표정은 여유로웠다. 댄이 보기에 그가 제시한 조건은 매우 불공평했지만, 지금 상황에서 시위대는 수적으로나 무장 상태로나 보안대에 비해 열세였다. 만약 그들 간에 다시 충돌이 일어난다면 더 나쁜 결과를 감수해야 할지도 몰랐다. 굴욕적이지만 폴 제사장의 제안을 받아들이는 편이 나을 거라는 생각이 들었다. 하지만 아직 외인이라는 변수가 있었다. 만약 그들과 연합할 수만 있다면 얘기는 달라질 것이다.

수잔 사제와 시위대 지휘부가 자기들끼리 무언가 얘기하고 있는데, 밑에서 다른 한 무리의 사람들이 올라왔다. 그들은 외인들이었고, 먼저 온 시위대와 달리 모두 무장한 상태였다. 뒤쪽에 있던 보안대원들이 앞으로 나와 그들을 가로막자, 그중에서 젊은 여자 1명과 아주 낡은 자루옷을 입고 두건을 푹 눌러쓴 덩치가 매우 큰 남자 1명이 가까이 다가왔다.

그 젊은 여자는 놀랍게도 유나였다. 유나도 댄을 보고 흠칫 놀라는 듯하였으나, 곧 시선을 돌렸다. 댄은 유나가 어떻게 외인들의 대표에 끼게 되었는지 이해가 되지 않아 그저 입을 벌리고 쳐다보기만 했다.

"성스러운 시온탑 아래에서 당신들을 마주할 줄은 상상도 못 했지만, 어쨌든 환영하오. 이게 다 신의 뜻이겠지요."

폴 제사장이 유나를 향해 말했다.

"듣기보다 훨씬 젊군요, 이멜다."

"아니오, 나는 새로이 노웨어의 촌장이 된 제임스 파킴의 비서인 유나입니다."

긴장되는지 유나의 목소리가 살짝 떨렸다. 댄은 자신의 오금이 저리는 듯한 느낌을 받았다.

'어쩌자고 저런 일을 나서서 하는 거지?'

유나는 계속 말을 이었다.

"나는 모든 자유민을 대표해서 시온 최고 회의에 다음의 사항들을 요구합니다. 첫째, 노웨어가 다른 거주구와 동등한 지위를 갖되 자유민의 자치권을 인정한다. 둘째, 자유민들과 거주민들 사이의 자유로운 통행과 경제 활동을 보장한다. 셋째, 셋째가… 음… 셋째는 기억이 안 나네요."

미리 외운 듯 대사를 폭풍처럼 쏟아 내던 유나가 당황해하며 얼굴이 빨개졌다. 잠시 정적이 흐른 후, 댄과 폴 제사장을 제외한 모든 사람들이 키득댔다.

그러나 폴 제사장의 얼굴만은 여전히 얼음장 같았다.

"아주 획기적인 요구 사항들이군요. 그런데 내가 그 제안을 받아들여야 하는 이유가 뭐죠?"

"그렇게 하지 않으면 당신의 목숨이 위태롭기 때문입니다."

유나가 거침없이 대답했다. 이번에는 폴 제사장도 입가에 웃음기가 돌았다.

"아주 당돌한 아가씨군요. 제임스라는 촌장이 많이 총애하는 모양이죠? 이렇게 대표로 보낸 것을 보니. 나는 촌장과 직접 얘기하겠소. 그가 직접 여기 올 배짱이 없었다면, 과연 자신의 비서가 포로가 되었을 때는 어떻게 행동할지 궁금하군요."

그는 보안대 장교에게 명령했다.

"모건 대장, 이 여자와 외인들을 모두 체포해."

모건 대장이 폴 제사장에게 가까이 가서 다른 사람들에게는 들리지 않게 작은 소리로 말했다. 댄은 제사장 뒤에 있었기 때문에 그들의 말을 들을 수 있었다.

"아래에 무장한 외인들이 반발할 수도 있는데요."

모건 대장의 대답에 폴 제사장은 짜증을 냈다.

"촌장은 소중한 애인이 다치는 것을 원하지 않을 거야. 그럼에도 혹시 외인들이 반발하면 즉시 진압하게. 내 말 알겠나?"

모건 대장이 고개를 끄덕이며 옆으로 물러나 부하들에게 손짓했다. 유나가 옆에 있는 덩치 큰 남자에게 뭐라고 귓속말을 했다. 그러자 남자는 성큼성큼 폴 제사장 쪽으로 다가왔다. 보안대원 둘이 그의 앞을 막아서며 멈추라고 했지만 남자는 들은 척도 하지 않았고, 오히려 보안대원들의 창을 양손에 하나씩 잡더니 무시무시한 힘으로 보안대원들을 창과 함께 던져버렸다.

그러자 마치 기다렸다는 듯이 난투극이 벌어졌다. 덩치 큰 남자가 폴 제사장을 덮치려는 것을 다른 보안대원들이 간발의 차이로 막는 동안, 폴 제사장과 최고 회의 사제들은 몸을 피했다. 몇 계단 밑에서는 외인들과 보안대원들이 서로 무기를 겨누며 대치하고 있었다. 댄은 유나에게로 달려갔다.

"유나야, 괜찮아?"

스스로 생각해도 참 바보 같은 질문이었지만 다른 말이 생각나지 않았다.

"응, 난 괜찮아. 어젯밤에 네가 우주선에 매달려 활약하는 걸 봤어. 대단하더라."

유나는 의외로 침착하였다.

"나와 같이 가자. 여기는 위험해."

댄의 말에 유나는 고개를 저었다.

"아니야, 댄. 너 혼자 가. 나는 새로운 가족이 생겼어. 가서 네가 그토록 간절히 원하던 일을 꼭 해. 알았지?"

그 말을 남기고 유나는 계단 아래로 뛰어 내려갔다. 외인들은 유나가 내려가자 그녀를 호위하며 뒤로 물러났다.

보안대원들은 홀로 남겨진 덩치 큰 남자를 에워쌌다. 남자가 쓴 두건이 흘러내리자 그의 머리에 난 큰 상처가 보였다. 그럼에도 그는 괴력을 발휘했고, 웬만한 공격에는 꿈쩍도 하지 않았다. 그러나 그가 수십 명의 보안대원들을 혼자 당해낼 수는 없었다. 예닐곱의 보안대원들을 희생시킨 후에 그는 결국 쓰러졌다. 보안대원들은 분풀이라도 하듯 그에게 달려들어 이미 숨이 끊어진 시체를 난도질하였다.

끔찍한 광경에 눈을 돌리니 옆에서 수잔 사제가 다가와 댄의 어깨에 손을 올렸다.

"저 남자가 누군지 아니?"

수잔 사제의 물음에 댄은 다시 고개를 돌려 보았다.

"아뇨, 그렇지만 이상해요. 저 남자는 마치 좀비 같았어요. 그런데 눈 색깔은 정상이었어요."

댄이 아는 한 좀비들의 눈은 모두 검었다.

"절반만 그래. 난 너와 반대편에서 그를 보았는데, 그쪽 눈은 검었어. 무엇보다도 저 사람은 예레미 사제야. 폴 제사장의 심복이었지. 어찌 되었든 간에 좀비가 아직도 돌아다닌다는 것이 난 마음에 걸리는구나."

댄도 그 얘기를 하고 싶었다. 차마 누구에게도 말할 수 없었지만, 목에 박힌 검은 물이 느끼고 있었다. 분명 아직 무언가가 남아 있었다.

다행히 광장에 있던 시위대와 외인들과 보안대 사이에서는 긴장감만 흐를 뿐 큰 충돌이 없었다. 그들의 지휘부가 모두 부재한 상태에서 어떤 일을 벌이기가 어려웠고, 불과 얼마 전까지 검은 악마에 대항하여 함께 힘을 합쳐 싸웠다는 점이 영향을 주었을 것이다.

댄이 수잔 사제와 함께 내려와 시위대원들의 틈으로 섞였을 때였다. 멀리서 큰 소리가 나더니 사람들의 비명 소리가 들렸다. 고함 소리는 입에서 입으로 전파되며 사람들을 움직이게 했다. 그들은 믿음의 계단 쪽을 향해 도망치기 시작했다. 댄과 일행도 다시 계단을 따라 오를 수밖에 없었다. 계단 위에 있는 사람들이 모두 한곳을 보고 있었다. 댄도 그곳을 보았다. 슬픈 예감은 틀린 적이 없다고 했던가. 검은 악마가 거기에 있었다.

제26장
주어진 운영

메이는 눈에 띄게 힘들어 보였다. 희박한 산소를 버티며 지낸 시간이 점점 더 가혹해지는 모양이었다. 몸은 여기가 더 가볍지만, 고향 행성이 훨씬 더 숨쉬기 편하다고 그녀는 말하곤 했다. 파워셀 상자를 실론호까지 옮기는 작업은 로사한테도 힘든 일이었다. 모니코가 한 번에 세 상자를 나르기는 했지만, 시간 절약을 위해 로사와 메이도 거들었다. 해가 뜨기 전, 아직 보안대원들이 기쁨에 젖어 경황이 없을 때 일을 마쳐야 했다. 시온탑 근처 옥상에 숨겨 놓은 실론호를 보안대에 들키기라도 하면 안 되었다.

수잔 사제는 메이가 검은 광채에 레일건을 박아 넣는데 협조하는 대신, 실론호를 위한 파워셀을 12상자 공급받기로 폴 제사장과 합의하였었다. 그러나 그것은 폴 제사장이 절대 지킬 리 없는 약속이었다. 그는 특별히 자신의 신분패 중 하나를 수잔 사제에게 주면서 필요하면 경비병에게 보여주라고 했지만, 정작 저장소에 들어가기 위해서는 열쇠가 필요하다는 사실은 언급도 하지 않았다. 아마도 그는 모니코가 시온탑의 어디든 들어갈 수 있는 열쇠를 가지고 있으리라고는 꿈에도 상상하지 못했을 것이다. 모니코가 그 사실을 모두에게 알렸을 때, 로사는 특히 고소한 마음을 금할 수 없었다.

메이가 검은 광채의 죽음을 확인하고 돌아왔을 때, 그들은 곧장 파워셀을 가지러 가기로 결정하였다. 그 결정은 옳았다. 그들이 시온탑 지하의 저장소로 파워셀을 가지러 갔을 때, 경비병은 그림자도 보이지 않았다. 검은 악마를 퇴치한 기쁨을 나누기 위해 광장으로 간 듯했다. 그러나 방심은 금물이었다. 폴 제사장이 언제 파워셀에 대한 방책을 세울지 모를 일이었다. 수잔 일행이 여기에 찾아올 것을 대비해 보안대를 보낼 수도 있었다. 그가 실론호를 가로채고 싶어하는 것은 누가 보아도 역력했기 때문이었다.

마지막 파워셀 상자를 실론호에 싣고 나서 그들은 잠시 쉬었다.

"다 된 건가요? 드디어 고향으로 돌아갈 수 있게 되었네요. 정말 기쁘겠어요."

로사가 옥상 바닥에 털썩 주저앉으며 말했다. 그러나 메이의 표정은 아주 밝지만은 않았다.

"일단 아인텐을 먼저 만나봐야 해. 킬러 위성도 잠재워야 하고, 모선과의 랑데부 궤도도 정확히 계산해야 하니. 그리고…."

그녀는 미안한 표정을 지으며 말했다.

"그리고 댄도 찾아야 하고."

메이는 로사 또한 우주로 가고 싶어 한다는 것을 알고 있었다. 그래서 실론호의 자리가 모자란 것을 안타까워했다. 로사는 그런 그녀의 마음이 고마웠다.

"그래요. 아직 갈 길이 남았지만, 그래도 일이 잘 풀리게 돼서 정말 다행이에요. 앞으로도 그럴 것이라 믿어요."

로사는 메이를 격려하는 뜻에서 그녀의 손을 잡았다. 메이의 손에도 힘이 실렸다.

"로사에게도 미온을 보여주고 싶어. 꼭 돌아올게. 기다려 줘."

"물론이죠. 다른 데로 도망가지 않을 테니 걱정 말아요."

메이는 전에도 꼭 돌아오겠다는 말을 했었다. 그냥 인사치레로 하는 것인지 진심인지 의문이 들기도 했지만 상관없었다. 어차피 이루어질 일은 이루어질 것이다.

"날이 밝으려 합니다. 어서 가서 아인텐을 만나도록 합시다. 폴 제사장이 다른 마음을 먹기 전에 빨리 해결해야 합니다."

모니코가 옆에서 재촉했다. 그에게 휴식은 사치인 것 같았다.

그들은 어스름이 밝아 오는 거리를 지나 시온탑의 뒤편으로 향했다. 사람들은 모두 광장으로 갔는지 그쪽에서 시끌벅적한 소리가 들렸다. 비상 발전소 옆에는 검은 악마의 잔재가 희미한 하늘의 빛을 받아 윤곽을 드러내고 있었다.

파워셀 저장고에는 전시실로 통하는 문이 따로 있었다. 모니코는 가지고 있던 열쇠와 비밀번호를 이용해 무난히 그 문을 열었다. 전기가 나간 후라 전시실 안은 어두웠다. 모니코는 문 옆의 응급 상자에서 야광봉을 2개 꺼내어 하나를 메이에게 주었다. 둘은 잠시 대화를 나누었고, 메이는 홀로 자료실 쪽으로 갔다.

모니코가 다가오자 로사가 물었다.

"메이와 같이 가야 하는 것 아닌가요?"

"아니오, 메이와 나 사이에 필요한 정보는 모두 교환했습니다. 이제 아인텐에 대해서는 메이가 알아서 처리할 겁니다. 우리는 따로 할 일이 있어요."

"정전이 되었는데도 아인텐은 괜찮은가 보죠?"

"아인텐은 또 다른 예비 전원이 있습니다. 곧 보게 될 거예요."

그는 전시실의 다른 쪽 구석으로 로사를 데리고 갔다. 벽과 벽이 만나는 곳에 철제로 된 서랍장이 하나 있었다. 모니코가 그것을 가볍게 옆으로 밀자, 그 뒤로 비상용이라는 팻말이 붙어 있는 문이 보였다. 문에 손잡이는 없고 열쇠 구멍만 나 있었다. 모니코가 열쇠를 넣어 돌리고 밀자, 문은 끽 소리를 내며 안으로 열렸다.

"그 열쇠는 만능이군요. 그런데 여기 들어가도 되는 건가요?"

로사가 안으로 들어가며 말했다. 거기에는 아래로 연결되는 나선 계단이 있었다.

"시온이 건설된 이후 여기에 들어온 사람은 열 손가락으로 꼽습니다. 당신은 그중 1명이에요."

모니코가 앞서 계단을 내려가며 말했다. 두 층 정도를 내려간 후에 모니코는 거기에 있는 문을 열고 안으로 들어갔다. 로사도 그를 따랐다. 그곳은 큰 창고 같았는데, 깜깜해서 안이 잘 보이지 않았다. 다만 차갑고 무거운 공기와 문이 닫힐 때 묵직하게 울리는 소리로 보아 공간이 꽤 크다는 사실을 짐작할 수는 있었다.

"이곳에는 소형 자가 발전기가 있어요. 외부에서 오는 모든 전기가 끊겨도 작동할 수 있게 설계되었죠. 아인텐도 이 전기를 쓰고 있어요. 여기 어딘가 스위치가 있을 거예요."

모니코가 벽을 더듬어 불을 켰다.

로사는 놀라움에 숨이 탁 막혔다. 그 공간은 천장 높이가 20미터 정도 되어 보였고, 중앙에는 굵고 큰 기둥 같은 것이 있었는데 천장과 맞닿아 있었다.

"이것은⋯."

로사가 말을 잇지 못하자 모니코가 대신 대답했다.

"비상 탈출용 우주선입니다. 두 번째 이주민, 즉 당신의 선조들이 시온을 건설할 때는 이러한 우주선이 여러 대 있었습니다. 정착이 완료된 후에, 그들은 다른 우주선들을 모두 폐기하였지만 이것만은 남겨 두었습니다. 만약을 위한 최후의 보루로 말입니다."

로사는 우주선에 가까이 다가가 빙 돌며 살펴보았다. 우주선은 흰색이었는데, 위쪽에 있는 둥근 원기둥 모양의 본체를 아래쪽에 있는 4개의 원기둥이 부드러운 곡선을 그리며 떠받치고 있었다. 주변에는 사다리와 짐짝들 그리고 역시 여러 가지 계기판이 달린 원기둥 모양의 녹색 금속 통들이 흩어져 있었다.

"우주선이 천장 위로도 솟아 있나요?"

"예, 우리는 지금 신탁의 방 밑, 즉 아인텐과 메이 아래에 있습니다. 이미 눈치챘겠지만, 신탁의 방과 기도의 손은 사실 우주선의 일부입니다. 아인텐도 마찬가지고요."

전에 메이와 모니코가 옆에서 궤도니, 위성이니, 우주선이니, 아인 텐이니 논의할 때 로사는 사실 거의 아무것도 이해하지 못했다. 지금도 똑같지만 한 가지는 확실하게 깨달았다. 이 모든 것이 처음부터 준비되어 있었다는 사실이었다. 그것이 누구든, 언제이든, 목적이 무엇이든, 이 우주선은 다시 우주로 나갈 운명임이 분명하였다.

"나에게 왜 이것을 보여주는 거죠?"

로사가 모니코를 보며 물었다. 모니코는 옅은 미소를 지었다.

"메이는 나에게도 새로운 세상을 알려 주었습니다. 시온의 모든 인간들처럼, 나와 아인텐도 이주민들이 설정해 놓은 초기 조건 안에서 시온을 지속시키려고 노력해왔어요. 그러나 이제 다른 방법도 존재한다는 사실을 깨닫게 되었습니다. 그 방법은 이 우주선을 통해서 이루어질 거예요. 그리고 그 주인공은 바로 당신과 댄이에요. 세상에 우연은 없어요. 우연처럼 보이는 것은 필연의 선택적 결과일 뿐입니다. 당신과 댄이 우리를 여기까지 오게 만들었어요. 만약 댄이 메이와 함께 가기를 선택한다면, 당신 혼자서라도 가야 합니다. 그것이 내가 도출한 최선의 결론이고, 당신의 운명이에요."

그는 마지막으로 한 마디를 더했다.

"이 우주선의 이름은 플래닛호퍼입니다. 행성 간 여행이 가능하기에 붙여졌습니다. 로사, 당신은 행성 간 여행을 하는 시온 최초의 우주인이 될 거예요."

어떻게 그곳을 나왔는지 로사는 기억이 나지 않았다. 정신을 차렸을 때에는 실론호를 숨겨 놓은 건물 옥상에 이미 올라와 있었다. 날이 제법 밝아져 동녘이 붉게 물들었다. 조금 있으니 메이가 올라왔다. 여전히 지친 기색이었지만, 아인텐과의 일이 잘 풀린 듯 경쾌하게 자신의 일을 말해 주었다. 메이는 슈퍼유저와 비밀번호에 대해 들떠서 이야기해주었는데, 로사는 고개만 끄덕여줄 뿐 제대로 알아듣지는 못하였다.

"어쨌든 메이가 바라는 대로 되어서 다행이에요."

메이의 말끝에 로사가 응원해 주었다. 그러나 로사의 멍한 표정을 메이도 눈치챈 것 같았다.

"너는? 모니코가 둘이 할 일이 있다고 그랬었는데. 무슨 일이 있었어?"

"아, 자료실에서 시온의 역사에 대해 잠깐 확인할 게 있었어요. 예전 학교 프로젝트의 일부였어요."

로사는 메이의 질문에 미리 준비한 대답을 했다. 이유는 모르겠지만 모니코가 지하의 우주선에 대해서는 메이에게 비밀로 하는 것이 좋겠다고 하였기 때문이었다. 로사는 별로 동의하지 않았지만, 일단 그의 말을 따르기로 하였다. 메이는 조만간 실론호를 타고 시온을 떠날 것이다. 다른 부차적인 일로 그녀의 머리를 어지럽혀서는 안 되겠다는 생각도 들었다.

해가 어느새 높이 솟아올랐다. 메이는 모니코와 실론호의 이륙 시간에 대해 한참을 토론하다가 불현듯 로사에게 말을 걸었다.

"그런데 댄이 늦네. 지금쯤은 오리라고 기대했는데."

"내가 가서 찾아볼까요?"

메이는 고개를 저었다.

"아니, 일단은 더 기다려 보자. 우리가 여기 있다는 것을 알고 있으니 언젠간 오겠지. 아마 사람들하고 어울리고 있을 거야."

사실 로사도 수잔 사제와 다른 사람들 그리고 외인들이 어떻게 되었는지 궁금했다. 과연 그들은 폴 제사장과의 협상에 성공하게 될까? 검은 악마를 계기로 시온이 하나로 뭉칠 수만 있다면 정말 좋겠다고 생각했다. 그러나 그렇게 되기에는 넘어야 할 산이 아직 많아 보였다.

그때, 메이의 말이 끝나기가 무섭게 댄이 옥상으로 뛰어 올라왔다. 그의 몰골은 말이 아니었다. 댄은 정신이 나간 듯한 표정으로 두 번째 검은 광채가 나타났다는 소식을 전해주었고, 그 얘기는 모두를 절망에 빠뜨렸다. 그것이 언제 어디서 어떻게 생겨났는지는 아무도 몰랐다. 다만, 비상 발전기도 소임을 다하고 정지한 후였기에 그것을 죽일 수 있는 방법이 더 이상 보이지 않았다.

"사람들은 어떻게 대처하고 있지요?"

모니코가 물었다. 그나마 그는 여전히 이성적으로 사태를 보는 것 같았다.

"폴 제사장과 최고 회의 의원들은 도망쳤습니다. 광장에 있던 보안대와 시위대 그리고 외인들은 다시 바리케이드 밖으로 물러나 검은 악마를 가두려 하고 있고요. 검은 악마의 목적이 무엇인지는 명확하지 않지만, 그것은 현재 분노에 휩싸인 듯해요. 주위에 있는 것들을 닥치는 대로 공격하고 있습니다."

계속해서, 댄은 믿음의 계단 위에서 벌어졌던 일들을 얘기해 주었다. 유나가 외인의 대표로 왔다는 말도, 그녀가 암살자를 보냈다는 말도 도무지 믿어지지 않았다. 로사가 그 점에 대해 물어보려는데 모니코가 먼저 자신의 의견을 말했다.

"지금은 매우 위중한 상황입니다. 현재 검은 광채를 무력화할 만한 방도가 보이지 않습니다. 여기서 시간을 끌면서 비상 발전기를 수리하거나 제1거주구를 포기하고 다른 거주구로 유인하는 방법이 있겠지만, 두 방법 모두 그다지 희망적이지는 않습니다. 검은 광채가 일정 크기보다 커지면 전기를 흘려서 증발시키는 것도 불가능해지기 때문입니다."

"무슨 뜻이죠? 그것은 절대로 죽지 않는다는 건가요? 그렇다면 제13거주구 외곽에 있던 껍질은 뭐죠? 한때 그것들이 이 행성을 지배했지만 모두 사라졌다고 하지 않았나요?"

댄의 질문에 로사가 대신 대답했다.

"검은 악마는 이 행성의 모든 생명체를 먹어 치운 후에 소멸했대. 불모의 땅으로 만드는 것, 그게 검은 악마의 목적인가 봐."

댄은 할 말을 잃었는지 입을 다물었다. 그러자 모니코가 말했다.

"그렇게 될지 아닐지는 아무도 모릅니다. 내 경험상, 나의 자료에 의하면, 인간은 절망적인 순간에도 놀라운 창의력과 용기를 발휘해 위기를 극복한 경우가 상당합니다. 하지만 그 문제는 남아 있는 사람들에게 맡기고, 여기 있는 여러분은 새로운 계획을 따르는 것이 좋겠습니다."

다들 반응이 없자 그는 계속 말했다.

"메이는 오늘 밤에 이륙하도록 해요. 모선과의 랑데부에 최적의 시간은 아니지만 조금만 궤도 운용을 더 하면 가능할 겁니다. 댄과 로사는 플래닛호퍼를 타고 갈 준비를 하고요. 내가 두 사람과 함께

하겠습니다. 최대한 노력하면 72시간 안에 이륙이 가능할 겁니다. 물론 그때까지 검은 광채가 시온탑에 접근하지 못하도록 다른 사람들에게 협조를 요청하도록 해야겠지요."

"네? 플래닛호퍼라니요? 그건 무엇인가요?"

뜬금없는 모니코의 말에 메이와 댄은 어리둥절해하며 번갈아 질문했다. 모니코는 두 사람에게 차분하게 대답해주었다. 마침내 그의 의도를 알아차린 로사가 얼굴이 빨개지며 말했다.

"그것 참 황당하네요. 시온의 존속을 위해서라고요? 누가 그런 것을 정했죠?"

로사의 질문에 모니코는 어깨를 으쓱했다.

"아무도 정하지 않았습니다. 다만 나의 가장 최상위 목적 중 하나는 시온의 인류를 보존하는 것이기에, 현재 상황에서 가장 타당한 해결책을 제시한 것뿐입니다. 여러분에게 강요할 수 있는 힘이 나에게 있다면 좋겠지만 내게는 그런 힘이 없습니다. 또한 있다고 해도 사용하지 않을 생각입니다. 인간은 자유 의지에 따라 스스로 행동하기를 원할 테니, 최종 선택은 여러분에게 맡길 생각입니다."

로사는 댄과 메이를 쳐다보았다. 그들이 어떤 생각을 가지고 있는지 궁금했다. 메이는 모니코에 동의했다.

"내 생각에도 그게 좋을 것 같아. 시온을 벗어나면 오히려 도움을 찾을 수 있을지 몰라. 내 고향 미온에 가면 나도 도와줄게. 그리고 실론호가 성공적으로 미온으로 귀환할 수 있는 확률이 아주 높은 것만은 아니야. 만약을 대비해서라도 둘이 나를 따라오면 좋겠어."

"하지만 댄은 원래 메이와 함께 가기로 했었잖아요."

"같은 우주선이든 다른 우주선이든 무슨 상관이 있겠니? 로사를 혼자 남겨두고 가는 것 같아 내심 마음에 걸렸는데, 이제 나도 좀 안심이 된다."

하지만 댄은 별로 탐탁지 않은 표정이었다.

"나는 생각할 시간이 좀 필요해요."

그는 혼자 옥상의 북쪽 난간으로 갔다. 시온탑과 다른 건물에 가려지기는 했지만 거기에서는 자유의 광장 끝부분을 볼 수 있었다.

오래전부터 우주로의 여행을 꿈꿔왔던 댄이었지만, 막상 그것이 현실로 다가오자 생각이 많아진 듯했다. 그에 비해 로사의 마음은 평안해졌다. 아까의 놀라움과 어색함은 사라지고 없었다. 그녀는 여기 시온에 아무런 미련이 없었다. 이제 그녀의 마음은 새로운 세상을 위한 설렘으로 가득했다.

"댄이 어떤 결정을 하든, 난 가겠어요. 모니코와 메이의 말대로 일단 여기를 벗어나면 무언가 도움이 되는 것을 찾을 수 있을 것 같아요."

막상 입으로 말하고 나니, 정말로 그럴 수 있을 것 같은 용기도 생겼다. 댄이 같이 가기로 결심하고 시온이 최악의 상황에 다다른다면, 모니코의 말대로 둘이 아이들을 낳아 시온의 후손을 계속 유지할 수도 있겠다고 로사는 생각했다. 물론 여전히 황당하게 느껴지기는 했다. 그러나 운명이 자신을 그 길로 이끈다면 충분히 받아들일 마음이 있었다. 아니, 스스로 그 길을 택하고 싶었다.

'신이시여, 제가 바른길로 갈 수 있도록 용기와 지혜를 주십시오. 하지만 당신께서 다른 운명을 주시더라도 기꺼이 그것을 따르겠습니다.'

로사는 마음속으로 기도했다.

제27장
연옥의 껍질

폴은 정신없이 도망친 자신이 부끄러웠다. 사람들 보기에 체통이 서지 않았다. 어디로 갔는지 옆에 있던 다른 사제들도 보이지 않았다. 그는 보안대 지휘소가 있는 건물에 도달해서야 침착을 되찾을 수 있었다. 지휘소 본부는 경비병 2명만이 자리를 지키고 있었다. 그들은 헐레벌떡 뛰어온 폴의 모습에 놀란 듯했다.

"가서 모건 대장을 찾아오게. 빨리!"

폴이 애써 숨을 가다듬고 명령하자, 그들은 서둘러 밖으로 나갔다. 폴은 모건 대장의 방으로 들어가 그의 자리에 앉고서는 숨을 크게 내쉬었다. 아까 폴이 보았던 좀비는 분명 예레미 사제였다.

'노웨어에서의 전투에서 죽은 줄 알았는데, 좀비가 돼서 나타날 줄이야.'

예전부터 폴은 예레미 사제의 큰 덩치와 그의 무자비한 성정에 남모를 위협감을 느끼곤 했었다. 그러나 예레미 사제는 그의 부하였고, 신앙심이 깊어 폴의 말에 절대 순종하였기 때문에 그다지 크게 신경 쓰지 않았던 터였다. 그렇지만 아까 봉인이 풀린 듯 자신을 향해 돌진하던 그의 모습은 가히 지옥의 사자라고 해도 과언이 아닐 정도였다. 중간에 보안대원들이 막아서지 않았다면, 폴의 목숨이 어떻게 되었을지는 아무도 장담할 수 없었을 것이다.

폴은 예레미 사제의 눈이 제일 마음에 걸렸다. 자신을 노려보던 검게 물든 왼쪽 눈과 그렇지 않은 오른쪽 눈이 지금도 생생했다. 특히 그 오른쪽 눈은 마치 붉게 타오르는 불꽃 같았다. 폴이 자주 꾸던 악몽에서의 불꽃과 비슷한 느낌이었다.

폴은 그것을 떨쳐버리려고 고개를 저었다. 신변에 위험을 느껴 두려워져서, 그래서 잠시 악몽이 되살아난 것뿐이라고 자조하였다.

'그나저나 외인들은 대체 어떻게 좀비를 부릴 수 있게 된 거지? 분명 검은 악마는 소멸되었는데, 어떻게 좀비가 설치고 다닐 수 있는 거지?'

해결되지 않은 일들이 너무 많았다. 일단은 상황을 정리한 후, 아인텐에게 가서 더 많은 정보를 알아내야겠다고 생각했다.

모건 대장은 한참 뒤에야 모습을 드러냈다. 인내심이 한계에 다다른 폴이 막 자리를 박차고 일어나는 순간 그가 들어왔다. 그의 얼굴을 본 폴은 뭔가 심각한 일이 벌어졌음을 즉각 알아차릴 수 있었다.

"제사장님, 검은 악마가 하나 더 있었습니다."

그의 말이 망치처럼 폴의 머리를 쳤다. 전혀 상상하지도 못했던 일이었다. 간신히 검은 악마를 퇴치했다고 믿었는데, 또 다른 악마가 있었다니. 악마는 하나를 죽이면 또 하나가 살아나는 것인가.

"지금 광장 안에 들어와 있어 바리케이드로 다시 봉쇄하고 있습니다. 예전 것에 비해 움직임이 적어 아직까지는 성공적입니다만, 앞으로 어떻게 해야 할지 몰라 다들 기다리고 있습니다."

모건 대장은 폴을 쳐다보았다. 마치 폴에게는 무슨 좋은 방법이라도 있는 줄 기대하는 것 같았다.

"그걸 나한테 물으면 어떡하나? 내가 신이라도 되어 악마를 무찌를 수 있다고 생각하는 건가?"

폴은 자기도 모르게 버럭 화를 냈다. 왜 자꾸 나쁜 일이 계속되는지 신이 원망스러웠다. 모건 대장은 폴의 심정은 상관하지 않는 듯 말머리를 돌렸다.

"시위대와 외인들을 무장 해제하라는 지시는 사정상 따르지 못했습니다. 보안대를 비롯해 그들 모두가 각자 원래 있던 위치로 복귀하여 바리케이드를 지키고 있는 상황입니다."

"알겠네. 또 다른 소식은 없나?"

약간 무안해진 폴이 물었다. 모든 경우의 수를 따져보아야 할 때였다.

"아까 명령하신 대로 우주 소년을 미행해 보니 역시 우주선이 있는 곳으로 갔습니다. 우주선은 특별한 움직임은 없었습니다만 계속 감시하기 위해 주변에 대원들을 배치하였습니다."

듣던 소식 중 유일하게 반가운 소식이었다. 더 이상 사람들에게 혼란을 주기 전에 우주선을 자신의 통제하에 두어야 한다고 폴은 생각했다. 그것을 이용할 수도 있겠지만, 그냥 폐기하는 것이 나을 수도 있겠단 생각도 들었다.

"레일건들은 아직도 첫 번째 검은 악마에 꽂혀 있나?"

"예, 하지만 전선은 검은 악마의 최후 때 녹아 끊어졌습니다."

"어쨌든 그것들을 회수하고 전선을 새로 연결하게. 기술자들을 불러 비상 발전기가 수리가 가능한지도 확인하고. 혹시 신께서 도우신다면 다시 한번 같은 방법을 쓸 수 있을지도 모르니. 광장 안에 있는 그놈을 충분히 오래 가둘 수만 있다면 말이야."

"만약 그것이 광장을 벗어난다면요?"

모건 대장이 마지막으로 물었다.

"나도 모르겠네. 다른 거주구로 피난을 가거나, 우리 모두 악마의 제물이 되겠지."

폴은 다시 의자에 앉았다. 모건 대장은 그 뜻을 알아들었는지, 명령을 수행하기 위해 밖으로 나갔다.

폴은 매우 피곤했다. 그러고 보니 이틀간 잠도 자지 못했다. 긴장과 기쁨과 공포와 절망 등 온갖 감정의 파도가 닥쳐 더욱 힘들었던 이틀이었다. 왈칵 화가 치밀어 올랐다. 시온을 신께서 보시기에 좋은 모습으로 만들려고 항상 부단히 노력했다. 자원의 부족, 외인의 확장, 더 이상 신을 경외하지 않는 가치관의 변화 등 시온이 가지고 있던 문제들을 해결하고 자신의 손으로 제3의 건국을 만들어내려 했었다. 이제 그것이 가까워졌다고 믿었는데, 한순간에 모든 것이 무너져버린 것이다. 폴은 시온의 마지막 최고 제사장이 될 것이고, 아무도 그의 이름과 시온을 기억하지 못할 것이다. 자신이 무엇을 그리 잘못하여 신께서 이런 벌을 내리시는지 그는 이해할 수 없었다. 신에게 저주를 퍼붓고 싶은 마음이었다.

그때였다. 갑자기 건물이 흔들렸다. 밖에서 거대한 무언가가 돌진해 오고 있었다. 그것이 무엇인지는 굳이 물어볼 필요도 없었다. 폴은 뒷문으로 나가 또 한 번 정신없이 도망쳤다. 뒤에서 계속 검은 악마가 쫓아오는 것을 느낄 수 있었다. 뒤돌아보면 안 된다고 생각하면서도 그는 달리면서 뒤를 돌아보았다.

검은 악마는 생각보다 바싹 쫓아와 있었다. 심장이 오그라드는 것 같았다. 악마의 껍질 맨 앞에는 예레미 사제의 주검이 붙어있었다. 주검은 완전히 눌려 납작한 모양이었지만 두 눈만은 살아있었다. 한쪽 눈은 악마를 대변하는 듯 검었고 다른 눈은 불꽃처럼 타올랐는데, 그 불꽃 속에서 폴은 자기 자신을 볼 수 있었다. 아니, 그 불꽃 안에 폴의 인생 전체가 담겨 있었다.

폴은 달리기를 멈추었다. 더 이상 도망칠 이유가 없었다. 어차피 결국에는 악마가 그를 차지할 게 뻔했기 때문이었다. 폴이 다시 자세히 보니 악마의 껍질에는 벤, 엠마, 로사 그리고 제13거주구의 희생자들과 다른 많은 사람들의 시신이 얽혀 있었다. 폴은 이 모두가 자신의 책임만은 아니라고 외치고 싶었다. 억울함을 토로하고 싶었다. 그러나 이미 심판이 내려졌음을 알 수 있었다. 거기에 있는 시신들이 바로 증거였다. 폴이 아무리 강변해도 소용없었다.

그는 결국 체념했다. 검은 악마의 촉수가 다가와 폴의 얼굴을 감쌌다. 그것은 미끈미끈하고 따뜻했다. 폴은 자신도 껍질의 시신들 사이로 합류하게 될 것을 알았다. 영혼을 악마에게 잠식당한 채, 영겁의 세월을 연옥의 껍질에서 보내게 될 것이다.

폴은 눈을 번쩍 떴다. 그리고 주위를 둘러보았다. 보안대 건물 안이었고, 폴은 여전히 모건 대장의 의자에 앉아 있었다. 꿈을 꾼 것이었다. 하지만 너무나도 생생한 느낌 탓에, 오히려 지금이 꿈속이 아닐까 하는 생각이 들 정도였다. 잘 때 입을 벌리고 있었던 건지 한쪽 볼에 침이 흘러 있었다. 허탈한 마음으로 소매로 얼굴을 닦는데, 젊은 여성 보안대원 1명이 들어왔다.

"우주 소년 댄 일행이 이동하고 있습니다."

"그래서?"

폴의 딱딱한 대답에 그녀는 당황해하며 말했다.

"모건 대장이 그들에게 변동 사항이 생기면 제사장님께 보고하라고 했습니다."

그제야 폴은 정신이 번쩍 들었다.

"우주선을 타고 갔나? 어디로 가고 있는데?"

"우주선은 그대로 있고, 3명이 시온탑으로 가고 있습니다. 저, 그 중에 제사장님의 조카 로사도 있습니다. 제가 보안대에 들어오기 전에 댄과 로사와 같은 학교에 있어서 두 사람 모두 잘 알아요. 로사하고는 같은 수업을 들은 적도 있습니다."

의기양양한 표정으로 그녀가 말했다. 자신과 로사가 아는 사이라는 것을 꼭 알려주고 싶은 모양이었다.

"그런가? 그럼 같이 가지."

폴은 자리에서 일어나 그녀와 함께 방을 나섰다. 꿈을 꾸고 나니, 아무리 두려워도 운명은 피할 수 없겠다는 생각이 들었다. 우주 소년의 이름이 댄이라고 했는데, 벤과 함께 다녔다는 그 댄이었는지 궁금했다. 그리고 마지막으로 딸이 보고 싶어졌다.

두 사람이 건물을 나서자마자 시온탑 방향에서 요란한 소리가 들려왔다. 꿈속에서처럼 검은 악마가 돌진해오는 건 아닐까 싶어 불안했지만, 모습을 드러낸 것은 기관차와 화물칸으로 된 두 량짜리 장갑열차였다. 기관차 지붕의 지휘석에는 모건 대장이 보였고, 화물칸에는 보안대원들로 가득했다. 장갑열차는 폴 앞에서 멈추었다.

"악마가 바리케이드를 뚫고 지금 시온탑으로 가고 있습니다. 어서 타세요!"

폴은 기관차로, 로사의 친구라는 젊은 여성 보안대원은 화물칸으로 향했다. 이 장갑열차는 외인과의 전투를 위해 남겨놓았던 건데, 모건 대장이 어떻게 확보한 모양이었다. 장갑열차를 운전하는 기관사를 지나쳐 폴은 지휘석으로 올라갔다. 모건 대장의 표정은 침울했다.

"그놈은 어제 죽인 놈과 똑같은 곳을 뚫었습니다. 그 부분이 제일 약하다는 것을 알고 있는지는 모르겠지만, 이전 놈과 같은 행보를 보이고 있습니다."

장갑열차는 건물들 사이를 제법 빠르게 빠져나갔다.

"명령하신 대로 검은 악마의 잔해에서 레일건의 창은 모두 회수했습니다만, 비상 발전기는 여전히 먹통입니다. 기술자들도 어디서부터 손을 대야 할지 모르겠다고 합니다."

모건 대장이 보고하는 사이에 그들은 예의 그 장소에 도착했다. 시온탑과 비상 발전소 사이의 조그만 공터에는 어제 죽은 검은 악마의 커다란 껍질이 흉물스럽게 놓여 있었고, 새로운 검은 악마가 그 옆에서 촉수들을 내밀며 죽은 껍질을 더듬고 있었다. 새로운 검은 악마는 크기만 조금 작을 뿐 첫 번째 것과 거의 비슷하게 생겼다.

약 100여 명의 보안대원들이 검은 악마의 주위를 포위했으나, 검은 악마의 촉수에 닿지 않는 거리를 유지하고 있어 실질적으로 봉쇄하였다고 말하기는 어려웠다. 그때까지 광장에 있던 보안대원, 시위대원 그리고 외인들이 제각기 믿음의 계단 위로 올라오고 있었기에, 기도의 손 주변은 매우 혼잡했다. 검은 악마를 포위하라고 보안대 중대장들이 고함을 지르고 있었으나, 아직 명령 체계가 잡히지 않은 것 같았다.

그때였다. 땅이 흔들리기 시작하더니 기도의 손 밑바닥 원반이 회오리 모양으로 갈라지기 시작했다. 그 위에 있던 많은 사람들이 깜짝 놀라 원반 밖으로 뛰어나갔다.

반경 15미터 정도의 철제 원반이 완전히 사라지고 나자, 그 밑은 완전히 뻥 뚫려있었다. 오직 기도의 손만이 아래로 계속 연결되어 있었는데, 그것이 천천히 위로 솟아오르기 시작했다. 그리고 마침내 기도의 손이 완전히 올라와 그것의 바닥인 듯한 부분이 주위와 평형을 이루었을 때는, 높이 약 30미터 정도의 길쭉하고 유려한 외모를 드러냈다.

그것은 로켓이었다. 계시록의 삽화에서 본 기억이 났다. 자기가 수도 없이 드나들었던 신탁의 방이 로켓의 첨두였다니, 폴은 기가 찼다. 도대체 언제까지 초기 이주민의 경이에 놀라고 그 그늘에 의존해야 하는지 답답할 따름이었다.

로켓이 높이 솟아오르자, 믿음의 계단과 주변에 있던 사람들이 고개를 젖히며 큰 소리로 환호성을 질렀다. 아마 신께서 최후의 무기를 등장시킨 것이라고 생각하는 모양이었다. 그러나 로켓은 탈출하기 위한 도구일 뿐, 그것으로 악마를 죽일 수는 없을 것이다. 그래도 어쨌든 이것이 마지막 기회일 수는 있었다.

로켓 바로 밑에는 세 사람이 있었다. 남자 둘은 바닥의 가장자리에 있는 커다란 기계와 씨름하고 있었고, 여자는 장갑열차를 발견하더니 이쪽으로 뛰어왔다. 로켓 주위를 빙 둘러 있던 사람들이 그녀를 위해 길을 비켜주었다. 그녀는 로사였다.

"저기 우주선 밑에 예비 발전기가 있어요. 레일건을 연결하면 또 한 번 성공할지도 몰라요."

그녀는 폴을 똑바로 쳐다보며 말했다. 특별히 위축되거나 당황해하는 표정은 아니었다. 모건 대장이 바로 대처했다. 그는 장갑열차에서 내려 로사에게 몇 가지 질문을 한 후, 화물칸의 부하들에게 레일건과 전선을 가져오라고 명령하고는 로켓 쪽으로 달려갔다. 로켓에 정신이 팔려 있던 사람들도 새로운 희망과 용기가 생겼는지 검은 악마가 있는 쪽으로 달려가 그것을 포위하고 있는 보안대원들에 합류했다. 지금부터는 시간 싸움이 될 것임을 모두 아는 듯했다.

폴은 로사를 불렀다.

"로사야, 여기에 타라. 할 얘기가 있다."

그녀는 아무 대답 없이 장갑열차에 올라탔다. 막상 그녀가 지휘석에 올라 옆에 서자, 폴은 무슨 말을 먼저 꺼내야 할지 망설여져 잠시 침묵했다. 로사가 시위대와 함께 행동하고 있다는 사실은 이미 들어 알고 있었다. 수잔 사제와의 협상을 중재한 소대장이 그녀를 알아봤기 때문이었다.

처음 그에게서 그 보고를 받았을 때, 폴은 겉으로는 아무 내색을 하지 않았지만 마음이 쓰렸었다. 친딸마저 자신을 버렸다는 생각에 화도 났다. 그러나 지금은 그런 것들을 따질 상황이 아니었다. 그는 그녀를 용서할 마음이었다. 다만 입을 열기가 쉽지 않을 뿐이었다.

다행히도, 로사가 먼저 말을 꺼냈다.

"이 장갑열차는 모건 대장에게 더 필요한 것 아닌가요?"

예비 발전기 옆에서 사람들이 레일건에 전선을 연결하는 작업을 지켜보던 모건 대장은 어느새 포위망 쪽으로 가서 대원들을 지휘하고 있었다.

"글쎄, 이것은 지금 무장이 되어 있지 않아. 앞뒤로는 빠르게 움직일 수 있지만 방향을 틀 때에는 영 답답해서, 지금의 모건 대장에게는 큰 도움이 안 될 거다."

모건 대장은 긴 타원 모양의 포위망을 왔다 갔다 하며 큰 소리로 대원들을 격려하였다. 로사는 더 이상 아무 말도 하지 않았다. 딱히 무엇을 해야 할지 몰랐기에, 그들은 계속해서 전방을 바라보며 상황을 지켜보았다. 다행히 검은 악마는 아직 갈 곳을 정하지 못한 듯 자신을 둘러싸고 있는 보안대원들에게 접근하다가 다시 제자리로 돌아오기를 반복했다.

"레일건을 예비 발전기에 연결하고 나면 어떻게 할 생각이니?"

폴이 물었다.

"어제처럼 실론호로 유인할 계획이에요. 우주선 말이에요."

로사가 대답했다.

"우주인하고 꽤 친분을 쌓은 모양이구나. 그 댄이라는 친구하고도 그렇고."

"예, 메이와 댄은 모두 좋은 친구들이에요. 그들은 우주선을 타고 여기를 빠져나갈 수 있는데도 불구하고, 시온을 위해 위험을 감수하고 있어요."

"이유가 뭐지?"

폴은 반사적으로 물었다. 댄이라는 젊은이도, 메이라는 우주인도, 딱히 그래야만 할 이유는 없어 보였기 때문이었다.

"모르시겠어요? 당연히 자신이 사랑하는 사람을 위해서죠."

로사의 대답에 비난이 감춰져 있는 것 같았다.

"그렇구나. 네가 시위대와 한편이 되어 다니는 것도 사랑하는 사람을 위해서 그런 것이냐? 너도 스스로를 희생할 작정이니?"

그녀가 댄이라는 젊은이에게 마음을 주고 있는 건 아닐까 하는 생각이 스쳤다. 로사의 눈이 살짝 떨렸다. 머뭇거리던 그녀가 말했다.

"아뇨, 나는 그럴 마음까진 없어요. 사실 난 모든 것을 두고 그냥 떠나려고 했었어요. 그러다가 댄이 자신은 마지막 순간까지 남아서 싸우겠다고 하는 걸 듣고서야 정신이 들었어요. 난 사랑이나 희생 따위엔 전혀 관심이 없었어요. 아무리 부인하려고 해도, 결국 나는 아빠 딸이 맞나 봐요."

　로사의 말이 비수가 되어 폴의 가슴에 꽂혔다. 폴은 자신이 무언가 착각을 하고 있었음을 깨달았다. 용서를 구해야 할 사람은 그녀가 아니라, 오히려 자기 자신이었다.

　그때 로켓 쪽으로부터 전령이 달려왔다. 아까 로사의 친구라고 자신을 소개하던 보안대원이었다. 그녀는 숨을 몰아쉬며 다급하게 말했다.

　"레일건과 전선을 연결하는 고리 하나가 빠져있답니다. 악마의 잔해 근처에 있다는데, 그것을 빨리 가져와야 한다고 합니다."

　폴은 주변을 살폈다. 명령을 내릴 만한 부하가 없었다. 지금 모건 대장을 찾아가라고 하는 것도 우스울 것 같았다. 그는 일단 검은 악마 쪽으로 다가가라고 기관사에게 지시했다.

　포위망에 가까이 가자, 다행히 머피 소대장이 있었다. 그는 소대원들에게는 방패로 벽을 세우고 그 뒤에서 시위대에게 바리케이드 쌓는 일을 독려하고 있었다.

　"머피 소대장."

　폴의 외침에 그가 돌아보았다.

　"대원들을 데리고 죽은 검은 악마에게 가게. 거기서 레일건 고리를 찾아와야 해. 당장!"

　폴의 명령을 들은 머피 소대장의 속마음이 어땠을지는 모르겠지만, 어쨌건 그는 그것을 내색하지 않았다.

　"예, 알겠습니다. 그런데 그 고리라는 것이 어떻게 생긴 것인지 몰라 걱정됩니다. 혹시라도 그것을 알아보지 못하거나 엉뚱한 물건을 찾아오면 어떻게 하죠?"

"어떻게 생겼는지 내가 알아요. 그럼 나도 같이 가겠어요."

자신을 로사의 친구라고 소개했던 아까 그 여자 보안대원이 나타나 외쳤다.

"안젤라, 너무 위험해. 죽을 수도 있어."

로사가 옆에서 소리쳤다. 안젤라라는 보안대원은 로사를 향해 씩 웃으며 말했다.

"반드시 그러리라는 법은 없잖아? 그리고 누군가 해야 하는 일이라면 그 사람이 내가 될 수도 있는 법이고. 만약 혹시라도 일이 잘못되면 친구들에게 꼭 내 얘기를 전해 줘."

대원들을 모두 소집해 상황을 간단히 설명한 머피 소대장은 그들을 데리고 바로 검은 악마에게 돌진했다. 안젤라는 2명의 보안대원들과 함께 뒤에서 그들을 따라갔다.

머피 소대장의 전략은 단순했다. 소대원들이 한쪽으로 악마를 유인하여 대치하는 동안, 안젤라와 다른 둘이 레일건 고리를 찾아오는 것이었다. 잘하면 큰 피해 없이 임무에 성공할 수도 있을 터였다.

그러나 검은 악마는 호락호락하지 않았다. 머피 소대장과 대원들이 멀찍이 서서 칼과 방패로 위협할 때는 반응이 없더니, 어쩔 수 없이 그들이 조금 더 전진하자 급작스레 그들을 덮쳤다. 보고 있던 폴의 가슴이 덜컹 내려앉았다.

또다시 학살이 시작되었다. 머피 소대장과 대원들은 최선을 다했으나 검은 악마의 촉수를 당해낼 수는 없었다. 포위망을 지키며 상황을 지켜보던 사람들의 입에서 절망과 슬픔의 외침이 터져 나왔다. 살기 위해, 또는 주어진 임무를 달성하기 위해 몸부림치는 대원들의 마지막은 숭고하고 장엄했다.

그때, 다른 쪽을 보고 있던 사람들의 입에서 탄성이 터져 나왔다. 죽은 악마의 잔해에서 고리를 찾았는지, 안젤라와 보안대원들이 정신없이 이쪽으로 뛰어오고 있었다. 자신을 유인했던 보안대원들로 식사를 마친 검은 악마가 그들의 뒤를 뒤쫓기 시작했다. 보안대원 둘은 안젤라를 선두에 두고 일부러 그녀의 뒤에서 달렸다. 잠시 후, 맨 뒤에서 뛰던 보안대원이 악마의 촉수에 잡혀 희생되었다.

"기관사, 빨리 전진해요. 우리가 먼저 구출해야 해요."

로사가 외쳤다. 기관사는 폴에게 묻지도 않고 로사의 명령대로 앞으로 전진했다.

어느새 두 번째 보안대원도 검은 악마에게 잡혔고, 남은 건 안젤라뿐이었다. 그녀는 약 20여 미터 전방에 있었는데, 그 뒤를 검은 악마가 바짝 따라오고 있었다. 아무래도 안젤라는 성공하지 못할 것 같았다. 더 가까이 다가가기에는 두려웠는지 기관사가 장갑열차를 멈춰 세웠다.

그러자 말릴 틈도 없이 로사가 뛰어내렸다. 그리고는 안젤라에게 달려갔다.

안젤라의 다리와 몸통은 이미 검은 악마의 촉수들로 감겨 있었다. 그러나 그녀는 마지막 순간까지 손을 뻗어 로사에게 고리를 건네주었다. 고리를 건네 받는 짧은 찰나 동안 친구를 쳐다보고는, 로사가 몸을 돌려 뛰었다. 하지만 검은 악마도 잠시의 주저함 없이 바로 로사에게 돌진해왔다.

"로사야!"

폴은 자기도 모르게 탄식했다. 그런데 어느새 주변이 보안대원, 시위대, 외인들로 가득했다. 포위망을 지키던 이들이 로사를 돕기 위해 달려온 것이었다. 검은 악마는 갑자기 몰려든 사람들을 상대하느라 주춤했고, 로사는 그 틈을 타서 장갑열차에 뛰어올랐다.

로사를 태운 장갑열차가 뒤로 물러나자, 사람들도 대오를 맞춰 바리케이드를 쌓은 포위망까지 돌아왔다. 물론 그러는 중에도 몇 명의 보안대원과 시위대원이 검은 악마에게 희생되었다.

장갑열차가 바리케이드 뒤로 완전히 빠져나오자, 폴은 지휘석에서 내려왔다. 기관사 뒤에 로사가 레일건 고리를 들고 서 있었다. 그녀는 눈물과 땀으로 범벅이었다. 로사는 폴을 보더니 고리를 내밀며 말했다.

"자, 여기 있어요. 안젤라와 머피 소대장과 수많은 사람들의 피로 얻은 것이에요. 나는 항상 나 자신만을 생각했는데, 그들은 시온을 위해서 기꺼이 자신을 버렸어요. 나 자신이 너무 부끄러워요."

폴은 그것을 받지 않았다. 그리고 담담히 얘기하기 시작했다.

"나 또한 부끄럽구나. 네 말이 맞아. 나는 성공을 위해 그리고 나 자신을 위해, 사랑도 희생도 모른 채 살아왔다. 그중에서도 네 엄마를 버린 것은 내 일생에서 가장 수치스러운 일이었지. 변명 같겠지만 지금도 그 괴로움을 안고 산다면 믿겠니? 어쨌든 너를 훌륭히 키우는 것으로 나는 네 엄마에 대한 죄책감을 덜어내려 했단다. 나의 공은 아니겠지만, 네 엄마가 너를 보면 자랑스러워할 것 같아 안심이 된다. 애야, 네가 정말 자랑스럽다."

로사가 그를 빤히 쳐다보았다.

"그것을 가지고 친구들에게 가서 네가 하려고 했던 일을 하렴. 너는 아직 기회가 있다. 나는 내가 할 수 있는 일을 하마."

폴이 말했다.

제28장

귀향

모니코는 자기가 할 일을 묵묵히 수행했으나, 여전히 댄의 결정에는 동의하지 않았다. 로켓 발사대에 있는 예비 발전기는 고대 문명 때 제작된 것으로서 크기는 작았지만 발전 용량은 상당한 모양이었다. 발전기를 끄지 않은 채 출력 단자에 전선을 연결하는 작업은 매우 위험하고 까다로워 모니코도 매우 조심스럽게 작업해야 했다. 발전기의 뒤쪽 뚜껑을 열고 1시간가량의 작업을 마친 후, 모니코가 마침내 준비가 다 되었다고 선언했다. 그러자 보안대 기술자들이 레일건에 전선을 연결하는 추가 작업을 위해 분주히 움직이기 시작했다.

모니코는 댄에게 눈짓을 해, 따로 얘기하자고 알렸다. 로켓이 지상으로 올라온 후에는, 보안대 기술자들을 포함한 여러 사람들이 그들 주위를 돌아다니기도 했고, 급히 작업을 진행해야 했기에 정신이 하나도 없었다. 로사는 다른 사람들에게 그들의 계획을 알리러 나가서 아직 돌아오지 않고 있었다.

"댄, 여전히 나의 제안은 유효합니다. 지금 이 계획이 성공할 가능성은 매우 낮아요. 우선 아인텐이 협조할지조차 의문입니다."

발전기 옆을 떠나 적당히 조용한 곳에 이르자, 모니코가 말했다. 그의 얼굴은 여전히 무표정했지만 말투는 진지했다.

"네? 그게 무슨 말이죠? 아인텐은 시온의 인류를 보호하는 목적을 가지고 있다고 하지 않았나요?"

"자신의 존속이 걸려 있는 경우에는 얘기가 조금 다릅니다. 예비 발전기마저 고장 나서 모든 전원의 공급이 끊기게 되면, 아인텐은 일단 자체 내의 배터리를 소진하고 숙면 모드로 들어갑니다. 문제는 나중에 다시 깨어날 때는 초기화가 돼버려 지금까지의 모든 기억과 자료들이 사라진다는 것입니다. 아인텐은 그러기를 원치 않을 것이기 때문에, 검은 광채를 잡겠다는 우리의 계획이 성공할 확률이 결정적으로 높지 않으면 예비 발전기의 출력 단자를 막아버릴 것입니다."

댄은 어이가 없었다. 댄이 듣기에 그 말은 그저 아인텐이 자신의 생존을 위해 다른 가능성을 막아버릴 것이라는 얘기로밖에 들리지 않았다.

"인공지능이라더니 사람과 비슷하네요. 그런 상황을 만들지 않으려면 어떻게 해야 하는 거죠?"

모니코는 잠시 망설였다.

"예비 발전기를 다시 껐다가 켜는 방법이 있어요. 아인텐이 자체 배터리로 전환하는 짧은 순간에 예비 발전기에 대한 제어 능력을 상실할 것입니다. 하지만 이것은 나의 추론에 불과해요. 그렇게 되지 않을 수도 있고, 예비 발전기가 다시 켜지지 않을 수도 있어요. 그리고 여기서 모든 일이 뜻대로 된다고 해도 검은 광채가 똑같은 덫에 걸릴 거라고는 장담할 수 없어요. 그것은 지능이 있습니다. 실수를 반복하지 않을 거예요."

모니코는 댄에게 조그만 카드를 내밀었다.

"어쨌든 이렇게 플래닛호퍼가 드러났으니 오히려 잘 되었어요. 이 것은 플래닛호퍼 안으로 들어갈 수 있는 출입 카드예요. 혹시 다른 사람이 가져갈까 봐 챙겨놓았어요. 사람들이 검은 광채 때문에 정신이 없을 때, 로사와 함께 플래닛호퍼를 타고 떠나세요. 시온에는 내가 남아서 나머지 수순을 밟을게요. 아인텐은 플래닛호퍼가 발사되면 자동으로 운항 모드로 돌입할 테니 걱정하지 않아도 됩니다. 메이를 따라서 그녀의 행성으로 가요. 그것이 시온을 위하는 길입니다."

모니코의 호소에 댄의 마음은 다시 한번 흔들렸다. 그는 주위를 돌아보았다. 옆에서는 보안대 기술자들이 열심히 레일건 연결 작업을 하고 있었다. 검은 악마는 포위망 안에 갇혀 있다고 했는데, 지금은 시온탑 옆까지 진출했는지 바리케이드 너머로 껍질 위쪽과 춤추듯 움직이는 검은 촉수들이 보였다. 그 아래에는 검은 악마의 움직임을 막으려고 새로 바리케이드를 쌓는 보안대원들과 시위대원들 그리고 외인들이 난마처럼 뒤엉켜 있었다. 어떤 선택을 하든 빨리 내려야 했다. 댄은 마음을 굳혔다.

"난 선택을 했어요. 결심은 바뀌지 않을 거예요. 지난번 검은 악마를 죽였을 때에도 우리에겐 신의 도움이 있었어요. 이번에도 그러리라고 믿어요."

댄은 모니코가 내민 출입증을 뒤로하고 레일건 쪽으로 달려갔다. 거기에는 두 팀이 각각 레일건 하나씩을 맡아 전선 연결 작업을 하고 있었다.

"내가 도울 일은 없나요?"

댄의 외침에 보안대 분대장이 대꾸했다.

"거의 다 되었는데, 레일건 하나는 고리가 빠져 있어. 그것을 가져오라고 사람을 보냈지만 언제 올지는 모르겠네. 어쨌든 여기가 준비되면 신호를 보낼 테니, 가서 전원을 켤 준비를 해 줘."

그리고 그는 옆에 있던 보안대원에게도 말했다.

"전선이 허용하는 한 최대한 멀리 저쪽으로 이동해야겠어. 악마가 바로 코앞에 있어. 언제 들이닥칠지 모르니 우리도 최대한 준비를 해놓자고."

검은 악마가 있는 쪽에서 사람들의 고함 소리가 더 커졌다. 댄은 그의 명령대로 예비 발전기가 있는 쪽으로 달려갔다. 모니코가 어느새 돌아와 자리를 지키고 있었다.

댄이 불안과 혼란된 마음을 진정시키고 있는데, 잠시 후 로사가 뛰어왔다.

"댄, 레일건 고리는 지금 막 작업자들에게 전해 줬어. 그리고 검은 악마가 이리로 오고 있어."

레일건 고리를 어떻게 로사가 가져왔는지는 알 수 없었다. 그녀의 몰골은 말이 아니었지만, 어떻게 된 일이냐고 물어볼 틈도 없었다.

그녀의 말대로 저쪽에서 검은 악마가 오고 있는 것이 보였다. 작업하던 보안대원들이 레일건을 들고 옆쪽으로 이동하였기에, 검은 악마와 정면으로 마주한 것은 예비 발전기였다. 로사와 모니코 그리고 댄이 발전기 앞을 지키고 있었고, 몇 명의 보안대원들이 그들과 검은 악마 사이에 있을 뿐이었다.

멀리서 몇몇 용감한 시위대원들이 악마의 앞을 가로막아보려 했으나, 검은 악마가 일단 진로를 정한 후라 도저히 상대가 되지 않았다. 그들은 검은 팔로 낚아채이거나 껍질에 깔려 목숨을 잃었다.

한편, 왼편에 있던 레일건은 준비가 되었는지 신호를 보내왔다. 하지만 다른 쪽에서는 아직 신호가 없었다. 그러나 더는 기다릴 틈이 없었다.

"일단 전원을 넣겠습니다!"

모니코가 소리치면서 예비 발전기의 출력 단자 위에 있는 스위치를 위로 올렸다. 그러나 아무런 변화가 없었다. 스위치 위에 있는 표시기가 붉은빛이었다.

"아인텐입니다."

예비 발전기의 앞쪽으로 뛰어간 모니코는 전체 전원 차단 레버를 내려버렸다. 예비 발전기가 꺼지는 소리가 났다. 모니코가 다시 전원 레버를 올리자 발전기가 돌아가는 소리가 들렸다. 스위치 위의 표시기 불빛도 푸른빛으로 바뀌었다.

"빨리, 빨리!"

오른편의 레일건에서 고함을 치며 난리가 났다. 거기도 준비가 된 것 같았다.

"지금이에요!"

댄의 외침에 모니코가 출력 송신 단추를 눌렀다. 댄은 다급히 레일건들을 확인하였다. 양쪽 모두 전원을 나타내는 불빛이 켜진 것이 보였다. 전선이 제대로 연결되었음에 일단은 안도했지만, 레일건 발사를 위해 충전하려면 3분의 시간이 필요하다고 했던 말이 기억났다. 시간을 벌기 위해 고군분투한 여러 보안대원들의 희생에도 불구하고, 검은 악마는 어느새 바로 코앞까지 와 있었다. 3분이 아니라 30초의 시간도 없어 보였다.

레일건 쪽에 있던 보안대원들이 손짓을 하며 소리를 질렀다. 검은 악마로부터 두 시 방향에서 장갑열차가 빠른 속도로 질주해 오는 것이 보였다. 어쩌면 그것이 검은 악마의 앞을 가로막아 시간을 벌어 줄 수도 있을 것 같았다.

"아빠!"

로사가 작은 목소리로 탄식하듯 외쳤다. 그녀는 댄의 손을 꼭 쥐었다. 그런데 검은 악마에 가까이 다가간 장갑열차는 어찌된 까닭인지 갑자기 멈추고는 움직이지 않았다. 그러더니 후진하기 시작했다. 잠시 장갑열차를 살피던 검은 악마는 흥미를 잃은 듯 다시 댄이 있는 쪽을 향해 돌진해왔다.

'아, 이젠 정말 마지막이구나.'

댄은 최후의 순간을 담담히 마주했다.

실론호가 언제 날아왔는지는 아무도 몰랐다. 실론호는 검은 악마가 발전기를 덮치기 직전에 내려와 악마의 시야를 가렸다. 실론호를 본 검은 악마는 즉각 반응했다. 온 구멍에서 검은 팔들이 뻗어 나와 실론호를 붙잡으려 정신없이 움직이기 시작했다. 어쩌면 메이는 잠깐 놀라게 한 후 도망치려 한 것이겠지만, 그러기엔 너무 깊숙이 들어오고 말았다. 반등의 기회를 놓치고 만 실론호는 검은 팔들에 파묻혀 점점 끌려 내려왔다.

"레일건을 발사해!"

댄은 온 힘을 다해 소리쳤다. 실론호가 시간을 벌어준 덕분에 레일건들은 모두 충전되었다. 보안대원들이 그것을 발사했다. 그러나 이번에는 성공하지 못했다. 레일건 하나는 껍질에 맞아 튕겨 나갔고, 다른 하나는 검은 팔에 의해 공중에서 낚아채여 땅바닥에 내동댕이쳐졌다. 검은 팔들과 실랑이를 하며 끌려 내려오던 실론호도 결국 땅에 내동댕이쳐졌다.

실론호가 땅에 부딪히기 직전, 조종석 쪽에서 무엇인가가 하늘 위로 날아올랐다. 메이였다. 메이는 낙하산을 폈지만 높이가 너무 낮아서 믿음의 계단 위에 세게 떨어지고 말았다. 댄은 정신없이 그녀에게로 뛰어갔다. 로사와 모니코도 뒤따라왔다.

검은 악마는 실론호 주변을 맴돌고 있었다. 검은 팔들이 이곳저곳을 뒤지는 것이, 아마도 실론호의 입구를 찾는 모양이었다. 덕분에 메이를 구할 틈이 생겼다. 맨 꼭대기 계단에 쓰러져 있는 그녀는 조종석 의자에 벨트를 맨 채 있었으나 머리에 피가 흥건하였다.

"메이! 괜찮아요?"

댄은 벨트를 풀려 했으나 손이 떨리고 자세가 불안정해서 잘 되지 않았다. 모니코가 의자를 똑바로 세워준 후에야 간신히 벨트를 풀 수 있었다. 메이는 쓰러지듯 댄의 품에 안겼다.

"그냥 떠나라고 했잖아요. 대체 왜 말을 안 들어요?"

댄은 울먹였다. 모니코가 메이의 머리를 살피더니 자신의 소매를 찢어 머리에 난 상처를 묶었다. 그러나 관자놀이 부분에서 곧 피가 배어 나왔다.

"상처가 깊어 지혈이 잘 되지 않네요."

모니코의 말에 로사가 재촉했다.

"그럼 빨리 병원으로 옮기죠. 어서요."

"여기서 제일 가까운 병원은 무너졌고 의사들은 모두 피신했어요. 어제 우리가 그들의 피신을 도왔어요."

댄은 그렇게 말하면서, 그 의사들이 어디로 간다고 했는지 기억하려 애썼다. 그중 일부는 분명 보안대 의료진에 합류할 거라고 말했었다.

"보안대에 의료진이 있을 거예요. 가서 그들을 데려와 줘요."

댄의 부탁에 로사와 모니코는 고개를 끄덕이고는 곧장 보안대를 찾으러 떠났다.

메이의 머리에서는 계속 피가 났다. 댄은 입고 있던 자루옷의 윗부분을 잡아 뜯고서는 그것을 여러 갈래로 찢어 그중 하나를 메이의 머리에 동여맸다. 그러면서 메이가 의식을 잃을까 봐 계속 말을 걸었다. 그러나 그녀는 제대로 대답하지 못했고, 자꾸 정신을 잃으려 했다. 댄은 쏟아지는 눈물을 막을 수 없었다.

그는 메이에게 자신의 마음을 털어놓았다. 그녀를 통해 알게 된 새로운 세계, 새로운 감정, 새로운 꿈을 고백했다. 메이가 그의 말을 듣고 있는지는 알 수 없었다. 그래도 왠지 그래야 할 것 같았다.

얼마쯤 지났을까. 계속 정신을 잃은 채 있던 메이가 갑자기 번쩍 눈을 떴다. 그리고 댄을 바라보며 속삭였다.

"댄, 리엔에게 미안하다고 전해 줘. 약속을 지키지 못해 미안하다고. 그리고 사랑한다고."

말을 마친 메이는 이내 눈을 감더니 다신 뜨지 않았다.

한참을 하염없이 눈물만 흘리던 댄이 자리에서 일어났다. 미처 몰랐는데, 그의 주변에는 언제 왔는지 외인들이 몰려와 있었다. 거기에는 유나도 있었다.

"메이가 죽었어."

댄은 망연자실한 표정으로 말했다.

"응… 실론호가 날아가는 것을 보고 우리도 도우려 온 건데, 너무 늦어버렸네."

유나는 댄의 손을 붙잡으며 말했다.

"댄, 일단 여기를 피하자. 더 이상 방법은 없어. 검은 악마는 곧 이곳을 휩쓸고 다닐 거야. 나랑 같이 가자."

댄은 고개를 돌려 검은 악마가 있는 쪽을 보았다. 검은 팔들이 실론호 안쪽으로 들어가 그 안에 있는 검은 알들을 꺼내고 있었다.

메이는 원래 저 알들을 가져가기 위해 시온에 온 것이었다. 그리고 그녀에겐 그것을 가지고 귀향할 수 있는 기회가 충분히 있었다. 만약 댄이 모니코의 충고를 받아들여 플래닛호퍼를 타고 떠났다면 모든 것이 달라졌을까? 메이도 그가 떠나기를 원했었다. 그런데 댄은 다른 선택을 했고, 그녀는 댄을 구하기 위해 결국 목숨을 잃고 말았다.

댄은 자책과 분노로 심장이 터질 것 같았다. 온몸이 뜨거워졌고, 목덜미의 욱신거림도 더욱 세차게 느껴졌다. 그는 확신했다.

"아니, 나는 할 일이 있어. 내가 마무리해야 해."

댄은 유나가 잡은 손에 힘을 주었다.

"유나야, 너의 마음을 알았으면서도 모른 척해서 정말 미안해. 내가 이기적이었어. 나는 내 미래와 내 꿈만을 생각했었지. 그런데 지금도 이렇게 할 수밖에 없어 더욱 미안하다."

댄은 유나의 손을 놓고 뒤돌아 갔다. 유나는 아무런 대답도 하지 않았다. 사실 그 외인 남자와 잘 살라는 말도 해 주고 싶었지만, 알량한 자존심 때문인지 질투인 건지 차마 댄의 입 밖으로 그 말이 나오지는 않았다.

검은 악마는 여전히 실론호를 뒤지느라 정신없었다. 일부 보안대원들은 모든 걸 포기한 듯 도망갔고, 일부는 검은 악마 주위에서 최후의 기적을 노리는 듯했으나 차마 가까이 다가가지는 못하고 있었다. 댄은 땅에 떨어져 있는 레일건 창을 집어 들었다. 금속이 노출된 위쪽 절반이 손이나 몸에 닿지 않게 조심하였다. 레일건 고리에는 아직 고압선이 연결되어 있었고 발전기는 계속해서 켜져 있어서, 자칫하면 감전될 위험이 있었다. 다른 레일건은 바닥에 떨어져 있었는데, 댄은 로켓이 올려져 있는 바닥 전체가 금속으로 되어 있단 사실이 갑자기 생각났다. 만약 운이 좋아 그 레일건의 창 부분이 금속 바닥에 붙어있다면, 이를 통해 접지가 될 수도 있을 것이다. 그렇다면 댄이 들고 있는 레일건을 통해 전류를 흘릴 수도 있을 것이었다.

댄이 검은 광채에 다가가자 그것으로부터 검은 팔 하나가 나왔다. 그것은 곧장 댄의 목을 감쌌다. 따뜻하고 미끄러운 감촉이 목을 통해, 온몸을 통해 밀려 들어왔다. 댄은 왠지 익숙한 그 느낌에 몸을 맡겼다. 그리고 최대한 정신을 집중했다. 검은 악마에게 정신까지 빼앗기는 일은 절대 없어야 한다고, 다짐하고 또 다짐했다.

댄의 눈앞이 멀어지며 세상이 온통 하얗게 변했다. 눈이 검어지면 이렇게 느껴지게 되는 걸까? 수많은 사람들의 영혼이 느껴졌다. 남녀노소로 이루어진 그들의 모습은, 보이진 않았지만 생각과 느낌과 마음은 공유할 수 있었다. 대부분은 슬픔과 회한 그리고 아쉬움이 가득했다. 절망과 고통의 감정도 있었고, 가끔은 평화로움과 안식의 감정을 지닌 영혼도 느껴졌다.

검은 광채는 좀 더 깊숙이에 존재하는 것 같았다. 댄의 영혼이 그 안으로 들어갔다. 그러자 그는 마치 광활한 우주에 떠 있는 것 같은 느낌을 받았다. 처음에는 아무것도 없는 암흑의 공간이었는데, 어느 순간 별처럼 빛나는 다양한 색깔의 빛들이 무수히 공간을 채웠다.

빛들은 모두 다른 객체이지만 하나의 정신을 공유하고 있었다. 그 정신은 탐욕스러웠으나 불안했고, 화려했으나 빈곤했으며, 모든 것을 가졌으나 허무로 가득 차 있었다. 그것은 댄을 원하고 있었다. 자신의 불안과 빈곤과 허무를 댄이 해결할 수 있다고 믿는 것 같았다.

댄은 자신의 손에 레일건 창이 들려 있다는 사실을 잊지 않으려 애썼다. 그것을 검은 광채에 꽂아야 한다. 그러면 검은 광채도 영겁의 허무에서 벗어날 수 있을 것이다. 검은 광채의 바람 또한 결국 그것이 아닌가? 그러나 검은 광채는 내심 두려워하는 것 같았다. 그것은 자신이 소멸하기를 원하지 않았다. 그것 또한 삶의 허무를 비관하면서도 삶을 놓고 싶지 않은 생명체였다.

댄은 자신의 모든 생명의 기운이 검은 광채에게 빨려 들어감을 느꼈다. 온몸의 힘이 빠져나갔다. 레일건이 바닥에 떨어지는 소리가 희미하게 들렸다. 웬일인지 안타까운 마음조차 들지 않았다. 해탈의 경지에 이른 걸까? 그리고 자신이 공중 위로 붕 뜨고 있음을 알았다. 그는 이 느낌을 알고 있었다. 꿈에서 수없이 경험한 느낌이었다. 몸이 아무런 중력을 느끼지 못하고 공기처럼 가벼이 날았다. 댄의 마음이 편안해졌다. 적어도 지금의 그에게 있어 죽음은 그다지 고통스럽지 않았다.

그러나 모든 것이 끝난 것은 아니었다. 자신의 육신은 죽었지만, 영혼은 계속 검은 광채 안에 남아 있음을 그는 어렴풋이 인식했다. 무수한 빛들이 그를 감쌌다. 그도 함께 빛났다.

무언가가 그를 불렀다. 처음부터 그가 알고 있었던 것, 태고의 기억으로부터의 속삭임이었다. 그러자 불현듯 바다가 그의 마음을 채웠다. 그것은 검고 따뜻한 시온의 바다였다. 죽음의 바다가 아니라 생명이 깃들어 있는 바다였다.

댄은 그 바다에 가고 싶었다.

제29장
멋진 세상

　유나는 차마 댄을 붙잡지 못했다. 그녀의 몸은 격한 슬픔으로 떨리고 눈에는 눈물이 가득 고였지만, 그의 이름을 부를 수가 없었다. 온몸이 메이의 피로 붉게 물들여진 채, 댄은 의연하게 뒤돌아서 갔다. 눈빛과 말투에서 그의 결심을 느낄 수 있었다. 그는 죽음을 향해 걸어가고 있었다. 가다가 댄은 레일건 창을 집어 들었다. 그것을 검은 악마에게 꽂으려는 심산인 듯했다.

　'무슨 생각인 거지? 창 하나로 과연 전기가 흐를 수 있을까?'

　검은 악마를 중심으로 큰 원을 그리며 아까부터 보안대원들이 진을 치고 있었지만, 누구 하나 바닥에 떨어져 있는 다른 창에는 접근하지 않았었다. 그러기에는 검은 악마와의 거리가 너무 가까웠기 때문이었다. 그러나 창을 집어 든 댄은 곧 검은 악마의 촉수에 잡히고 말았다. 검은 팔이 그의 목을 휘감았다.

"안 돼!"

유나의 입에서 외마디 비명이 터져 나왔다. 눈물이 왈칵 쏟아져 내렸다. 댄은 창을 든 팔을 들어 올려 그것을 악마에 꽂으려고 했으나 그뿐이었다. 창은 힘없이 떨어졌고, 그는 높이 들어 올려졌다. 그리고 모든 수액이 빨려 나갔다. 검은 악마는 가죽과 뼈만 남은 댄을 자신의 껍질에 올려놓고는 검은 팔로 열과 압력을 가하면서 문질러 붙여버렸다.

유나는 눈물이 앞을 가려 더 이상 서 있을 수가 없었다. 그녀는 자리에 주저앉아 대성통곡을 했다.

얼마나 지났을까. 사람들의 웅성거리는 소리가 들렸다.

"유나, 저기를 봐요."

그녀의 심복이 되어 항상 곁을 지키는 마이크가 유나를 불렀다. 유나는 일어나 그가 가리키는 곳을 보았다. 검은 악마가 믿음의 계단을 내려가고 있었다. 근처에 있던 사람들이 모두 양옆으로 피했다. 악마는 자유의 광장 중앙에 위치한 분수대 앞까지 가더니, 그것을 들이받기 시작했다. 분수대는 아래가 좁고 위가 넓게 퍼진 원뿔 모양의 대리석이었는데, 알펜 산에서 흐르는 맑은 지하수 위에 세워진 것이었다.

전해지는 얘기에 따르면, 시온에 처음 사람들이 도착했을 때 첫 번째 거주구를 이곳으로 정한 이유가 바로 이 지하수 때문이라고 하였다. 그래서 분수대는 제1거주구의 또 다른 명물이자 기념물 중 하나였다.

검은 악마가 여러 차례 충격을 가하자 마침내 아래의 좁은 부분이 부서지며 분수대가 쓰러졌다. 부서진 아래쪽에서 솟구쳐 나오던 물은 다시 떨어져 좁은 수로로 들어갔다.

그러자 놀라운 일이 벌어졌다. 검은 악마의 검은 팔 하나가 길게 뻗어 나오더니, 부서진 분수대의 물 분출구 속으로 들어갔다. 물을 마시려는 건가 의아해하고 있었는데, 검은 팔은 끝없이 물 속으로 들어갔고, 마침내 검은 팔의 끝이 껍질로부터 빠져나와 수로 속으로 사라지는 것이 보였다.

광장에는 적막이 감돌았다. 분수대의 밑동에서 솟구쳐 나오는 물소리가 유나에게까지 들릴 정도였다.

"가 봅시다!"

유나는 이렇게 말하고는 발을 떼었다. 믿음의 계단 위에 그리고 광장에 있던 다른 사람들도 모두 분수대 쪽으로 향했다. 한 걸음 한 걸음 내딛던 걸음들이 조금씩 빨라지더니, 나중에는 전부 뛰어가기 시작했다.

"사라졌어요. 검은 악마가 없습니다! 검은 악마가 도망갔습니다!"

제일 먼저 껍질에 도착한 사람이 껍질 안을 확인하고는 소리쳤다. 뒤이어 도착한 사람들도 저마다 껍질을 확인하고는 기쁨에 넘쳐 똑같이 소리 질렀다.

유나도 외인들과 함께 껍질 안을 확인했다. 암갈색의 껍질은 따뜻했고 이상한 냄새가 났다. 안에는 9개의 검은 알들만이 남아 있었다. 모두 검은 악마가 메이의 우주선에서 꺼낸 것들이었다. 유나는 마이크에게 그 알들을 잘 챙겨놓으라고 지시했다. 그리고 껍질의 앞쪽으로 갔다.

댄은 금방 찾을 수 있었다. 그러나 거기에 있는 모습은 전혀 댄 같지가 않았다.

'이것은 댄의 껍데기일 뿐이야.'

유나는 생각했다.

'진짜 댄은 자유로운 영혼이 되어 있을 거야. 혹시 여기 어딘가에 있지는 않을까? 아니, 어쩌면 그렇게도 가고 싶어 했던 우주로 이미 갔을지도 몰라. 영혼은 어디든 갈 수 있다 했으니.'

검은 악마가 사라졌다는 소식은 금방 퍼져나갔다. 광장 전체는 환호성으로 뒤덮였다. 모두들 이젠 살았다는 기쁨으로 감격의 포옹을 나누었다. 이들의 기쁨을 댄도 알고 있을까?

유나는 속삭이듯 작은 소리로 댄에게 작별 인사를 했다.

"잘 가, 댄. 고마워, 언제까지나 너를 잊지 않을게. 그리고 너의 몫까지 잘 살게."

분수대의 수로는 제1거주구를 빠져나오면서 한강으로 합류했다. 하류로 흐르면서 몸집을 키운 한강은 마침내 검은 바다로 흘러 들어가는데, 제1거주구의 물이 바다까지 가는 데 걸리는 시간은 최대 약 3일이라고 했다.

제1거주구 사람들, 아니 시온의 모든 사람들은 이 3일 동안을 긴장하며 기다렸다. 그동안 보안대원들과 외인들로 구성된 두 정찰팀이 한강변을 따라가며 이상 징후를 관찰하였다. 다행히 아무 일도 일어나지 않았다. 검은 악마는 물을 따라 이동해 바닷속으로 사라진 것이 분명하였다.

정찰팀이 돌아와서 보고한 날부터 5일 동안, 화합의 무대에서는 시온 최고 회의 겸 거주구 대표 회의가 개최되었다. 한 가지 특이한 점은 유나를 포함한 외인 대표단도 시온의 일원으로 당당히 참석하였다는 점이었다. 제1거주구와 제4거주구 사람들은 벌써 오랫동안 외인들을 보아 왔기 때문에 큰 거부감이 없었지만, 다른 거주구 대표단은 화려하게 또는 과감하게 차려입은 외인들이 도시를 활보하는 모습에 크게 놀랐다. 그럴수록 외인들은 더 당당히 돌아다녔다. 그들은 시온의 일원이 된 권리를 마음껏 누렸다.

회의 자체는 싱거웠다. 모건 대장이 이끄는 보안대가 중립을 선언하고 폴 최고 제사장이 지명했던 최고 회의 의원들이 대거 이탈한 상황에서, 폴 제사장을 지지하는 거주구는 하나도 없었다. 현직 폴 최고 제사장은 탄핵되어 모든 공직에서 물러나게 되었고, 새로 후임 최고 제사장이 선출되는 사상 초유의 일이 발생하였다.

그 후, 연이은 선거 운동과 투표를 통해 수잔 사제가 최고 제사장에 선출되었다. 수잔 제사장은 아직 소재가 파악되지 않은 모니카 사제를 계속 부제사장으로 유임시켰고, 그녀가 돌아오는 대로 함께 시온을 재건하겠다고 천명하였다. 그리고 예전 야광봉 시위대 핵심 멤버들을 최고 회의 등 주요 요직에 임명하는 것도 잊지 않았다.

모건 대장은 계속 보안대의 수장으로 남았으며, 유나는 자신이 폴 제사장에게 요구했었던 조건들을 모두 인정받았다. 예전에 믿음의 계단에서 기억나지 않았던 세 번째 조건은 제임스를 외인들의 대표로 추대한다는 것이었는데, 거기에 유나를 외인 특별 대사로 임명하여 시온 대표단 회의에 참석 및 발언할 수 있는 권리까지 추가로 포함되었다.

사실 이 모든 것들은 검은 악마가 사라진 날, 수잔 사제, 모니코, 유나, 로사 그리고 모건 대장이 모여 결정한 사항이었다. 모건 대장은 메이와 댄의 희생을 아주 높이 평가했으며, 그들과 뜻을 함께했던 사람들이 시온의 미래를 책임져야 한다고 말했다.

"폴 최고 제사장이 현직 명령권자였기 때문에 그의 명령을 따를 수밖에 없었습니다. 하지만 그가 더 이상 최고 제사장 역할을 할 수 없음은 명백합니다. 만약 차기 최고 제사장이 기회를 준다면, 보안대를 시온의 정의로운 방패로 거듭나게 하겠습니다."

그는 선언하였고, 이렇게 해서 각자의 역할과 의무와 권리가 그 자리에서 주어졌다.

수잔 사제는 최고 제사장 취임 일성으로 두 가지를 약속하였다. 하나는 시온의 재건이고 다른 하나는 진실 규명, 즉 과거 청산이었다. 폭탄으로 폐허가 된 제13거주구, 검은 악마가 난리를 친 제1거주구, 발전소가 연쇄 폭발을 일으킨 제3거주구 등 손봐야 할 곳들이 많았다. 일단은 비축된 자원을 가능한 한도 내에서 풀되, 각 거주구에서 비축해놓은 잉여 생산물을 최대한 활용하기로 하였다. 이를 위해 시온에 처음으로 화폐가 도입되었는데, 모니코가 그 실무 책임을 맡았다. 그의 말에 따르면 화폐를 통해 시온의 전체 생산량은 두 배 이상 커질 것이라고 했다.

"인간은 참 기묘한 구석이 있습니다. 비효율적인 환경에서 오히려 효율적으로 일을 하죠. 화폐 경제를 통해 동일한 자원을 가지고도 분명 생산이 증가하고 사람들이 더 열심히 일하게 되는 것은 맞습니다만, 경쟁 사회가 되면서 빈부 격차가 생기고 소외되는 사람들 또한 나타날 것입니다. 나의 또 다른 임무 중 하나는 어떻게 하면 그 부작용을 최소화할 수 있을까 하는 것입니다. 사실 그게 더 어렵고 힘든 일입니다."

유나를 비롯한 외인들이 고향으로 떠나려고 출발하기에 앞서, 모니코와 로사가 작별 인사를 하려고 중앙역으로 유나를 찾아왔다. 유나는 그들을 반기며 화폐 제도 시행이 잘 진행되고 있는지 물어보았다. 그러자 모니코는 어려움을 토로했는데, 그럴 수만 있다면 아마 한숨을 쉬었을 것 같았다. 유나는 웃으며 모니코를 격려했다.

"사실 경제뿐 아니라 여러 부분에 있어 시온은 이미 경쟁 사회였어요. 거기에서 낙오된 사람들이 노웨어로 간 것이고요. 그렇지 않나요? 배출구를 만들어 주고 거기서부터 다시 사회로 환원되는 사다리가 있다면, 결국은 다 잘 될 거예요."

모니코가 그녀의 말에 놀라며 대답했다.

"아주 정확하고, 좋은 지적입니다. 대단하군요. 나중에도 훌륭한 조언을 기대할게요."

유나는 어깨를 으쓱했다. 사실 그 말은 제임스가 그녀에게 들려준 것이었다. 그렇지만 그 사실을 굳이 지금 알릴 필요는 없었다.

"언제나 환영이에요. 앞으로 자주 올 테니까요."

"노웨어로 가는 거니?"

옆에 있던 로사가 물었다. 그녀도 메이와 댄의 죽음 이후 한동안 굉장히 침울해했지만, 지금은 어느 정도 기운을 차린 것 같았다.

"일단 제4거주구로 갈 거야. 우리를 기다리는 사람들이 그곳에 있거든. 거기서부터 제13거주구와 노웨어를 재건하려고. 노웨어의 동굴들은 아직도 건재하니까 생각보다 일찍 돌아갈 수도 있을 것 같아."

로사가 유나의 말에 미소를 지었다.

"지위가 사람을 만든다더니 너는 이제 정말 어엿한 지도자가 되었구나. 예전에 댄을 쫓아다니던 감성 많은 소녀는 어디 갔을까?"

하지만 로사는 유나의 얼굴이 굳어지자 바로 사과하였다.

"미안, 내가 괜한 얘기를 꺼냈지? 그렇지만 난 아직도 메이와 댄이 없다는 것이 믿기지가 않아. 지금 이 순간에도 저쪽에서 그들이 웃으며 나타날 것 같아."

유나는 그런 로사에게 살짝 짜증이 났다. 그녀는 마치 혼자서 과거의 추억을 다 짊어진 것처럼 말하곤 했다. 이제 그만 정신 차리라고 말해 주고 싶었다. 과거는 과거이고, 남겨진 이들은 현재와 미래를 위해 살아야 하니 말이다.

하지만 떠나는 마당에 굳이 싫은 소리를 하고 싶지는 않았다. 유나는 외인의 특별 대사이고, 앞으로 거주구 사람들과 외인들 간의 조화를 책임져야 했다.

"맞아, 나도 그들이 보고 싶어. 하지만 어떡하겠니? 산 사람은 살아야지. 참, 너는 정말로 우주로 나갈 거니?"

유나의 질문에 로사가 고개를 끄덕였다.

"응, 모니코의 도움으로 아인텐을 비행 관제 모드로 전환 시켰어.

요즘은 매일 우주선 조종법을 익히는 중이야. 사실 아인텐이 거의 대부분을 수행하지만."

"언제 떠나는데?"

"열흘 후가 메이의 모선과 랑데부하기에 가장 적당하대. 모니코가 실론호의 항법 자료를 복사해서 옮겨 놓았어."

"그럼 아빠의 재판은 보고 가겠구나?"

이번에는 로사의 얼굴이 굳어졌다.

"응. 아마도."

유나는 약간 미안한 마음이 들었다. 굳이 로사의 아픈 곳을 찌를 필요는 없었을 것이었다.

"그래, 항상 조심하고 꼭 시온으로 돌아오기를 바랄게. 미래의 시온은 분명 지금과는 많이 달라져 있을 거야."

유나는 모니코에게 말했다.

"수잔 제사장에게도 말했지만, 제6거주구 외곽의 창고에서 식물을 키우고 있어. 그 기술을 잘 발전시키면 좋겠어요. 그럴 수 있겠죠?"

"예, 알고 있습니다. 사람도 보냈고요. 정말 중요한 정보를 알려 줘서 고마워요. 잘만 된다면 시온이 푸르러질 날이 머지않아 오게 될 것입니다."

"그래요. 우리의 후손은 그 광경을 볼 수 있겠죠."

아직 상상이 잘 되지는 않지만 정말 아름다울 것이라고 유나는 생각했다.

드디어 출발할 시간이 되었다. 로사와 모니코는 마지막 인사를 건

네고 돌아갔다. 외인들은 모두 여섯 대의 트램에 나누어 승차하였다. 제4거주구까지는 손쉬운 여정일 것이다. 노웨어를 재건하는 것이 그들이 당면한 최대의 난제였다. 그러나 유나는 희망을 가졌다. 다 잘될 것이라고 믿었다. 지금부터 시작이었다. 그녀가 마지막으로 올라타자 트램은 곧 출발하였다.

유나의 객차는 넓고 쾌적하였다. 릴리와 마이크가 한쪽 구석에 서서 얘기를 나누고 있었고, 제임스는 객차의 가운데 의자에 앉아 있었다. 그의 오른쪽 귀는 고막이 파열되어 들리지 않았지만 왼쪽 귀는 괜찮았다. 유나는 그의 왼쪽에 가서 무릎을 꿇고 속삭였다.

"드디어 고향으로 돌아가게 되었네요. 우리, 그곳에 가면 이전처럼 자유롭고 당당하게 살아요. 근데 제임스, 그거 알아요? 시간이 조금 걸리긴 하겠지만, 우리의 아이들은 머지않아 식물로 푸르른 시온에서 살게 될 거예요. 정말 멋지지 않나요? 우리에게 새로운 세상이 펼쳐질 거라고요!"

제30장
무궁한 우주

새로운 세상을 위해서 옛 세상은 무너져야 했다. 수잔 최고 제사
장이 내건 진실 규명이란 다름 아닌 전임 폴 제사장에 대한 심판이
었다. 그는 체포되었고, 수많은 죄목으로 고발되었다. 자원을 전용하
여 살상 무기를 제조하였고, 재판 없이 시위대원들을 처형하였으며,
불법적으로 거주민을 체포하고 구금한 죄 등이 열거되었다. 그러나
이러한 직권 남용보다 제13거주구를 폭파시킨 장본인으로서 대량
학살 죄가 가장 위중하였다.

최고 회의에서 그의 죄목을 낱낱이 공개하였을 때, 거주민들의 분
노는 가히 폭발적이었다. 당장 그를 극형에 처하라는 시위가 잇달았
고, 그 때문에 재판도 삼엄한 경계하에 비공개로 진행될 수밖에 없
었다.

로사는 참관인으로서, 또 증인으로서 재판의 전 과정을 지켜보았다. 로사가 증인으로 채택된 이유는 폴 제사장이 과거에 젊었을 때 부적절한 관계를 통해 딸을 낳았다는 사실을 폭로하기 위함이었다. 로사가 그의 숨겨진 딸이라는 것은 이미 공공연한 사실이었고, 그의 여러 가지 죄 중에 이게 무슨 대수로운 일일까 의아했지만, 로사는 자신이 아는 대로 충실히 증언하였다. 단, 그녀의 친엄마에 대한 부분은 모르는 것으로 일관하였다. 이 지저분한 흙탕물에 엄마를 끼어들게 하고 싶지 않았다.

　로사가 증언하는 동안, 폴 사제는 계속 눈을 감고 있었다. 사실, 그는 재판 내내 거의 아무것에도 관심을 두지 않았다. 재판이 시작될 때 모두 발언으로 자신은 오직 시온의 안정과 번영을 위해 책무를 다했을 뿐이라는 말을 한 이후로, 그는 더 이상 어떠한 다른 말도 하지 않았다.

　로사가 증언을 마치고 재판이 일단락된 후에, 수잔 제사장이 와서 그녀를 위로하였다.

　"많이 힘들었지? 그래도 잘했어."

　로사는 갑자기 화가 났다.

　"어릿광대가 된 느낌이에요. 도대체 이게 다 무엇을 위한 쇼이죠? 그는 이미 다른 수많은 죄로 유죄를 받고 사형당할 것이잖아요. 이렇게 사생활까지 들추면서 인격 모독을 주는 이유는 뭔가요?"

　그러자 수잔 사제는 정색을 하며 대답했다.

　"일단, 소수이긴 하지만 그가 행한 모든 일들이 진짜로 시온을 위한 것이었다고 믿는 사람들이 있어. 아무리 그 과정이 극단적이라고 해도 말이야. 폴 사제가 사실은 근본부터 추악한 인간이라는 점을 미리 밝혀 두어야 나중에 그를 추앙하거나 신성시하는 일이 없을 거야. 또 나는 그를 처형시키지 않을 거야. 그는 신의 뜻이라며 열변을 토하기를 좋아했지만, 진정으로 신의 자비를 베푼 사람은 나였다는 사실을 역사에 남길 테니까."

수잔 사제의 말대로 폴 사제는 모든 죄에 유죄를 선고받고 극형이 내려졌으나, 집행 날짜는 정해지지 않았다. 그때까지 제12거주구의 격리 수용소에 수감될 것이라고 했다. 로사는 그가 수용소로 이송되기 전날, 보안대 구치소로 그를 찾아갔다. 확인할 것이 있었다.

"저 왔어요."

구치소의 방문을 열고 로사가 들어갔지만, 폴 사제는 역시 감은 눈을 뜨지 않았다. 로사는 여전히 그의 호칭에 애를 먹었다. 폴 사제님이라고 부르기는 좀 그랬고, 그렇다고 아빠라고 부르고 싶지는 않았다.

그는 불과 며칠 사이에 10년은 더 늙어 보였다. 얼굴은 살이 빠져 광대뼈가 도드라졌고, 머리는 듬성듬성 흰 머리카락만 한 줌 남아 있었다. 그냥 내버려 둬도 곧 죽음의 문턱을 넘을 것 같았다.

"죽이지는 않을 거래요. 적당히 때가 되면 무기징역으로 감할 거라고 수잔 제사장이 말했어요."

이것이 그에게 위안이 될지는 모르지만 어쨌든 알려줄 필요는 있다고 생각했다. 폴 사제는 여전히 아무 말도 없었다. 로사가 괜한 발걸음을 했나 후회하며 몸을 돌렸을 때, 그가 입을 열었다.

"눈을 감으면 검은 악마가 보여. 그 지옥에 갇혀 울부짖던 사람들도. 내가 그들을 지옥에 처넣었지. 신의 뜻이라면서 말이야. 하지만 다시 보니 나도 그 안에 있었어. 정확히 말하면 현실과 지옥에 양다리를 걸치고 있었던 거지. 눈을 뜨면 현실 세상이었지만, 눈을 감으면 지옥이었어. 어떤 게 더 괴로운 줄 아니? 처음에는 지옥이 두려워서 계속 눈을 뜨고 있으려고 했어. 하지만 곧 그게 더한 고통이라는 사실을 깨달았지. 눈을 감으면 바로 지옥으로 떨어질 것을 아는 상태에서 현실을 마주하는 것이 더 힘들다는 사실을. 그래서 난 지옥에서 살기를 택했다. 내가 만든 지옥에서."

폴 사제는 눈을 떴다. 그의 눈은 광기로 번득였다. 지옥을 보고 있었던 탓일까.

"그 말을 전하러 온 거니? 내가 죽음을 면할 것이라고? 그러나 나에게 그것은 죽음보다 더한 형벌이구나."

"아뇨, 물어볼 것이 있어서 왔어요. 검은 악마가 내가 있는 곳으로 돌진하고 있을 때, 장갑열차로 가로막으려고 했잖아요. 그런데 갑자기 왜 멈췄지요? 장갑열차가 고장이라도 났던 건가요?"

폴 사제는 쓸쓸한 표정을 지으며 말했다.

"그것은 고장 나지 않았다. 내 마음이 그랬지. 나는 모든 희망을 잃었고, 공포만 가득했다. 그때 너와 네 친구들을 보았지. 너희들은 순수하고 아름다웠고 열정이 넘쳤다. 믿지 않겠지만 나도 한때는 그랬어. 그때의 마음이 돌아와서 나도 나 자신을 희생해보려 했단다. 예전에는 못했지만, 이제는 할 수 있을 것이라고 믿었어. 하지만 나란 인간은 어쩔 수가 없더구나. 검은 악마한테 가까이 갈수록 거기에 보이는 지옥이 나를 미치게 했다. 나는 지옥을 대면할 수 없었어. 그래서 열차를 돌려 도망간 거야. 결국엔 이렇게 그 지옥 속에서 살 것이라고는 꿈에도 모르고서 말이지. 웃기지 않니?"

폴 사제는 다시 눈을 감으며 큰 소리로 웃었다. 공허한 웃음소리가 방 안에 울려 퍼졌다.

그것이 로사가 본 폴 사제의 마지막 모습이었다. 그는 다음 날 수용소로 이감되었다. 로사는 자신이 우주로 떠난다는 계획을 그에게 알려 주는 것을 잊었음을 깨달았다. 아인텐도 함께 간다는 사실에 그가 어떤 반응을 보일지도 궁금했다. 그러나 다시 생각해 보니 그런 것들은 이제 그에게는 아무 상관이 없었다. 그는 자신의 지옥 속에 갇혀 있었고, 남은 일생을 그 안에서 고통을 받으며 살 것이다.

로사의 출발 준비도 다 되었다. 그녀는 마지막으로 수잔 제사장을 보기 위해 모니코의 안내를 받아 육면의 방에 갔다. 로사로서는 처음 방문하는 장소였다. 천장에 부조된 행성들의 색이 너무 아름다웠다.

"우리 조상들은 이 행성들을 거쳐 여기로 온 것이군요. 그들은 처음부터 모두 알고 있었어요. 그러면서도 후손들은 시온에 갇혀 지내라고 했고요. 너무한 거 아닌가요?"

로사가 방을 둘러보고 소감을 말하자 모니코가 대답했다.

"다 이유가 있지 않았을까요? 내 메모리에도 두 번째 이주민이 시온을 건설한 이후부터 기록이 시작되었습니다. 그나마도 많은 부분이 삭제되었고요. 그 이전에 어떤 일이 있었는지, 왜 이주민이 외부와의 단절을 선택했는지는 당신이 밝혀내야 할 또 다른 임무입니다."

"임무라고 하니 너무 거창하네요."

그러자 수잔 제사장이 끼어들었다.

"로사, 우주로 가서 어떤 일이 벌어질지 모르지만, 마음 편하게 먹어. 제일 중요한 것은 로사의 안전임을 명심하고. 그것이 무엇이 되었든, 보고 듣고 얻은 것을 가지고 돌아오기만 하면 돼. 꼭 돌아올 것. 그것이 로사의 임무라면 임무야."

로사도 그 부분에 대해 많이 고민했었다. 메이가 없는 마당에 우주로 나간다 한들 무엇을 어떻게 해야 한단 말인가. 한 가지 다행인 점은 메이가 모선과의 랑데부에 관해 얘기할 때, 그곳에서 자신을 기다리고 있는 사람에 대해서도 언급한 것이었다. 모선에 닿을 수만 있다면 일단 큰 문제는 해결될 것이기에, 그다음 일은 그때 고민하기로 하였다.

"그리고 우리 모두를 위해 희생한 메이의 임무를 대신 완수하는 것, 그것도 중요하지요. 검은 알들은 잘 포장해서 우주선에 실어 두었어요. 메이의 시신이 담긴 관과 함께요."

로사가 덧붙였다.

혼란의 와중에서도 유나는 검은 악마의 껍질 안에서 검은 알들을 챙겨주는 것을 잊지 않았다. 메이와 댄에 대한 자신의 마음이라고 했다. 이제 그 알들을 전하는 것은 오롯이 로사의 몫이 되었다.

"맞아. 메이와 댄은 우리 시온을 위해 영웅적인 희생을 했어."

수잔 제사장이 말했다.

"그래서 기쁜 소식을 전할게. 로사가 플래닛호퍼를 타고 떠나면, 바로 그 자리, 원래 기도의 손이 있던 자리에 댄의 동상을 세우기로 결정했어. 그 밑에는 검은 악마의 껍질들도 함께 놓을 거고, 그가 창을 들고 악마를 무찌르는 장면을 담을 생각이야. 실제와는 조금 다르지만 댄을 껍질들보다 더 크게 만들 계획이고. 아무래도 사람들에게 강조되어야 하는 것은 댄이니까 말이야. 어때, 근사하겠지?"

"예, 그렇겠네요."

댄이 살아 있다면 크게 화를 낼 것 같았다. 하지만 동상은 댄을 위한 것이 아니니 상관할 바도 없었다. 그것은 수잔 사제와 시온의 후손들을 위한 것이다. 우리가 어떻게 새로운 세상의 창조를 시작했는지 후손들에게 알려줄 필요는 있었다.

"그런데 기도의 손도 사라지고 신탁도 더 이상 없음을 알면, 시온 사람들이 불안해하거나 신앙심을 잃지는 않을까요?"

로사는 최근 궁금했던 점을 물었다. 폴 최고 제사장의 실체가 만천하에 드러났기 때문에, 신앙과 사제들에 대한 사람들의 불신이 더욱 커진 상태였다.

"물론 어느 정도 영향이 있겠지. 특히 오랜 습관에 젖어 있던 사람들에게는 말이야. 하지만 내 생각에 우리 시온도 신탁에 의지하지 않을 정도로 성숙했다고 봐. 폴과 같은 사제도 있었지만, 아직까지 시온에는 믿음을 통해 자신과 다른 사람들을 구원으로 이끌려고 하는 많은 사제들이 있어. 벤 사제님도 그런 사람 중의 하나였겠지. 그런 사제들을 통해 난 우리 신앙을 제대로 확립될 거라고 기대하고 있어. 우리는 이번에 일련의 사건들을 통해 큰 상처를 입었어. 무수한 사람들이 죽고 다쳤지. 그런데 상처를 통해 신을 만날 수 있다는 거 아니? 나는 그랬거든. 비록 시온에 신탁의 방은 없어지지만, 신앙심은 더욱더 깊어지게 될 거야. 그것이 내가 해야 할 일이고."

수잔 제사장은 담담히 대답했다. 로사는 그런 그녀를 다시 보았다. 늘 욕심이 많은 여자라고 생각했었는데, 꽤 영성적인 면도 있는 것 같았다.

모니코와 함께 시온탑 밖으로 나오며 로사는 자신의 그런 느낌을 얘기하였다. 모니코도 동의하였다.

"훌륭한 지도자가 되기 위해서는 여러 가지 덕목이 필요합니다. 지혜, 용기, 절제, 믿음 등이죠. 그러나 욕심도 분명 지도자에게 필요한 큰 자산입니다. 다만 개인적인 차원을 넘어서 더 큰 목표를 가질 때만이라는 조건이 붙겠죠."

"모니코가 남아 있어서 든든해요. 내가 이런 말을 할 위치에 있는지는 모르겠지만."

"각자 자신의 역할이 있겠죠. 나에게도 당신을 따라 우주로 나가야 한다는 논리가 처음에는 있었습니다. 그러나 나에게는 더 중요한 일이 있고, 그래서 시온에 남아 그것을 해야 한다는 결론이 나왔습니다. 수잔 제사장처럼요."

모니코의 얼굴에는 아무 표정이 없었지만, 로사는 왠지 그가 슬퍼하는 것 같았다.

"만약 내가 돌아왔을 때, 시온이 모두 변했더라도 모니코만은 그대로 있으면 정말 좋겠다고 생각했어요."

모니코는 현재의 궂은일들을 모두 마무리하고 나면 다시 모니카 사제로 복원할 것이라고 말했다. 모니코와 친분을 쌓은 로사에게는 참 안타까웠지만, 그에게는 모니카 사제로서 해야 할 일도 많았다.

"나는 변함없을 거예요. 약속해요. 그러니 반드시 돌아와요. 로사의 모험담을 꼭 듣고 싶어요."

모니코의 다짐에 로사의 마음이 조금 편안해졌다.

"내가 비밀 하나 알려줄까요? 간절히 원하면 반드시 이루어진대요. 나도 그랬어요. 그러니 모니코도 그렇게 해요. 알았죠?"

"알겠습니다."

그렇게 그들은 헤어졌다.

"10, 9, 8⋯."

아인텐이 숫자를 거꾸로 세었다. 로사는 긴장감에 두 손을 꼭 쥐었다.

'숫자가 0이 되면 발사되는 것일까?'

아인텐은 어느새 0을 세었고, 그와 동시에 계기판의 불들이 요란히 빛나며 플래닛호퍼가 크게 진동하기 시작했다.

엄청난 중력이 가해지면서 마침내 플래닛호퍼가 이륙했다. 로사는 중간에 두 번의 큰 충격파를 느낄 수 있었다.

한참이 지나, 플래닛호퍼가 대기권 밖을 지나 궤도에 진입했는지 진동도 소음도 사라지고 주변이 조용해졌다. 로사가 앉은 조종석의 머리 위쪽에는 작은 창이 있어서, 고개를 젖히면 푸른 하늘이 보였었다. 그런데 이제 그 하늘은 칠흑같이 검게 변해 있었다. 드디어 우주로 나온 것이었다.

로사는 안전벨트를 풀었다. 몸이 붕 떠올랐다. 살짝 멀미가 나서 잠시 욕지기가 났지만, 그런 건 아무래도 좋았다. 자신이 우주에 있다는 것, 무중력의 자유를 느끼고 있다는 사실이 너무 기뻤다. 그녀는 창쪽으로 다가가 밖을 살펴보았다. 우주선이 느린 속도로 회전하고 있었다. 태양은 시야 밖에 있어 보이진 않지만, 태양에서 쏟아지는 강렬한 빛은 충분히 느낄 수 있었다.

창이 바깥 우주 쪽을 향하자, 라온의 웅장한 모습이 선명하게 보였다. 시간이 지나 우주선이 반 바퀴를 돌자, 이제는 시온이 보였다. 햇빛을 받은 거주구들은 산과 강 그리고 검은 바다가 어우러져 한 폭의 아름다운 그림 같았다. 어둠으로 접어든 거주구들의 불빛이 반짝였다.

로사는 갑자기 눈물이 왈칵 솟아올랐다. 은빛의 불모지인 시온이지만 그녀에게는 너무나 아름다운 고향이었다. 정말로 다시 볼 수 있을지 두려운 마음이 들었다.

"걱정하지 마. 꼭 돌아올게. 그때까지 안녕."

로사는 시온을 쳐다보면서 울먹이며 말했다. 그리고 자리에 돌아와 다시 안전벨트를 착용했다. 이제 더 이상 뒤를 돌아봐서는 안 된다. 그녀 앞에는 무궁한 우주가 펼쳐져 있었다.

에필로그

언니가 갔고, 그녀가 왔다. 그녀의 이름은 로사였다.

처음 낯선 우주선을 확인하고 수신기에서 흘러나오는 낯선 음성을 들었을 때, 리엔은 불안했다. 그리고 그 불안은 현실이 되었다. 그들이 교신을 시작한 후부터 우주선이 실라호에 도킹할 때까지는 17시간의 시간이 필요했다. 그 시간이 리엔은 너무 고마웠다. 아마 로사에게도 그럴 것이라는 생각이 들었다.

로사는 송신기를 통해 그동안의 일들을 차분한 목소리로 들려주었다. 메이가 겪었던 모험, 만났던 친구들, 검은 악마와 검은 알 그리고 시온을 위해 희생했던 그녀의 최후까지. 리엔은 그 이야기를 들으며 같이 흥분하고, 같이 기뻐했고, 같이 두려워했다. 그리고 언니의 마지막 여정을 듣고 나서는 교신기의 송신 채널을 끄고 흐느껴 울었다. 로사도 감정이 북받치는지 끝부분에 가서는 말을 잘 잇지 못하였다.

그렇게 그들은 서로를 알게 되었다. 직접 얼굴을 마주하는 것이 아니라, 우주 공간이 그들 사이에 존재했기에 오히려 더 편했다. 어색해하거나 부끄러워할 필요 없이, 그들은 서로를 위로하며 감정을 나누었다.

마침내 우주선이 도킹하고 로사를 직접 보게 되었을 때, 교신을 끝낸 후 불과 몇 시간이 지났을 뿐이긴 했지만, 리엔은 약간 떨리기까지 하였다. 다른 세계에서 온 사람이자, 잠시나마 언니와 함께 동행했고, 언니의 죽음을 지켜봐 준 사람을 만날 것이라고는 전혀 상상하지 못했었다.

'로사도 이렇게 떨리려나?'

리엔은 마음을 진정시키며 에어포트의 도어락을 열었다.

"실라호에 온 것을 환영해요."

리엔이 쑥스럽다는 듯 쳐다보며 말했다. 로사가 벽의 난간을 잡고 건너왔다. 그녀는 아직 무중력에 익숙하지 않은지 공중에서 비틀거리다가, 그만 리엔을 향해 돌진하고 말았다. 엉겁결에 서로 얼싸안게 된 둘은 당황스러움에 잠시 그대로 있다가, 포옹을 풀었다.

"리엔이라고 했죠? 난 깜짝 놀랐어요. 자매인 것은 알았지만, 메이와 너무 똑같이 생겨서요. 내가 지금 꿈을 꾸고 있나 하고 생각할 정도였어요."

로사가 웃으며 말했다.

"우린 쌍둥이 자매예요. 엄마가 우리를 받았을 때, 메이에게 먼저 이름을 붙여주었지요. 메이는 언제나 그것을 나에게 강조했어요."

이렇게 대답하며 리엔도 웃었다.

로사는 연약하면서도 인내심이 강했고, 감정이 풍부했지만 침착했다. 그리고 무엇보다도 호기심이 많았다. 그녀의 끊임없는 질문 공세에 리엔이 가끔 질릴 정도였다. 리엔은 그런 그녀를 어린 동생처럼 여기고 친절히 가르치고자 했다.

실제로, 공용 시간으로 따지자면 로사는 21살밖에 안 되었다. 리엔보다 9살이나 어렸다.

"천천히 해, 로사. 목적지에 가려면 아직도 석 달이나 남았어. 그때까지 배울 일이 많아. 그 전에 일단 배부터 든든히 채워두어야겠지. 자, 이것부터 먹어."

"하지만 야채 파우치는 정말 먹기가 힘들어요. 가만히 있어도 스멀스멀 목구멍으로 기어 나온다고요."

투덜대긴 했지만, 그래도 로사는 착한 아이처럼 파우치를 받아 들었다. 우주에서의 경험이 많지 않은 만큼, 로사는 심한 멀미에 시달렸고 음식도 제대로 섭취하지 못했다. 그녀는 알약으로 된 영양제를 선호했으나 그것만으로는 부족했다. 그리고 그것은 그녀의 위장에도 그다지 도움이 되지 않았다. 그래서 리엔은 틈만 나면 여러 가지 파우치를 들고 로사를 좇아다녔다. 다행히 로사는 매번 토하면서도 파우치를 거절하지 않았다. 그런 면이 리엔은 마음에 들었다.

로사가 제일 신나한 것은 우주 유영이었다. 비록 그들의 첫 번째 우주 유영이 메이의 장례식이었지만. 그때 로사는 긴장하면서도 슬퍼했고, 그것은 리엔도 마찬가지였다.

리엔은 로사에게 우주 유영복을 꼼꼼히 입혀주고 난 후, 로사를 데리고 에어포트로 들어갔다. 거기에는 메이의 관이 놓여 있었다. 리엔은 다시 한번 메이의 얼굴을 보기 위해 관의 뚜껑을 열었다.

메이의 입술은 빨갛고 볼은 하얬으며 눈 주위에는 멋지게 아이라인이 그려져 있었다. 유나라는 메이의 친구가 메이를 관에 안치하기 전에 정성껏 단장해 주었다고 하였다. 메이는 마치 잠을 자고 있는 것처럼 편안한 모습이었다.

사실, 그녀를 처음 봤을 때 리엔은 깜짝 놀랐었다. 메이가 화장한 모습을 한 번도 본 적이 없었기 때문이었다. 고향 행성의 리카인들은 모두 화장을 하고 다녔지만, 리엔의 일족인 시아인들은 맨얼굴을 하는 것이 규칙이었다. 만약 엄마가 이런 메이의 얼굴을 보았더라면 아연실색하였을 것이다. 그러나 여기서는 상관없었다. 저 광활한 우주의 품에 안기려는 지금, 메이가 조금 더 예뻐 보이는 것도 나쁘진 않겠단 생각이 들었다. 자신과 똑같이 생긴 메이를 보며, 할 수만 있다면 언젠간 자신도 화장을 한 번쯤 해보는 게 좋겠다고 리엔은 생각했다.

　그때 로사가 무언가 작은 소리로 중얼거리기 시작했다. 아마 그녀가 믿는 신에게 기도하는 것이리라. 신을 믿지는 않았지만, 리엔은 그녀의 기도에 자신의 마음도 담았다. 진심으로 메이의 영혼이 안식을 취하기를 바랐다. 그러기 위해 자신에게 주어진 일을 잘 마무리하게 되기를 기도했다.

　로사의 기도가 끝나자, 리엔은 관의 뚜껑을 닫았다. 그녀는 에어포트의 공기를 기내로 빨아들이는 단추를 누르고 잠시 기다렸다. 공기가 없어졌음을 알리는 빨간 등이 켜지자 리엔은 도어락 2번의 손잡이를 돌려 열었다.

　리엔과 로사는 모두 안전끈을 통해 우주선과 연결되어 있었다. 그러나 관은 아니었다. 둘은 관을 고정하던 안전띠를 풀고는, 열린 도어락 안으로 관을 밀어 넣었다.

　먼저 리엔이 도어락 밖으로 나갔고, 관을 빼낸 후에 로사가 따라 나갔다. 그리고 둘은 양발을 실라호의 벽에 지지하고서 관을 힘껏

밀었다. 관은 빠른 속도로 실라호에서 멀어져 갔다. 리엔은 살짝 발에 힘을 주어 안전끈이 허락하는 한까지 그 관을 따라나갔다. 로사도 뒤따라왔다. 처음 하는 유영인데도 불구하고 그녀는 제법 유연하게 움직였다.

메이가 든 관은 이제 점으로밖에 보이지 않았다. 그것은 무수한 별들이 촘촘히 박혀 있는 무한한 우주를 향해 사라졌다.

'잘 가, 언니. 언니의 꿈은 내가 대신 꼭 이룰게.'

리엔은 마음속으로 속삭였다.

리엔이 메이가 기록한 디스크를 발견한 것은 넉 달 전, 그러니까 메이가 실론호를 타고 떠난 바로 직후였다. 메이는 만일에 대비하려는 듯 그것을 리엔의 침소에 두고 갔었다. 그 디스크를 통해, 리엔은 메이가 찾으려고 했던 것이 무엇인지, 어떻게 해야 하는지를 대략 알 수 있었다. 다만 그 모든 일과 생각을 자신에게는 비밀로 한 채, 혼자 이 모든 자료를 조사하고 연구했던 언니가 얄미울 따름이었다.

리엔은 로사에게는 절대 그러지 않기로 마음먹었다. 어차피 자신이 혼자서는 힘들 것이라는 생각도 들었다. 아마 언니도, 첫 번째 난관인 시온에서 성공적으로 돌아왔더라면 자신에게 모든 것을 얘기해 주었을 것이다.

"댄이라는 친구가 참 똑똑했구나. 그는 행성이 정렬될 때 무슨 일이 벌어진다는 것을 알고 있었어."

먼저 로사의 얘기를 들은 리엔이 말했다.

"예, 그는 꿈이 있었어요. 그 꿈으로 시온을 구했고, 또 나를 이 길로 인도했어요."

로사가 대답했다. 그녀의 말투에서 그에 대한 연정을 느낄 수 있었다. 더 자세히 묻고 싶었지만, 이미 떠나 다신 돌아올 수 없는 사람을 계속 되돌아보는 일은 바보 같았다.

"나도 마찬가지야. 메이의 꿈 때문에 여기 있는 거지. 그런 면에서 우리는 닮았구나."

리엔은 메이의 디스크에 담긴 내용에 대해 로사에게 설명해줬다. 그것은 하나의 큰 수수께끼이자 여정이었고 또 구원이었다. 메이는 그렇게 믿은 것 같았다. 그러나 리엔은 확신할 수가 없었다. 모든 수수께끼를 풀고 이 여정의 끝에 도착했을 때, 그들을 기다리고 있는 것이 구원일지 아니면 절망일지는 아무도 모르는 일이었다.

"행성들이 정렬될 때 제9행성에 갈 수 있다고요?"

리엔의 말이 끝나자 로사가 물었다.

"응. 그 시간은 이미 정확히 계산되어 있어. 앞으로 7년 뒤의 일이야."

"하지만 우리 태양계에는 행성이 7개밖에 없지 않나요? 어떻게 제9행성에 갈 수 있죠?"

"그것도 풀어야 할 수수께끼야. 메이도 디스크에서 언급했지만, 제9행성이 이 태양계 안의 행성을 말하는 것이 아닐 가능성이 커. 더 멀리 나가야 하는 거지. 어떻게 나갈 수 있을는지는 나도 몰라. 아마 네가 가져온 검은 알들을 이용하게 되겠지. 어쨌든 네 말대로 시온의 계시록 속 고대인들은 행성이 모두 정렬되었을 때 나타났다고 하니깐, 우리도 갈 수 있을 거라고 생각해."

"어딘지도 모르고, 어떻게 가는지도 모르는 곳을 찾아가야 하는 것이군요. 좋아요. 아주 마음에 들어요. 참가할게요."

로사는 그렇게 말하고 웃었다. 리엔은 그런 그녀가 귀여웠다. 로사가 다시 물었다.

"그런데 제일 중요한 질문이 있어요. 왜 우리는 제9행성에 가야 하는 거죠?"

로사의 질문에 리엔은 드디어 때가 왔다고 생각했다. 그들의 목적지인 리엔의 고향 행성에 도착하기까지는 이제 며칠 정도밖에 남지 않았다.

둘은 우주 유영복을 입고 실라호 밖으로 나왔다. 실라호의 1번 도어락에는 로사가 타고 온 우주선 플래닛호퍼가 도킹되어 있어서 태양의 직사광선을 가려주고 있었다. 그들은 플래닛호퍼 호의 그늘 아래에서 천천히 실라호를 감싸며 돌았다.

리엔은 그동안 로사가 전망창이나 조종실의 모니터를 보지 못하게 했다. 그녀에게 깜짝 선물을 주고 싶었기 때문이었다. 아주 오래 전, 자신이 처음 우주에 나와 우주 유영을 했을 때 받았던 감동이 여전히 생생했다. 로사도 분명 감동할 것이다.

실라호를 반 바퀴 돌자, 마침내 그것이 눈앞에 드러났다.

미온이었다.

가까이 다가와 있었기에, 미온은 이미 가까이에 있는 사람 얼굴만 한 크기로 커 보였다. 푸른색 바다와 초록색 대륙의 고향이 한눈에 들어왔다. 언제나처럼 미온은 아름다웠고, 그것이 자랑스러웠다. 헬멧에 가려 보이지 않았지만, 리엔은 로사의 표정이 어떨지 대충 상상할 수 있었다. 리엔은 통신기를 통해 로사에게 말했다.

"소개할게. 나의 고향 행성 미온이야. 푸른 바다의 행성이자, 3개의 대륙이 있는 곳이지. 참 아름답지? 그렇지만 보이는 것이 전부는 아니야. 미온에도 많은 문제들이 산적해 있고, 자칫 잘못하면 파멸로 갈 수도 있어. 마치 시온처럼 말이야. 어찌 보면 우리 인간이 사는 세상은 다 똑같은 것 같아. 살아남기 위해, 번영하기 위해, 절망이 아닌 희망을 찾기 위해 우리는 떠나는 거야. 그것이 우리의 목적이야."